PEARL S. BUCK

# VON MORGEN BIS MITTERNACHT

*Der Roman meines Lebens*



WILHELM HEYNE VERLAG
MÜNCHEN

HEYNE-BUCH Nr. 01/6298
im Wilhelm Heyne Verlag, München

Titel der amerikanischen Originalausgabe
PEARL S. BUCK – A BIOGRAPHIE BY THEODORE F. HARRIS
IN CONSULTATION WITH PEARL S. BUCK
Deutsche Übersetzung von Ursula von Wiese

2. Auflage


Lizenzausgabe mit Genehmigung des Scherz Verlags,
Bern und München
Printed in Germany 1984
Umschlagfoto: ZEFA / Sunak, Düsseldorf / Süddeutscher Verlag,
Bilderdienst, München
Umschlaggestaltung: Atelier Ingrid Schütz, München
Gesamtherstellung: Elsnerdruck GmbH, Berlin

ISBN 3-453-01844-3

*Ich entsinne mich meiner Geburt –*
*Ich entsinne mich ihrer wirklich!*
*Ich schlief den Schlaf der Ewigkeit,*
*Von ihren ruhigen Wassern umhüllt,*
*In deren Stille bewahrt.*
*Darin trieb ich dahin,*
*Ohne um Nacht oder Tag zu wissen,*
*Und ohne jeden Gedanken.*
*. . . Dann jählings, vom Leben dazu gedrängt,*
*War ich frei, nicht länger gefangen;*
*War ich frei zu hören, zu fühlen, zu weinen,*
*War frei zu leben – oder zu sterben,*
*Frei, zu sein, was ich bin.*
*Ich entsinne mich meiner Geburt –*
*Ich entsinne mich ihrer wirklich!*

P. S. B.

WIE BEGINNT EIN Leben? Pearl S. Buck hat das Werden eines Buches mit der Entstehung eines Sterns am Firmament verglichen. Ein Wirbel der Partikel im Weltall, ein Gedankenwirbel im weiten Raum der Phantasie, sie ballen sich und schließen sich zu einem festen Körper zusammen. Mit diesem Vorgang kann man den Ursprung eines Menschenlebens vergleichen. Ein Gedanke berührt das Gemüt eines Mannes; eine Hoffnung wird zum Wunsch, wird zum Begehren, das sich verwirklicht; die Liebe zu einer Frau nimmt in einem Kind Gestalt an, und so beginnt ein lebendiges Geschöpf seine lange Reise durchs Leben.

Pearl Bucks Lebensreise begann mit ihrer Geburt im Elternhaus der Mutter in Hillsboro, einem Dorf in Westvirginia. Das war der erste Zufall in einer Reihe von Zufällen, die ihr Dasein bestimmten und sie schon zu Lebzeiten zu einer Legende machten. Allein zur Heirat ihrer Eltern kam es wie zufällig. Hätte die Mutter den Mann genommen, den sie als junges Mädchen liebte, so wäre ihr Kind in der schönen Berglandschaft von Pocahontas aufgewachsen. Der Mann, den Caroline Stulting liebte, war ein hübscher junger Nachbarssohn, eine gute Partie, wenn man davon absah, daß er trank. Aus Furcht, wie das gemeinsame Leben mit ihm werden könnte, verleugnete Carie ihre Zuneigung und wies ihn ab. Statt dessen verband sie sich mit Andrew Sydenstricker, dem sechsten und zweitjüngsten Sohn einer bekannten Familie im Bezirk Greenbrier. Die Sydenstrickers waren eine Gelehrtenfamilie, deren männliche Mitglieder sich durch ihre außergewöhnliche Sprachbegabung einen Namen gemacht hatten. Sechs der sieben Söhne waren Geistliche; Andrew bildete eine Ausnahme, da er es vorzog, Missionar in China zu werden. Carie hätte kaum einen Mann finden können, der dem flotten, heiteren Burschen, dem ihr Herz gehörte, weniger ähnelte. Und warum war die Dreiundzwanzigjährige bereit, in ein so fernes Land wie China zu ziehen, wenn nicht aus dem Wunsch, nachdem die Entscheidung nun einmal gefallen war, der gewohnten Umgebung so weit wie möglich zu entfliehen?

In China griff das Schicksal zwei Jahre vor der Geburt ihres begabtesten Kindes wiederum ein. Carie und ihr vierjähriges Töchterchen erkrankten am selben Tage an Cholera, die damals noch lebensgefährlich war.

«Der Fall ist so ernst», sagte der Arzt zu Andrew, «daß ich mich aufs äußerste anstrengen müßte, wollte ich nur ein Leben retten. Es übersteigt meine Kraft, mich um beide zu kümmern. Sie müssen wählen.»

Welch bittere Wahl! Ihm war gerade ein Kind gestorben, und nun sollte er sich entweder für seine Frau oder für seine Tochter entscheiden. Er zögerte jedoch keinen Augenblick.

«Retten Sie meine Frau», antwortete er, «aber ich werde mit Hilfe unserer chinesischen Kinderfrau versuchen, auch meine Tochter durchzubringen.»

So sehr sich Andrew und die Amah unter Anleitung des Arztes auch abmühten, sie konnten die Kleine nicht retten. Nur Carie kam davon. Doch ihr Kummer war so groß, daß sie sich nicht erholte. Der Arzt riet ihnen, in die Vereinigten Staaten zurückzukehren, wo sie die nächsten zwei Jahre verbrachten. So kam es, daß das Kind von Carie und Andrew, das weltberühmt werden sollte, in Amerika empfangen und geboren wurde. Das Schicksal ließ das entlegene Städtchen Hillsboro in Westvirginia zum Geburtsort einer bekannten Schriftstellerin werden. Das geschah am frühen Morgen des 26. Juni 1892.

Von ihrer Geburt spricht Pearl Buck mit dem ihr eigenen Nachdruck:

Ich erinnere mich an meine Geburt. Ganz gewiß. Wie sonst wäre es zu erklären, daß ich das Elternhaus meiner Mutter von jeher genau kannte? Ich lebte dort jeweils nur ein paar Wochen, auch das nicht oft. Ich war schon neun Jahre alt, als ich es zum erstenmal betrat. Doch ich kannte bereits alle Räume, ehe ich sie zu sehen bekam. Ich wußte, wie sich der Wein um die Säulen des Eingangs rankte; ich wußte, als ich hineinging, daß das Wohnzimmer zur Linken und die Bibliothek zur Rechten lag. Freilich, eine neue Generation hatte aus der Bücherstube etwas anderes gemacht, aber für mich war der Raum Bibliothek und Musikzimmer. Er war ein Musikzimmer geblieben, in dem sich eine musikalische Familie versammelte, um Harmonium oder Geige zu spielen und zu singen.

Oben an der Treppe mit dem handgeschnitzten Geländer ist das Zimmer meiner Mutter, wo ich zur Welt kam. Als ich, eine kleine Neunjährige, dort eintrat, erinnerte ich mich, daß ich hier geboren worden war. Daran denke ich jedesmal, wenn ich den Raum betrete. Ich sehe das altmodische breite Bett. Ich sehe den Toilettentisch zwischen den Fenstern – dort hat ein Toilettentisch gestanden, nur verschwand er von diesem Platz, nachdem mich meine Eltern als drei Monate altes Kind nach China mitgenommen hatten. Aber ich bleibe dabei, er stand dort zur Zeit meiner Geburt, denn ich erinnere mich daran. Ich erinnere mich auch, daß unten am Bett eine Truhe und zwei Sessel standen. Die Fenster, durch die man auf den weiten Rasen und den großen Ahorn blickte, hatten geraffte weiße Gardinen. Als ich geboren wurde, waren dort noch andere Bäume, die inzwischen verschwunden sind. Von meinem Besuch, den ich als Neunjährige machte, blieb mir die Erinnerung an den Tau, der in der Morgensonne auf dem Gras glitzerte.

Erinnere ich mich auch an das übrige Haus? Ja, aber nur aus späteren Jahren. Das Zimmer meines Großvaters lag hinter der Bibliothek. Er besaß einen Arbeitstisch, der in einen Winkel eingepaßt war, darüber ein Bücherbord. Heute steht dieser Tisch in meinem Wohnzimmer in Pennsylvanien. Und die anderen Räume? Ja, ich kann sie mir alle noch vorstellen, besonders das Eßzimmer im Erdgeschoß, neben der Speisekammer, wo die Milch aufbewahrt wurde. Den Raum beherrschte ein mächtiger alter Kamin, in dem an kalten und nebligen Morgen große Holzscheite brannten. Ich liebe diesen Morgennebel. Als Kind war ich früh auf und beobachtete, am Fenster kauernd, wie das Licht allmählich die Dunstschicht durchdrang. Die Bäume waren dunkel, kein Lüftchen regte sich. Gegen zehn Uhr hatte sich der Nebel verzogen, und der Tag war klar. Das alte Eßzimmer wird seit langem nicht mehr benutzt – vor fünfzig Jahren wurde ein neues eingerichtet.

Ich kann die Herkunft meiner Erinnerungen nicht erklären, aber sie sind in mir lebendig, und sie kreisen um den Raum, in dem ich zur Welt gekommen bin. Deutlich sehe ich meine Mutter vor mir, wie sie aussah, als ich sie zum erstenmal erblickte. Ich fühle mich wieder in ihren Armen und schaue in ihre dunklen Augen auf. Sie hatte ein lebhaftes, hübsches Gesicht. Als ich voriges Jahr wieder einmal in Westvirginia war, streichelte mir eine alte Dame den Arm und sagte, sie habe meine Mutter nicht vergessen, weil sie so reizvoll gewesen sei.

So blieb sie auch mir in Erinnerung. Natürlich veränderte sich ihr Gesicht. Die Jahre und Krankheit hatten es gezeichnet. Sie entstammte einer langlebigen Familie und starb verhältnismäßig jung in China an einer Tropenkrankheit, die man heute mit Vitamin B heilen kann. Doch als ich sie zum erstenmal erblickte, sah ich, der kleine Säugling, ein warmes Antlitz, das mich willkommen hieß, ein heiteres, liebevolles Gesicht mit glänzenden dunklen Augen, das weiche kastanienbraune Haare umrahmten. Sie hatte herrliches dunkles Haar mit goldenen Glanzlichtern, das sie zu einem Knoten aufgesteckt trug. Ich besitze ein Brautbild von ihr, das an ihrem Hochzeitstag aufgenommen wurde. Mein Vater sitzt ruhig, stattlich und selbstbewußt auf einem Stuhl, während sie, die Hand auf seiner Schulter, neben ihm steht und mit ihren furchtlosen dunklen Augen in die Welt schaut. Ich bin Fleisch von ihrem Fleisch, und ich weiß, daß sie sich fürchtete, obwohl sie so kühn dreinblickte.

Dieses Gesicht nahm ich wahr, als ich geboren wurde. Mir

ist der Gedanke lieb, daß sie sich über meine Ankunft freute. Drei Kinder hatte sie vor meiner Geburt verloren, alle noch klein, das älteste vier Jahre alt, das jüngste drei Monate. Alle drei sind in der warmen chinesischen Erde begraben. Ihr Tod verschaffte mir den Vorzug, in meinem Vaterland geboren zu werden. Diesen Vorzug weiß ich zu schätzen, denn ich bin unter meinen Geschwistern die einzige, die in Amerika zur Welt gekommen ist. Ja, meine Mutter war glücklich, mich zu sehen. Das weiß ich, denn wir schauten einander an, und ich fühle noch ihre Wange an meiner Wange. Ihre Haut hatte einen weichen bräunlichen Ton, der vielleicht von ihren holländischen Vorfahren kam und von den französischen Hugenotten, von denen ihre Mutter, meine Großmutter, abstammte. Ich habe ihre dunklen Farben nicht geerbt. Meine Haut ist hell, mein Haar blond, und ich habe die blauen Augen meiner väterlichen Vorfahren. Meine Mutter hingegen prägte mein Wesen. Wie sie liebe ich die Menschen allzu leicht. Aber meine erste Erinnerung ist ja nur Liebe. Es bestimmt die Atmosphäre des ganzen Lebens, wenn man sich beim Zurücktasten zum Daseinsbeginn an nichts anderes erinnert als an Liebe, an überwältigende Liebe. So um seiner selbst willen geliebt, ist man bereit, Liebe zu schenken – impulsiv und verschwenderisch, manchmal zu schnell und zu vertrauensselig. Diese Gabe, lieben zu können, verdanke ich meiner Mutter.

Ist mir eine Erinnerung an mein vorgeburtliches Dasein geblieben? Ich habe mein Gedächtnis durchforscht. Ganz deutlich sehe ich den Schauplatz vor mir, den lieblichen Frühling, den sanften Sommer in den Bergen von Westvirginia. Das Haus meiner Mutter liegt nicht in den Bergen, sondern am Fuß des Alleghanygebirges. Dort kam sie zur Welt, dort wuchs sie auf, die Berge liebte sie Zeit ihres Lebens.

«Ich hebe meine Augen auf zu den Bergen», sagte sie leise, wenn sie Kummer hatte.

Wie oft hörte ich dieses Bibelwort in all den Jahren, die sie fern ihrer Heimat verlebte – wie einen Refrain. Seine volle Bedeutung erfaßte ich aber erst, als ich ins Haus meiner Mutter zurückkehrte und diese Berge mit eigenen Augen sah. Sie gehörten zu mir, obwohl ich dort nicht aufgewachsen bin. Nein, mir ist kein Schatten der Erinnerung an die Tage des langen Hindämmerns vor meiner Geburt geblieben. Meine Phantasie läßt mich die Mutter sehen, wie sie sich im Hause, inmitten der Familie ihres Bruders, bewegt. Nach altem Brauch hatte ihr älterer Bruder das Haus geerbt, und er zog dort seine Kinder auf. Ich sehe sie die Äpfel im Obstgarten genießen und die Trauben der Reben, die die Scheune ebenso wie die Säulen des Hauseingangs umrankten; ich sehe sie, wie sie sich um die Blumen und das Gemüse im Garten hinter dem Haus kümmert. Ich beobachtete sie auch vor meiner Geburt, aber nicht mit eigenen Augen. Diese Monate habe ich verschlafen. Ich wuchs, ohne es zu merken. Sie schuf mich Tag um Tag. Mein Körper bildete sich durch die guten Dinge, die sie aß, durch die Milch, die sie trank. Ich bin aus amerikanischem Stoff gemacht. Meine Geschwister wurden mit chinesischer Kost großgezogen, ich aber bin Amerikanerin. Ich wurde in meinem Vaterland empfangen und geboren. Hat das etwas zu bedeuten? Mir will es so scheinen. Oft wollte ich herausfinden, wie ich war, ehe ich zum erstenmal die Augen öffnete, doch ich sehe nur meine allzeit geschäftige Mutter vor mir, die zu ihrer früheren Heiterkeit zurückfand. Mir ist bewußt, daß dieser Frohmut mit mir zu tun hatte, denn sie freute sich ja auf mich. Meine Ankunft beglückte sie. Aber das sind nachträgliche Betrachtungen. Mir ist keine Erinnerung an den Zustand geblieben, als ich winzig und zusammengerollt in meinem Nest schlief.

Mein erster lebhafter Eindruck ist also der Augenblick nach meiner Geburt, wo ich sie und sie mich zum erstenmal anschaute. Daran erinnere ich mich, dieser Blickwechsel hat mich durchs Leben begleitet. Wir erkannten einander. Ich war ihr Kind, sie meine Mutter. Auch wenn wir später nicht übereinstimmten – und wir konnten ganz verschiedener Meinung sein –, verstanden wir einander, weil wir uns so sehr glichen: beide lebhaft, beide wachen Geistes und starken Herzens, beide nicht leicht zu erschrecken. Während ich heranwuchs, konnten wir entgegengesetzte Standpunkte einnehmen. Ich weiß nicht, wieviel Kummer ich ihr gemacht hätte, wenn ich mit meinem Eigensinn in Amerika aufgewachsen wäre. Doch ich wurde in China erzogen, wo dem Kind Achtung vor dem Alter beigebracht wird, und ich achtete meine Mutter. Mein alter konfuzianischer Lehrer bestand darauf. Unter seiner Anleitung erhob ich mich, wenn meine Mutter ins Zimmer kam, und blieb stehen, bis sie mir erlaubte, mich zu setzen. Ich kann nicht behaupten, daß ich mich immer so schicklich aufführte, wenn er nicht zugegen war; dennoch blieben seine Lehren haften. So ungebärdig ich auch sein konnte, frech war ich nie, und nie gab ich die unverschämten Antworten, die ich heute von Kindern höre. Meine chinesische Erziehung hat sich auch auf die nächste Generation übertragen, denn ich dulde bei meinen Kindern keinerlei Frechheit oder Unverschämtheit.

Nicht mich drängen! Man lasse mich jeden Augenblick im Hause meiner Mutter genießen. Ich wurde im Juni geboren, meines Erachtens im schönsten Monat des Jahres, besonders schön in den Bergen von Westvirginia. Meine Mutter stillte mich. Ich weiß es, denn mehr als einmal erzählte sie mir lachend, daß ich mich weigerte, die Flasche anstelle ihrer Brust zu nehmen. Das sollte ich mit drei Monaten auf hoher See, unterwegs nach China, lernen. Sie wurde seekrank, und ihre Milch versiegte. Sie hatte es vorausgesehen und sich mit den notwendigen Säuglingsflaschen versorgt. Aber ich verwahrte mich hartnäckig gegen den Gummisauger. Schließlich mußte mich mein Vater aus einer Tasse mit dem Löffel füttern, auf dem stampfenden Schiff keine leichte Aufgabe, besonders für einen auf seine Würde bedachten Mann, dem Hausarbeit zeit seines Lebens ein Buch mit sieben Siegeln geblieben ist.

Doch man lasse mich verweilen! Noch ist es zu früh, von den Tagen unserer Seereise zu sprechen. Die ersten drei Monate meines Daseins im großelterlichen Haus waren sehr geruhsam. Ich gedieh prächtig und entwickelte mich, wie man mir erzählt hat, geradezu beängstigend schnell. Ich erinnere mich jedoch nur an ein großes Behagen, das vielleicht in raschem Wachstum zum Ausdruck kam. Der ganze Haushalt drehte sich um mich, das neugeborene Kind. Eine Base half bei meiner Pflege; sie wusch eigenhändig meine winzige Wäsche, die sie sauber und frisch, nach klarem Wasser und Sonnenschein duftend, jeden Nachmittag meiner Mutter brachte. Die Wahl meines Namens nahm einige Zeit in Anspruch. Es gab in unserer Familie hübsche Namen, darum fiel meinen Eltern die Entscheidung schwer. Meine Mutter hieß Caroline, ihre Mutter Johanna. Beide Namen wurden mir verweigert. Caroline nannte man dann meine Schwester, die sieben Jahre später in China zur Welt kam. Ich selbst taufte meine älteste Tochter ebenfalls Caroline und meine jüngste Johanna. Mein Name, für den man sich schließlich entschied, war Comfort – das heißt Trost –, der auch in der Familie vorkam. Für meine Mutter, die ihn aussuchte, hatte er tiefe Bedeutung, denn sie hatte den Verlust der drei Kinder nicht verwunden. Nebeneinander lagen sie auf dem Ausländer-Friedhof von Schanghai. Wahrscheinlich sind die drei kleinen Hügel noch heute dort zu finden, falls der Friedhof der neuen Zeit nicht zum Opfer gefallen ist. Es müßten drei kleine Gräber im Schutze eines Marmorblocks sein, der ihre Namen und die Daten ihres kurzen Daseins auf Erden verzeichnet. Wenn wir nach Schanghai kamen, führte mich meine Mutter stets zu diesem Ort, wo wir einen Blumenstrauß niederlegten. Wir verweilten dort, Mutter und ich, sie in Erinnerungen versunken, wobei ihr Tränen übers Gesicht liefen, ich zwar betrübt, doch ohne Erinnerung, da ich die beiden Schwestern und den Bruder ja nicht gekannt hatte. Trotzdem waren mir die drei verstorbenen Geschwister gegenwärtig. Meine Mutter hatte aus Italien ein hübsches Schmuckkästchen mitgebracht, das aus Sandelholz geschnitzt und mit Elfenbeinintarsien verziert war; darin bewahrte sie keinen Schmuck auf, sondern ein paar Sächelchen, die sie an ihre Kinder erinnerten. Von meiner Schwester Edith, die mit vier Jahren gestorben war, stammte ein Armband aus zartem blauem Glas, wie es die kleinen Chinesinnen trugen – vielleicht hatte sie es auch von einer chinesischen Freundin geschenkt erhalten. Dazu gehörte ein zierlicher silberner Fingerhut, den sie auf den Mittelfinger hatte stecken können. Daneben lag eine Silberkette, ein Andenken an Maude, meine älteste Schwester, die mit sechs Monaten mitten im Gelben Meer zwischen China und Japan auf einem Schiff gestorben war. Durch solche Ketten sollten chinesische Säuglinge, denen man sie umhängte, ans Leben gefesselt werden. Das machte ein winziges, sorgfältig gearbeitetes silbernes Vorlegeschloß deutlich, das an dem Kettchen hing. An meinen Bruder Arthur, der mit achtzehn Monaten ganz plötzlich innerhalb eines Tages gestorben war, erinnerte eine weiche schwarze Haarlocke. Die anderen Locken, eine blonde und eine dunkle, stammten von meinen Schwestern.

Wie ich sehe, habe ich mich, entgegen meiner Absicht, wieder vom Hause meiner Mutter entfernt, quer über den Ozean, zu meiner zweiten Heimat hin, zu dem Land, das mir einst so vertraut war, und dem Volk, das zu lieben ich nie aufgehört habe. Man lasse mich abermals umkehren. Ich hieß also Comfort, das heißt Trost, und meine Mutter fand Trost durch mich – ein beglückender Gedanke. Manchmal wüßte ich gern, ob ihr auch heute noch, wo immer sie weilen mag, mein Anblick tröstlich ist? So viel ist seit ihrem Tod geschehen. Als sie von mir ging, hatte ich noch nicht angefangen zu schreiben. Sie nannte mich Comfort, und ich wünschte, sie hätte es dabei belassen. Meinen zweiten Namen habe ich nie gemocht.

«Warum hast du mich Pearl getauft?» fragte ich sie, als ich alt genug war, Fragen zu stellen, womit ich, wie ich befürchte, allzufrüh begann. Meine unaufhörliche Fragerei trieb Mutter fast zur Verzweiflung. «Warum? Warum? Warum?» – das war der endlose Kehrreim meiner Kindheit, und er tönte fort durch mein ganzes Leben. Als ich noch klein war, wußte sich meine geplagte Mutter oft nicht anders zu helfen, als mich zu bitten, eine Viertelstunde lang keine Frage zu stellen. Ich fügte mich brav ihrem Wunsch, aber stets zog ich mein Stühlchen in die Nähe der Uhr, die im Eßzimmer hing, und ich zählte die Minuten, um sofort weiterzufragen, wenn der Sekundenzeiger auf den festgesetzten Punkt rückte.

«Mutter, warum . . .?»

Sie war Kindern gegenüber von unendlicher Geduld. Ich erinnere mich keiner unwirschen Antwort; ich erinnere mich nicht, daß sie jemals heftig wurde, und nie griff sie zu körperlichen Gewaltmitteln.

«Warum hast du mir den Namen Pearl gegeben?» drang ich in sie.

Noch spüre ich die Zärtlichkeit ihrer Stimme und sehe die leuchtenden Augen in dem beweglichen Gesicht.

«Weil du so hell geglänzt hast, als du zur Welt kamst», sagte sie. «Dein Haar war wie aus Gold, deine Haut hell; die Bäckchen und der Mund waren rosig, und dazu hattest du ganz blaue Augen. Du kamst mir tatsächlich wie eine kleine Perle vor.»

Ich konnte mir das Kind, das einer Perle glich, vorstellen und fühlte scheu, daß ich es einmal gewesen war. Es ist gefährlich, ein Kind nach seinem Aussehen bei der Geburt zu benennen. Es verändert sich, unbekannte Gene bestimmen seine Entwicklung. Ich hatte nie das Gefühl, daß der Name Pearl zu mir paßte. In der chinesischen Bedeutung leuchtet er mir eher ein. Da bezeichnet «Wahres Juwel» eine Kostbarkeit, die nur entsteht, um nach unveränderlichem Naturgesetz die Wunde eines lebendigen Organismus zu schließen. Mir tut der Gedanke wohl, daß hier vielleicht eine Bedeutung vorliegt, der ich, wenn auch nur unvollkommen, genügt habe. Vielleicht schloß mein Erscheinen die Wunde, die meiner Mutter durch den Tod ihrer drei Kinder im Innersten zugefügt worden war.

Drei Monate verbrachte ich damals im mütterlichen Elternhaus, dem Mittelpunkt der Familie. Abgesehen von einer Kolik, die mich täglich um fünf Uhr befiel und meine Umgebung bestürzte, da ich ja sonst gesund war und mich normal entwickelte – abgesehen davon galt ich als ein Säugling, der keine Mühe machte. Doch es scheint, daß ich zwei Stunden am Tag recht unangenehm wurde, bis die Krämpfe gegen sieben Uhr schwanden und ich, zu meiner guten Natur zurückfindend, wieder lächelte. Ob Mutters Gier nach Äpfeln, die sie übers vernünftige Maß hinaus liebte, die Ursache dieses schlechten Befindens war oder was sonst, läßt sich nicht mehr feststellen. Jedenfalls erinnere ich mich nicht daran, ich weiß es nur vom Hörensagen. Doch es gehört zu meinen Gewohnheiten, zu vergessen, was mir nicht erinnernswert erscheint. So geht es mir auch mit meinen Kindern, die sicher auch manchmal ungezogen waren, wie es ja nur normal ist; aber ich erinnere mich nur an reizende Züge, die Güte und Liebenswürdigkeit verrieten. Auch wenn ich mich anstrenge, fördert mein Gedächtnis keines der Probleme zutage, die es doch mit ihnen gegeben haben muß. Zehn Kinder und keine Schwierigkeiten? Mein Verstand sagt mir, daß das unmöglich ist. In meiner Erinnerung aber leben nur Jahre, die von Freude und fröhlichem Gelächter erfüllt sind.

Der Tag kam, ein Tag gegen Ende September, an dem wir das Haus meiner Mutter verlassen und uns auf die weite Reise nach China machen mußten. Mein ältester Bruder, jetzt zwölf Jahre alt, hatte die Zeit in Amerika miterlebt. Wir bildeten also eine kleine Gruppe von vier Personen. Wie ich meinen Vater kenne, freute er sich, zu seiner Arbeit zurückkehren zu können. Im stillen bin ich überzeugt, daß auch die Familie meiner Mutter bei seiner Abreise nicht trauerte. Er war kein bequemer Mensch. Wo er sich auch befand, er blieb der große, hagere Gelehrte, dessen ganzes Interesse seiner Forschungsarbeit galt. Ich weiß, daß er sich oft aus dem Kreis meiner Mutter entfernte, um seinen Sprachstudien nachzugehen oder in den Kirchen der Umgegend zu predigen. Seine Rückkehr vertrieb das Behagen, das sich während seiner Abwesenheit ausgebreitet hatte. Ich glaube, daß er es spürte und deswegen manchmal ein wenig traurig war. Zugleich muß ihm aber bewußt gewesen sein, wie sehr er von der Familie meiner Mutter geachtet wurde.

Denn er entstammte einer Familie, deren Gelehrsamkeit ebenso bekannt war wie ihre moralische Standfestigkeit, die mitunter an Starrsinn grenzte. Als ich eingeladen wurde, an der Jahrhundertfeier zur Gründung meines heimatlichen Bundesstaates teilzunehmen, unternahm ich am Abend des ersten Tages, was ich bisher versäumt hatte: in Begleitung eines Vetters den Friedhof zu besuchen, auf dem meine Vorfahren begraben sind. Er liegt auf einem stillen Hügel in der Nähe des hübschen Städtchens Lewisburg. Dort beeindruckte mich die Reihe weißer Grabsteine, unter denen diejenigen ruhen, deren Nachfahrin ich bin. Darunter war auch der Grabstein meines Großvaters, an den ich nie als an meinen Großvater denke, sondern nur als an den Vater meines Vaters. Unter all den Steinen stand sein Grabmal umgekehrt und blickte in die entgegengesetzte Richtung. Das wirkte herausfordernd, als ob der hier Begrabene gar nicht tot sein könnte.

Ich fragte meinen Vetter: «Warum steht dieser Stein andersherum?»

«Wir konnten nie herausfinden, wie das möglich war», antwortete er und fügte augenzwinkernd hinzu: «Großvater muß nachts aufgestanden sein und den Stein herumgedreht haben, als er die Blickrichtung der andern sah.»

Etwas von diesem Geist lebte auch in meinem Vater, obwohl Querköpfigkeit und die Lust an einem Streich bei ihm durch Vernunft gebändigt wurden. Man erzählte von ihm – mag es wahr sein oder auch nicht –, er hätte das Haus wie eine Festung genommen, nachdem er beschlossen hatte, Carie Stulting zu seiner Frau zu machen, er ein Mann von siebenundzwanzig, sie ein Mädchen von zweiundzwanzig Jahren. Um keine Zeit zu verlieren, teilte er ihr seine Heiratsabsicht schriftlich mit. Mein Großvater mütterlicherseits, ein stämmiger kleiner Mann, doch unerschrockenen Geistes, trat erhobenen Hauptes vor die Tür, um ihn abzufangen und den frevelhaften Plan, seine Tochter nach China mitzunehmen, zunichte zu machen. Meine Verwandten mütterlicherseits fühlten sich den Kreisen der Außenmission keineswegs verbunden. Ihr Lebensstil war bequem und weltzugewandt. Für sie war ein Missionar nichts anderes als ein etwas seltsamer Fanatiker. Und was China betraf, konnte es für einen vernünftigen Menschen auch nur einen einzigen Grund geben, Familie und Heimat zu verlassen und sich darauf zu versteifen, den Chinesen, die seit altersher die Auswahl unter mehreren Religionen hatten, den eigenen Glauben zu predigen?

Auf halbem Wege traf mein Großvater Andrew Sydenstricker, den er mit seinem Stock bedrohte.

«Niemals bekommen Sie meine Tochter!» schrie er.

Mein Vater sah mit seinen blitzblauen Augen belustigt auf den kleinen Mann hinunter. «O doch, ich werde sie bekommen», erwiderte er und setzte seinen Weg zum Hause fort.

Mir wurde erzählt, seine Werbung wäre durchaus formvollendet, wenn auch etwas stürmisch verlaufen. Jedenfalls heirateten die beiden am 22. Juli 1880. Die Jungvermählten brachen sofort nach China auf. Man raunte, Andrew hätte erst im letzten Augenblick daran gedacht, eine zweite Fahrkarte für die Überfahrt zu besorgen. Diese Fehlleistung war bezeichnend für ihn. Meine Mutter sprach übrigens nie davon; ein Vetter erzählte mir die Geschichte. Es wäre falsch, daraus zu schließen, mein Vater hätte die Pflichten seiner Familie gegenüber vernachlässigt; das kam nie vor, wenn er sich einer Pflicht bewußt war. Er lebte nur in einer anderen Welt, in der Welt der Bücher, der Gedanken und der Philosophie.

Was meine Mutter anbelangt, so gehörte ihr Herz meines Erachtens weiterhin der Heimat; nie löste sie sich von dem lieblichen, hellen Haus am Fuß des Alleghanygebirges. Unter der weißgestrichenen Holzverschalung verbarg sich, wie sie mir erzählte, roter Backstein. Vermutlich konnten sich mein Urgroßvater und dessen Sohn, die Bürger der holländischen Stadt Utrecht waren, nicht recht mit dem Gedanken befreunden, in einem Holzhaus wohnen zu müssen. Zweifellos fanden sie Mauern aus festerem Stoff vertrauenswürdiger. Das kann ich ihnen nachfühlen, denn als ich nach Amerika kam, war auch mir die Vorstellung eines aus Holz gezimmerten Hauses befremdlich. Es dünkte mich nicht stabil genug, da ich an chinesische Häuser gewöhnt war, die aus Backsteinen oder Felsgestein und in den Dörfern des Nordens aus dicken Lehmwänden bestehen. Mein eigenes Haus ist aus pennsylvanischen Feldsteinen gebaut. Es steht schon seit anderthalb Jahrhunderten, denn seine Mauern gleichen denen einer Burg. Ein Holzhaus? Ja, es kann sehr reizvoll sein, besonders in Neu-England, wo weiße Häuser mit grünen Fensterläden ganze Städte bilden; aber ein Streichholz würde genügen, alles in Brand zu stecken. Oder etwa nicht? Darum habe ich ein Steinhaus, und das Haus meiner Mutter war eigentlich ein Ziegelbau. Von Utrecht waren ihr Vater und ihr Großvater mit dreihundert anderen Seelen aufgebrochen, eine ganze Gemeinde rechtschaffener Leute, die zusammen mit ihrem Pastor Glaubensfreiheit suchten. In Holland hatte es religiöse Unruhen gegeben, die jedoch nicht lange anhielten. Hätten sie noch etwa ein halbes Jahr lang Geduld gehabt, so hätten sie in ihren behaglichen Häusern bleiben und Wohlstand und Kultur weitergenießen können. Allerdings wäre ich dann nicht zur Welt gekommen.

Die Schiffsladung rechtschaffener Leute, die sich mit ihrem ganzen Vermögen aufgemacht hatten, wurde schmerzlich enttäuscht, als sie das Land ihrer Wahl erreichten, und auch schimpflich betrogen. Meine Vorfahren erwarben in dem Gebiet, das später Virginia werden sollte, Wälder, und dorthin zogen sie, die Städter, die in ihrer ursprünglichen Heimat nie einen Berg gesehen hatten. Sie wußten nicht, wie man eine schlichte Blockhütte zimmert, und gerissene Siedler beuteten sie erbarmungslos aus. Schließlich stießen sie den Waldbesitz ab und siedelten in die schöne Ebene zu Füßen des Gebirges um, wo sie ein Haus errichteten, wie sie es von ihrem Stadtleben her gewöhnt waren. Unbestimmte Diskussionen, denen ich als Kind nicht zu folgen vermochte und die später verstummten, lassen mich vermuten, daß der erste Waldbesitz zu absurden Preisen verschleudert wurde. Hätte die Familie ihn behalten, so wäre sie später reich gewesen. Doch wie dem auch sei, sie konnten nicht in den Wäldern bleiben, weil sie keine Waldmenschen waren. Sie gehörten in die Stadt. Sie waren an Theater, Musik und Bücher gewöhnt, an die blühende Kultur eines alten europäischen Landes, ohne die sie geistig hungerten. Erinnerungen an diese Kultur belebten das Haus meiner Großeltern. Europäische Tradition bestimmte die Erziehung meiner Mutter und wirkte durch sie auf mich ein. In China vermittelte sie mir das Beste vom Erbe der westlichen Kultur, während ich inmitten der größten und ältesten Kultur des Fernen Ostens aufwuchs. Auf diese Weise wurde ich doppelt beschenkt, wofür ich mein Leben lang dankbar sein werde.

Während meiner ganzen Jugend war mir bewußt, daß meine Mutter mit ihrem Innersten in dem Haus auf der anderen Seite des Ozeans verankert blieb. Doch sie schuf uns auch in China immer wieder ein geschmackvoll eingerichtetes Heim. Ich erinnere mich nur an ruhige, kühle Räume, Blumen, wohin man auch sah, einfache, köstliche Mahlzeiten und eine überall herrschende Ordnung. Wo meine Mutter wirkte, da gab es keine Unordnung. Abgesehen von dem Zimmer meines Vaters, das wir Studierstube nannten, bestimmte sie die Einrichtung des Hauses. In seiner Studierstube gestattete er allerdings weder Vorhänge noch Blumen, und der Boden mußte kahl bleiben. Bücher bedeckten die Wände, und mitten im Zimmer stand der riesige Arbeitstisch. Auf einem besonderen Tischchen stand seine Schreibmaschine, die er selbst bediente, wenn auch unter Schwierigkeiten, da ihm jegliches technisches Geschick abging. Dieser Raum schien nicht zum übrigen Haus zu gehören. Er lag immer in der Nähe des Eingangs und war seinen chinesischen Gästen zugänglich, ernsten Gelehrten in langem Gewand, die mit meinem Vater in chinesischer Sprache endlos wissenschaftliche Fragen erörterten. Manchmal suchten ihn auch Missionshelfer auf, die sich ihr Gehalt oder neue Anweisungen holten. Wer sie auch waren und was sie auch wollten, stets blieben sie dem Familienleben im Haus fern. Überall sonst hatten wir unseren Spaß, denn meine Mutter war eigentlich eine heitere Natur, obwohl sie mitunter Stimmungen hatte, die uns den Tag verdüsterten und die wir nicht zu erklären vermochten. Wenn sie still wurde – wenn ihr Lachen ausblieb –, waren wir bestürzt.

«Was hast du?» fragten wir sie.

«Nichts», antwortete sie dann, «gar nichts. Darf ich nicht auch einmal still sein?»

Auf diesen vernünftigen Einwand wußten wir nichts zu erwidern, wir wurden eben auch still. In einem Winkel spielten wir lautlos weiter, bedrückt und verwirrt, bis sie ihr heiteres Wesen wieder hervorkehrte. Ihr Inneres barg Abgründe, die keiner von uns jemals erforschte, denn niemals hat sie uns ihre geheimen Gedanken und Gefühle anvertraut. Welcher Art ihre persönlichen Schwierigkeiten auch gewesen sein mögen, die Ursache lag vor allem in ihrem unverminderten Heimweh. In allzu jungen Jahren hatte sie ihr Elternhaus und ihr Vaterland verlassen, den Hort ihrer Kindheit, den Ort, wo Schönheit waltete. Sie kam den Chinesen freundlich entgegen, aber ich wage zu behaupten, daß sie dieses Volk niemals so liebte wie mein Vater oder wie ich, die es für alle Zeit ins Herz geschlossen hat.

Dafür gab es an sich Gründe. Die Chinesen sind entzückend, aber unbekümmert, ganz im Gegensatz zu meiner peinlich ordentlichen und sauberen Mutter. Nie sah ich sie in einem angeschmutzten oder zerknitterten Kleid. Alle Gegenstände, die ihrem persönlichen Gebrauch dienten, waren gewählt, hübsch und gepflegt, wie sie auch unser Haus untadelig hielt. Von ihren chinesischen Dienern forderte sie vor allem Reinlichkeit. Trotzdem richtete sie alle ungekochten Speisen und den Salat selbst an, da sie den Händen der Chinesen nicht traute. Sie hatte dem Koch beigebracht, die lockersten Kuchen zu backen, die je auf einer Zunge schmolzen, aber sie achtete darauf, daß er weder den Kuchen noch seine köstlichen heißen Brötchen mit den Händen berührte. Sie war durch die ausgezeichnete Erziehung einer französischen Mutter gegangen, und ihre Maßstäbe blieben unerschütterlich, – nur das Beste duldete sie.

Um auf ihre Backkunst zurückzukommen – ich kenne nichts Leckereres als Mutters Kokoskekse. Die Palmen wuchsen bei uns in der Nähe, und der Koch kaufte die Nüsse in ihrer zottigen Hülle frisch auf dem Markt. Jeder Handgriff bei der Zubereitung des berühmten Gebäcks entzückte mein Kinderherz. Zuerst ließ man die Flüssigkeit auslaufen. Zu diesem Zweck hat die Natur drei weiche Stellen in der harten Schale vorgesehen. Dann wurde die Nuß aufgebrochen und das weiße Fleisch von der dunklen Haut gelöst. Die Stücke mußten gewaschen und auf einem altmodischen Reibeisen geraspelt werden, eine mühselige Arbeit, denn wenn man nicht achtgab, rieb man sich die Finger wund. Die scharfen Augen meiner Mutter entdeckten dann sofort die Blutspuren in der weißen Masse. Keine konservierte Kokosnuß hält den Vergleich mit der frischen Frucht aus, die gerade erst gepflückt worden ist.

Die Jahre sind dahingegangen. Heute ist das Elternhaus meiner Mutter mehr für mich als nur der Ort, wo ich zur Welt gekommen bin. Es wurde zum Sinnbild der Geborgenheit und des Friedens in einer Welt, die Geborgenheit und Friede nicht mehr kennt. [Aus: *My Mother's House.*]

Pearl Comfort Sydenstricker kam im Alter von drei Monaten mit den Eltern und dem zwölfjährigen Bruder Edwin nach China. Ihre Kindheitserinnerungen verknüpfen sie mit diesem Land, in dem sie trotzdem nicht heimisch werden durfte, wie sie auch in ihrem Geburtsland eine Fremde blieb. Vielleicht rührte daher ihr Gefühl, anders als die andern zu sein, nicht recht dazuzugehören, auf welcher Seite es auch sein mochte. «Ich bin nirgends und zugleich überall zu Hause», pflegte sie zu sagen.

Amerikaner haben eine andere Denkart als Chinesen. Sie agieren und reagieren verschieden. Wertmaßstäbe und Philosophie unterscheiden sich. Pearl S. Buck aber wuchs unter dem Einfluß Chinas auf. Die erste Sprache, die sie annahm, war Chinesisch. Sie wurde von einer chinesischen Kinderfrau betreut, ihre Spielgefährten waren Chinesen, und sie lebte in einem chinesischen Haus am chinesischen Jangtsekiang. Ihre Kinderfrau war eine der beiden Gestalten, die deutlich aus dem Dämmer der frühesten Kindheit hervortraten. An erster Stelle stand natürlich die Mutter, doch dicht daneben, oft mit ihr verschmolzen, Amah Wang im blauen Kleid. Von Amah Wang sagt sie:

Ich kann sie mir, auch in meinen frühesten Tagen, nur als alte Frau vorstellen. Ich hatte ja ältere Geschwister, und alle waren wir von ihr betreut worden. Da drei von ihnen gestorben waren, empfing sie mich mit einer Zärtlichkeit, die mich ihr zu eigen machte. Noch mehr hätte sie sich über einen Knaben gefreut, aber ein Mädchen war immerhin besser als nichts. Auch meine blauen Augen und die hellen Haare entsprachen nicht ihren Wünschen; ihr wäre ein Kind mit den dunklen Augen und dem dunklen Haar meiner Mutter lieber gewesen.

Wenigstens ließ sich dieser Nachteil, soweit es das unglückselige Haar betraf, durch eine chinesische Kappe ausgleichen, die mit kleinen Buddhafiguren verziert war und sehr fest saß. Meine Mutter hegte ihre Zweifel, ob sich die Buddhafiguren für die Tochter eines Missionars eigneten; doch ihre Gutherzigkeit verbot ihr, einzuschreiten, als sie sah, wie ernst die alte Kinderfrau die Sache nahm.

«Wir haben gerade zwei Kinder verloren», erklärte Amah Wang fest. «Es ist ja gut und schön, einem fremden Gott zu vertrauen, aber wie soll man wissen, ob er auch in einem Land, das ihm nicht gehört, etwas zu sagen hat? Besser ist es, die Hilfe aller Götter anzurufen, die es gibt, auf jeden Fall aber die Hilfe der Götter, die hier, wo wir leben, beheimatet sind.»

Von diesem Standpunkt ließ sie sich nicht abbringen, und die kleinen Buddhafiguren blieben als goldene Verzierung auf der roten Kappe eines weißen Kindes.

Es gibt eine Zeit, aus der mein Gedächtnis keine Erinnerung an meine Mutter bewahrt hat. Ich dachte einmal über diese merkwürdige Lücke nach und erkundigte mich bei ihr, wo sie damals gewesen sei.

«Du warst nie mit Amah Wang allein», antwortete sie erstaunt. «Ihr beide wart immer mit uns zusammen.»

Ich erinnere mich jedoch genau, daß sich eine Zeitlang meine Welt nur um die blaugekleidete kleine Gestalt drehte. Ich sehe nichts außer dem runzligen braunen Gesicht, das sich über mich beugt, und es scheint mir, daß ich fast immer an ihrer schwieligen braunen Hand hing, deren Fingerspitzen rauh von Nadelstichen waren. Wenn es abends so dunkel wurde, daß es mir den Atem verschlug, fühlte ich, daß sie mich aus dem Bett hob, und dann schmiegte ich mich erleichtert und behaglich an ihre warme Brust.

Als ich diese Erinnerungen erwähnte, sagte meine Mutter ernst: «Sie hätte dich nicht aus dem Bett nehmen dürfen, aber vermutlich geschah es in dem Sommer, wo ich ein Vierteljahr mit schwerer Ruhr krank lag. Du warst damals drei Jahre alt. Ich war so elend, daß ich kaum die Hand heben konnte. Der Arzt gab mir nur wenige Tage. Als ich das hörte, faßte ich den festen Entschluß, nicht zu sterben. Dich mußte ich ganz der Obhut Amah Wangs überlassen. Dabei quälte mich die Sorge, daß du auch krank werden könntest. Es war der heißeste Sommer, den wir jemals hatten. Im Juni und Juli ging in der Stadt Typhus und später auch Cholera um. Aber du bliebst rund und rosig. Jeden Morgen steckte dich die Amah nach dem Bad in ein frisches weißes Kleidchen und brachte dich zu mir. Ich erinnere mich, daß sie sogar lernte, dein Haar so zu locken, wie ich es immer tat, und in einer Rolle aufzustecken; viel lieber hätte sie es so glatt wie möglich gebürstet, aber sie machte es mir zuliebe, die gute alte Seele. Keinen Tag warst du in jenem Sommer krank.»

Das war es also. Darum kommt es mir vor, als wäre ich eine Zeitlang mit Amah Wang allein gewesen. Als Mutter ein andermal zu uns zurückkehrte, brachte sie ein kleines Kind mit, diesmal ein Bübchen mit braunem Haar. Das war für meine Amah fast zuviel des Glücks. Rettungslos verfiel sie ihm, weil es ein Junge war, und ich mußte den Platz in ihren Armen hergeben.

Hier verliert auch ihr Bild an Klarheit. Offensichtlich wandte ich die Augen ab, um nicht zu sehen, daß sie das neue Kind ebenso zärtlich wiegte wie früher mich. Doch Kinder wachsen, und das war auch bei diesem kleinen Burschen der Fall. Er lehnte sich auf und wünschte auf eigenen Beinen zu stehen. Die Amah wickelte ihm einen Stoffstreifen um den Leib, und in dieser Gürtelschlinge tapste er umher wie einst ich und wie jedes chinesische Kind, das laufen lernt. Nun fand sie Zeit für uns beide. Ich hatte unterdessen das Alter für Märchen und Geschichten erreicht und erwies mich als unersättlich.

«Was soll ich dir nur erzählen?» jammerte sie. «Ich dummes altes Ding kann ja nicht einmal die Schriftzeichen unterscheiden.» Dabei begutachtete sie die Spitze des ewigen Strumpfes, den sie zum Stopfen über die Hand gezogen hatte.

Wir wußten beide, daß das nur eine Höflichkeitsflöskel war, und ich antwortete im gleichen Stil: «Keine andere Frau auf der ganzen Welt kennt so viele Geschichten wie du!»

Das stimmte; sie hatte einen schier unerschöpflichen Vorrat, der größtenteils von buddhistischen und taoistischen Priestern stammte. Die buddhistischen Märchen berichteten von Zauberdolchen, die so sehr zusammenschrumpften, daß ein Mann sie bequem im Ohr oder im Augenwinkel verstecken konnte; doch wenn er den Dolch hervorzog, war er lang und scharf, eine rasch tötende Waffe. Oder sie erzählte mir Legenden von dem einen oder anderen Gott, der sich den Menschen gezeigt hatte. Himmel und Erde beschwor sie auf mich herab. Ausführlich beschrieb sie die Schrecken der buddhistischen Unterwelt; ich erfuhr, wie es im Paradies aussah und was es mit dem Lebensrad auf sich hatte, das uns alle mit sich schleppt, ob wir es wollen oder nicht. Stundenlang grübelte ich darüber nach, in welcher Gestalt ich am liebsten wiedergeboren werden wollte.

Die taoistischen Märchen gefielen mir besser. Sie handelten von Teufeln und Feen, von den vielen Geistern, die Baum, Stein und Wolke beleben, und von den Drachen in Meer, Sturm und Unwetter. Östlich von unserem Haus stand eine Pagode. Ich wußte, daß darunter der Kopf eines Drachen eingeklemmt war. Wenn es ihm gelänge, sich zu befreien, würde der Fluß anschwellen, steigen und steigen, bis wir alle ertrunken wären. Die Gefahr schien nicht groß zu sein, denn die Pagode war mächtig und schön, der Drache hilflos gefangen.

Hatte ich alle diese Wunder satt, was öfters vorkam, so bettelte ich die Amah an, mir von früher zu erzählen, von der Zeit, als sie noch klein war.

Diese Bitte richtete ich mit gleicher Beharrlichkeit an meine Eltern, und von ihnen hörte ich dann stolze Geschichten aus der Pionierzeit meines Vaterlandes, das ich nicht kannte. Es waren Geschichten vom tapferen Vorwärtsdringen, vom heldenhaften Bestehen auf religiöser Freiheit, Geschichten von strenger, gottesfürchtiger Moral. Aber ebenso gefesselt und gläubig lauschte ich der Amah, wenn sie mir von ihrer Kindheit erzählte. Während meine Eltern, die in einem christlichen Dorf aufwuchsen, sonntags zur Kirche gingen und ihren Katechismus lernten, lebte sie in einer alten, großen chinesischen Stadt am Jangtsekiang und verrichtete ihre Gebete in einem Tempel. Ihre Füße waren eingebunden, und ihre Gedanken kreisten ums Heiraten.

«Ich weiß nicht mehr, wann meine Füße anfingen zu schmerzen», sagte sie. «Ich glaube, sie haben mir immer weh getan, bis ich zu wachsen aufhörte. Meine Mutter war stolz auf ihre eigenen Füßchen, und da ich ihre einzige Tochter war, sollten meine Füße ebenso klein bleiben. Als ich drei Jahre alt war, begann sie damit, sie einzubinden. Ich weiß noch – und das ist meine früheste Erinnerung –, daß mich mein Vater in die Küche trug und aufs Stroh bettete, weil ich nachts die ganze Zeit schrie und meine Eltern nicht schlafen ließ. Aber er schlug mich nicht, wie andere Männer ihre Töchter schlugen, und allmählich lernte ich den Schmerz verbeißen. Als ich heiratete, waren meine Füße nur acht Zentimeter groß, und ich trug winzige rote Seidenschuhe.»

Ich betrachtete ihre Füße. «Jetzt sind sie aber viel größer», wandte ich zweifelnd ein.

«Weil deine Mutter mir erlaubt hat, sie aufzubinden, als ich zu euch kam. Damals war mein einer Fuß entzündet; sie hat ihn gebadet und eingerieben, und die Wunde heilte. Ihr zuliebe ließ ich dann die Bandagen fort. Es kam ja nicht mehr darauf an; mein Mann war gestorben, und ich wollte keinen andern heiraten.»

«Zeig mir deine Füße», bat ich.

Mit ernster Miene zog sie ihre Stoffschuhe und die weißen

Socken aus; dann wickelte sie die Bänder ab, die sie darunter trug, bis ihre bloßen Füße zum Vorschein kamen. Sie streckte sie mir zur Besichtigung entgegen. Die Zehen krümmten sich unter die Fußsohle, und das Fleisch war merkwürdig verfärbt. Ich ekelte mich bei dem Anblick.

«Ich bin froh, daß ich keine derartigen Füße habe», sagte ich.

«Du hättest sie früher sehen sollen», erwiderte sie und legte die Binden wieder an.

«Warum trägst du die Bänder?» forschte ich.

«Es würde weh tun, wenn sich die Füße noch mehr dehnten», erklärte sie.

Nach und nach erfuhr ich ihre ganze Lebensgeschichte. Wenn sie an regnerischen Nachmittagen im Kinderzimmer oder an sonnigen Tagen im Gesindehof nähte, rückte ich mein Bambusschemelchen neben sie, stützte den Ellenbogen auf ihren blaubehosten Schenkel und hörte ihr stundenlang zu.

Ihr Vater war ein kleiner Krämer gewesen. Er verkaufte rotbemalte Talgkerzen, Weihrauch und Papiergeld, das man zu Ehren der Toten verbrannte. Seine Frau kam aus einer besseren Familie, doch da seit ihrer Kindheit Pockennarben ihr Gesicht entstellten, mußte sie unter ihrem Stand heiraten. Vielleicht bewirkte gerade diese Demütigung, daß sie so stolz auf ihre winzigen Füßchen und so besorgt um ihre Tochter war. Während ich meiner alten Kinderfrau lauschte, wurde mir klar, daß sie als junges Mädchen sehr hübsch gewesen sein mußte.

«Stell dir vor, mein Kleines», sagte sie, «damals war meine Haut zart und hell, mein Haar glatt und tiefschwarz. Der Zopf reichte mir bis zu den Kniekehlen, und die Stirnfransen lagen wie ein Schleier über meinen Augen. Meine Lippen waren rot, ich brauchte keine Schminke. Nur meine Brauen waren spärlich, ich mußte sie mit dem Pinsel und der Tusche meines Bruders nachziehen. Das war wirklich mein einziger Schönheitsfehler. Meine Zähne waren schneeweiß und ebenmäßig wie Granatapfelkerne.»

Ich war zu wohlerzogen, um Mißtrauen zu äußern; niemals hätte unsere Amah eine Unhöflichkeit geduldet. Ich musterte nur das faltige braune Gesicht sehr genau. Jetzt hatte sie höchstens noch sechs Zähne, und der Mund, der einst so rosenrot gewesen sein sollte, war über dem zahnlosen Kiefer eingesunken. Die Unterlippe hing schlaff. Einen großen Trost bedeutete es für sie, daß zwei Zähne drei anderen gegenüberstanden, so daß sie noch kauen konnte. Um so größer war ihr Kummer, als sie einmal die Kellertreppe hinunterfiel und sich zwei dieser nützlichen Zähne ausschlug. Wir Kinder lachten, und sie ärgerte sich so sehr, daß sie uns weidlich beschimpfte, was sehr selten vorkam, und sogleich bereute sie den Ausbruch. Sie kramte in ihrem tiefen Busen und förderte eine Handvoll Melonenkerne zutage, die wir knacken durften. Das war das Zeichen der Versöhnung; auch wir baten um Verzeihung, und alles war wieder im Lot.

Was ihre Brauen und ihre Haare betraf, so konnte ich feststellen, daß die Brauen ziemlich struppig und die Haare zwar noch schwarz, aber so schütter waren, daß kahle Stellen durchschimmerten, wenn sie nicht sorgfältig übermalt wurden. Dazu benutzte sie unsere schwarze Schuhwichse. Ich wußte das, und das Verfahren erweckte mein lebhaftes Interesse. Nachdem sie die Wichse aufgetragen hatte, mußten wir prüfen, ob noch irgendwo eine helle Stelle zu sehen war. Wir berieten sie bei den notwendigen Retuschen. Aus einiger Entfernung fanden wir das Täuschungsmanöver gelungen.

«Ich wurde in sehr jungen Jahren verheiratet», erzählte sie mir. «Die Vermittler rissen sich um das Geschäft, weil es kein Kunststück war, mich an den Mann zu bringen, und sie dabei einiges verdienten. Dazu kam noch die Taipingrevolution. Deswegen ging es so schnell mit meiner Verheiratung.»

«Was ist das, die Taipingrevolution?» wollte ich wissen.

«Die Taiping waren Aufständische», antwortete sie. «Brandschatzend und mordend drangen sie in die Stadt ein, und wir hörten, daß sie überall so gehaust hatten. Sie haßten Priester und Götter. Alle Priester, denen sie begegneten, schlugen sie nieder, und sie zündeten die Tempel an. In der Nähe unseres Hauses stand ein Tempel, sieben Stockwerke hoch, eine herrliche Pagode. Dort versteckten sich die Priester. Aber die Taiping legten Feuer an das Holzwerk im Innern, so daß die Priester in den Flammen umkamen. Manche Leute behaupten, daß es dort noch heute nach verbranntem Menschenfleisch riecht.»

«Wie riecht denn verbranntes Menschenfleisch?» fragte ich neugierig.

«Sehr gut», versetzte sie gelassen. «Ich habe gehört, daß Räuber, die es einmal gekostet haben, danach verlangen wie nach Opium. Sie mögen ihr Leben lang kein Tierfleisch mehr essen.»

«Schmeckt das gebratene Fleisch der Weißen ebenso gut?» bohrte ich weiter.

Dieser Gedanke war meiner alten Kinderfrau noch nie gekommen. Sie hielt im Nähen inne und sah mich nachdenklich an. Auf keinen Fall wollte sie zugeben, daß sie eine Frage nicht zu beantworten vermochte. Schließlich erklärte sie entschieden: «Das Fleisch ist viel fader und voller Wasser, weil ihr euch so viel wascht. Es ist der gleiche Unterschied wie zwischen dem Fleisch des Wasserbüffels, das voller Wasser und zäh ist, und dem Fleisch einer Kuh, das feinfaserig ist, sich trocken anfühlt und gut riecht, wenn man es mit Sojabohnen und frischem Ingwer schmort.»

«Wie ging es weiter?» drang ich in sie, nachdem dieser Punkt geklärt war.

«Du mußt bedenken», fuhr sie fort, während ihre Nadel geschickt das Loch in der Ferse eines Strumpfes stopfte, «ich war so hübsch, daß man nicht wußte, was man mit mir anfangen sollte, als die gierigen Banditen die Stadt überfluteten. Also wurde ich verheiratet. Mein Mann, der mich liebte, und meine Schwiegermutter wußten nicht, wo sie mich verstecken sollten. Sie kamen übrigens um wie so viele damals, aber ich blieb verschont, eben weil ich so hübsch war.»

Den Zusammenhang verstand ich nicht, da ich noch zu klein

war. Ich schaute sie an und fragte: «Wurden die Hübschen denn nicht getötet? Darüber hätte sich dein Mann freuen müssen, wenn er dich so lieb hatte.»

Meine alte Kinderfrau hatte jedoch einen ausgeprägten Sinn fürs Schickliche. Sie merkte, daß sie mit ihrem Bericht in eine Sackgasse geraten war. Sie hielt es für den einfachsten Ausweg, rasch aufzustehen, in die Küche zu humpeln, den Holzdeckel vom Topf zu nehmen und mir zuzurufen: «Ich habe heute noch Reis und gesalzenen Kohl für dich. Das hast du ja am liebsten.»

Die Taiping verschwanden, und ich lief zu ihr, um zuzusehen, wie sie den Reis aus dem großen Eisentopf schöpfte. Dann nahm sie den Kohl aus einer Schale, die in einer Nische des Kamins stand, und holte ihre eigenen Eßstäbchen, die sie sorgsam an ihrer Schürze abwischte. Begeistert stürzte ich mich auf dieses Gericht der Armen, das für mich eine Delikatesse war. Oft ließ mich das ausgeklügelte Essen meiner Mutter gleichgültig, ich bevorzugte die Bauernkost. Doch als ich die Schale zur Hälfte geleert hatte und der Heißhunger gestillt war, regte sich wieder mein Forschergeist. Während des Essens hatte ich nachgedacht.

Ich blickte von der Schale auf und fragte: «Was hat man denn mit dir gemacht, wo du doch so hübsch warst?»

Amah Wang antwortete obenhin, als ob sie die ganze Angelegenheit vergessen hätte: «Ach, das ... Man steckte mich in einen ausgetrockneten Brunnen. Dort saß ich an einem Tischchen, das man heruntergelassen hatte, und jeden Tag schickte man mir etwas zu essen. So, das genügt für heute!» erklärte sie unvermittelt. «Geh jetzt und lies dein Buch!»

Mit diesem Befehl machte sie jedem Spiel und aller Nichtstuerei ein Ende, denn obwohl sie selbst kein Wort lesen konnte, war sie sehr stolz darauf, daß ich, nur ein Mädchen, es im Leben ebensoweit gebracht hatte wie mein Bruder. Zunächst schien es ihr nicht so wichtig zu sein, doch als ich die chinesische Schule besuchte und die Landessprache lesen lernte, prahlte sie ihren Freunden gegenüber: «Meine Kleine ist zwar nur ein Mädchen, aber sie hat den Bauch voller Schriftzeichen!»

Wenn ich trödelte oder mich über meine Schulaufgaben beschwerte, was bei meiner Widerborstigkeit nicht selten vorkam, ermahnte sie mich ernst, ich müsse lernen. «Da sitze ich nun mein Leben lang wie eine Blinde», sagte sie, «und wenn ich meinem Sohn einen Brief schicken will, muß ich auf den Markt zum Schreiber gehen. Er setzt dann vieles hin, was ich gar nicht gesagt habe, und ich kann nichts dagegen machen, wenn er es hingeschrieben hat.»

Ich erwiderte eigensinnig, ich wäre viel lieber ein chinesisches Mädchen, das nichts zu lernen brauchte, und es wäre mir durchaus recht, nichts zu wissen. Darauf riß sie die Augen auf und schob die Unterlippe vor, so daß ich von Ehrfurcht erfaßt wurde und unwillkürlich zu meinem Buch ging.

In mancher Hinsicht verwöhnte sie uns sehr. Meine Mutter wollte, daß ich auch die Hausarbeit erlernte, und befahl mir, jeden Tag mein Zimmer aufzuräumen und mein Bett selbst zu machen. Die Amah hingegen murrte: «Wozu muß denn dieses Mädchen arbeiten, wenn es doch so gelehrt wie ein Junge ist?»

Ich fühlte mich verstanden und war getröstet, zumal ich wußte, daß meine alte Kinderfrau ihre eigenen Mittel und Wege hatte. So kam es, daß ich oft, wenn ich nach dem Frühstück hinaufging, mein Zimmer tadellos in Ordnung und mein Bett gemacht vorfand.

Amah Wang flüsterte mir dann jedesmal zu: «Kind, verwende du nur etwas mehr Zeit auf deine Bücher, dann bin ich belohnt!»

Lange Zeit wußte ich nicht, wo meine Mutter unsere Amah aufgetrieben hatte. Ich nahm es als gegeben hin, daß sie von jeher da gewesen war, ebenso unsterblich wie meine Eltern und das ganze Weltall. Erst als ich schon fast erwachsen war, befragte ich meine Mutter.

Zögernd antwortete sie mit der Zurückhaltung ihrer Generation: «Leider war Amah Wang in ihrer Jugend nicht sehr tugendhaft. Du mußt verstehen, es waren wirre Zeiten, und ihr Mann starb, als sie noch sehr jung war, und sie war so hübsch ...»

«Sie war also tatsächlich hübsch», murmelte ich eingedenk des Gehörten.

Meine Mutter sah mich erstaunt an. «Ja, sie war sehr hübsch, als ich sie fand, aber längst nicht mehr, als sie dich betreute! Während der Taipingrevolution kamen ihre Schwiegereltern um – ich glaube, auf sehr grausame Weise –, und kurz darauf starb ihr Mann. Ihre eigenen Eltern hatten das Weite gesucht, um der Gefahr zu entrinnen, und sie stand ganz allein. Es gab da einen üblen Hauswirt, der ihr arg zusetzte – in der Nachbarschaft erzählte man sich viele böse Geschichten, und ich hörte, daß sie gar kein Geld hatte. Einige Frauen sagten, es wäre sehr gewagt von mir, sie ins Haus zu nehmen und ihr meine Kinder anzuvertrauen. Aber sie hat gewiß nie ein unschickliches Wort zu dir gesagt, nicht wahr?»

Ich dachte an das braune Gesicht meiner zweiten Mutter, die für mich mehr als eine Kinderfrau gewesen war, und bekräftigte stürmisch: «Niemals!»

Als sie alterte, beschwerten wir uns manchmal, daß sie leicht die Geduld verlor. Sie schalt mich oft, weil ich ein Wildfang war und gern auf Bäume kletterte, wodurch die Flickarbeit keineswegs vermindert wurde. Sie zog den Strumpf mit dem durchlöcherten Knie über die Hand, schaute mich vorwurfsvoll an, schob die Unterlippe vor und sagte: «Wer würde meinen, daß das der Strumpf einer jungen Dame ist?»

Dann belehrte sie mich ernst, wie eine junge Dame zu sitzen, zu stehen und zu gehen hatte, wie sie den Kopf halten und wie mit Erwachsenen sprechen mußte. Wenn diese Predigt allzu lange dauerte, zeigte ich Reue, und sobald dieses Stadium erreicht war, besänftigte sie sich. Sie erhob sich, ging in die Küche und kehrte mit einer Reiskruste zurück, die sie vom Boden des Topfes abgekratzt hatte. Sie gab sie mir mit den Worten: «Ich weiß, du willst brav sein, mein Kind. Dein Herz ist willig, das weiß ich.»

Eine gebackene Reiskruste kann trösten! Sie verstand es

überhaupt, aus allem, was sie für uns tat, ein Vergnügen zu machen. Ein Hauptspaß war das Ausbrüten der Küken, die unsere Pfleglinge werden sollten. Jedes Frühjahr wurde das zu einem Ereignis. Sobald die Schärfe des Windes nachließ, machten wir uns zu den Bauernhöfen in den umliegenden Tälern auf und suchten, bis wir eine Bruthenne gefunden hatten, die der Amah zusagte. Da und dort kaufte sie frische Eier, bis wir zwanzig Stück beisammen hatten. Zu Hause machte sie in einer alten Kiste, die sie Jahr für Jahr aufbewahrte, ein Nest, das sie in ihr Zimmer stellte, um die ganze Prozedur zu überwachen. In diesem Nest wurde die Henne auf die Eier gesetzt.

In den folgenden drei Wochen durften wir weder die Henne noch die Eier jemals berühren. Amah Wang versicherte uns, daß eine chinesische Henne sofort von den Eiern weglaufen und nie mehr zurückkehren würde, wenn Kinder mit weißer Haut und hellem Haar vor ihr erschienen.

Trotz allem vernachlässigte die Henne manchmal ihre Pflicht. War sie so flatterhaft, daß sie sich nicht zurücklocken ließ, so verstaute Amah Wang die Eier vorsichtig in ihrem weiten Gewand und brütete die Küken mit der eigenen Körperwärme aus. Nachts nahm sie die Eier mit unter die Decke, und sie blieb halb wach, um sie nicht zu zerdrücken.

Wie spannend war es, wenn sie mit geistesabwesendem Blick die Schulter hob, eine Hand im weiten Ärmel versenkte und in der Tiefe kramte. Leise raunte sie uns zu: «Wartet – ein Küken!»

Wir warteten atemlos, bis ihre Hand mit dem ausgeschlüpften feuchten Vögelchen zum Vorschein kam. Wie kostbar waren diese Küken, und welch eine Tragödie, wenn eins starb!

So wurde sie bei uns alt. So alt wurde sie, daß sie nicht mehr viel tun konnte, und meine Mutter sorgte dafür, daß nicht gerade die feineren Näharbeiten in ihren Flickkorb gerieten. Sehr setzte ihr der Tod der geliebten Schwiegertochter zu, die sie selbst ausgesucht hatte und die unsere Köchin geworden war. Der Sohn wurde danach widerspenstig und bestand darauf, ein hübsches, pausbackiges Mädchen vom Lande zu heiraten, das er auf einem Bauernhof gesehen hatte. Er war ihr einziger Sohn, dem sie nichts abschlagen konnte. Schweren Herzens richtete ihm seine Mutter die Hochzeit aus. Die junge Frau war faul und ungehorsam. Sie gab den Verdienst ihres Mannes für überflüssige Dinge wie Papierblumen aus, die sie sich ins Haar steckte, und für Süßigkeiten, die sie schleckte. Als Amah Wang ihr Vorhaltungen machte, wurde sie so frech, daß es der alten Frau fast das Herz brach.

Als wir eines Abends beim Essen saßen, stürzte unsere neue Köchin, Amah Wangs zweite Schwiegertochter, verstört herein und schrie: «Meine Mutter will sich umbringen!»

Mutter sprang auf und eilte hinaus; wir folgten ihr auf den Fersen. Im Torhaus fanden wir unsere geliebte Kinderfrau, wie sie mit aller Kraft mit dem Kopf an die Wand stieß.

Mutter drehte sich mit blitzenden Augen zu der erschrockenen jungen Person um und fuhr sie an: «Gott wird dich strafen, weil du deine gute alte Mutter so traurig machst!»

Hierauf schloß sie die weinende Alte in die Arme, tröstete sie und führte sie in den stillen Garten hinaus.

Als die Amah verzweifelt weiterschluchzte und seufzte, sie wolle sterben, sagte meine Mutter: «Du wirst nicht sterben. Dein Leben gehört mir. Ich habe dich zweimal gerettet, das erstemal, als ich dich in mein Haus holte, das zweitemal, als du fast an der Cholera gestorben wärst. Du darfst dein Leben nicht wegwerfen.»

Das stimmte. In dem Sommer, als Amah Wang schwer an Cholera erkrankte, zog Mutter zu ihr ins Torhaus, pflegte die Kranke Tag und Nacht ganz allein und errettete sie wirklich vom Tode. Meine Mutter gehörte nicht zu den Menschen, die gern an solche Dinge erinnern, aber angesichts dieser bitteren Herzensnot schien es ihr das richtige Mittel zu sein.

Tatsächlich richtete sich Amah Wang auf und trocknete ihre Tränen. Die junge Frau aber wurde entlassen, und wir bekamen eine andere Köchin.

Einmal hat Amah Wang auch Mutter gerettet. Jedenfalls behauptete meine Mutter das. Nach der Geburt ihres letzten

Kindes litt sie an Kindbettfieber. Der europäische Arzt kam häufig, jedenfalls immer, wenn mein Vater ihn aufzutreiben vermochte. Er war ein Mann mit dunkler Vergangenheit und in unserer Stadt untergetaucht. Meistens war er betrunken. Schließlich gaben alle eines Tages die Hoffnung mehr oder weniger auf. Unsere Amah nahm sich des Kindes an, denn keiner der andern Dienstboten mochte sich um ein Mädchen kümmern, noch dazu um eins, das seine Mutter so gut wie getötet hatte. Trotzdem fand Amah Wang Zeit, mich zu trösten. Nachdem sie das Kind gebadet und mit Konservenmilch gefüttert hatte, schmiegte ich mich an sie und fragte ängstlich, ob Mutter sterben müsse.

Sie schüttelte nachdrücklich den Kopf und antwortete: «Morgen früh gehen wir beide in den Tempel und beten, ganz früh, bevor die andern aufstehen.»

Am folgenden Morgen weckte sie mich und zog mich an. Wir schlichen zusammen aus dem Haus, gingen die Straße hinunter und betraten den Tempel. Vor einer dunklen kleinen Götterstatue, die in einem Winkel stand, sank Amah Wang in die Knie, betete und opferte in einer Schale den Weihrauch, den sie mitgebracht hatte. Ringsum standen die Götterbildnisse, die einen liebenswürdig lächelnd, andere wild und furchterregend. Unsere kleine Göttin schien alt und milde zu sein; gelassen, mit gefalteten Händen blickte sie auf uns herab. Um ihren Rocksaum tummelten sich winzige Kinder, wie die Göttin selbst aus vergoldetem Ton gebildet.

Ich fragte: «Wer ist die Göttin?»

Die Amah antwortete. «Sie hilft den Frauen, die in Kindbettnöten sind.»

Zu Hause führte sie mich ins Kinderzimmer und befahl mir ernst, nun zu dem Gott der Weißen zu beten, um alle Götter zufriedenzustellen.

Ich kniete also bei einem Stühlchen nieder, faltete die Hände und betete inbrünstig: «Lieber Gott, laß Mutter gesund werden!» Nach kurzem Nachdenken betete ich weiter: «Und auch du, Göttin, laß Mutter gesund werden!»

Nachdem ich zu all den Gottheiten gebetet hatte, die ich kannte, erhob ich mich, und wir waren beide getröstet, meine alte Kinderfrau und ich.

Die Amah hatte aber außerdem eine praktische Ader, und so recht und gut Götter auch sein mochten, es gab noch andere Mittel und Wege.

Meine Mutter erzählte es mir später:

«Eines Nachts fühlte ich mich so elend, daß ich dachte, jeden Augenblick sterben zu müssen. Dein Vater brachte mir die Fleischbrühe, die ich alle zwei Stunden zu mir nehmen sollte. Schon beim ersten Löffel merkte ich, daß sie anders schmeckte. Sie schmeckte nach Fisch, und ich brachte sie kaum hinunter. Aber ich wußte, ich mußte sie nehmen, denn ich war zu schwach, um zu warten, bis neue Brühe zubereitet wurde. Ich dachte, die Schale hätte vielleicht neben einem Fischgericht gestanden, und ich zwang mich, die Brühe zu schlucken. Stell dir vor, wie merkwürdig, aber ich fühlte mich gleich besser, und am nächsten Tag ging es mir auch besser!»

Als Mutter einigermaßen wiederhergestellt war, erklärte Amah Wang frohlockend: «Es gibt vieles, was die weißen Ärzte nicht wissen. Was die Götter betrifft, so tut man klug daran, zu ihnen zu beten; aber wer weiß, ob sie gerade an diesem Tag in ihrem Bildnis weilen und ob es gerade der Tag ist, an dem sie zuhören mögen. Nein, nein, in meiner Heimat gibt man den Frauen mit Kindbettfieber einen bestimmten Fisch, der gekocht werden muß. Ich habe die Brühe heimlich gemacht und die Schale ausgewechselt.»

Wer kann sagen, ob sie unrecht hatte – oder recht? Jedenfalls war meine Mutter wieder gesund.

Amah gab nie ihre eigenen Götter auf und ließ sich nicht taufen. Meine Mutter hielt es für ihre Pflicht, ihr auf freundliche Weise die Geschichte des Christentums zu erklären. Die alte Kinderfrau hörte höflich zu, ging aber nicht weiter, als die Möglichkeit anzuerkennen, daß es einen «weißen» Gott gäbe. Wenn man sie zum Beten bewegen wollte, entschuldigte sie sich: «Wie soll ich wissen, ob er Chinesisch versteht?»

Wenn man ihr sagte, Gott verstünde alle Sprachen, antwortete sie halb bittend: «Dann betet ihr für mich, wenn ihr wollt. Ich habe nichts dagegen! Was mich selbst betrifft, ich habe schon so viel zu meinen Göttern gebetet, daß sie gekränkt sein könnten, wenn ich jetzt von ihnen abfiele.»

Der Takt verbot meiner Mutter, die Alte zu drängen, die friedlich, wenn auch recht hinfällig weiter bei uns lebte, bis sie eines Abends einen Herzanfall erlitt. Sie starb furchtlos in der Überzeugung, daß irgendwo für sie eine neue Lebensreise beginnen würde.

Nachdem der Sarg, in den wir den alten Körper liebevoll gebettet hatten, fortgetragen worden war, damit sie neben ihrem Mann beerdigt werde, war es im Haus eine Zeitlang sehr traurig, denn sie fehlte uns. Aber auch als wir uns schließlich an den Verlust gewöhnt hatten, ja sogar als Erwachsene spürten wir, daß sie in uns, ihren weißen Kindern, fortwirkte, und wir werden es immer spüren. Etwas von ihr ging auf uns über, wie Mütter immer ein Teil ihrer Kinder werden, so daß Amah Wangs Land uns zur Heimat wurde – ein Land, das wir liebten und verstanden, ebenso ihr Volk. Und etwas vom Wesen der Götter, an die sie glaubte, ist uns im Herzen geblieben, so daß wir in Gedanken an unsere alte Kinderfrau die Gläubigkeit anderer achteten. [Aus einem Artikel in *Fortnightly Review.*]

Pearl Buck liebte ihr Geburtsland Amerika, doch als sie ihre eigentliche Heimat kennenlernte, fand sie sie sonderbar und befremdlich. Sie hörte ihre Mutter gern von dem stattlichen alten Haus in Westvirginia erzählen und von den Menschen dort, doch auch sie waren ihr fremd. Sie verstand die Lebensweise der Amerikaner nicht, verstand den Unterschied zwischen den beiden Völkern nicht. Das ewige Warum! Sie berichtet:

Sehr deutlich erinnere ich mich an den Augenblick, in dem ich zum erstenmal erfaßte, daß ich Amerikanerin war. Ich muß ungefähr vier Jahre alt gewesen sein. Amah Wang nähte mir eine Mütze, die ich zum chinesischen Neujahrsfest tragen sollte. Weihnachten erkannte sie nur widerwillig mit kleinen Geschenken an; für sie blieb es ein fremdes, unwichtiges Fest. Hingegen traf sie überwältigende Vorbereitungen zum chinesischen Neujahrsfest. Wie die chinesischen Kinder mußten auch mein Bruder und ich von Kopf bis Fuß neu eingekleidet werden, was sie übrigens selbst besorgte, bis ihre Augen zu schwach wurden.

Eine neue Kappe war unerläßlich. Meine hatte rot zu sein, mit Blau abgesetzt, und vorn wurden goldene Buddhafigürchen aufgenäht. Ich spürte, ohne den Grund zu begreifen, daß meine Eltern an den Buddhafiguren Anstoß nahmen und für ein Kind aus christlichem Haus unpassend fanden. Mein Vater befahl Mutter immer, sie abzutrennen, was sie auch stets zu tun versprach, sobald es möglich wäre, ohne daß sich Amah Wang gekränkt fühlen würde. Bei der Weichherzigkeit meiner Mutter endete es immer damit, daß ich die Kappe mit den Buddhafiguren trug, bis ich zu groß dafür wurde und Amah Wang statt dessen grüne Plättchen aus imitiertem Jade aufnähte. Ich selbst liebte die Buddhafiguren. Wenn ich die Augen aufwärts drehte, bis ich schielte, sah ich die milden, zuversichtlichen Gesichtchen auf mich niederblicken.

«Buddha wird alles Übel und alle Krankheit von dir fernhalten», sagte Amah Wang jedesmal, wenn wir vor die Haustür traten.

«Ich dachte, das tut der liebe Gott», gab ich zurück.

«Dein Gott beschützt dich natürlich in deinem Lande», erklärte sie, «aber hier in China hat er keine Macht. Jedes Land hat seinen eigenen Gott. Es ist bestimmt besser, wenn du hier bei uns Buddha an der Mütze trägst. Außerdem ist es mir noch nicht gelungen, ein Bild vom Gott deines Vaters aufzutreiben – wie könnte ich ihn da an deine Mütze nähen?»

Das leuchtete mir ein, und ich war überzeugt, in Buddhas

Schutz zu stehen, wenn ich innerhalb der Mauern unseres Anwesens spielte oder draußen durch die chinesischen Straßen ging.

Natürlich war mir unbestimmt bewußt, daß sich meine Familie nicht nur durch die Götter von unserer Umgebung unterschied. Zum Beispiel kamen auf unseren Tisch andere Speisen. Persönlich zog ich die chinesischen Gerichte vor, und ich aß auch lieber mit Eßstäbchen als mit Messer und Gabel. Sehr oft trug ich chinesische Kleidung, besonders im Winter die wattierten Röcke, die in den ungeheizten Räumen vor Erkältung schützten. Allerdings wußte ich, daß diese Tracht nicht wirklich zu mir gehörte, nicht so wie meine europäischen Kleider, mein Mantel, mein Hut und meine Schürzchen. Und selbstverständlich war Englisch, das ich mit meinen Eltern sprach, meine Muttersprache, obwohl ich zuerst Chinesisch lernte und es mir leichter fiel.

Doch kein Mensch äußerte sich mir gegenüber darüber, bis zu dem Tag, als Amah Wang mir kurz vor dem chinesischen Neujahrsfest die neue Mütze zur Probe aufsetzte. Sie saß fest am Kopf, bedeckte meine Ohren und umschloß den Hals. Eine schwere Silberkette, die von der alten Kappe zur neuen gewandert war, hielt sie unter dem Kinn fest.

Amah Wang murrte, während sie meine blonden Locken unter die Mütze stopfte: «Ach, dieses verrückte Haar. Es ist schon so lang, daß es nicht mehr unter die Mütze geht.»

«Warum müssen wir es denn verstecken?» fragte ich.

«Weil es nicht wie richtiges Haar aussieht, darum», jammerte sie. «Es sieht nicht wie Menschenhaar aus, dein Haar!»

Ich fühlte die Last meines Mißgeschicks. «Amah Wang, warum habe ich dieses Haar und kein schönes, glattes, schwarzes Haar?» fragte ich betrübt.

«Weil du aus dem Ausland kommst, armes Kind», antwortete sie.

«Ist Amerika ein Ausland?» forschte ich weiter.

«Außer China ist jedes Land ein Ausland», erklärte sie. Dann überkam sie Mitleid; sie schloß mich in die Arme und rieb ihre Nase an meiner Backe – das ist der Kuß der Chinesen. «Mach dir nichts draus», tröstete sie mich, «du kannst nichts dafür. Ich werde dein Haar unter der Mütze verstecken, und niemand wird es sehen ... Ach, aber deine Augen! Ich kann sie nicht verstecken.»

«Warum möchtest du sie denn verstecken, Amah Wang?» fragte ich aufs neue erschrocken.

«Sie sind so blau», antwortete sie, «und jeder sollte schwarze Augen haben.»

«Warum sind meine Augen blau?»

«Wer kann das wissen?» versetzte sie. «Ich weiß nur, daß manche Amerikaner blaue Augen haben.» Etwas anderes fiel ihr ein, und sie seufzte: «Ach, deine arme Mutter!»

«Warum ist meine Mutter arm?»

Amah Wang setzte eine feierliche Miene auf und schob ihre volle Unterlippe vor. «Ich war bei der Geburt ihrer sechs Kinder bei ihr. Niemals wußte sie im voraus, welche Augenfarbe ihr haben würdet oder was für Haare. Ihr armen Dinger, vier von euch hatten blaue Augen wie euer Vater und nur zwei braune wie sie.» Sie schnüffelte wieder an meiner Backe. «Aber alle habt ihr eine schöne rosige Haut. Wenn sich die Leute über eure Augen und Haare aufhalten, sagte ich ihnen immer, sie sollten einmal eure Haut betrachten. Weiß wie Jade ist sie, und eure Lippen und Backen sind rot wie diese Seide.»

Auf diese Weise erfuhr ich, daß ich Amerikanerin war, und ich vergaß es nie. Irgendwo hatte ich ein eigenes Land, wo die Kinder wie ich waren. Es graut mir, wenn ich daran denke, wie viele kleine Chinesen sich später mit den Lügen herumschlagen mußten, die ich ihnen über meine Heimat aufgetischt hatte. Zu meiner Entschuldigung kann ich nur sagen, daß ich diese Lügen ebenso von Herzen glaubte, wie ich sie vorbrachte. Ein langes Gespräch führte ich mit Kleinod. Sie war das erste Kind meiner chinesischen Schwester Goldene Wolke, die ich ohne weiteres für meine Blutsverwandte hielt. Goldene Wolke war so viel älter als ich, daß sie schon verheiratet war, als ich zur Welt kam, und kurz danach ihr Töchterchen gebar. Ich liebte

Goldene Wolke, weil sie so hübsch und sanft war, und ich nannte sie Tschieh-tschieh, das heißt Ältere Schwester. Sie nannte mich Mei-mei, was Jüngere Schwester bedeutet, und meine Eltern redete sie mit Vater und Mutter an. Darum kam mir nie der Gedanke, daß sie anderen Ursprungs als ich sein könnte. Ich wunderte mich nicht einmal über ihren chinesischen Gesichtsschnitt. Alle ringsum glichen ihr, und die längste Zeit glaubte ich das auch von mir, wenn ich überhaupt darüber nachdachte.

Doch nachdem ich entdeckt hatte, daß ich aus einem andern Land stammte, sagte ich zu Kleinod: «Du mußt wissen, das hier ist nicht unser Land. Wir alle in diesem Haus haben ein anderes, weit weg von hier.»

Kleinod machte ein erstauntes Gesicht. «Ich auch?»

Sie hatte einen kleinen, mit roter Wolle durchflochtenen Zopf, der so straff zurückgekämmt war, daß es ihr die Stirnhaut hochzog, wodurch die ausgeprägten chinesischen Gesichtszüge noch betont wurden.

«Gewiß», antwortete ich.

Dann erzählte ich ihr von Amerika, das ich gar nicht kannte, zu dem ich aber gehörte und zu dem, wie ich annahm, auch Kleinod, ihre Mutter Goldene Wolke und ihr Vater Klares Urteil gehörten. Ich behauptete, in Amerika gäbe es keine Bettler, keine Armen, keine Diebe. Das war wichtig, denn in der Stadt, bei der wir lebten, gab es viele Bettler. Wenn wir sonntags zur Kirche gingen, schnappten sie nach uns mit Händen, die an dünne Vogelkrallen erinnerten. Den Leprakranken mußten wir nach Mutters Anweisung ganz schnell etwas geben und dann weglaufen. Die trostlosen, zerfressenen Gesichter verfolgten mich manchmal in Angstträumen. Und schon als ich klein war, trieb mir der Gedanke an die Armen die Tränen in die Augen und verdarb mir den Bissen im Mund. In meinem Land durfte niemand arm sein.

Was die Diebe betraf, so wurden wir ziemlich oft von ihnen heimgesucht. Sie schlüpften durchs Tor, wenn es offenstand und der Wärter nicht aufpaßte, und versteckten sich bis zum

Abend im Bambusgebüsch. Manchmal verrieten uns nur schmutzige Stoffschuhe, die wir am Morgen vor der Haustür fanden, daß sie dagewesen waren. Wenn ein Dieb seine Schuhe zurückließ, wollte er damit sagen, daß er es vergeblich versucht hätte und wiederkommen würde. Wir fürchteten uns vor der Rückkehr. In meinem Land wollte ich keine Diebe haben.

Kleinod strahlte. «Darf ich das meiner Mutter sagen?»

«Natürlich», antwortete ich selbstgefällig.

Was sie Goldener Wolke erzählte, weiß ich nicht, aber Goldene Wolke muß meiner Mutter etwas gesagt haben. Denn am Abend dieses Tages erklärte mir meine Mutter vor dem Nachtgebet, wie Goldene Wolke zu uns ins Haus gekommen war.

Viele Jahre vor meiner Geburt hatte sich meine Mutter mit einer chinesischen Dame angefreundet, die, nicht mehr ganz jung, ein Kind erwartete und befürchtete, im Kindbett sterben zu müssen. In ihrer Verzweiflung schickte sie nach dem «ausländischen Doktor». Aber der Missionsarzt war ein Mann, und sie ertrug den Gedanken nicht, von ihm berührt zu werden. So leistete meine Mutter Hebammendienste, und mit einiger Mühe rettete sie Mutter und Kind.

Als die Dame sah, daß sie ein Mädchen geboren hatte, drehte sie das Gesicht zur Wand und sagte leise: «All das für nichts!»

Mutter nahm das kleine Geschöpf in die Arme und sagte: «Es ist nicht recht, daß der Mann die Frau verachtet, aber wenn die Frau eine Frau verachtet, begeht sie großes Unrecht.»

An diese Worte erinnerte sich die Dame, nachdem sie das Bett verlassen hatte; sie führte darüber mit Mutter lange Gespräche, und die beiden freundeten sich an. Sie bekannte meiner Mutter, wieso sie das Kind überhaupt zur Welt gebracht hatte. Wie alle Chinesinnen fand sie es eine Schande, mit über vierzig Jahren ein Kind zu bekommen. Aber sie war eine schöne Frau, ihr Mann hatte sie trotz ihrem Alter geliebt und sich, obwohl er genügend Geld gehabt hätte, kein Kebsweib genommen. Als sie dann erfuhr, daß er seine Aufmerksamkeit einer hübschen Sängerin zuwandte, hoffte sie, ihn zurückgewinnen zu können, indem sie ihm einen Sohn schenkte. Eine Tochter taugte natürlich nicht dazu. Darum übergab sie Goldene Wolke eines Tages meiner Mutter.

«Nimm sie als eigenes Kind an», bat sie. «Ich fühle, daß ich sterben muß.»

Mutter versuchte, ihr die Todesgedanken auszureden. Es dauerte jedoch nicht lange, da kam eines Morgens eine alte Dienerin und brachte uns Goldene Wolke, die damals ein Jahr alt war. Am Abend zuvor hatte die Dame Opium genommen, am selben Abend, an dem ihr Mann das junge Mädchen als Konkubine in sein Haus aufgenommen hatte.

So erfuhr ich, daß Goldene Wolke nicht bei uns das Licht der Welt erblickt hatte und meine Eltern nicht ihre Eltern waren.

«Nicht wahr, du verstehst jetzt, wieso Goldene Wolke Chinesin und nicht Amerikanerin ist? Wir können weder sie noch ihren Mann oder ihre Kinder nach Amerika mitnehmen.»

«Was ist denn ein Chinese und was ein Amerikaner?» fragte ich.

«Es sind verschiedene Menschenrassen», antwortete Mutter.

«Aber Goldene Wolke ist doch genau wie wir», sagte ich.

«Das stimmt», räumte sie ein. «Ich kann dir den Unterschied nicht erklären. Niemand kann es. Spiel du mit Kleinod und denk nicht an solche Dinge.»

Aber ich dachte daran. Ich dachte sogar viel daran. Ich fühlte mich Kleinod nie mehr so nahe wie früher, obwohl ich sie wie eh und je liebte.

Viele Jahre sind vergangen, seit Kleinod und ich mit meinen Puppen im Bambus unseres Gartens spielten, und ich vergaß sie in der Zwischenzeit. Ich verlor sie aus den Augen. Sie war immer eine sehr schlechte Briefschreiberin, und wer weiß, wo sie heute sein mag, nach all den Umwälzungen in China.

Dem Verhängnis, ein Mädchen zu sein, bot Kleinod tapfer die Stirn. Sie blieb nicht die einzige. Es war Goldwolkes Schicksal, ein Mädchen nach dem andern zur Welt zu bringen. Sie und Klares Urteil wohnten in dem kleinen Pfarrhaus einer Gemeinde, die zu dem riesigen Missionsgebiet meines Vaters gehörte. Die Mutter ihres Mannes lebte nicht mehr, so daß sie es nicht mit einer Schwiegermutter zu tun bekam; aber Herr Tschang, der Schwiegervater, ein Assistent meines Vaters, erklärte rundheraus, Goldene Wolke hätte ihre Pflicht erst dann erfüllt, wenn sie einen Sohn gebären und ihm damit einen Enkel schenken würde. Herr Tschang war ein schmucker alter Mann mit weißem Spitzbärtchen und schütterem Haar, das zu einem Zopf geflochten war. Er hielt mit hoher Stimme lange Predigten, und in endlosen Gebeten brachte er Gott seine Wünsche vor. In der Kirche und zu Hause erläuterte er dem Himmel, daß alle Segnungen ohne einen Enkel keinen Sinn hätten.

Als Goldene Wolke Kleinod zur Welt brachte, fühlten sich meine Eltern verantwortlich. Es wäre für Herrn Tschang viel leichter gewesen, am christlichen Glauben festzuhalten, wenn sich Kleinod als Junge erwiesen hätte. Nach eingehendem Gespräch richtete sich Herr Tschang wieder auf und sagte, er wolle Gott dieses Mädchen verzeihen, wenn das nächstemal ein Knabe käme. Schrecklich, binnen Jahresfrist schenkte Goldene Wolke wieder einem Mädchen das Leben. Christliche Beherztheit verlangte, daß sich Klares Urteil und Goldene Wolke den Anschein gaben, als wäre alles in Ordnung. Gefaßt nannten sie das zweite Mädchen Doppeltes Kleinod. Es glich Kleinod aufs Haar und hatte in ein paar Monaten die gleichen festen roten Bäckchen und die gleichen strahlenden nußbraunen Augen. Herr Tschang predigte weniger häufig, und seine Gebete nahmen entschieden einen drohenden Ton an.

«Ein Knabe das nächstemal, o Gott der Christen!» rief er laut, so daß es jeder hören konnte. «Sonst wäre ich besser bei meinen alten Göttern geblieben.»

Im folgenden Jahr bekam Goldene Wolke das dritte Kind, wieder ein rotbackiges, braunäugiges Mädchen. Sie nannten es Reichliches Kleinod, und alle die kleinen Mädchen wußten, wie verkehrt es war, daß sie nicht als Knaben zur Welt gekommen waren. Sie wurden freundlich und liebevoll behandelt, und sogar Herr Tschang hatte sie gern; aber wenn er mit ihnen beisammen war, riß er an seinem schütteren Bart und rief: «Warum hat Gott das getan, wenn er doch allmächtig ist?»

Ich wünschte, ich könnte berichten, daß das nächste Kind ein Junge war, aber nein. In den folgenden drei Jahren brachte Goldene Wolke nacheinander noch drei Mädchen zur Welt. Sie und Klares Urteil gaben es auf, sie scheinbar als Juwele zu betrachten, sondern verliehen ihnen die herkömmlichen Namen: Schöne Tugend, Schöne Barmherzigkeit und Schönes Mitleid. Wenn man sie am Sonntagmorgen in ihrer beklemmenden Zahl sah, alle rotbackig, alle braunäugig, alle sechs mit rotdurchflochtenem schwarzem Zöpfchen, alle die sechs rundlichen kleinen Körper in saubere blaue Baumwolltracht eingezwängt, verstand man, warum Goldene Wolke ein müdes Gesicht hatte und leicht verlegen dreinblickte, warum Klares Urteil mit stiller Schicksalsergebenheit auf der Kanzel stand und warum Tschangs Bart kriegerisch gesträubt war. Zu dieser Zeit hatte er alles Predigen und Beten aufgegeben und verbrachte seine Zeit auf einer Bank im Sonnenschein, eine lange Bambuspfeife rauchend. Fortwährend beaufsichtigte er die sechs kleinen Mädchen, und manchmal war er schwermütig, mitunter sogar recht finster. Es kam aber auch vor, daß er in der Tiefe seines wattierten Gewandes kramte und Geld für sie hervorholte, so daß sie das Rouletterad des Zuckerbäckers in Bewegung setzen konnten. Er war schamhaft verliebt in das kleinste und dickste Mädchen und erklärte, es hätte einen prächtigen Jungen abgegeben.

Die sechs kleinen Mädchen ertrugen ihren Zustand ohne Minderwertigkeitsgefühl. Sie waren zu gesund, zu kräftig und zu glücklich, um sich irgendwelche Sorgen zu machen. Hingegen sorgte sich meine Mutter sehr, weil Goldene Wolke als Pfarrersfrau in der Gemeinde ihres Mannes einiges an Gesicht verloren hatte, und sogar mein Vater gab zu, daß sich die Vorsehung wieder einmal als unerforschlich erwiesen hatte.

Abermals war Goldene Wolke gesegneten Leibes, aber niemand freute sich. Ein Junge war nach einhelliger Ansicht außerhalb des Möglichen. Der alte Tschang, der sonst immer starke Anteilnahme an ihrem Zustand bezeigt und ihr besondere Medikamente und Nahrungsmittel, die einen Knaben verbürgten, besorgt hatte, tat so, als wüßte er von nichts.

Dennoch gebar Goldene Wolke an einem glückhaften Herbsttag einen gesunden Sohn. Das kam ganz unerwartet. Niemand hatte mehr geglaubt, daß Goldene Wolke einen Jungen bekommen könnte, sie selbst ebensowenig. Meine Mutter, die dabei war, sagte, Goldene Wolke hätte es immer ruhig und anscheinend unbeteiligt über sich ergehen lassen, als ihr ein Mädchen nach dem anderen in den Arm gelegt worden war, aber als sie den Knaben sah, weinte sie, bis meine Mutter es mit der Angst bekam. Goldene Wolke weinte und weinte und murmelte: «Herr, nun lässest du deinen Diener im Frieden fahren . . .»

«Hör auf!» herrschte Mutter sie an. «Du wirst nicht sterben, Goldene Wolke. Du mußt diesen Knaben aufziehen.»

Sie nannten den Sohn Barmherzigkeit Gottes. Nach ungefähr einem Jahr sah das Kind genauso aus wie die kleinen Mädchen, rotbackig und dunkeläugig. Aber wir wußten alle, daß es nicht gleich war. Es war ein Knabe.

Als all das überstanden war, fragte ich meine Mutter: «Hat es dich betrübt, daß ich ein Mädchen war?»

«Nein, wahrhaftig nicht», erwiderte sie entrüstet. «Ich hätte mich geschämt, betrübt zu sein.»

«Warum?»

«Weil wir Amerikaner sind», sagte sie.

Danach unterhielt ich mich mit den sechs Chinesinnen seltener über Amerika. Ebenso grausam wäre es gewesen, über den Himmel mit Menschen zu sprechen, von denen man weiß, daß sie das Tor niemals durchschreiten können. Und da ich ebenso weichherzig wie meine Mutter war, bemühte ich mich, das traurige Los der kleinen Mädchen zu mildern. Ob sie wohl darunter litten, daß sie Mädchen waren? Es war schwer, hinter die Fassade der runden, gesunden, scheinbar glücklichen Gesichter zu blicken. Ich sagte zartfühlend: «Ihr müßt wissen, ihr seid genausoviel wert wie Knaben.»

Kleinod schüttelte den Kopf. Sie sprach immer für die andern. «O nein, das sind wir nicht», sagte sie fröhlich und lachte. Alle lachten mit.

«Seid ihr deswegen nicht unglücklich?» fragte ich.

Sie riefen vergnügt durcheinander: «Warum auch?»

«Wir essen alle dasselbe», sagte Kleinod.

«Und wir spielen alle die gleichen Spiele», fügte Doppeltes Kleinod hinzu.

«Und da wir Christen sind, brauchen wir unsere Füße nicht einzubinden», sagte Reichliches Kleinod. Sie lachten herzlich, und mit ihnen lachten die drei kleinen Schönen.

Es machte ihnen nie etwas aus, glaube ich. Sie wuchsen mit mir zusammen auf, und wir erzählten einander alles. Ihr Aussehen änderte sich nicht, sie wurden nur größer. Eines Tages starb Herr Tschang; er hielt das Händchen seines Enkelsohnes in der Hand, als er entschlief. Goldene Wolke bekam keine Kinder mehr. Alle sechs Mädchen bedienten fröhlich ihren Bruder und betreuten ihn während seiner Kindheit. Er unternahm nie etwas allein, und nach allen Regeln der Psychologie hätte er bis zur Denkunfähigkeit verhätschelt und verwöhnt sein müssen. Das war jedoch nicht der Fall. Er entwickelte sich zu einem netten Jungen von ruhigem und angenehmen Wesen. Er erwiderte die Liebe seiner Schwestern und verteilte seine Gunstbezeigungen gerecht unter sie. Wenn die eine an seiner Backe schnüffelte, ließ er sich von allen reihum küssen. Er wurde nicht einmal faul. Als er in die Knabenschule ging, wohin ihm seine Schwestern nicht folgen konnten, arbeitete er recht wacker und wurde ein zuverlässiger, wenn auch mittelmäßiger Schüler. Eine der Schönen entwickelte indes unerwartete Geistesgaben, und als er Geld zu verdienen begann, verhalf er ihr zum Studium.

Er war auch ein musterhafter Sohn. Als Klares Urteil viel zu früh an einem Gehirntumor starb, blickten Goldene Wolke und alle sechs Mädchen auf Barmherzigkeit Gottes. Obwohl er damals erst ungefähr sechzehn Jahre zählte, wurde er das Oberhaupt der Familie und half seiner Mutter mit Würde und Vernunft, Reichliches Kleinod und die drei Schönen, die noch nicht verheiratet waren, an den Mann zu bringen, bevor er sich dazu herbeiließ, selbst zu heiraten.

Doch das war viele Jahre später, als alle erwachsen waren. Als ich Barmherzigkeit Gottes aus nächster Nähe kannte, war er ein dicker, friedlicher Säugling, den wir uns wie eine Puppe gegenseitig reichten. Im Winter mummte ihn Goldene Wolke in ein wattiertes rotes Seidengewand ein, und im Sommer trug er außer seiner glatten braunen Haut nur eine Bauchbinde zum Schutz gegen die Sommerkrankheit. Wir spielten Haushalt, dabei war er das Kind, und abwechselnd übernahmen wir die Rolle der Mutter. Er machte vergnügt mit, und als er sprechen konnte, nannte er uns alle bei dem Spiel Mutter. Wie alle schnüffelte ich an seinen braunen Backen, denn er war wirklich ein Gemeinschaftskind, ein Wunder, die Erhörung jahrelanger Gebete, eine Rechtfertigung des Glaubens an Gott. Jeder in der kleinen christlichen Kirche hatte das Gefühl, Anteil an ihm zu haben. Nach seiner Geburt nahm Goldene Wolke einen Ausdruck an, den sie nie mehr verlor, den Ausdruck einer chinesischen Madonna ... Barmherzigkeit Gottes, du Lieber, welche Vergeudung eines Menschenlebens, daß dich Jahre später eines Tages eine japanische Bombe vernichtete und zu Staub machte!

Diese sechs kleinen Chinesinnen bildeten den Kern meiner Kindheit. Sie waren sechs, aber keine Einheit. Der Kreis zerbrach in der Mitte, als sie größer wurden. Drei von ihnen, die Kleinode, waren dick, rotbackig und friedlich von Geburt an bis zu dem Tage, wo ich sie vor meiner endgültigen Abreise nach Amerika zum letztenmal sah. Damals waren sie verheiratet und umgeben von noch dickeren rotbackigen Geschöpfen.

Die drei Schönen hingegen wurden blaß und schlank, und sie machten endlose Schwierigkeiten, als es darum ging, sie zu verheiraten. Entweder wollten sie nur einen Mann nach eigener Wahl heiraten oder überhaupt nicht, und was für eine ehrbare Frau wie Goldene Wolke verwirrender war, läßt sich schwer sagen. Natürlich erklärt sich das dadurch, daß die drei Kleinode aufwuchsen, bevor die Revolution so viele neue Ideen brachte; hingegen wuchsen die Jüngeren, die drei Schönen, zu einer Zeit auf, als aus dem neuen Sowjetrußland Vorstellungen von Unabhängigkeit und Freiheit, Revolte und Tyrannei hereindrangen. Die gesamte chinesische Jugend war diesem Einfluß ausgesetzt, auch die drei Schönen.

Ich weiß noch, wie Goldene Wolke, damals eine sanftäugige Witwe, zu meiner Mutter kam, um mit ihr darüber zu sprechen. Was sollte sie nur mit der ältesten Schönen anfangen, fragte sie, die nicht heiraten wollte, obwohl sie von den Heiratsvermittlern vier gute Angebote erhalten hatte. Schöne Tugend sagte bloß, sie denke nicht daran zu heiraten. Wer aber hatte jemals von einer Chinesin gehört, die unverheiratet geblieben war, es sei denn, sie wäre buddhistische Nonne. Und sogar die Nonnen waren verheiratet gewesen, bevor sie Nonnen wurden. Jedenfalls waren die Schönen nicht buddhistisch, und nach ihrem Aussehen konnte man sie sich unmöglich als Nonnen vorstellen.

Schöne Barmherzigkeit sagte, sie würde nur heiraten, wenn sie den Mann vorher kennenlernen und ihn lieben könnte. Das war haarsträubend! Nicht einmal Goldene Wolke, die Adoptivtochter einer Amerikanerin, wäre auf den Gedanken gekommen, so etwas zu fordern. Als Goldene Wolke zwanzig war, suchte Tschang meine Mutter auf und bat sie, Goldene Wolke seinem Sohn Klares Urteil zur Frau zu geben. Tschang hatte Goldene Wolke öfters gesehen, wenn er gekommen war, um in der Studierstube meines Vaters sein Gehalt abzuholen. Er hatte an ihrer weichen Stimme und sanften Gemütsart Gefallen gefunden. Nur befürchtete er, sie könnte faul sein; aber Amah Wang sagte, nein, Goldene Wolke wäre recht fleißig im Haus und überdies eine gute Köchin.

Also machte er für Klares Urteil einen Heiratsantrag, und meine Mutter sagte nach kurzem Überlegen, sie werde ihm Bescheid geben. Abends ging sie in das Zimmer, wo Goldene Wolke schlief. Es war ein chinesisches Kämmerchen mitten in unserem amerikanischen Haus. Mutter hatte es ganz chinesisch eingerichtet, wie sie Goldene Wolke auch chinesische Tracht tragen ließ. Sie sagte, sie hätte es als Verrat an der verstorbenen Mutter betrachtet, wenn sie Goldene Wolke zur Amerikanerin gemacht hätte.

Sie setzte sich neben das Bett und berichtete in der Dunkelheit von dem Heiratsantrag. Was für eine Entscheidung Goldene Wolke treffen wolle?

Darauf sagte Goldene Wolke sofort: «Entscheide du für mich.»

«Das kann ich nicht», entgegnete meine Mutter. «Ich bin Amerikanerin. Nicht einmal mein Vater hat mir meinen Mann ausgesucht, sondern ich habe die Wahl selbst getroffen. Du mußt selbst sagen, ob du die Frau von Klarem Urteil werden willst.»

Nach langer Stille ertönte eine kleinlaute Stimme: «Ja.»

«Hast du ihn schon gesehen?» fragte Mutter.

«Ja», antwortete Goldene Wolke und fügte schnell hinzu: «Nur auf dem Kirchgang.»

Männer und Frauen saßen getrennt in der kleinen Missionskirche, aber sie kamen und gingen durch dieselbe Tür.

«Möchtest du mit ihm sprechen, bevor du deinen Entschluß faßt?» fragte Mutter.

«O nein!» rief Goldene Wolke entsetzt.

Sie sprach mit Klarem Urteil erst nach der schlichten christlichen Trauung in unserem Salon und nach dem chinesischen Fest in unserem Eßzimmer. Meine Mutter sagte, sie hätte die Einwilligung zu dieser Heirat niemals gegeben, wenn sie Klares Urteil nicht schon als Kind gekannt und ihn hätte aufwachsen sehen, während er sich von einem netten Bübchen zu einem netten jungen Mann entwickelte. Goldene Wolke und Klares Urteil verliebten sich nach der Trauung sehr ineinander, und das war nach Ansicht der alten Chinesen die richtige Art und Weise, wie Mann und Frau einander lieben lernen sollen. Es gäbe ein Alter, in dem man sich verliebt, und wenn in diesem Alter nicht für einen passenden Partner gesorgt würde, verliebe man sich in eine ungeeignete Person. Deshalb sei es Pflicht der Eltern, die Jungen zu beobachten, um die Zeit festzustellen, in der sie sich verlieben, und sicherzugehen, daß dann ein passender, der Familie genehmer Partner bei der Hand ist. Und wer sonst vermag die richtige Frau für einen Sohn oder den richtigen Mann für eine Tochter auszusuchen außer den Eltern, die ihr Kind von Geburt an besser kennen, als es sich selbst kennt, und wer ist ungeeigneter, eine Wahl fürs Leben zu treffen, als ein junger Mensch, der das Alter des Verliebens erreicht hat? So dachte auch Goldene Wolke, und es erschreckte sie, daß die Schönen nun Gedanken hegten, die ihr selbst niemals in den sanften Sinn gekommen wären.

Aber Sanfte können am eigensinnigsten sein. Während Goldene Wolke mit meiner Mutter sprach, sprachen die Schönen mit mir.

«Wenn Mutter uns nur nicht das Gefühl gäbe, daß wir sie quälen!» rief Schöne Tugend.

«Es wäre viel leichter für uns, wenn sie böse wäre und uns schlüge! Dann könnten wir mit gutem Gewissen weglaufen. Aber wie können wir das, wenn sie so gütig ist?» fragte Schöne Barmherzigkeit.

«Ihre Sanftmut ist so schwer zu ertragen», klagte Schönes Mitleid. «Sie macht es uns unmöglich, zu sagen, was wir denken!»

Die Schönen waren wirklich Schönheiten mit außergewöhnlich schlankem Körper. Sie trugen Kleider, die Goldene Wolke zu eng und zu kurz fand, meine Mutter übrigens auch. Und der schwere, lange schwarze Zopf, der, von rotem Garn zusammengehalten, während ihrer ganzen Kindheit auf dem Rücken gebaumelt hatte, war abgeschnitten; statt dessen hatten sie einen glatten Bubikopf. Goldene Wolke hatte deswegen geweint, und nun lagen in ihrer Schweinsledertruhe – wo sie alte Kinderschühchen, das Silberschloß, auf das Barmherzigkeit Gottes beim Zahnen gebissen hatte, und die Wasserpfeife ihres Mannes aufbewahrte – die drei Zöpfe, die irgendwie an kleine Leichen erinnerten, wenn sie sie weinend in den Armen hielt.

Natürlich wandte sich schließlich alles zum Guten. Schöne Tugend verheiratete sich doch. Als unabhängige junge Lehrerin in einer Provinz-Mädchenschule kam sie mit Männern zusammen und verliebte sich in den jungen Professor für chinesische Klassik. Schöne Barmherzigkeit heiratete einen Arzt des Krankenhauses, wo sie als Pflegerin ausgebildet wurde; und die dritte, Schönes Mitleid, bevorzugte zu ihrem eigenen Ärger tatsächlich den Mann, den Goldene Wolke für sie wünschte, und aus dem ganzen neuzeitlichen Kampf um Unabhängigkeit und Frauenrechte entstanden drei glückliche Ehen und viele, viele dicke Kinderchen.

Als ich die Kleinode und die Schönen zuletzt sah, machten sie alle einen zufriedenen, ruhigen Eindruck. Ehe und Kinder hatten sie nach dem gleichen Grundmodell geformt. Freilich, die Schönen hatten ihr Haar nicht wieder wachsen lassen; dafür hatten die Kleinode es kurz schneiden lassen, weil jede Frau es tat. Sogar ältere Chinesinnen fanden es bequem, die Haare kurz zu tragen, und Bequemlichkeit entscheidet in China alles.

Wenn ich an meine früheste Kindheit zurückdenke, sehe ich ein Fenster, das sich auf den Flußhafen von Tschinkiang am Jangtsekiang öffnete, einer alten Stadt in der chinesischen Provinz Kiangsu. Gegenüber, am anderen Flußufer, liegt eine andere alte Stadt, Jangtschau, die durch Marco Polo berühmt geworden ist. In Jangtschau hat man Marco Polo noch nicht ganz vergessen, denn er war dort drei Jahre lang Gouverneur. Als ich über fünfhundert Jahre später, vor etwa zwanzig Jahren, durch die krummen Straßen mit den kleinen Altwarenläden ging, fand ich ein Alabasterfigürchen, das einen Mann in venezianischem Gewand darstellte. In den Sockel waren vier chinesische Buchstaben eingeritzt, die besagten: «Ein ehrenwertes fremdländisches Herz.»

Doch als ich damals viele Stunden von dem Fenster auf den Jangtsekiang hinabsah, wußte ich nichts von Marco Polo. Hinter mir war das einzige Heim, das ich kannte – drei Räume, in denen meine Mutter, mein jüngerer Bruder und ich lebten. Mein Vater war meistens unterwegs, um zu predigen; aber bisweilen kam er nach Hause, und dann waren wir zu viert. Amah Wang schlief auf der Luke über einer steilen Treppe. Diese Treppe mußten wir in die enge Diele hinuntergehen, wenn wir das Haus verließen. Wir wohnten dort, weil mein Vater wirklich keine andere Unterkunft hatte finden können. An die Zimmer kann ich mich nicht erinnern. Darin muß ich gegessen, geschlafen und gespielt haben. Ich lebte jedoch am Fenster, wenn ich zu Hause war, und wenn wir ausgingen, wanderten wir zu den Bergen außerhalb der Stadt.

Unter dem Fenster war die Straße, die am Fluß entlanglief und Bund genannt wurde. Der Streifen, auf den wir hinabblickten, war britische Konzession; England hatte ihn, wie so manche andere Landstücke, China nach dem Opiumkrieg entwunden, um Handelsstützpunkte zu bilden. Tag und Nacht legten Dampfer bei den ungefügen Hulken an, die vor dem Ufer lagen und die Fracht der Dampfer löschten. Dämme verbanden die Hulken mit dem Ufer, und über diese Dämme trotteten den ganzen Tag und manchmal auch die ganze Nacht endlose Reihen von Kulis, die auf dem bloßen Rücken Säcke schleppten, Säcke mit Zucker aus Java, mit Reis aus Kwangtung, mit Jute, Rapssamen, Tee und Gewürzen.

Jeder Kuli hatte seinen Zopf um den Kopf gewunden und die blaue Hose um die Leibesmitte geknotet; in der Hand hielt er einen blauen Baumwollfetzen oder ein graues Handtuch, um sich den Schweiß abzuwischen. Sie schwitzten immer, diese Kulis, sommers und winters; ihre Schenkel und Knie zitterten unter der schweren Last. Die Augen traten ihnen aus den Höhlen, ihre Gesichter waren zu gräßlichen Grimassen der Anstrengung verzerrt, ihr Atem ging stoßweise rasselnd; sie hielten miteinander Schritt und bewegten sich im gleichen Rhythmus, um die unerträgliche Bürde zu erleichtern. In jedem Zopf steckte ein Bambusstab, das Kerbholz, das jeder Mann mit dem Zeichen seiner Ladung erhielt. Diesen Stab mußte er in dem Warenlager, wo er seine Last abwarf, dem Rechnungsführer übergeben.

Auf unserem Spaziergang machten wir mitunter bei den riesigen Warenlagern halt und spähten in die halbdunklen Höhlen mit den Gütern, die sich aus allen Teilen der Welt in den Hafen ergossen und von hier auf dem Rücken von Eseln, Mauleseln, Kamelen und Menschen ins Landesinnere von China gebracht wurden. In den Warenlagern roch es immer gleich; es war eine Mischung von Hanf, Erdnußöl und herbsüßem Rohzucker. Niemand durfte diese Lager betreten, aber einmal trafen wir bei einem davon zufällig den englischen Zollinspektor, der meinen Bruder und mich mit hineinnahm. Er zeigte uns die lange schräge Holzrampe, auf der die Säcke von einem Stockwerk zum andern befördert wurden.

«Eine schöne Rutschbahn, was?» sagte er.

«Dürfen wir hinunterrutschen?» fragte ich.

Feierlich häufte er mehrere Jutesäcke zusammen, weil die Planken splitterten, und dann rutschten wir hinab, er zuvorderst, wir hinter ihm. Es wurde gerade keine Ladung befördert, und der obere Stock war menschenleer gewesen. Aber unten wurden wir von einer Gruppe erstaunter Kulis empfangen. Sie lachten laut bei unserem Anblick, doch der Engländer verlor nichts von seiner Würde. Er erhob sich und klopfte sich den Staub ab.

«Vielen Dank für die Rutschfahrt», sagte ich.

«Nichts zu danken», antwortete er. Er nickte uns zu und schritt erhobenen Hauptes und augenzwinkernd zu seinem Kontor.

Aber ich sah ihn nie wieder.

Wenn ich damals, als ich ungefähr sechs Jahre alt war, zwischen allen Orten der Welt hätte wählen können, ich hätte den Buckingham-Palast und das Weiße Haus verschmäht und eine Hulk am Jangtsekiang-Ufer gewählt. Es war für uns stets ein Festtag, wenn meine Mutter dem Kapitän Swan und seiner Frau einen Besuch abstattete. Die Swans, ein handfestes schottisches Ehepaar, wohnten auf der Hulk *Jardine Matheson*, einem ehemaligen Küstenschiff, das Swan als Kapitän befehligt hatte. Salon und die Kajüte hatten sie in gemütliche Wohnräume verwandelt. Jetzt war Kapitän Swan der Hafenmeister, der das An- und Ablegen der britischen Handelsdampfer beaufsichtigte.

Wir wählten immer einen Nachmittag, an dem kein Dampfer an der Hulk lag. Denn erstens war Kapitän Swan an den betriebsamen Tagen in schlechter Fluchlaune, und Frau Swan, eine standhafte schottische Presbyterianerin, empfing dann lieber keinen Besuch, damit sich ihr Mann keinen Zwang antun mußte. Die Kulis verstanden zwar die schottischen Flüche nicht, aber für den Kapitän wäre es eine arge Belastung gewesen, sich in Gegenwart von Gästen zügeln zu müssen. Außerdem war die Hulk an Löschtagen voll knurrender Kulis, Staub, Gedränge und Geschrei. Die Kulis waren in ihrem Marsch unerbittlich. Sie überrannten jeden, der sich ihnen in den Weg stellte. Ich weiß noch, einmal wurde ich von ihren sehnigen braunen Beinen so kaltherzig wie von Maschinenrädern zur Seite gefegt.

Wir warteten also einen ruhigen Nachmittag ab und zogen um vier Uhr herum, zur schicklichen Besuchszeit, im Sonntagsstaat los. Amah Wang kam in sauberem blauem Baumwollkleid mit, um meinen Bruder und mich davon abzuhalten, Taue und Reling zu erklettern. So überquerten wir den Damm, was an sich ein Schrecken war. Zwischen den schweren Brettern war ein Abstand von zehn bis zwölf Zentimetern, viel zu wenig, wie mir mein Verstand sagte, als daß vier- und sechsjährige Kinder hätten hindurchfallen können. Aber die Abstände schienen sich zu verbreitern, während wir die Bretter überschritten, und darunter sah man den rasch dahinfließenden, bösen braunen Fluß. Der Kopf drehte sich mir, als ich auf das Wasser hinabstarrte, gebannt von seiner glatten, arglistigen Bewegung. Noch heute empfinde ich eine Meereswoge, die sich vor mir zusammenballt, als grausam, und ich muß dagegen ankämpfen, mich nicht ihrer Gewalt zu ergeben. Als ich einmal oben an den Niagarafällen stand und zusah, wie der Fluß hinabstürzte, grauenerregend mit seiner ebenmäßigen Kraft, wurde ich zum Schrecken meiner Kindheit zurückversetzt – zum Schrecken des Jangtsekiangs, der, durchsetzt von Strudeln und Wirbeln, so unerbittlich dahinströmt, daß es als Schicksal hingenommen wurde, wenn jemand in seine Wasser fiel und sich nicht retten konnte. Man kam ihm nicht zu Hilfe.

Die Hulk aber, war sie erst einmal erreicht, fühlte sich unter den Füßen fest und stark an, und die Swans standen gastfreundlich zu unserem Empfang bereit, um uns unter Deck zu führen, über die Türschwellen, die mir bis zu den Knien reichten – «Damit das Wasser nicht in den Salon eindringen kann, wenn es das Deck überschwemmt», erklärte Kapitän Swan. In Frau Swans gemütlicher Kabine, wo wir Mäntel und Hüte auf einer richtigen Koje ablegten, war alles noch genauso wie in einer Schiffskabine. Danach gingen wir in den Salon, den Frau Swan so hergerichtet hatte, daß er beinah wie die gute Stube eines schottischen Pfarrhauses aussah. Vor einem Franklin-Ofen, einem freistehenden eisernen Kamin, ließen wir uns an einem runden Tisch nieder, und es wurde uns eine ungeheure schottische Nachmittagsmahlzeit vorgesetzt, mit Brötchen und Marmelade, starkem englischem Tee, süßen Keksen, Mürbekuchen, frischem Rosinenkuchen und Bonbons für die Kinder. Mein Bruder und ich erhielten schwachen Tee mit Milch und Zucker, und wir sahen zu, wie Kapitän Swan aus einer Tasse trank, die riesengroß war, damit sein Schnurrbart nicht in den Tee tauchte. Auf der Tasse stand in goldenen, von roten Rosen umrankten Lettern «Geschenk aus Glasgow». Sein Schnurrbart war so lang, daß er trotzdem eintunkte und er ihn trocken saugen mußte.

Die Unterhaltung beim Tee war so, als befänden wir uns gar nicht in einer Hulk auf dem Jangtsekiang, sondern in einem ehrbaren Häuschen irgendwo in Schottland. China und die Chinesen wurden überhaupt nicht erwähnt; statt dessen sprachen meine Mutter und Frau Swan über Kinder und Kleider und die wenigen Weißen in der Stadt. Mein Bruder und ich aßen wacker, und wenn wir nichts mehr hinunterbringen konnten, rutschten wir vom Stuhl. Jeder umklammerte dann mit der Hand den dicken Zeigefinger des Kapitäns, damit er mit uns einen Rundgang auf dem Deck unternähme. Er führte uns zur ehemaligen Brücke, wo er uns seine einfachen Wetterinstrumente und seinen Telegraphenapparat zeigte und uns durch sein Teleskop äugen ließ. Manchmal kam unerwartet ein Schiff herein, und wir lauschten mit angehaltenem Atem, während er es ausfindig machte. Wenn wir Glück hatten, hob er uns auf einen Stuhl und ließ uns durchs Teleskop spähen, und dann wurde aus dem rauchenden Fleck am Horizont ein vollständiger Dampfer vom Bug bis zum Heck, so stark vergrößert, daß wir am Heck die britische Flagge und auf dem Deck die Leute erkennen konnten.

«Jetzt muß ich mich aber um meine Geschäfte kümmern», rief er dann.

Er scheuchte uns zum Salon, wo das Gespräch zwischen meiner Mutter und Frau Swan sogleich abbrach, worum es sich auch drehen mochte. Es war wohl zumeist ein Frauengespräch – eine Unterhaltung zwischen zwei Frauen, die sich fern ihrer Heimat in einem fremden Land einleben mußten. Drei kleine Kinder meiner Mutter lagen in chinesischer Erde begraben, und auch Frau Swans Zwillingssöhne ruhten dort. Ihr Bild stand auf dem Sims hinter dem Ofen, und aus dem Seidenrahmen sahen sie über dem großen gestickten Kragen den Betrachter an.

Doch wenn wir hereinkamen, rief Frau Swan jedesmal herzlich und heiter: «Da seid ihr ja wieder, meine lieben Kleinen! Wollt ihr noch ein Stück Kuchen oder eine Süßigkeit? Nein? Dann nehmt die Süßigkeiten nach Hause mit.»

Sie füllte zwei Tüten mit Bonbons und Mürbekuchen und drückte sie uns in die bereitwilligen Hände.

Wenn gerade ein Dampfer in Sicht war, so bedeutete das, daß wir gehen mußten.

Wenn jedoch kein Dampfer kam, erzählte uns Kapitän Swan Geschichten aus der Zeit, als er an den chinesischen Küsten hin und her fuhr, in der Bias-Bucht mit Seeräubern scharmützelte und ihre Dschunken versenkte. Das hörte sich sehr spannend an, aber Frau Swan pflegte seufzend den Kopf zu schütteln und bat: «Hör auf damit! Diese schrecklichen Zeiten! Ich sah dich nie Segel setzen, ohne daß mir das Herz sank. Und nie ein Wort von dir, bis zu zurückkehrtest!»

«Ja, das waren noch Zeiten», sagte Kapitän Swan.

«Nicht für mich», erwiderte sie.

Er klopfte die Asche aus seiner kurzen Pfeife. «Wenn es nach den Weibern ginge, müßten die Männer ihr Leben lang kleine Kinder hüten.»

«Wenn es nach den Männern ginge, gäbe es keine Männer, Frauen oder Kinder mehr. Kriege und dunkle Machenschaften würden das Menschengeschlecht ausrotten.» Frau Swan sah so finster aus, wie es mit ihrem runden, rosigen Gesicht nur möglich war.

«Hör sich einer die Frau an», sagte er gutmütig.

«Ja, hör auf mich», antwortete sie rasch. «Es würde dir guttun, hin und wieder auf mich zu hören.»

Natürlich hörte er in wichtigen Dingen nicht auf sie, sonst hätte sie nicht auf einer chinesischen Flußhulk einen schottischen Haushalt geführt. Er schmauchte seine schwarze Pfeife, erzürnte sich werktags über die chinesischen Kulis, denen er einen Tritt in den Hintern versetzte, wenn er allzu wütend wurde, und ging sonntags in die kleine englische Kirche, wo er fromm Gott und dem Glauben huldigte, die Gelben seien des Weißen Bürde. Durch diese beiden lernte ich Schottland und seine Menschen kennen, und als ich viele Jahre später in das rauhe, dornige Land kam, war es mir nicht fremd, sondern die mir vertraute Heimat von Kapitän Swan und seiner Frau.

Wenn sie auf der Hulk von der Heimat sprachen, fühlte ich Schottland manchmal rings um mich, und schaute ich dann aus den Bullaugen, die Frau Swan mit Vorhängen zu Fenstern gemacht hatte, so sah ich nicht den düsteren, wilden Fluß; ich sah auch nicht den Widerschein der Myriaden Lichter am chinesischen Abendhimmel, der roten Kerzen aus Rindertalg und Schilfdochten und der Zinnlämpchen, in denen Sojabohnenöl, Erdnußöl und das neue amerikanische Petroleum brannten –, ich sah die rauhen, dunklen Berge Schottlands. Sie trugen Schottland mit sich, diese beiden, in ihrer Sprache, in allem, was sie sagten, dachten und taten. Warum verbrachten sie ihr Leben in China und starben dort schließlich, so daß sie für immer in chinesischer Erde ruhten? Wer weiß es, wer kann es sagen?

Diese Frage stellte ich einmal ihrer Tochter, aber sie wußte es nicht, wie sie auch nicht wußte, warum sie selbst nach China zurückgekehrt war. Aber sie verließ Schottland und kehrte zurück.

Natürlich kannten wir die Tochter Lisbeth vom Hörensagen. Frau Swan erzählte öfters von Lisbeth, die in Schottland die Schule besuchte, und jahrelang hatte der Kapitän in seiner Brieftasche ein Bild von ihr, das ausgewechselt wurde, sooft sie ihm ein neues schickte.

Lisbeth wuchs in Schottland zu einer jungen Frau mit nettem, offenem Gesicht heran. Als sie zurückkehrte, gab Frau Swan eine Teegesellschaft für sie, und die wenigen Weißen im Hafen – Frau Swan wäre niemals auf den Gedanken gekommen, irgendeinen Chinesen einzuladen – kamen an Bord der Hulk, um das rundliche, gesunde, rosige junge Mädchen zu begrüßen, das ein rosa Rüschenkleid trug, ein wenig zu rosenrot für ihr rosiges Gesicht und die hellblauen Augen. Es entstand Aufregung unter den drei oder vier englischen Junggesellen verschiedenen Alters, denn ein unverheiratetes weißes junges Mädchen war selten. Aber Lisbeth war ein anständiges Mädchen, und Kapitän Swan kannte alle Skandale im Hafen. Kurz vor Lisbeths Rückkehr hatte der jüngste Junggeselle die Einsamkeit und den musterhaften Lebenswandel nicht mehr ertragen und eine hübsche Chinesin ins Haus genommen. Freilich, er setzte sie vor die Tür, als er sich in Lisbeth verliebte; aber sie bekam ein Kind von ihm. Kapitän Swan teilte es seiner Frau, und diese teilte es Lisbeth mit, und Lisbeth weinte viel. Aber sie war ein anständiges Mädchen und weigerte sich standhaft, das Haus des jungen Engländers zu betreten. Nach ein oder zwei Jahren starb die Frau eines Missionars, und nach dem Trauerjahr verheiratete sich Lisbeth mit ihm, sorgte wunderbar für seine zwei mutterlosen Kinder und blieb ihm fünfundzwanzig Jahre lang eine treue Frau. Der junge Engländer indes nahm eine andere Chinesin ins Haus, trank über Gebühr und wurde zynisch, was Frauen betraf. «Eine ist so gut wie die andere», sagte er gern, und das sagte er auch noch viele Jahre später, als er schon das Zipperlein hatte und durch eine Malariaerkrankung zitronengelb war.

Zu dieser Zeit lagen die Swans schon im Grabe, die Hulk war dahin, die englischen Dampfer pflügten nicht mehr flußaufwärts und flußabwärts, und das saubere Stück parkähnlicher Landschaft, das den Briten gehört hatte, war an China zurückgefallen. Chinesen tummelten sich am Fluß, die Asphaltstraßen waren ebenso schmutzig wie die Kopfsteingassen der Altstadt, und die Bänke am Bund, die früher immer frisch gestrichen und nur für Weiße bestimmt waren, blätterten ab und brachen zusammen unter der Last der chinesischen Händler, Bettler, Studenten und Kulis, die sich zuhauf darauf niederließen . . . Die Swans gehörten der Zeit an, die sie geschaffen hatten, und dem England, das Herr über den Osten wie über den Westen gewesen war.

Der Fluß aber strömt weiter dahin. Er hat sich kein bißchen geändert. In den Stunden, die ich am Fenster verbrachte, lernte ich alle seine Launen kennen. An einem prickelnden Frühlingsmorgen sah er so harmlos aus wie die Unschuld selbst; die Sonne fing sich in all seinen spitzen kleinen Wellen und schien auf braune und weiße Segel, auf bemalte Dschunken und schaukelnde Sampans. Fähren fuhren gefahrlos hin und her, beladen mit Menschen, und Kanonenboote aus Amerika und Frankreich lagen still, nur ihre Flagge bewegte sich. Die Küstenbauern ließen ihre Fischernetze tief im Wasser liegen, während sie ihre Felder pflügten oder ihren grünen Kohl mit der feuchten Erde düngten, die sie nachts in großen, bottichartigen Krügen gesammelt hatten. Wenn sie einmal mit der Arbeit aussetzten, eilten sie zum Ufer und zogen die Netze ein, in denen fast immer Fische waren. Der Bauer schöpfte die glänzenden, zappelnden Fischleiber mit einem langstieligen Holzschöpfer aus den Netzen und konnte zu seinem Kohl Fisch essen oder die Beute auf dem Markt verkaufen.

An anderen Tagen aber brodelte der Fluß wie Schmutzwasser in einem Kochtopf. Stürme konnten ihn so heftig aufwühlen, als wäre er ein Meer, und einmal sah ich im tobenden Wasser eine Fähre kentern und Hunderte von Menschen abschütteln, als ob es Insekten wären. Sie kippte ganz um und schwamm kieloben. Die hüpfenden schwarzen Köpfe waren nur einen Augenblick sichtbar, dann hatte der Fluß sie verschlungen. Niemand versuchte sie zu retten. Ein seltsamer Aberglaube verschloß die Menschenherzen, so daß selten eine Hand ausgestreckt wurde, um zumindest ein Kind aus dem Wasser zu ziehen. Man glaubte, die Götter hätten bestimmt, wer ertrinken solle, und wenn ein Mensch den Göttern trotzte und einen Ertrinkenden rettete, würde der Gerettete im Leben nur noch Böses tun. Er würde einen andern umbringen oder ein Verbrechen begehen, und daran wäre der Retter dann schuld. Diese Verantwortung wagten nur wenige zu übernehmen. Sogar die Bootsleute, die in den Binsenschuppen auf ihren flachen Holzbooten lebten, ließen dem Fluß seine Beute.

Ob schönes oder schlechtes Wetter, der Jangtsekiang zehrte weiter am anderen Ufer. Auf jener Seite war fruchtbarer Ackerboden, und da der Fluß ihn Stück um Stück abnagte, konnte eine Familie in ein paar Jahrzehnten ihren ganzen Besitz verlieren. Und auf unserer Seite schwemmte der Fluß eine weite Lehmfläche an, die eine Plage war, weil die Hulken mehr und mehr vom Ufer wegrücken mußten und die Kulis ihre Lasten um so weiter zu schleppen hatten.

So war der Fluß, und so ist er geblieben. Der Jangtsekiang ist das wildeste, bösartigste Gewässer der Welt und auch das schönste. Von unserem Fenster aus gesehen, war er so breit wie ein Binnenmeer. Das andere Ufer war ein graugrüner Strich. Über eine Strecke von fünfzehnhundert Kilometern ist der Fluß breit, tief und voller wechselnder heftiger Strömungen. Dann verengt er sich, strömt zwischen Felsklippen dahin und ist wilder denn je. Schrecklich ist die Wildheit des unteren Jangtsekiang, weil dort das goldene Wasser so freundlich und still aussieht, wenn man am Ufer steht und die Wellen harmlos um die Füße plätschern. Vom Flugzeug aus erkennt man das wahre Untier, denn in Wirklichkeit ist der Fluß nie still. Er wälzt sich mit langem, langsamem Anlauf zum Meer, hat aber die Gewalt eines Sturzbachs, die Unerbittlichkeit des Niagara –, doch er ist schrecklicher, weil er scheinbar so träge ist.

Und welcher Schrecken für ein Kind, das die mitten im Fluß ankernden Dampfer bestieg oder verließ, wenn der Fluß wenig Wasser führte und die Schiffe nicht bis zu den Hulken fahren konnten! Oft mußten wir um Mitternacht an Bord oder von Bord gehen, und im Licht der schaukelnden Öllaternen schien das still vorbeirauschende Wasser nach mir zu greifen, um mich hinabzuziehen. Die Fallreepe waren schmale, wacklige Leitern aus Brettern und Seilen, und das Geländer bestand aus einem durchnäßten, weichen Tau, das bei der Berührung nachgab. Und nie reichte das Fallreep bis zum auf und ab hüpfenden Sampan hinunter. Die Bootsleute breiteten die bloßen dunklen Arme aus, und ich mußte hineinspringen, ohne jemals sicher zu sein, daß sie mich halten würden. Aber sie fingen mich immer auf, hielten mich fest und führten uns zu den flackernden Uferlichtern, während das schmutzige Wasser Fingerbreit unter dem Bootsrand vorbeirauschte.

Ich hatte gute Gründe, dieses Umsteigen vom Schiff zum Sampan zu fürchten. Schon öfters hatte ich einen Chinesen ausgleiten, in den breiten, beweglichen Wasserstreifen zwischen den beiden Fahrzeugen fallen und augenblicklich für immer verschwinden sehen. Die Leichen wurden nicht angespült, höchstens so weit entfernt an einem Lehmstrand, daß niemand den Toten zu erkennen vermochte.

So ist der Jangtsekiang, dem an Schönheit und Grausamkeit kein anderer Fluß gleichkommt. Die lieblichste Landschaft der Welt findet man an den gewundenen Ufern. Inseln mit fiedrigem Bambus, besät von erlesenen, porzellangedeckten Tempeln; fruchtbares Schwemmland; Dörfchen mit Kopfsteingassen, die schnurgerade zum Fluß hinunterführen; Städte, die auf drei Seiten von Mauern und auf der vierten vom Jangtsekiang geschützt werden, Klippen und Berge –, all das gehört zum Jangtsekiang. Für mich kommt ihm kein anderer Fluß der

Erde gleich. Sogar der Mississippi, der Vater der Ströme, erscheint klein und sanft neben ihm; seine Überschwemmungen sind zwar schrecklich und tödlich, aber gewaltsam nicht so wie die Überschwemmungen des Jangtsekiang, die meilenweit landeinwärts Täler verschlucken und Inseln zu fernen Bergen machen. Ich stand einmal auf dem Roten Berg bei Nanking, viele Kilometer vom Fluß entfernt, und der Berg war eine große Insel, um die das Wasser leckte, und zwanzig Meter unter den gelben Jangtsewellen lagen Bauernhäuser und Äcker.

Dennoch fielen einmal zwei Amerikaner in den Jangtse, ohne zu ertrinken. Es war im Jahr jener Überschwemmung. Charles und Anne Lindbergh waren über den Stillen Ozean geflogen, nordwärts zum Orient, und ihr Flugzeug wasserte auf dem stillen Lotussee außerhalb der Mauern von Nanking. Ich war unter der Chinesenmenge, die sich versammelt hatte, um zuzuschauen, wie das Flugzeug herabglitt und wasserte. Ich sah die Lindberghs in einem der kleinen Vergnügungsboote zum Ufer fahren.

Ein paar Tage später begaben sie sich wieder zu ihrem Flugzeug und überflogen das überschwemmte Land; sie kundschafteten die wasserumgebenen Dörfer und Städte aus und machten so die Rettung Tausender von Menschenleben möglich. Doch als sie nach getaner Arbeit vom Jangtse abheben wollten, kippte die Maschine über einen Flügel und fiel in den Fluß. Die Chinesen sagten, dieser habe aus Rache nach dem Flugzeug gegriffen. Nach allem, was die Chinesen aus Erfahrung wußten und glaubten, hätten die beiden ertrinken müssen; aber sie hielten sich über Wasser, bis sie herausgezogen wurden, zum ehrfürchtigen Erstaunen der Chinesen. Danach erhielt die Erinnerung an die Lindberghs einen Anflug von Zauberei.

«Der alte Dämon konnte sie nicht in seine Gewalt bringen», sagten die Leute, «weil sie Amerikaner waren.»

Wir zogen vom Fluß fort, als ich acht Jahre zählte; mein Vater hatte ein neues Heim für uns gefunden. Dieses Haus stand auf einem niedrigen, runden Hügel, eines von vielen außerhalb der Mauern von Tschinkiang. Rings um die Stadt gibt es viele dieser Hügel, getrennt durch fruchtbare, bebaute Täler, die sogar im Winter grün sind, denn der chinesische Kohl durchbricht die weiche, schnell schmelzende Schneedecke des Jangtsetales. Häuschen aus Erde mit Dächern aus Reisstroh gruppierten sich auf den Feldern, und das Innere der Bauernhäuser am Hügelhang war mir ebenso vertraut wie das Leben oben in dem Ziegelstein-Bungalow, der mein Elternhaus war.

In jenen Jahren glitt ich, je nach meiner augenblicklichen Umgebung, im Nu vom einen Leben ins andere. So band sich die recht sittsame kleine Amerikanerin morgens nach dem Anziehen die Schürze um, die alle kleinen Amerikanerinnen damals trugen, bürstete sich die Haare und ging zum Frühstück hinunter, das aus Haferbrei, geröstetem Brot und Eiern bestand. Fast das einzige, was beim Frühstück die amerikanische Familie daran erinnerte, daß sie in China lebte, war der Diener Liu Er, der die Mahlzeit hereinbrachte und auf den Tisch stellte. Er blieb nicht, um zu servieren, weil mein Vater mit uns allein sein wollte, um uns Tischmanieren beizubringen und uns Anweisungen für den Tag zu geben.

Nach dem Frühstück wurde eine Andacht abgehalten, bei der die Kinder einen Bibelvers aufsagen mußten. Wir wählten ihn immer nach der Kürze, aber es herrschte die strenge Regel, sich nicht allzu deutlich zu wiederholen. So konnte man «Denn bei Gott ist kein Ding unmöglich» höchstens einmal im Jahr aufsagen, sonst richteten sich die durchdringenden blauen Augen meines Vaters strafend auf den Faulpelz. Mein Vater hatte ein erstaunliches Gedächtnis für Bibelverse. Deshalb wurden wir zwar Fachleute für kurze Verse, gerieten aber manchmal doch in Bedrängnis. In der Bibel sind weniger kurze Verse zu finden, als man meint. Ich erinnere mich noch gut, daß meine fünfjährige Schwester einmal piepste: «Ich bin Drachen ein Gefährte und Eulen ein Bruder.» Diesen Vers, der tatsächlich in der Bibel vorkommt, nahm mein Vater mit beklemmendem Ernst auf, der nur durch ein Lächeln in den hellbraunen Augen meiner Mutter gemildert wurde.

«Ich finde deine Wahl unpassend», sagte er zu meiner kleinen Schwester. Als sich ihre blauen Augen mit Tränen füllten, wurde er milder. «Benutze ihn nicht wieder», befahl er und setzte die Andacht fort.

Meinen Knien auf der rauhen chinesischen Matte dauerten der Gesang, das Vorlesen aus der Bibel und das Gebet immer viel zu lange. Danach ging das amerikanische Leben weiter. Amerikanische Schulbücher lagen wohlgeordnet auf einem Pult im sonnigen Eßzimmer, wo ich nacheinander die Aufgaben machen mußte, die meine Mutter mir am Vortag zugewiesen hatte. Mein einziges Interesse galt dem Bestreben, sie so schnell wie möglich hinter mich zu bringen; denn je rascher sie erledigt wurden, desto früher war ich frei und konnte das wahre Leben genießen.

Auf diese Weise durchraste ich die amerikanische Geschichte und Geographie – obwohl wir in China lebten, wurde ich in Geschichte und Geographie dieses Landes mitnichten unterwiesen –, was sein Gutes hatte. Als ich viele Jahre später mein Heimatland durchstreifte und einen Ort nach dem andern entdeckte, tauchten in meinem Gedächtnis Erinnerungsfetzen an den Geographie-Unterricht auf. Längst vergessene Dinge fielen mir wieder ein, die ich bestimmt nicht gewußt hätte, wenn ich sie mir nicht hätte eintrichtern müssen.

Meine Mutter richtete alle ihre Haushaltsarbeiten so ein, daß ihr vormittags eine Stunde Zeit fürs Abhören blieb. Wenn jedoch ein Chinese sie aufsuchte, mußte sogar der Unterricht warten, denn Chinesen gingen vor, nicht nur weil sie Chinesen waren, sondern weil sich auch die Gelegenheit bieten konnte, einem Menschen direkt oder indirekt die christliche Botschaft nahezubringen – deswegen hielten sich meine Eltern ja in China auf.

Wie freute ich mich, wenn ich in den kleinen, mit chinesischen Tischen und Stühlen eingerichteten Empfangsraum spähte und dort einen Besucher sah! Dann wurde die langweilige Stunde auf unbestimmte Zeit verschoben, und ich konnte aus dem Hause und in ein anderes Leben schlüpfen.

Ich muß eine glückliche Kindheit gehabt haben, denn es

kommt mir vor, als wäre das Wetter immer gut gewesen. Ich erinnere mich nur an hellen, subtropischen Sonnenschein, der sich über die bambusbedeckten Hügel und die tiefen grünen Täler ergoß. Das ist lächerlich, denn jeder weiß, daß im Jangtsetal große Mengen Regen fallen; der Sommer ist die Regenzeit. Doch in meiner Erinnerung herrscht der Sonnenschein vor. Wenn ich mich zwinge, an Regen zu denken, und überlege, was ich dann tat, sehe ich mich mit bloßen Beinen und Strohsandalen an den Füßen über die erhöhten Wege zwischen den Reisfeldern laufen, geschützt von einem Hut, der so groß wie ein Regenschirm war. Ich sehe mich zu einem alten Fort laufen, um dort Patronenhülsen zu suchen, die der Regen vom Übungsschießplatz heruntergespült hatte, und auf dem Weg vergnügt in gelben Pfützen planschen. Ich habe keine trüben Erinnerungen an den Regen. Allerdings erinnere ich mich überhaupt nicht an trübe oder langweilige Stunden in meiner Kindheit. Aber wozu sie auf die Kindheit beschränken? Solche Augenblicke habe ich in meinem ganzen Leben nicht gekannt. Vielleicht hat es doch viel geregnet.

Ich erinnere mich auch nicht, Spielzeug gehabt zu haben, bis auf eine Puppe, eine Schachtel mit bunten Holzklötzen und einen Malkasten. Aber es standen mir mancherlei andere Dinge zur Verfügung. Liu Er zeigte mir, wie man Drachen fertigt, und ich bastelte sie zu Hunderten aus dünnem Rohr in Form von Sternen, Vögeln oder Schmetterlingen, die mit durchsichtigem chinesischen Papier überzogen wurden. Um sie fliegen zu lassen, mußte ich das umzäunte Grundstück mit den hohen Bäumen verlassen, und damit sie möglichst hoch stiegen, erkletterte ich immer die höchsten Gräber. Im Sommer waren die Gräber von dem hohen Gras verdeckt, aber wenn es als Heizstoff für den Winter gemäht worden war, sah man sie deutlich. Neuangekommene Ausländer fanden diese Gräber bedrückend; die Chinesen haben nämlich keine vom übrigen Land abgetrennten Friedhöfe.

Einmal hörte ich eine junge Amerikanerin rufen: «Ihr lebt ja mitten in einem Friedhof!»

«Wieso?» fragte ich und blickte aus dem Fenster. Da merkte ich zum erstenmal, daß unsere Hügel mit Gräbern bedeckt waren. So viele glückliche Stunden hatte ich damit verbracht, auf den Gräbern Drachen steigen zu lassen und durch das wehende Gras zu rennen.

Ich muß gestehen, daß ich an chinesischen Beerdigungen Freude hatte. Wenn ich eine lange Reihe weißgekleideter Trauernder unseren Hügel heraufkommen sah, richtete ich es möglichst immer so ein, daß ich durchs Tor entschlüpfen und sie draußen beobachten konnte. Gewöhnlich hatte der Tote schon vor Monaten oder gar vor Jahren das Zeitliche gesegnet und in irgendeinem Haus oder Tempel im Sarg auf einen günstigen Tag gewartet. Die Trauergäste erstiegen heiter den Hügel; die Armen gingen zu Fuß, die Wohlhabenden wurden in einer Sänfte getragen, und das Ganze war so etwas wie ein Ausflug. Weihrauch mußte angezündet, ein weißer Hahn geschlachtet und das Blut vergossen werden, und man verbrannte bunte Bilder, die Männer, Frauen, Häuser, Möbel und Geld darstellten. Nacheinander schritten die Angehörigen an dem Sarg vorüber und verbeugten sich tief davor, und im richtigen Augenblick weinten die nächsten Verwandten eine bestimmte Zeitlang, während die übrigen Trauergäste wartend unter der Sommersonne im Gras hockten; denn selten fand ein Begräbnis im Winter statt.

Das war sehr fesselnd, und ich rückte näher und näher, um besser sehen und hören zu können. Die Chinesen waren überzeugt, daß ich ihre Sprache nicht verstand, und ich ließ sie in diesem Glauben, solange keine allzu übertriebenen Unwahrheiten geäußert wurden. Aber früher oder später mußte es dazu kommen, daß ich etwa die Worte vernahm:

«Die Ausländer stechen den Kindern die Augen aus, um daraus Pillen gegen Malaria zu machen.»

Oder: «Ausländer sind ganz anders beschaffen als wir. Sie werden mit weißen Haaren geboren und sterben mit schwarzen.»

Selbst wenn ich solches schon hundertmal gehört hatte,

brachte es mich immer wieder in Wallung, und ich fühlte mich verpflichtet, mein Volk zu verteidigen.

«Alles, was ihr sagt, ist gelogen», erklärte ich liebenswürdig.

Das wirkte wie ein Donnerschlag. Zuerst herrschte immer bestürztes Schweigen. Hatten sie meine Worte richtig verstanden? fragten sie einander. Sie hatten sie verstanden, konnten es aber nicht glauben. Ein paar schnelle Fragen hin und her, ein rascher Vergleich, und es ließ sich nicht leugnen, daß sie das fremdartige Kind verstanden hatten. Doch das beunruhigte sie nur. Wieso hatten sie es verstanden? Sie kannten die Sprache der Fremden doch nicht. Hatte ich es durch irgendeine Zauberei möglich gemacht, daß sie mich verstanden? Einmal schrie eine alte Großmutter entsetzt auf, als ihr das eigene Verstehen klar wurde.

«Eija, ich muß sterben!» rief sie. «Ich verstehe die Sprache der fremden Teufel!»

Aber manchmal gelangten sie bloß zu dem Schluß, daß alle Sprachen gleich wären. Auf beiden Seiten mußten Fragen gestellt werden. Sie mußten fragen, was ich in meiner Heimat aß und trank. Ob in meinem Lande alle so aussähen wie ich? In meiner Unwissenheit bejahte ich diese Frage immer, und viele Jahre später war ich ebensosehr verwundert, wie die Chinesen damals über meine Antwort waren, als ich feststellte, daß meine Landsleute gelb-, rot- und schwarzhäutig waren, zusammengesetzt aus allen Rassen der Welt.

Unweigerlich nahmen die Fragen dann eine persönliche Wendung. Wie viele Angehörige ich hatte, wollten sie wissen, und waren Lederschuhe nicht zu heiß und schwer an meinen Füßen? Am unvermeidlichsten war die Frage – allerdings wurde sie nie in Gegenwart von Erwachsenen gestellt –, ob die ausländischen Kinder auf dieselbe Weise wie die chinesischen Kinder zur Welt kämen; man sage, dem wäre nicht so. Diese Frage konnte ich nicht beantworten, weil ich nicht wußte, wie die Amerikaner ihre Kinder bekamen; hingegen war mir von klein auf bekannt, wie die chinesischen Kindern geboren wurden. Häufig trieb ich mich mit Spielgefährten auf einem Hof herum, wo die Frauen offen und in allen Einzelheiten über ihre Hauptbeschäftigung sprachen. Daher hegte ich in dieser Hinsicht keinerlei Neugier, sondern empfand nur Freude über die Ankunft eines neuen Kindes. Von jeher liebte ich Säuglinge, und das schöne an China war, daß es so viele gab. Als ich jedoch meine Mutter über die Amerikaner befragte, um die Auskunft weitergeben zu können, speiste sie mich mit der Antwort ab, die mir jahrelang genügen mußte.

Sie sagte sehr ernst: «Wenn dir Chinesen diese Fragen stellen, antworte ihnen, daß Gott uns alle gleich und nach seinem Ebenbild geschaffen hat.»

So manches Begräbnis, dem ich beiwohnte, wurde also durch Gespräche unterbrochen. Die Chinesen, ein lebhaftes, neugieriges, freundliches, ungezwungenes Volk, haben Kinder gern; oft vernachlässigten sie ihren Toten und beschäftigten sich mit dem Kind, das da auf so merkwürdige Weise aus dem hohen grünen Gras aufgetaucht war.

Früher oder später fragte eine Frau: «Wie kommt es, daß du hier allein bist?»

«Ich bin weggelaufen», erwiderte ich jedesmal. Damit ersparte ich meiner Mutter Schande. Anständige kleine Mädchen liefen nicht ohne ihre Amah herum. Immer rief diese Antwort anerkennendes Gelächter hervor.

Meistens endeten die Begräbnisse auf den Hügeln in allseitiger fröhlicher Stimmung, und die Trauerfamilie suchte mich zu bewegen, mit ihr heimzukommen. Ich nahm die Einladung jedoch nur einmal an, denn zu Hause erwartete mich ein Bambusstock in der Hand meines Vaters, wenn ich den ganzen Tag wegblieb, ohne daß man wußte, wo ich steckte. Das war ein schöner Tag; ich wurde von verschiedenen Mitgliedern einer wohlhabenden Familie, die ich überhaupt nicht kannte, gefüttert, unterhalten und bewundert, und man brachte mich bei Einbruch der Dunkelheit heim. Der Abschluß des Abends war betrüblich: Man empfing mich mit Entrüstung und Schelte und strengen Geboten für die Zukunft.

Es kamen aber auch Beerdigungen vor, bei denen ich kein Wort sagte. Ich nannte sie die «richtigen Begräbnisse». Der Tote war der Tiefgeliebte, dessen Gesicht nie mehr zu sehen war, und die Frauen weinten so sehr, daß sie vor lauter Tränen nichts zu sehen vermochten. Gewöhnlich wartete ich, bis ich den Klagen entnehmen konnte, wer gestorben war, Gatte, Vater oder Sohn, und dann flüchtete ich, selbst in Tränen aufgelöst, und warf mich auf irgendein anderes Grab, wo ich mich ausweinte. Aus welchem Grunde ich weinte, wußte ich selbst nicht – abgesehen davon, daß der Tod, sonst ein heiterer Teil des Lebens, auch etwas Trauriges und Schreckliches sein konnte.

Bei solchen Anlässen grübelte ich über den Tod nach. Was war er? Mein Brüderchen starb an Diphtherie, als ich sieben war, und auch ich erkrankte daran, aber nicht so sehr, daß ich in einen Sarg gelegt und zum christlichen Friedhof getragen werden mußte. «Ein tapferer kleiner christlicher Soldat» – diese Lettern ließ meine Mutter von einem chinesischen Steinmetz in den Marmor unserer Gegend schneiden. Er war ein mutiger Knabe gewesen, es war sogar wunderbar mutig von ihm, wie er mit seinen fünf Jahren die furchtbaren Leiden ertrug, ehe er starb. Das war der Tod. Manchmal war er traurig, obwohl meine Eltern sagten, daß der Himmel wartete. Aber wenn meine Mutter dachte, daß ihre vier toten Kinder im Himmel wären, warum weinte sie dann ihr Leben lang, sooft sie an sie dachte? Wenn ich ihr diese Frage stellte, schüttelte sie den Kopf, so daß ihr die Tränen auf die Brust tropften. «Wenn du größer bist, wirst du es verstehen», antwortete sie jedesmal. Und dieser Tag kam, wie er für alle kommt.

Es gab aber noch einen anderen Tod, jenen, dem die Chinesen gewöhnlich erlagen, sozusagen ein fröhliches Fest, das sie für ihr Lebensende planten. Ich wußte, daß die Alten schon frühzeitig ihren Sarg bestellten und ihn so machen ließen, wie sie ihn sich wünschten. Fast in allen Häusern, wo ich nach Belieben ein- und ausging, standen ein oder zwei Särge für die ältesten Familienmitglieder bereit. Sie waren aus sehr schwerem besonderen Holz, vielleicht aus Zypresse, und glänzend schwarz lackiert. Sie standen in dem Haus wie ein schönes Möbelstück, alle gewöhnten sich daran, und dem Alten, der darin schließlich schlafen sollte, wurde es so vertraut wie sein Bett. Ja, es wurde ihm lieb, und es verlieh ihm ein Gefühl der Sicherheit, des Fortbestehens in der Familie. Wenn er eines Tages stürbe, würde er still darin liegen, der Deckel würde versiegelt werden und das Familienleben rings um ihn tagelang, vielleicht monatelang weitergehen genau wie jetzt. Es würde kein plötzliches Begräbnis geben. Nein, er würde an einem bestimmten günstigen Tag zum Familiengrab gebracht und neben seinen Vorfahren beigesetzt; und sein Name würde auf der Ahnentafel verewigt und mehrmals im Jahr geehrt.

So gefühlsbetont die Chinesen auch sind, sie setzen die Sentimentalität nicht ins Uferlose fort. Die Toten leben hundert Jahre im Familienkreis weiter, dann gehören sie den Ahnen an und werden nicht mehr beachtet; ein neuer Totenzyklus beginnt. Aber hundert Jahre sind eine lange Zeit. Sie umfaßt drei Generationen, und das genügt den Chinesen; länger wollen sie nach dem Tode nicht fortleben.

Es war gut für ein Kind, den Tod auf diese Weise kennenzulernen – ihn als Teil des Lebens hingenommen zu sehen, zu wissen, daß er für die Alten, die ihn erwarteten, keinen Schrecken barg, denn sie lächelten getröstet beim Anblick ihrer letzten Ruhestätte. Er war sogar von einem gut Teil Humor umgeben, harmlose Scherze wurden mit dem Alten gemacht, und wenn er sich über irgendeine Kleinigkeit erboste, drohte er damit, sich vorzeitig in seinen Sarg zu legen, was er manchmal auch wirklich tat. Ich erinnere mich an einen solchen Vorfall im Hause meiner besten Freunde. Das Familienoberhaupt war die Urgroßmutter, eine prachtvolle Alte, die mit ihren neunzig Jahren noch so temperamentvoll wie eine Neunzehnjährige war. Als ihr die beiden letzten Zähne ausfielen, ärgerte sie sich weidlich, weil sie nun kein Fleisch mehr kauen konnte, und als ihr die Frau ihres Enkels eines Tages das Schweinefleisch nicht klein genug schnitt, verwünschte sie sie zornig und kletterte in ihren Sarg.

Was tun? Die ganze Familie scharte sich zusammen, um ihr gut zuzureden. Die Söhne und Schwiegertöchter sowie deren Söhne und Frauen schlugen vor dem Sarg mit dem Kopf auf den Boden, aber sie rührte sich nicht. Zum Glück fiel das kleinste Kind, ein Bübchen, das gerade laufen lernte und ob der Familienkrise unbeaufsichtigt geblieben war, im Hof um und schlug mit dem Kopf auf den runden Steinen auf. Darauf sprang die alte Dame aus ihrem Sarg, um den Jungen zu beschwichtigen, und zankte alle tüchtig aus, weil sie ihren Ururenkel sträflich vernachlässigt hatten.

Sogar Leichentücher waren allen Schreckens bar. In manchen Gebieten ist es Sitte, zumindest für Frauen, Leichentücher aus knallrotem Stoff herzustellen, und bei den Ärmeren macht man für jeden, der so alt ist, daß sein Tod als natürliches Ereignis erwartet werden darf, ein Leichentuch, das von dem Alten eine Zeitlang als Gewand getragen wird. Damit verfolgt man einen rein praktischen Zweck, aber das Ergebnis ist mitunter recht bemühend.

So kannte ich eine alte Frau, die fünf Leichentücher austrug, bevor sie endlich in ihrem sechsten begraben werden konnte, und das war dann auch noch ganz neu. Das erste wurde genäht, als sie mit fünfundsechzig Jahren an der Ruhr erkrankte. Die Familie freute sich durchaus, daß sie am Leben blieb und das Leichentuch tragen konnte; es wurde für den Winter mit Baumwolle gefüttert, und die alte Frau Ling trug es unter einem schmucken schwarzen Satinkleid. Sie trug es aus, worauf ein zweites genäht wurde; man witzelte darüber, Frau Ling stimmte in die Scherze ein und war recht stolz auf ihre Langlebigkeit. Aber als ihre vielbeschäftigte Schwiegertochter ein drittes Leichentuch nähen mußte, gab es keine Späße mehr, und die alte Frau Ling schämte sich ein wenig. In jenem Winter verkündete sie bei jeder Krankheit, die sie befiel, daß sie nun sterben würde. Bei drei verschiedenen Anlässen ging ich zu ihr, um Abschied zu nehmen und ihr zu versprechen, meine Freundschaft mit ihrer Enkelin hochzuhalten. Aber noch jahrelang erlebten wir jeden Winter die gleichen Szenen.

Die arme alte Seele, einmal fand ich sie im Winter in ihr viertes Leichentuch gehüllt, allein in einem warmen Winkel des Hofes vor, und sie klagte mir ins mitfühlende Ohr: «Ich sterbe einfach nicht! Kann ich etwas dafür, daß ich nicht sterbe?»

«Niemand wünscht, daß du stirbst, Pflegemutter», versuchte ich sie zu trösten.

Das entsprach der Wahrheit, niemand wünschte ihren Tod. Viele im Dorf bewunderten den zähen ausgemergelten Leib, der nicht aufgeben wollte. Die Leute außerhalb der Familie fanden dieses vergebliche Warten auf den Tod lustig, doch die Angehörigen brachte es in Verlegenheit.

Frau Ling ärgerte sich schließlich darüber und schob die Schuld einem bösen Geist zu, der ihrer Familie einen Streich spielte, indem er sie am Leben ließ. Sie ging zu besonderen Tempeln und verbrannte Weihrauch, um den Geist zu vertreiben, doch sie lebte weiter und trug Leichentücher aus. Endlich, als sie weit über neunzig war, erlag sie eines Tages in Frohlocken und Seelenfrieden dem Tod, ihr sechstes Leichentuch tragend, und das ganze Dorf nahm an ihrem Begräbnis teil.

Wie konnte danach der Tod für mich Schrecken bergen? Wenn ich an der Reihe bin, in der Erde meines Vaterlandes, in dem kleinen amerikanischen Dorf nahe bei meinem Heim begraben zu werden, so werde ich von der Ruhe erfüllt sein, die ich in einem andern Land gelernt habe. In China sah ich dem Tod so oft ins Gesicht, sah ihn jedesmal als einen Freund, daß ich ihn nicht fürchte, sondern als natürlichen Teil des Lebens betrachte. Unter heidnischem Himmel erfaßte ich die wahre Bedeutung der tapferen Christenworte: «Tod, wo ist dein Stachel? Hölle, wo ist dein Sieg?»

Aber ich will nicht verschweigen, was ich als Kind außerdem vom Tod erfuhr; sonst wäre es nicht die ganze Wahrheit. Wenn ich allein über die chinesischen Hügel wanderte, stieß ich manchmal auf traurige menschliche Überreste. Es waren immer die irdischen Überreste kleiner Kinder, meistens von Mädchen, aber mitunter auch von sehr kleinen Knaben, die an irgendeiner Krankheit gestorben waren, oder von Totgeborenen. Es war bei den Armen nicht üblich, kleinen Kindern ein Begräbnis zu bereiten oder sie auch nur zu beerdigen.

Die kleinen Leichen wickelte man in Matten und legte sie auf einen Hügelhang, wo sie stets von den halbwilden Dorfhunden gefunden, verstümmelt und teilweise gefressen wurden. Ich war etwa acht Jahre alt, als ich zum erstenmal den fast unversehrten Kopf, die linke Schulter und den Armstummel eines Säuglings entdeckte. Damals waren wir gerade vom Fluß ins Hügelgelände außerhalb der Stadt umgezogen, und niemand hatte mich auf eine derartige Begegnung mit dem Tod vorbereitet. Ich erinnere mich gut an mein anfängliches Entsetzen. Ich wollte schon weglaufen, als mich etwas Rührendes und Verlorenes in dem Gesichtchen so ergriff, daß ich es nochmals betrachtete und weinte. Ein kleines Kind war im Stich gelassen worden! Als ich in einem zusammengefallenen alten Grab ein Loch gefunden hatte, legte ich die Überreste hinein, nachdem ich das Grab mit weichem grünem Gras ausgekleidet hatte. Ich bedeckte das Grab mit Erde, formte ein Hügelchen, pflanzte wilde Blumen darauf und ging, noch immer weinend, nach Haus. Mit der eigenartigen Zurückhaltung des Kindes erzählte ich keinem Menschen von diesem Vorfall. Ich glaube, ich sprach überhaupt nie darüber, und erst jetzt berichte ich es.

Der Vorfall hatte jedoch Bedeutung, denn er war der Anfang eines verbissenen Kreuzzugs, den ich während meiner ganzen Kindheit im Namen der Kinder gegen die Hunde führte. Ich erfand Waffen aus spitzen Bambusstangen, und wenn ich einen Hund oder bisweilen gar mehrere Hunde mit gesenktem Kopf und gekrümmten Schultern über etwas geduckt sah, ging ich mit meiner Waffe gegen sie vor. Das war ein gefährliches Unterfangen, denn die gelben Köter waren bösartig und knurrten drohend, aber sie wichen meinem Ingrimm. Wenn ich Angst gezeigt hätte, so wären sie mir an die Kehle gesprungen, doch in meinem leidenschaftlichen Eifer für die Sache kannte ich keine Furcht. So konnte ich die Überreste in der grasgefütterten Tasche, die ich immer mitbrachte, bestatten – jedesmal ein einsames kleines Begräbnis, über das ich nie sprach. Manchmal beerdigte ich nur ein Händchen, einen Kopf oder einen einzelnen Knochen, manchmal auch mehr. Stets schmückte ich das Grab mit Blumen oder, winters, mit einem Zweig Immergrün, einer bunten Kachelscherbe oder einem hübschen Stein.

Hunde mochte ich nie. Auch heute noch, in meiner Heimat, wo man für Hunde mitunter besser sorgt als für Kinder, mag ich sie nicht. Ich sehe ihr schönes Fell, den starken, gesunden Körper, ihre freundliche Verspieltheit, und ich kann ihre Tierschönheit bewundern. Aber ihre Kiefer sind Hundekiefer, und wenn ich in Hundeaugen blicke, sehe ich die Augen anderer Hunde, der Feinde, gegen die ich einen Kinderkreuzzug für Kinder führte, die hilflos und verlassen vorzeitig gestorben waren ...

Und was lernte ich aus all dem als Kind über den Tod? Daß der Tod schön und gut ist, wenn er ein bis zum Höhepunkt gelebtes Dasein auf natürliche Weise abschließt, daß aber der Tod durch Gewalt böse und häßlich ist, weil er unnatürlich ist und dem Leben widerspricht.

Mein Vater, der ein Menschenfischer war, fischte einige seltsame Exemplare. Wir wurden eines Winters von einer kleinen Räuberbande belästigt, die sich in den fernen Bergen versteckte, über die Bauernhöfe ringsum herfiel und sie ausraubte. Solche Plünderungen kamen oft in Zeiten der Hungersnot vor, aber es herrschte keine Hungersnot, und jeder entrüstete sich. Der Anführer der Bande war ein alter Soldat, berühmt für seine früheren Heldentaten, doch er hatte seine Stellung verloren, weil er seinen Vorgesetzten getötet hatte und in die Berge geflohen war.

Mein Vater beschloß, mit diesem Mann zu reden, und er tat es, indem er einfach zu dem Bergtempel ging, in dem die Räuber hausten. Er fand in dem Bandenführer einen recht gebildeten Mann mit guten Umgangsformen, der gar nicht gewalttätig wirkte. Er erlaubte meinem Vater, von Religion zu sprechen, und von der Religion kamen sie auf Krieg und Plünderung. Der Mann sagte meinem Vater offen, er wäre nicht um der Beute willen zum Räuber geworden, sondern weil er sich so sehr an die Spannung gewöhnt hätte, die das Morden verschaffe, daß er das Leben ohne diesen Nervenkitzel langweilig und stumpfsinnig fände. Er hatte Weib und Kind verlassen, weil ihm die alltäglichen Dinge des Lebens unerträglich erschienen. Als Vater uns das erzählte, ließ er uns das Unheilvolle dieses Mannes fühlen, der von der Freude sprach, die er beim Töten empfand. Der Mann nannte es «Krieg», «Kampf» und «Soldatenleben», aber Vater sagte, seine eigentliche Freude wäre es, Menschen sterben zu sehen und sich an dem Machtgefühl zu berauschen, das ihn überkam, wenn er morden konnte.

Der Mann war nicht manisch. Er war ein ganz normaler Mensch, der sich an außergewöhnliche Sinnesreize gewöhnt hatte. Denn der Tod kann seine eigene sonderbare Anziehungskraft haben, so daß Menschen wie Tiere werden, die Blut gekostet haben und danach an unstillbarem Durst leiden. Ein friedliches, gewöhnliches Leben erscheint ihnen fade.

Ich weiß noch, an jenem Abend saßen wir, meine Eltern und ich, in unserem Wohnzimmer beim kleinen kohlengefüllten Eisenofen. Ich glaube, sie hatten vergessen, daß ich dabei war, denn ich hatte, gebannt von dem düsteren Bericht, stumm zugehört. Meine Mutter, deren bewegliches Gesicht Abscheu spiegelte, sagte: «Es gibt vielleicht keine bessere Erklärung für den Krieg.» Da erblickte sie mich. «Geh zu Bett», befahl sie mir, «das geht dich gar nichts an.»

Es ging mich aber etwas an. Ich sollte meine Jungmädchenjahre unter dem Schatten der großen Kriege verbringen, und heute, wo das Ende meines Daseins noch nicht nahe zu sein scheint, ist der Schatten wieder über mir und über Millionen Menschen wie ich – der Schatten, den diejenigen über uns werfen, die gern töten, die den Tod und nicht das Leben wählen. [Aus unveröffentlichten Manuskripten.]

Alle die Menschen und Ereignisse, die Pearl Buck hier schildert, zeigen die Umgebung, in der sie aufgewachsen ist.

Die kindliche Eigenschaft, die bei ihr am ausgeprägtesten blieb, war ihre Neugier. Carie erklärte oft lachend, sie sei von dieser Tochter unaufhörlich mit Fragen überschüttet worden. Vor allem verstand Pearl nicht, wie die Menschen im fernen Amerika, von denen ihre Eltern erzählten, tun konnten, was sie taten, und es auf ihre Weise tun konnten, wenn doch die Chinesen genau wußten, wie man etwas zu tun hatte! Und warum sprach die Mutter so sehnsüchtig von der fernen Heimat? Doch andererseits vergaß das Kind nie, daß es selbst anders war, ein weißes Kind in einem gelben Land.

Diese hartnäckigen Erinnerungen bewirkten wohl, daß sie die Notlage eines heimatlosen Kindes so gut verstand. Sie blieb selbst heimatlos. In Artikeln und Schriften über die führenden amerikanischen Schriftsteller wurde sie häufig nicht erwähnt, vielleicht weil viele amerikanische Kritiker sie nicht als Amerikanerin betrachteten. Aber sie hing an ihrem Vaterland. Als sie im Alter von vierzig Jahren nach Amerika übersiedelte, kaufte sie ein Haus und eigenen Grund und Boden, so sehr lag ihr daran, in ihrer Heimat Wurzeln zu schlagen. Sie liebte China, aber auch dort war sie eine Fremde. Sie hatte die Chinesen von jeher geliebt, doch gleichzeitig fürchtete sie sie; denn sie wußte, daß sie sich eines Tages für die Grausamkeit der Weißen rächen würden. Während ihres jahrelangen Aufenthalts in China war sie sich dieser Möglichkeit stets bewußt, denn sie hatte ja die Grausamkeiten mit angesehen, die von den Weißen in Asien verübt wurden. Diese Furcht wurde vielleicht im Jahr 1900 ausgelöst, als sich die Kaiserinwitwe, die Pearl S. Buck in ihrem Roman *Das Mädchen Orchidee* beschrieben hat, über die Eingriffe der Weißen auf chinesischem Boden entrüstete und das Edikt erließ: «Alle Weißen sind zu töten!»

So wären das Kind und seine Angehörigen vielleicht auch getötet worden, wenn der Vizekönig der Provinz Kiangsu nicht so klug gewesen wäre, das Wörtchen «nicht» einzusetzen, womit er ihnen auf eigene Gefahr das Leben rettete.

In der Pearl-Buck-Stiftung in Philadelphia steht eine chinesische Truhe, deren Schloß das Symbol der männlichen und weiblichen Elemente im Weltall, Yang und Ying, darstellt. Sie wurde für diesen Vizekönig nach seinem eigenen Entwurf gefertigt, und seine Tochter schenkte sie Pearl Buck zum Abschied. Sie bildete gewissermaßen eine Verbindung zwischen der stets gegenwärtigen Vergangenheit und der Gegenwart.

Das ist ein anderes Kapitel ihrer Geschichte, ein kleines, aber wesentliches Kapitel, denn ohne diesen Mann, dem die Truhe ursprünglich gehört hat, würde es gar keine Lebensgeschichte geben. Sie schreibt:

Aus heutiger Sicht weiß ich, daß die Veränderung nicht plötzlich geschah, aber mir kam sie plötzlich vor, dem Kind, das wohlbehütet im chinesischen Haus lebte, umgeben von den Eltern, von liebenswürdigen chinesischen Freunden und treuen Dienstboten. Plötzlich also schien es mir, als wäre ich nicht mehr das glückliche Kind eines begünstigten Volkes. Statt dessen wurde ich ein Mitglied der sogenannten weißen Rasse, und ohne es zu wissen, gehörte ich einer Gruppe an, die China angriff, im Land Uneinigkeit stiftete und die Leute ausbeutete. Diese Dinge waren schon lange vor sich gegangen, ohne daß ich davon wußte, da ich viel zu klein war, um sie zu verstehen. Tatsächlich forderten England und andere europäische Länder immerzu chinesisches Territorium und Handelskonzessionen. Frankreich hatte von einem großen Teil Chinas Besitz ergriffen und nannte dieses Gebiet Indochina, Deutschland hatte sich Land und Städte angeeignet, und in der Stadt, an deren Rand wir wohnten, konnte ich mit eigenen Augen sehen, daß England Landstücke am Jangtse abgetrennt hatte, auf denen englische Familien lebten, als ob sie sich in England befänden. Auf dem Fluß beförderten englische, französische, deutsche und japanische Schiffe Fahrgäste und Handelsgüter. Die westlichen Nationen waren die schlimmsten, denn sie gebärdeten sich am raubgierigsten, und sie hatten die Waffen.

In China ging auch die Dynastie zu Ende, und wie es bei einer solchen Gelegenheit in der chinesischen Geschichte die Regel war, rivalisierten starke und einflußreiche junge Männer um den Thron. In Peking klammerte sich die alte Kaiserinwitwe Tzu Hsi verzweifelt ans letzte Bollwerk ihrer Macht. Revolutionäre hatten sich sogar in den Palast eingeschlichen, und sie war zu alt und zu müde, um selbst nach neuen Wegen zu suchen. Ihre einzige Abwehr gegen die Ausbreitung der Abendländer bestand darin, ihnen den Garaus zu machen. Die große Taipingrevolution hatte sie vor mehr als zwanzig Jahren auf Kosten von zwanzig Millionen Menschenleben niedergeschlagen, und vielleicht hatte sie recht mit der Annahme, daß nun der Westen ihr Hauptfeind war.

Verzweifelt suchte sie Hilfe und fand keine. Im Palast traute sie keinem Menschen, denn sogar unter den Erziehern des jungen Thronfolgers hatte sie Rebellen entdeckt. Sie glaubte, die Erzieher hätten ihn verdorben, indem sie ihn überzeugt hatten, daß China modernisiert werden und vom Westen lernen müsse. Das war für sie undenkbar, und sie beschloß, die Abendländer auszumerzen. Zu diesem Zweck bediente sie sich in ihrer Verzweiflung einer fanatischen chinesischen Geheimgesellschaft, die Boxer genannt; sie rühmten sich, über Zauberkräfte zu verfügen, die sie gegen feindliche Kugeln unverwundbar machten. So änderte sich 1900 meine Welt durch einen Erlaß der Kaiserin, in dem sie befahl, alle Weißen umzubringen, Männer, Frauen und Kinder.

Unser chinesisches Haus war kein schützender, sicherer Ort mehr. Angst erfüllte die Atmosphäre, und meine Eltern schwankten, ob sie nach Schanghai gehen und dort bei unseren eigenen Regierungsvertretern Schutz suchen oder bei unseren chinesischen Freunden bleiben sollten. Auch unsere Freunde schwebten in Gefahr, denn der kaiserliche Erlaß umfaßte alle christlichen Chinesen als todeswürdige Verräter.

Die lange Geschichte jener gefahrvollen Tage habe ich in dem Buch *Mein Leben, meine Welten* (später: *Ruf des Lebens)* erzählt, so daß ich sie nicht zu wiederholen brauche. Hier ist wesentlich, daß in meinem kindlichen Denken das Haus meiner Mutter im fernen Amerika zum Sinnbild der Sicherheit in einer gefährlichen Welt wurde. Für ein Kind war es eine verwirrende Zeit. Mein ganzes Leben hatte sich verändert. Ich durfte die ummauerte Liegenschaft nicht mehr verlassen. Mein Lieblingsplatz im hohen Gras außerhalb des Tores war verbotenes Gebiet. Vor Schlangen war ich gewarnt worden, aber jetzt drohte die Gefahr nicht von Schlangen, sondern von aufgebrachten Menschen. Sogar die Freunde meines Vaters kamen nicht mehr zu uns. Niemand kam zu uns. Die Dienstboten blieben uns treu, aber auch sie hatten Angst vor dem, was ihnen und ihren Angehörigen geschehen könnte. Wir waren schuld daran, daß China «wie eine Melone zerschnitten worden war», wie die Kaiserin sich ausdrückte, und wir waren schuld an der Ausbeutung des chinesischen Volkes. Als mir das Wort «Ausbeutung» erklärt wurde, sah ich die chinesischen Kulis vor mir, die am englischen Bund am Flußufer die ausländischen Waren gelöscht hatten. Es hatte mich immer beunruhigt, zu sehen, wie diese mageren, halbnackten Männer unter ihrer schweren Last schwitzten und zitterten und dem bequem im Schatten sitzenden Engländer einen Stab aushändigen mußten. Wenn das Kerbholz nicht mit der Liste übereinstimmte, erhielt der Kuli keinen Lohn für seine Arbeit. Ich hatte manchen Streit miterlebt, bei dem der Chinese stets verlor, und es hatte mich immer traurig gestimmt. Ich beherrschte die chinesische Sprache ebenso wie meine Muttersprache, und ich nahm Partei für den Kuli, dessen aufgeregte Erklärungen ihn nicht vor der Bestrafung bewahrten, denn der Engländer verstand kein Chinesisch und hing von einem Dolmetscher ab, der das sagte, was der Herr zu hören wünschte. Mehr als einmal versuchte ich zu vermitteln, aber vergeblich, denn der hochmütige Weiße sah das Kind nur von oben herab an und sagte, es solle sich um seine eigenen Angelegenheiten scheren. Wie konnten wir also, meine Angehörigen und ich, an Ungerechtigkeit und Ausbeutung schuld sein?

Dennoch schien es so.

«Laß uns nach Amerika in dein Haus gehen», bat ich meine Mutter.

Sie schüttelte den Kopf. «Noch nicht.»

Wir gingen jedoch nach Schanghai, Mutter, mein Schwesterchen, unsere chinesische Kinderfrau und ich, während Vater allein in unserem chinesischen Haus blieb. In Schanghai lebten wir fast ein Jahr, und in der Stadt hatte Mutter Zeit, mir von ihrer Heimat und ihren Landsleuten zu erzählen, die auch die meinen waren, obwohl ich sie nicht kannte.

In jenem Jahr fand die Belagerung von Peking statt. Die alte Kaiserinwitwe floh mit ihrem Hofstaat und kehrte erst zurück, als das kaiserliche Heer geschlagen war und die Boxer sich als Schwindler entpuppt hatten. Neue Verträge wurden aufgesetzt, die Chinesen unterwarfen sich widerwillig, und am Sommerende des folgenden Jahres kehrten wir in unser chinesisches Heim zurück. Aber es war nie mehr das gleiche, nie mehr sicher. Man konnte nicht wissen, wann sich der Groll in irgendeiner neuen Explosion entladen würde.

Die westlichen Nationen diktierten der alten Kaiserin den Frieden. Sie fügte sich mit Würde, aber sie wußte, daß es mit ihr zu Ende war. Die Veränderung hatte sich vollzogen, und wenn wir Weißen auch außer Gefahr zu sein schienen, wußten wir unsererseits, daß wir es nicht waren. Unsere Freunde waren wieder unsere Freunde, und die herzlichen persönlichen Beziehungen setzten sich fort; aber wir kamen uns vor wie Inseln im großen Meer der Verwandlung ringsum. Es gab keinen wirklichen Erben des Drachenthrons, keinen, der stark genug gewesen wäre, dem Sturm der Revolution zu trotzen, deren Anstoß von jungen Männern und Frauen kam, die durch Missionsschulen vom Westen gelernt hatten. Was mich betraf, so erkannte ich, daß meine eigentliche Heimat ein anderes Land war – obwohl ich dort eine Fremde sein würde. Geschichtliche Ereignisse zwangen mich, meinen Platz bei Menschen einzunehmen, die ich nicht kannte und die mich nicht kannten, zu denen ich aber abstammungsmäßig gehörte. [Aus: *My Mother's House.*]

In Pearl Buck war eine Suche, eine so tief in der Persönlichkeit gründende Suche, daß sie sich schwer ausloten läßt; doch meiner Überzeugung nach entstammte sie dem grundlegenden Bedürfnis, irgendwohin zu gehören.

Sie sagte einmal zu mir: «Irgendwie war ich immer eher ein Gegenstand als eine Person. Als Kind war ich eine Weiße mit blonden Haaren und blauen Augen in einem Land, wo dunkle Haut-, Haar- und Augenfarbe richtig war. Ich erinnere mich, daß meine chinesischen Spielkameraden ihre Freunde mitbrachten, damit sie mich sehen konnten, weil ich ja anders war. Als ich nach Amerika kam, war ich auch hier anders als die anderen. Ich war schon das, was man berühmt nennt. Die Leute kamen, um mich zu sehen, wie man einen Gegenstand betrachtet, keinen Menschen.»

Sie verbrachte ihre ersten Lebensjahre in einer Zwischenwelt. Infolgedessen zog sich das Kind in seine eigene Welt zurück und sah sich die Menschen so an, wie man von fern eine vorbeiziehende Parade betrachtet. Das Leben an sich beschäftigte sie weitaus mehr als konkrete Menschen. Als Dreijährige konnte sie vom Gartentor ihres Elternhauses aus nur die Beine der Menschen sehen, die vorübergingen. Trotz ihrer starken Neugier war sie hinter dem sicheren Tor entrückt. Später schloß sie das Tor zu ihrem Privatleben, zu ihrem Innern, und beobachtete von dort aus alles voller Interesse, aber stets in dieser sicheren Entrücktheit, als ob sie noch immer nur die Beine der Menschen sähe. Aber sie genoß das Leben und nahm trotz dieser Einsamkeit regen Anteil. Besonders freute es sie, Unmögliches zu unternehmen. Manchmal vermittelte sie das Gefühl, das sie in der letzten Zeile ihres Buches *Zuflucht im Herzen* beschrieben hat. Sie ist die Frau geblieben, die wartend am Fenster steht und in den Himmel blickt.

Vielleicht hing diese Entrücktheit zum Teil auch damit zusammen, daß sich ihr Vater von den anderen Missionaren in China unterschied. Sie erklärte oft mit unverkennbarem Stolz, ihr Vater sei kein gewöhnlicher Missionar gewesen. Er war ein Gelehrter, ein Kenner der konfuzianischen Philosophie und der buddhistischen Theologie. Sein bedeutendstes Werk ist die Übersetzung des Neuen Testaments aus dem Griechischen ins Chinesische. Zu seinen weiteren literarischen Arbeiten gehören ein brillanter Vergleich zwischen Buddhismus und Katholizismus sowie ein Nachschlagewerk über chinesische Dialekte. Getreu seinem Glauben, begegnete er auch dem Leid gefaßt und ruhig. Jedes Unglück nahm er als Gottes Willen hin. Carie hingegen konnte aufsässig werden und sogar erklären, es sei möglich, daß Gott unrecht hätte. So übernahm Pearl vom Vater die grundlegende Einstellung, daß alle Menschen die Freiheit haben sollten, ihrem eigenen Glauben anzuhängen, und von der Mutter die Überzeugung, daß sie die Verantwortung für ihr Leben selbst zu tragen hatten.

«Ich beschließe, was ich tun will, und dann gehe ich schnurstracks daran», sagte sie einmal. «Ich mache mir nie Gedanken, wie ich es tun werde, sonst würde ich es bestimmt nie fertigbringen.»

Allerdings traf sie nicht immer eine kluge Wahl. Eine wichtige Entscheidung, die offensichtlich verkehrt war, betraf ihre erste Eheschließung.

«Ich heiratete ein schönes Gesicht», sagte sie mir ehrlich, wenn auch widerstrebend. «Hast du jemals versucht, nur mit einem schönen Gesicht zu leben?»

Dieser Ehe entsproß ein Kind, ein Mädchen, das an Phenylketonurie litt. Damals kannte man diese Stoffwechselkrankheit noch nicht, die darin besteht, daß vom Körper keine Proteine aufgenommen werden. Deshalb war diese Krankheit zu jener Zeit unheilbar, und ihre Folgen blieben nicht aus: Als das Kind vier Jahre alt war, stellte sich heraus, daß es geistig zurückgeblieben war. Auch das wurde ihr Schicksal.

Ihre erste Ehe wurde viele Jahre später geschieden. Davon wird noch die Rede sein. Aber irgendwann in jenen Jahren hatte sie ein Liebeserlebnis, das sie tief bewegte. Dieses Erlebnis hat sie in den Roman *Über allem die Liebe* umgesetzt. Darin kommen folgende Stellen vor:

«In diesem Hause geschah es, daß unsere Liebe zum erstenmal ihre Erfüllung fand. Wir waren nicht verheiratet. Ich schreibe es nieder. Ich habe unser himmlisches Geheimnis nie einem Menschen anvertraut, er auch nicht, dessen bin ich sicher. Er sagte, er liebt nur mich, was immer geschehen mag, und so hat er es für sich behalten. Es mag falsch sein, davon zu sprechen, aber jetzt bin ich froh, daß ich mich dazu entschlossen habe ...

... Manchmal lese ich an den Winterabenden Romane, während Rennie über seinen Büchern für die Schule sitzt. In den Romanen wird immer wieder der Liebesakt zwischen Mann und Frau geschildert. Ich lese diese Beschreibungen und wundere mich, wie eintönig und langweilig sie sind. Der Liebesakt kann also bedeutungslos sein! Ich wundere mich über eine solche Entwürdigung, und dann wird mir klar, daß er entwürdigt ist, weil die beiden, die ihn vollziehen, entwürdigt sind. Ich danke dem Geliebten, der mich vor dieser Entwürdigung bewahrt hat. Ich verstehe jetzt den trostlosen Ausdruck, den ich oft in Frauenaugen sehe. Denn es hängt vom Mann ab, nicht von der Frau, ob das Zusammenfinden schön oder schrecklich ist. Wenn eine Frau im Rausch genommen wird und der Mann sich hastig gibt, ist die Frau entweiht. Sie ist benutzt worden wie ein Tontopf, doch sie ist mehr als Lehm. Sie ist Geist.»

Es ist unwichtig, ob diese Zitate autobiographisch sind. Der Schriftsteller hat das Vorrecht, eine bestehende Situation aufzugreifen und mit der Phantasie zu vervollständigen. Die Welt wird nie erfahren, was wirklich geschehen ist und was sich nur im weiten Gebiet der schöpferischen Einbildungskraft ereignet hat.

Von dem Mann hat sie mir folgendes erzählt:

«Er war Halbchinese, und ich bemerkte an ihm die Neigung zum Chinesischen, eine Bindung an seine chinesische Mutter, so daß ich erkannte, daß er eine chinesische Frau brauchte. Ich hätte seine Bedürfnisse niemals stillen können. Ich konnte nicht seine Frau werden, und so trennten wir uns. Er hat dann eine Chinesin geheiratet, und ich glaube, er ist glücklich geworden.»

Wer weiß, ob Rennie in *Über allem die Liebe* nicht vielleicht der Sohn ist, den sie nie geboren hat, der all jene Wesenszüge trug, die sie sich bei einem Sohn gewünscht hätte? Der Schriftsteller hat das Recht, eine Situation aus dem eigenen Leben zu nehmen und sie voll zu entwickeln. Die Wunde ist da, die Menschen sind da, die Situation ist gegeben. Es hätte sich ereignen können. Was wirklich geschehen ist, geht uns nichts an.

Es wundert mich nicht, daß sie nie die Autobiographie geschrieben hat, die sich so viele erhofften; denn sie ist ja in ihren Büchern enthalten. Wir müssen sie also dort suchen. In *Ostwind, Westwind* erzählt sie die Geschichte einer jungen Chinesin, die von Liebe und Ehe enttäuscht ist und darin nicht finden kann, was sie zu finden glaubte. So erzählt eine Frau von ihrer eigenen Enttäuschung und gibt anderen Frauen die Hoffnung, daß sich eine solche Ehe ertragen läßt, wenn man sich genügend anpaßt, um dennoch ein normales, einigermaßen glückliches Leben zu führen. Und worin bestand bei ihr die Anpassung? Darin, daß Pearl Buck ihre Liebe auf das menschliche Leben ganz allgemein und ihr Interesse auf die Arbeit als Schriftstellerin verlegte.

Ihre Auffassung vom Leben einer Frau über vierzig drückt sie im Roman *Die Frauen des Hauses Wu* in der Gestalt der Madame Wu aus. Ihrer Meinung nach ist das Leben einer Frau, die keine Kinder mehr gebären kann, nicht einfach sinnlos. Ihre Ansichten über die Wechseljahre sind von derselben Weisheit geprägt, die alle ihre Werke, ja auch ihr eigenes Leben auszeichnet. Der Grund, warum sie die Bedeutung ihres ersten berühmten Buches *Die gute Erde* herabmindert, ist wohl darin zu suchen, daß es als Darstellung des chinesischen Bauernlebens weniger von ihr selbst enthält als andere ihrer Romane. Ich fragte sie einmal über O-lan, die weibliche Hauptfigur dieses Romans: «Wo hast du sie gefunden?»

«In ihr sind all die Frauen enthalten, die ich kannte», antwortete sie.

Dennoch habe ich bei O-lan mancherlei Eigenschaften entdeckt, die ich sehr gut kenne, aber sie ist eine Spiegelung der

Pearl Buck, wie sie vor vielen, vielen Jahren in China lebte. Vierzig Jahre später hatte Pearl Buck nichts mehr von ihr. Wie hätte es auch anders sein können? Sie war ja eine andere geworden.

Die beiden Bücher, denen sie das geringste Interesse entgegenbrachte, sind *China Flight* und *Der junge Revolutionär* (auch: *Die Wandlungen des jungen Ko-sen*), vielleicht weil es reine Fabeln sind. Ist es möglich, daß in jenen Seiten kein Wesenszug Pearl Bucks erkennbar ist? Sie sagt darüber:

«Ich schrieb diese Bücher für Geld, und das kann ich nicht gut. Wenn ich schreibe, darf ich nicht daran denken, ob sich das Buch ‹verkaufen› lassen wird. Ich schreibe, weil ich etwas zu sagen habe, und ich sage es!

Als ich den Vertrag für *Der junge Revolutionär* abschloß, war ich gerade in den Vereinigten Staaten, zusammen mit meinem zurückgebliebenen Kind, für dessen Zukunft ich allein verantwortlich war. Carols wegen brauchte ich Geld, denn ich wußte, wieviel die Betreuung eines solchen Kindes kostet. Ich habe mir den Lebensunterhalt immer selbst verdient. Ich war nicht Missionarin, sondern ich unterrichtete an chinesischen Universitäten. Ich erhielt die übliche Bezahlung, aber jetzt brauchte ich viel mehr. Eine christliche Organisation bot mir für ein Kinderbuch mit christlichem Schluß fünfhundert Dollar an. So kam es zu dem Vertrag für *Der junge Revolutionär.* Ich kehrte dann nach China zurück und schrieb zuerst *Die gute Erde,* weil sich dieses Buch in meinem Geist schon geformt hatte. Dann erfüllte ich widerstrebend den Kontrakt. Wenn ich jemals ein schlechtes Gewissen gehabt habe, dann wegen dieser Schreiberei für Geld. Gewiß habe ich noch andere Dinge in meinem Leben bereut, aber nichts so sehr wie dies. Doch ich brauchte Geld für mein Kind, und fünfhundert Dollar waren damals sehr viel für mich.»

Einer ihrer besten Freunde sagte von ihren Werken:

«Sie hatte etwas zu sagen, und sie hat es in ihrem ersten Buch gesagt. Seither hat sie es immer wieder gesagt.»

Nur Oberflächliche könnten diese Bemerkung für grausam

halten; denn sie ist es nicht. In ihrem ersten, allerdings erst später veröffentlichten Buch, *Die Frau des Missionars*, ist die gleiche Botschaft ausgedrückt wie in ihrem letzten – die Botschaft der Hoffnung. Diese Botschaft ist zwar abgeschwächt durch die Weisheit des Alters, aber sie ist vorhanden und klingt überzeugend. Es wurde einmal gesagt, Romane enthielten mehr Tatsachen als Weltgeschichte, und das trifft auf die Werke von Pearl S. Buck entschieden zu.

Wie begann ihre Laufbahn? Ihre Mutter und ein konfuzianischer Gelehrter unterrichteten sie zu Hause.

«Er wurde von meiner Mutter angestellt, um mir Chinesisch beizubringen, und dafür war ich ewig dankbar, weil ich viel von ihm lernte. Er brachte mir auch gute Manieren bei, von denen meine Mutter sehr viel hielt. Sie duldete keine Unart. Mein Vater ebensowenig. Mein Lehrer brachte mir Respekt vor Eltern und Erziehern bei. Natürlich machten mir die Chinesen damals weitaus mehr Eindruck als sonst jemand. Sie waren die wirklichen Menschen in meinem Leben, und es gab so viele. Sie waren stets freundlich, sehr freundlich. Meine Mutter war so vernünftig, uns ihre herrlichen Feste feiern zu lassen. Zum Laternenfest durften wir immer Laternen kaufen – Hasen, Vögel, Schmetterlinge, Blumen. Ich weiß noch, einmal hatte ich auch eine Pferdelaterne. Den Kopf trug man vorn, den Schwanz hinten, und man ging in der Mitte. Ich hatte in vieler Hinsicht eine frohe Kindheit.»

Während der Kindheit war das Lernen für sie ein Spiel, und dieses Spiel betrieb sie ihr Leben lang am liebsten. Sie entwickelte einen wahren Wissensdurst, der einsetzte, als sie Charles Dickens entdeckte, dessen Bücher sie mit vier Jahren zu lesen begann. In der Stiftung ist noch ein Teil der heißgeliebten, zerlesenen Dickens-Bände aus ihrem Elternhaus in China zu finden – zerrissen, weil sie von der Horde, die das Haus ausraubte, herumgeworfen wurden. Nach Pearl Buck hatte keiner auf ihre Schriftstellerei größeren Einfluß, bis auf ihre Mutter, die jede Woche einen Aufsatz von ihr verlangte. Das war eine kluge Forderung, denn dadurch faßte Pearl schon früh ihre

Gedanken, Träume und Eindrücke in Worte. Ihre Mutter übte nie Kritik, sondern ermunterte sie stets, wahrheitsgemäß das auszudrücken, was sie dachte und empfand. Der erste Text, der je von ihr veröffentlicht wurde, erschien im *Christian Observer*, einer Zeitung von Louisville im Staat Kentucky, und zwar in der Rubrik Leserbriefe in der Ausgabe vom 5. April 1899. Der Brief ist unterzeichnet mit Pearl Sydenstricker, Tschinkiang, China. Offenbar stark beeinflußt durch das Milieu, gegen das sie sich später auflehnte, gab sie ihm die Überschrift *Unsere wahre Heimat im Himmel*. Der Inhalt lautete:

«Ich bin ein Mädchen, sechs Jahre alt. Ich habe einen großen Bruder, der studiert und nach China kommen wird, um meinem Vater zu helfen, der von Jesus erzählt. Ich habe zwei kleine Brüder im Himmel. Maudie starb zuerst, dann Artie, dann Edith, und im vorigen Monat ging mein tapferes Brüderchen Clyde in den Himmel. Clyde sagte, er wäre ein christlicher Soldat, und daß unsere beste Heimat der Himmel ist. Clyde war vier Jahre alt, und wir liebten beide die kleinen Briefe im Observer. Ich habe das alles allein geschrieben, und meine Hand ist müde, deshalb viele Grüße.»

Sie erzählt davon:

Ich kann mich gut erinnern, wie erstaunt ich war, als ich den Brief gedruckt sah. Ich weiß auch noch, wie er sich auf der Seite ausnahm. Es war ein kurzer Brief, der nichts von Interesse oder Bedeutung enthielt. Er hatte einen Anflug vom Idealismus meiner Mutter, die sich immer in religiösen Begriffen ausdrückte, gegen die ich mich schon damals innerlich auflehnte; aber ich liebte sie viel zu sehr, als daß ich ihr das jemals gesagt hätte. Es ist vielleicht ein Glück, daß sie starb, bevor bei mir die offene Rebellion ausbrach. Nichtsdestoweniger war es sogar für die Sechsjährige aufregend, in China etwas schreiben und es einige Zeit später in einer amerikanischen Zeitung unter all den amerikanischen Briefen lesen zu können.

Dieser frühe Erfolg, wenn man es so nennen darf, stachelte

mich an, wiederum den Rat meiner Mutter zu befolgen: Etwa ein Jahr darauf begann ich für den *Mercury* zu schreiben und sandte dieser alten Schanghaier Zeitung, die unter britischer Schriftleitung herauskam, regelmäßig Beiträge ein. Jeden Monat setzte sie Preise für die besten Artikel und Geschichten von Kindern aus, und das war für mich, als ich zehn Jahre zählte, zu einer festen Einnahmequelle geworden. Meiner weichherzigen, aber hartnäckigen Mutter diente es außerdem als Vorwand, mir jede Woche einen Aufsatz oder eine Geschichte abzufordern. Sie hegte, wie ich später herausfand, im stillen die feste Überzeugung, daß ich Schriftstellerin werden würde. Davon sagte sie mir zwar nichts, sie hielt mich nur an, meine Erlebnisse und Gedanken schriftlich festzuhalten. Seltsamerweise widersprach sie energisch, als ich Gedichte zu schreiben begann – den Grund dafür habe ich nie erfahren.

Mein erstes, ebenfalls im *Mercury* veröffentlichtes Gedicht war ein langer Erguß über Weihnachten. Es erregte genug Aufmerksamkeit, daß ich es bei der Weihnachtsfeier in der Schanghaier Internatsschule aufsagen mußte, deren unglückliche Schülerin ich eine Zeitlang war. Meine Freude an diesem Gedicht wurde durch ein zweites getrübt: Meine Mutter wünschte, daß ich in die letzten Verse einige didaktische Gedanken einfließen ließe, gegen die ich heftige Abneigung empfand. Wieder hatte ich nicht das Herz, ihr den Wunsch abzuschlagen, und wieder gab ich nach. Diese frühen Erfahrungen mit textlichen Änderungen haben mich zu einer aufsässigen Schriftstellerin gemacht – in solchem Maße, daß ich viele Jahre später von meinem Verleger verlangte, den Vertrag mit einem Buchklub, der einen Roman von mir übernehmen wollte, nicht zu unterzeichnen, weil der Buchklub mit Rücksicht auf gewisse religiöse Leserschichten redaktionelle Änderungen vorzunehmen wünschte.

Sobald ich dem wohlgemeinten, aber hemmenden literarischen Einfluß meiner Mutter entronnen war, schrieb ich wild drauflos und produzierte unbesonnen den schlimmsten Schund, der während der Bürgerkriege in China zum Glück größtenteils in Asche aufging. Die ersten Bemühungen der Schriftsteller sind ebenso rührend und komisch wie die Bemühungen eines kleinen Kindes, das laufen lernt. Das Wunder besteht darin, daß es, nachdem es unzählige Male hingefallen ist, tatsächlich laufen lernt und dann weiterläuft.

Der in dem Brief an den *Observer* erwähnte «große Bruder der studiert», ein hochbegabter Mann, starb Jahre später in den Vereinigten Staaten. Freilich, dieser einzige überlebende Sohn bereitete seiner Mutter manchmal Kummer, weil er trank. Carie war hinsichtlich des Trinkens verständlicherweise empfindlich, hatte doch deswegen ihre erste Liebe unglücklich geendet. Vielleicht ist das auch der Grund, warum ihre Tochter nur dann Alkohol zu sich nahm, wenn ein gesellschaftlicher Anlaß es erforderte.

Sie selbst sagte darüber: «Ich habe nicht gern einen umnebelten Kopf. Und was Hemmungen betrifft, so habe ich mein halbes Leben damit zugebracht, sie mir anzueignen, und ich möchte sie nicht verlieren!»

Ihren Kopf betrachtete sie als ein anvertrautes Gut, und nie tat sie etwas, was sie gehindert hätte, ihn voll zu gebrauchen. Sie enthielt sich jeder noch so vergnüglichen Betätigung, die ihr Denkvermögen beeinträchtigt oder ihre Person gefährdet hätte. Zum Beispiel flog sie sehr ungern, und bis zum letzten Augenblick vermied sie es, daran zu denken. Wenn es sich nicht mehr vermeiden ließ, lehnte sie sich zurück und schloß die Augen. Nicht etwa, daß sie dann betete. Sie war zwar überzeugt, daß es eine höhere Macht gibt, aber sie nahm den Standpunkt ein, sich lieber nicht unvorbereitet überraschen zu lassen.

Sie wuchs zwar in einem frommen Milieu auf, aber sie betrachtete ihre Eltern nicht als sentimentale Christen. Ihr Vater hielt ihr nie Predigten. Er las jeden Tag eine kurze Bibelstelle vor – am Morgen der Familie, am Abend den Dienern. Und sie beteten.

Sie selbst durfte in seiner Gegenwart nicht laut beten. «Keine Frau durfte die Stimme zu Gott erheben, wenn er dabei war, das durfte nur er.»

In diesem Zusammenhang erinnerte sie sich, daß ihre Mutter leidenschaftlich den Ausspruch Pauli mißbilligte: «Christus ist eines jeglichen Mannes Haupt, der Mann aber ist des Weibes Haupt.»

«Es steht aber in der Bibel», erklärte Andrew dazu.

Carie bewahrte sich ihre Unabhängigkeit, indem sie sich einfach lachend entfernte. In gewissem Sinne war sie immer entrückt, wohl heiter, aber entrückt.

«Ich glaube, sie war meinem Vater nicht sehr nahe, fühlte sich nicht körperlich zu ihm hingezogen, und auch uns kam sie nicht nahe, indem sie uns Liebe bezeigte. Ich erinnere mich zum Beispiel nicht, daß sie mich jemals in die Arme nahm. Dafür waren unsere Eltern immer offen mit uns. Wir kannten ihre Sorgen. Wenn sie finanzielle Schwierigkeiten hatten, wußten wir es. Sie sprachen vor uns über ihre Arbeit, und wir wußten, daß wir erst an zweiter Stelle kamen.»

Wenn ihr in ihrer sonst so glücklichen Kindheit etwas fehlte, dann war es wohl Zärtlichkeit, die nur der enge physische Kontakt mit den Eltern verschafft. Ihrer Ansicht nach brauchen Kinder das sichere Gefühl, geliebt zu werden, und deshalb sollte man sie umarmen. Zärtlichkeit erhielt sie nur von Amah Wang, ihrer chinesischen Kinderfrau, nicht von ihrer Mutter. Sie nahm an allem teil, was Amah Wang tat.

«Von der Pflegerin hängt das Kind ja ab», sagte sie, «und es stützt sich auf sie. Wenn irgend etwas schiefging, lief ich zu Amah Wang. In gewisser Weise fand ich bei ihr das körperliche Muttergefühl mehr als bei meiner Mutter, die mich nie auf den Schoß nahm oder mich liebkoste. Statt dessen schmiegte ich mich an Amah Wang, kletterte ihr auf den Schoß und ging zu ihr ins Zimmer. Sie war ausgesprochen mütterlich, in solchem Maße, daß sie Hühner und Seidenraupen unter ihrem gefütterten Kleid ausbrütete.»

Stundenlang konnte sie zuhören, wenn Amah Wang von ihrer Jugend erzählte. Dann saß sie auf dem Schoß der Kinderfrau und lehnte den Kopf an das blaue chinesische Baumwollkleid, dessen sauberen, erdhaften Geruch sie liebte.

«Meine chinesische Kinderfrau schenkte mir Zärtlichkeit, aber Amah Wang war ungebildet, sie hatte nicht einmal lesen und schreiben gelernt. Ich konnte mich ihr nicht anvertrauen.»

Auch der sieben Jahre jüngeren Schwester konnte sie sich nicht anvertrauen.

«Ich spielte mit meinem Schwesterchen wie mit einer Puppe. Ich mußte sie täglich in den Schlaf wiegen, und das machte mir Spaß. An den Schaukelstuhl erinnere ich mich gut. Er war niedrig und hatte eine hohe Lehne. Mutter muß ihn in Schanghai gekauft haben, denn die Chinesen hatten keine solchen Stühle. In alten amerikanischen Häusern habe ich viele gesehen. Jeden Tag zur gleichen Zeit nahm ich meine kleine Schwester auf den Schoß und schaukelte sie in den Schlaf. Aber reden konnte ich nicht mit ihr. Sie war erst fünf, als ich zwölf Jahre alt war, und zwischen uns war nichts gemeinsam. Seltsam, diese Beziehung zwischen einer älteren und einer jüngeren Schwester. Doch so merkwürdig auch diese Beziehung gewesen sein mag, ich liebte meine Schwester sehr, und das blieb so.»

Als Kind stand sie also niemandem in der Familie nahe. Sie vertraute sich keinem an. Die andern wußten nicht, wie nahe ihr die Chinesen standen, wußten nichts von ihren Besuchen bei den Bekannten im Dorf. Bestimmt gab es viele Dinge, die Carie nie erfuhr. Zum Beispiel gab Pearl die drei Kupfermünzen, die sie jede Woche für die Kollekte in der Sonntagsschule erhielt, immer für Erdnüsse aus.

«Ich aß sie sehr schnell, um damit fertig zu sein, bevor ich in meiner Sänfte bei der Kirche ankam. Wir gingen jeden Sonntag zweimal in die Kirche. Morgens wohnten wir dem chinesischen Gottesdienst bei und abends einem englischen, der für die Engländer und die wenigen Amerikaner in unserer Stadt abgehalten wurde. Ich weiß noch gut, wie unaufmerksam ich in der Kirche war. Ich war so zappelig! Unter der Kanzel war ein Wasserbecken – es war eine Baptistenkirche –, und ich hoffte immer, die Kanzel bräche ab, damit der Geistliche ins Wasser fiel. Der Kirchenstuhl war viel zu hoch für mich und hatte keine richtige Lehne, nur zuoberst ein Brett, und dazwischen war ein Loch. Einmal zappelte ich so sehr, daß ich hindurchfiel und auf dem Schoß der hinter mir Sitzenden landete. Ich schämte mich zutiefst und saß nachher still. Ich dachte, Gott würde mich bestrafen.»

Beschattet wurde ihre Kindheit nur durch den Beruf des Vaters und seine Zerwürfnisse mit den andern Missionaren, außerdem durch die Schwermutsanfälle der Mutter. Aber das war bloß die eine Seite, die amerikanische Seite ihres Daseins. Auf der anderen war sie umgeben von der chinesischen Gemeinschaft, die Wärme und Herzlichkeit ausstrahlte. In dieser Gemeinschaft lebte sie. Sie beobachtete das Leben ihrer Eltern, aber am Leben der Chinesen nahm sie teil. Als sie mit neun Jahren zum erstenmal in ihre Heimat kam, fühlte sie sich nur als Besucherin. Das Bewußtsein, daß sie nach China und zu ihren Freunden zurückkehren würde, blieb wach.

Den einzigen Eindruck, den sie von Amerika gewann, war der von Größe, und die Erinnerung an den Aufenthalt setzte sich bloß aus Bruchstücken zusammen. Die Familie reiste mit dem Schiff in die Staaten. In San Francisco wurde haltgemacht und die Stadt besichtigt. Als ich einmal mit Pearl im Speisesaal des berühmten «Cliff House» von San Francisco aß, erzählte sie mir:

«Sonderbar, daß ich mich aus der Zeit, die wir hier 1901 verbrachten, an überhaupt nichts erinnere – bis auf dieses Restaurant! Wir aßen hier eines Tages zu Mittag, meine Eltern und ich. Die Sonne schien, und dort drüben auf den Felsen tummelten sich Seelöwen. Wir fuhren dann weiter und besuchten meinen Großvater. Ich sah ihn nur dieses eine Mal, denn er starb, bevor ich wieder nach Amerika kam.»

Auf dem Wege zu ihrem Geburtsort in Westvirginia machten sie noch in einer Kleinstadt in Missouri halt, um einen ihrer Onkel zu besuchen.

An Marshall im Staat Missouri erinnere ich mich kaum, abgesehen davon, daß es ein sehr heißer Sonntag war, als wir dort anlangten. Oh, wie heiß es war! Und wir mußten natürlich in die Kirche gehen. Ich fand, daß mein Vater immer viel zu lange predigte, aber erst dieser Onkel – mein Gott, ich dachte, er würde nie mehr aufhören. Und es war so heiß! Ich langweilte mich sehr. Danach saßen wir draußen auf dem Rasen unter einem Baum. Ich lag bäuchlings im Gras und hörte zu, wie meine Eltern in Erinnerungen schwelgten. Als Kind hörte ich immer zu, und an jenem Tag hörte ich lange zu. In Marshall bekam ich zum erstenmal Eis zu essen. Es war selbstgemacht, und es schmeckte mir köstlich. Dort sah ich auch zum erstenmal ein Rollbett. Meine Eltern hatten im Gastzimmer ein großes Himmelbett. Abends zogen sie darunter das kleinere Rollbett hervor, in dem meine Schwester und ich schliefen. Wir fanden das sehr lustig, denn es war, als schliefe man in einer Schublade. Wir fuhren dann weiter zu meinem Großvater.

An die Ankunft erinnere ich mich deutlich. Die Reise hatte einen ganzen Monat gedauert, zuerst flußabwärts mit dem englischen Dampfer auf dem Jangtse nach Schanghai, dann die Überquerung des Stillen Ozeans und zum Schluß die Eisenbahnfahrt durch die Staaten. Mein Onkel holte uns am Bahnhof in einem Wagen mit zwei Pferden ab, und wir fuhren stilvoll zu dem Haus. Als der Wagen vor dem Tor in dem weißen Zaun warten mußte, bis es geöffnet wurde, sah ich das Haus jenseits des großen grünen Rasens unter den Ahornbäumen. Es war genauso, wie meine Mutter es beschrieben hatte, ein weißes Haus mit weinumrankten Säulen, die ein Vordach trugen. Es sah so aus, wie es auch war: ein gemütliches, würdiges Heim für eine Familie – ein Haus, an dem ich teilhatte, denn es war ja mein Geburtshaus.

Der Wagen hielt vor der Haustür, wo wir von einem weißhaarigen Herrn empfangen wurden, den ich für meinen Großvater hielt; doch als ich ihn so begrüßte, sagte er mir, er sei mein Onkel Cornelius. Kurz darauf erschien ein noch älterer weißhaariger Herr, sehr aufrecht und stattlich, und dieser war wirklich mein Großvater. Nachdem wir ausgestiegen waren, blieb ich stehen, um das Bild nochmals in mich aufzunehmen, und da fand ich es noch viel schöner als das geistige Bild, das ich mir nach den Erzählungen meiner Mutter geformt hatte. Freilich, drinnen fanden wir die unvermeidlichen Veränderungen, die sich ergeben, wenn eine Generation nach der andern die Räume benutzt und sich nach eigenem Belieben einrichtet; aber Mutters Zimmer war gleich geblieben. An dieses Zimmer erinnere ich mich am deutlichsten. Man wird ganz ehrfürchtig, wenn man den Ort betritt, wo man zur Welt gekommen ist. Es kam mir vor, als hätte ich das alles schon einmal gesehen, was ja stimmte, und ich sah mich hier als Neugeborenes, wo ich die Augen geöffnet und das Leben begonnen hatte.

Später gingen wir nach Lexington im Staat Virginia, wo mein Bruder an der Washington-Lee-Universität studierte. In Lexington blieben wir ein paar Wintermonate, und hier erlebte ich zum erstenmal ein Holzfeuer. In China hatten wir kleine Kohlenöfen, hier aber gab es große Steinkamine mit mächtigen Holzscheiten. Lange Abende saß ich mit Mutter am Kamin. In diesem Haus verbrachte ich viele Stunden zusammen mit meiner Mutter. Wir hatten zwar eine alte schwarze Dienerin, aber Mutter hielt sich viel in der Küche auf. Ich besuchte in dieser Zeit die Schule. Daran erinnere ich mich kaum, abgesehen davon, daß ich meines Erachtens nicht viel lernte. Ich ging in die dritte Klasse, und ich wüßte nicht, was ich dort gelernt hätte. Der Besuch dieser Schule schien mir ganz unwichtig.

Eines Abends hörte ich meine Mutter weinen, nachdem ich zu Bett gegangen war. Ich lief hinunter, um nachzusehen, was geschehen war, und fand sie im Zimmer meines Bruders. Sie saß einfach da und weinte. Dann sah ich meinen Bruder. Ich begriff nicht, daß er zuviel getrunken hatte. Er lag auf dem Bauch, und der eine Arm hing vom Bett hinunter. Sein Gesicht war gerötet, und rings um ihn roch die Luft widerlich nach Whisky. Ich sprach sie nicht an. Ich stellte keine Fragen. Ich setzte mich nur neben ihren Stuhl auf den Boden. Ich nahm ihre Hand und legte sie still an meine Wange. Bald flossen ihre

Tränen nicht mehr, und wir gingen zu Bett. Ich sehe das Bild meines Bruders immer noch vor mir und nehme den abscheulichen Geruch wahr. Damals verstand ich nicht, warum sie geweint hatte. Heute weiß ich, daß sie an die Tragödie ihres eigenen Lebens gedacht haben muß. An den Mann, den sie wirklich geliebt und nicht geheiratet hatte, weil er trank. Es muß schwer für sie zu tragen gewesen sein, daß ihr geliebter Sohn sich dem gleichen Übel ergab.

Im Frühjahr kehrten sie zum Haus des Großvaters in Westvirginia zurück. Sie war glücklich in dem Haus, aber sie blieben nur kurze Zeit und fuhren dann wieder nach China.

«Das einzig Denkwürdige in diesem Sommer war, daß wir nach Besuchen bei Tanten und Onkeln, Vettern und Basen im August wieder in Mutters Haus kamen. Das war eine Zeit reiner Freuden; ich lernte reiten, verzehrte Unmengen von Weintrauben und anderen Früchten und beteiligte mich an allen Arbeiten, vom Buttern bis zum Einfahren des Heus. Das Leben bestand aus einem Freudentag nach dem andern, und diese Wochen trugen dazu bei, die Erinnerungen an das verwandelte China auszuwischen, zu dem wir anfangs September zurückkehrten.»

Sie fuhren von Vancouver aus nach China, denn Andrew mißtraute der Disziplin auf amerikanischen Schiffen. Aus unbekannten Gründen hegte er die Überzeugung, daß nur an Bord englischer Schiffe wirkliche Disziplin herrschte, so daß im Unglücksfall, bei Sturm oder Feuer, Kapitän und Mannschaft zuerst die Passagiere in den Rettungsbooten unterbringen würden, ehe sie sich selbst zu retten versuchten. Pearl sah die Vereinigten Staaten erst wieder, als sie mit fast sechzehn Jahren ins College eintrat.

In all ihren Berichten aus der Kindheit kam nur eine nahe Freundin vor – Dolly, eine Chinesin. Als ich Pearl einmal zu Weihnachten in Vermont besuchte, sprachen wir von Dolly. Es war wenig Schnee gefallen, und zur Enttäuschung der Skihüttenbesitzer lagen die Berghänge kahl. Wir saßen am breiten Fenster ihres großen Wohnzimmers mit der Balkendecke. Sie hatte das Haus nach chinesischem Stil selbst entworfen und ihren Willen durchgesetzt, obwohl der Baumeister behauptet hatte, der Plan ließe sich nicht verwirklichen. Es schmiegte sich dem Hang an und war so in seine Umgebung eingebettet, daß man es kaum bemerkte, ehe man plötzlich davorstand. Das Wohnzimmer war sechzehn Meter breit und zwanzig Meter lang; der Fliesenboden bestand aus rotem Vermonter Schiefer. Die eine Breitseite nahm ein Kamin aus großen grauen Feldsteinen ein. Manchmal flogen Vögel zum Kamin herein, und man mußte sie durch die Tür hinauslassen. Auf der einen Längsseite waren Küchen- und Eßnischen. Dem Kamin gegenüber stand ein Flügel; daneben ein Schachtisch. Sonst gab es in dem Haus nur ihr Schlafzimmer, ein Gastzimmer und ein Bad. Kamen Kinder zu Besuch, so wurden sie auf dem Dachboden in Kojen untergebracht. Überall waren Fenster, und von ihrem Arbeitsplatz aus überblickte man die Terrasse.

Ihre vier Töchter fuhren gern Ski, und so verbrachte sie jedes Jahr die Weihnachtsferien mit ihnen in ihrem Haus in Vermont.

Ich hatte keinen Menschen, mit dem ich wirklich verbunden war, nur war mir das als Kind nicht bewußt. Jetzt ist mir klar, daß ich ein einsames Kind war. Meine Amah konnte mir nicht alles geben, was ich brauchte; Mutter hatte zu tun, und Vater war meistens fort. Natürlich hatte ich meine Bücher. Ich lebte größtenteils mit Büchern. Ungefähr ein Jahr lang ging ich in eine chinesische Mädchenschule, jeden Tag für ein paar Stunden, und dort hatte ich eine Freundin, die mir so nahe stand, wie es bei einer Schulmädchenfreundschaft eben der Fall ist. Sie war die einzige, und die Gewohnheit des Alleinseins haftete so an mir, daß ich sie auch während der Collegezeiten beibehielt. Aber ich kam gern mit Menschen zusammen und interessierte mich für sie. Sie sprachen mit mir offen über ihr Leben und ihre Kümmernisse, und darüber dachte ich viel nach. Es kam mir jedoch nicht in den Sinn, mich einem Menschen anzuvertrauen, auch nicht, als ich größer war. Als Kind liebte ich meine Mutter besonders, meinen Vater erst wirklich, als ich älter war. Doch auch meinen Eltern gegenüber sprach ich mich nie aus. Die chinesische Schule ist mir so gut in Erinnerung geblieben, weil ich dort meine erste persönliche Freundschaft schloß. Das Mädchen wurde Dolly genannt, obwohl sie Chinesin war. Sie war Waise, und die Missionarinnen, die die Schule leiteten, hatten ihr den Namen gegeben. Sie war sehr hübsch. Natürlich verloren wir uns mit den Jahren aus den Augen, und eigentlich hatte ich sie vergessen, bis ich hier in Amerika ihren Sohn traf, der mir von ihr erzählte. Er brachte mir sogar ein Geschenk von ihr, das schöne magentarote Teeservice, das dort drüben auf dem Bücherbord steht. Ich werde es immer behalten, denn ich hing an ihr. Sie war der erste Mensch, dem ich anvertraute, was mich bewegte. Meine so viel jüngere Schwester nahm ich auf meinen kleinen Streifzügen ins Dorf und zum Fuß der Berge nie mit.

Ich bezweifle, daß Mutter wußte, wieviel Zeit ich bei Chinesen verbrachte. Ich war immer sehr selbständig. In den chinesischen Bauernhäusern wurde ich gern aufgenommen, und die Leute waren sehr freundlich zu mir. Das Haus der Erde* ist ein solches Bauernhaus. Ich ging in vielen derartigen Häusern ein und aus, denn alle Chinesen, ob arm oder reich, bewohnten ähnliche Häuser. Natürlich waren die Häuser der Reichen erlesener und schöner, aber sie hatten denselben Grundriß und die gleiche Einrichtung. Meine Freundschaft mit Dolly war damals meine größte Freude. Wie das Mädchen in *Ostwind, Westwind* lebte Dolly in der Übergangszeit zwischen Vergangenheit und Gegenwart. Nein, die Heldin dieses Buches ist nicht Dolly. Ich könnte von keiner Gestalt in meinen Romanen sagen: Das ist der und der oder die und die. Den Prozeß des Schöpferischen kann ich nicht erklären. Doch wenn ich meine Gestalten beim

* Das Bauernhaus, in dem *Die gute Erde* spielt, und der Titel der Romantrilogie *Die gute Erde, Söhne* und *Das geteilte Haus.*

Namen nenne, stehen sie hier vor mir, als befänden sie sich in diesem Raum. Vielleicht brauche ich keine Menschen, weil ich von den Menschen umgeben bin, die ich geschaffen habe. Sie sind alle hier, sie sind meine Freunde, und mir erscheinen sie wirklich. Ich lebe aber nicht in einer Traumwelt. Ich mache nur keinen Unterschied zwischen den Menschen in meinen Büchern und den Menschen außerhalb meiner Bücher. Der eine ist ebenso wirklich wie der andere. Ich glaube, ich hätte meine Gestalten nicht schaffen können, wenn ich nicht einen ähnlichen Menschen gekannt hätte. Wenn ich zum Beispiel an Jonathan denke, der in *Und weiter führt der Weg nach Westen* vorkommt, denke ich auch an einen wirklichen Menschen, an Onkel John, der leider nicht mehr lebt. Auch er war Lehrer. Und Maggie, die Frauengestalt in dem Roman – natürlich hat sie ein ganz anderes Schicksal als meine Schwiegermutter, und doch hat sie viel von ihr. Meine Schwiegermutter wurde in England geboren und nach Amerika verschlagen, und bestimmt war sie als Kind ganz ähnlich wie Maggie. Natürlich schmücke ich meine Gestalten aus, und es kommen auch viele Züge von mir selbst hinzu, aber die Figuren sind wirklich. Ich glaube, darum wurde mir meine Einsamkeit nie bewußt, nicht einmal als Kind.

War sie von Natur ein Mensch, der in Büchern lebt und Freunde erschafft, um nicht einsam zu sein? Oder machte sie sich wegen der Einsamkeit Bücher zu Freunden und schuf sie dann selbst? Wer weiß die Antwort? Und selbst wenn man sie wüßte – ließe sich damit erklären, wie sich eine solche Begabung entwickelt?

Die Jahre zwischen diesem ersten Aufenthalt in den Vereinigten Staaten und der Zeit auf dem College vergingen schnell, denn sie waren erfüllt vom Studium. Doch sie sagte:

«Es waren schwierige Jahre. Meine chinesischen Freundinnen, die Nachbarskinder, wurden schon für die Ehe vorbereitet. Die Füße wurden ihnen verkrüppelt, und sie konnten nicht rennen und spielen. So saßen sie still da und lernten sticken. Mein Vater hatte oben in den Bergen ein Haus gebaut, wo wir den heißen Sommer verbrachten; dort fand ich einige kleine Amerikanerinnen, nicht viele, und ihnen begegnete ich mit Schüchternheit. In jenen Jahren war ich viel mit meiner Mutter zusammen. Sie lehrte mich kochen, nähen und den Haushalt führen. Dabei erwartete sie keineswegs, daß ich all das jemals tun würde – ebensowenig wie ich selbst –, sondern sie hielt es für gegeben, daß ich stets Angestellte haben würde. Aber sie sagte: ‹Wie kannst du wissen, ob eine Hausangestellte tüchtig ist, wenn du dich auf ihre Arbeit nicht verstehst?› Sie hatte recht, denn wenn ich auch fast nie Hausarbeit verrichten mußte, so war es doch nützlich für mich, darüber Bescheid zu wissen.»

Diese Worte sprach sie, als wir an einem winterlichen Nachmittag in der Bibliothek der Stiftung saßen. Durch einige Möbelstücke, die aus China stammten, war die Rede auf ihre Kindheit gekommen. Ich stellte Fragen, die sie bereitwillig beantwortete. In einem Winkel drehte sich geräuschlos das Tonband. Sie saß vor dem Kamin, über dem ihr Porträt hing, das vor der Verleihung des Nobelpreises gemalt worden war. Ich machte eine Bemerkung über den leicht hochmütigen Gesichtsausdruck auf dem Porträt – Mona-Lisa-Miene nannte ich ihn.

Sie lachte. «Ich war wohl gelangweilt. Die Sitzungen dauerten endlos, und ich fand es reine Zeitverschwendung. Ich schwor mir, mich nie wieder malen zu lassen. Diesen Schwur hielt ich, bis kürzlich das neue Porträt für den Salon gemalt wurde. Aber ich sagte dem Maler, daß ich ihm nur zweimal sitzen würde, und das tat ich auch. Er arbeitete größtenteils nach Photographien, die er bei der ersten Sitzung gemacht hatte.»

Ich betrachtete das alte chinesische Schreibpult auf der anderen Seite des Raumes. Daran hatte sie in einer Dachkammer in Nanking gesessen und ihre in China spielenden Romane geschrieben. Jetzt war es ihr Arbeitsplatz, wenn sie sich in Philadelphia aufhielt. Zwischen den Fenstern gegenüber der Tür stand ein Flügel, denn sie spielte gern Klavier und mußte immer und überall die Möglichkeit dazu haben. Auch hier gab es einen Schachtisch, denn wir liebten es beide, abends Schach zu spielen.

Ich fragte sie, wann sie angefangen habe, sich für Jungen zu interessieren. Sie erinnerte sich an den ersten «Liebesbrief», den sie mit zwölf Jahren erhalten hatte. Es war ein Sommerabend, als der chinesische Postbote ihn ablieferte, und sie saß gerade mit ihrer Mutter auf der Veranda.

«Als ich ihn öffnete, war ich sehr stolz, daß ich einen eigenen Brief bekommen hatte», erzählte sie. «Aber beim Lesen wurde ich über und über rot. Ich zerriß ihn und stopfte die Schnipsel mit dem großen Zeh in eine Bodenritze. Ich war nämlich barfuß. Meine Mutter lachte sehr.»

Sie verliebte sich zum erstenmal nach dem Schulbesuch in Amerika. Darüber erzählte sie:

Aus gleichaltrigen Männern machte ich mir nicht viel. Sie waren mir zu unreif. Den ersten Mann, der mich interessierte, lernte ich auf dem Schiff kennen, mit dem ich am Ende der Collegezeit nach China zurückfuhr. Eigentlich machten mir zwei Männer den Hof; der eine war mindestens zwanzig Jahre älter als ich, der andere ungefähr zehn Jahre älter. Der Jüngere gefiel mir gut.

Ich glaubte in ihn verliebt zu sein. Aber ich mochte ihn nicht heiraten. Seinen Namen habe ich vergessen; ich weiß nur noch, er hieß Philip Soundso. Hingegen erinnere ich mich an den Namen des Älteren, den ich nicht leiden konnte! Er schrieb mir später von den Philippinen, und ich antwortete ihm nicht. Zu meinem Entsetzen sagte er auf dem Schiff zu mir: «Ich würde Sie gern näher kennenlernen, aber wir wissen ja alle, daß Sie mit diesem Philip Soundso verlobt sind.»

«Das ist nicht wahr», erwiderte ich. «Ich bin nicht verlobt.»

Und er sagte: «Sie denken aber an keinen anderen Menschen.»

Das stimmte. Ich war damals knapp einundzwanzig, Philip einunddreißig bis fünfunddreißig. Es war eine Schiffsromanze, und ich wußte es irgendwie. Als ich zu Hause war, schrieb er mir, aber auch ihm antwortete ich nicht. Ich mußte mich um meine Familie kümmern. Meine Mutter war sehr krank, und meine Schwester brauchte meine Hilfe, denn sie war jetzt im Backfischalter und litt unter Minderwertigkeitsgefühlen. Zum erstenmal fühlte ich mich für meine Angehörigen verantwortlich. Ich wollte nicht heiraten. Doch das Erlebnis auf dem Schiff tat mir gut. Zum erstenmal hatte ich einen Mann von Herzen geküßt und mich von ihm küssen lassen. Dabei wußte ich recht gut, daß es keine wahre Liebe war. Ich ahnte wohl, daß wir nicht zusammenpaßten – er hätte mir auf die Dauer sicher nicht genügt, und ich wäre ihm zu kompliziert gewesen. Es war zwar an der Zeit, daß ich ein erotisches Erlebnis hatte; aber ich war sehr froh, daß ich mich zurückgehalten hatte. Ich glaube, damals begann ich auf mein Äußeres zu achten. Das bewirkt die Liebe, jede Art Liebe, und für ein junges Mädchen ist es gut. Vorher hatte ich mich um mein Aussehen nie sonderlich gekümmert. Von Kosmetik durfte man ja keinen Gebrauch machen, sonst geriet man in Verruf. Diesem Mann hatte ich es zu verdanken, daß ich nun auf mein Aussehen Wert legte. Durch ihn lernte ich, mich selbst zu sehen, und das war gut. Ich hatte die Neigung, mich zu verkriechen. Aber es schien, daß ich, ohne es zu wollen, anziehend wirkte – ich wollte es wirklich nicht, weil ich mich für zu viele Menschen und Dinge interessierte.

In China hatte ich es dann allerdings schwer, diesem Interesse für Menschen nachzuleben, denn Missionare sind sehr konservativ. Ich erinnere mich, daß sie über mich zu Gericht saßen, als ich ein paarmal mit einem jungen Mann ausging, einem der drei oder vier Amerikaner von Standard Oil, die am Bund wohnten. Die Missionare erklärten, ich könne mich nicht in Begleitung eines jungen Mannes zeigen und gleichzeitig an einer Missionsschule unterrichten. Sie sagten, die Chinesen würden reden. Das stimmte. Ich war in einem Zwiespalt, denn ich wünschte mir, mit jungen Leuten auszugehen, aber Amerikanerinnen in meinem Alter gab es nicht, und meine chinesischen Freundinnen wurden streng gehalten; für die meisten von ihnen wurde immer noch eine Ehe angebahnt. Außerdem hatte ich ganz natürliche Triebe. Ja, es war eine sehr schwierige Zeit. Ich war wieder zwischen zwei Völkern gefangen, zwischen zwei Kulturen. Ich war hilflos.

Ich heiratete dann einen Amerikaner. Warum? Ich glaube, ich war einfach reif für die Ehe. Wir konnten uns kaum sehen, als wir verlobt waren, denn die chinesische Sitte verbot es, und meine Eltern hielten es sehr genau mit der öffentlichen Meinung der Chinesen. Wir schrieben uns in dem Winter, wo wir getrennt waren, und da hätte ich eigentlich merken sollen, daß wir nicht zueinander paßten. Aber ich war noch sehr jung, gefühlsmäßig allzu jung für meine Jahre. Im Frühling darauf machte er mir einen Heiratsantrag. Inzwischen hatte ich beschlossen, ihn zu heiraten, wenn auch gegen den Rat meiner Eltern. Ihnen war klar, daß ich im Grunde ein intellektueller Mensch war und er nicht. Das heißt nicht, daß ich ein kalter Mensch bin. O nein! Das Körperliche bedeutet mir sehr viel, aber Geist und Körper müssen zusammengehen, ganz gleich, wie sehr man einen Menschen lieben mag.

Sie hatte soviel über die Liebe geschrieben, und deshalb drängte sich mir immer wieder eine Frage auf. Obwohl ich Erlaubnis erhalten hatte, sozusagen in ihrem persönlichen Leben zu spionieren, scheute ich mich, sie zu stellen, bis ich nicht länger zu widerstehen vermochte.

Ich fragte: «Was war denn mit Gerald in *Über allem die Liebe?*»

Sie zögerte ebenfalls. Ich konnte sehen, daß sie im Begriff war, ihr Leben wie nie zuvor zu enthüllen. Aber sie fuhr tapfer fort: «Gerald lernte ich kennen, als ich in Schanghai unterrichtete. Sein Vater war Amerikaner, seine Mutter Chinesin. Ich lernte seine ganze Familie kennen. Natürlich hieß er in Wirklichkeit nicht Gerald. Wir befreundeten uns, und schon als wir uns ineinander verliebten, erkannte ich, daß er zwischen seiner amerikanischen und seiner chinesischen Seite hin und her gerissen wurde. Er war fünf Jahre älter als ich und studierte in Schanghai. Wir kamen auseinander, als ich nach Amerika ging, um das College zu besuchen.»

Ein Gong ertönte zweimal. Der Bann wurde gebrochen. Ich wußte, daß ihr Wagen angekommen war, um sie in ihr Landhaus zurückzufahren; aber ich wollte das Gespräch noch nicht beenden.

«Wieso merkte dein Mann nicht früher, daß du nicht glücklich warst?»

«Über ihn wollen wir das nächstemal sprechen», sagte sie.

Ich begleitete sie in die Diele hinunter, wo Tschen Tschis Gemälde der «Guten Erde» hängt. Der chinesische Maler hatte ihr dieses Bild, das die Umsetzung ihres Romans in sein Medium war, vor einigen Jahren geschenkt. Viele Monate hing das Bild in einem Museum, dann in ihrem Landhaus über einem Sofa, bis es hier unter ihren kostbarsten Besitztümern seinen dauernden Platz fand.

Es war ein angenehmer Abend, und ich hielt mich eine Weile draußen auf, ehe ich ins Haus zurückkehrte. Drinnen bei der Tür steht eine vergoldete Kwan Yin. Ich lächelte vor mich hin, als ich an der Statue vorbeiging, denn ich mußte daran denken, daß Pearl neulich, als wir über ihre Biographie sprachen, den von mir vorgeschlagenen Titel «Und ihr Name sei Trost» strikt verworfen und gesagt hatte: «Ich glaube nicht, daß ich irgendeinem Menschen jemals ein Trost war! Ich habe in manches Leben Unruhe gebracht und es vielen Leuten schwergemacht.»

War es nicht reine Ironie, daß die Frau, die sich gegen das Wort «Trost» wehrte, die Göttin der Barmherzigkeit beim Eingang der Stiftung aufgestellt hatte? Wem schenkt die Göttin ihre Gunst – denen, die das Haus betreten, oder jenen, die es verlassen?

Während ich hinaufging, dachte ich über unser Gespräch nach. Für eine vitale junge Amerikanerin, die es nach einem normalen glücklichen Dasein verlangte, mußte es schwer gewesen sein, in der stickigen Atmosphäre einer Gruppe von Missionaren zu leben, die sich untereinander stritten und ihren liberal gesinnten Vater nicht schätzten. In *Der Engel mit dem Schwert* schreibt sie:

«Dann war da die Frage der Gebietsaufteilung nach religiösen Gesichtspunkten. Zur erstaunlichen Weltmachtpolitik des Westens gehört die Herrschaft, die allein schon Methodisten, Presbyterianer, Baptisten und die weit über hundert anderen protestantisch-christlichen Sekten über die Chinesen ausüben. In China war das mehr als ein geistiger Imperialismus, es war auch ein körperlicher. Viel hat man über die politischen Einflußsphären gesprochen, in die sich Japan, Deutschland, England und Frankreich teilten, um in diesen Gebieten exklusiv Handel zu treiben. Aber die Missionare haben China ebenfalls gespaltet. Gewisse Provinzen und Regionen wurden bestimmten Gruppen für religiöse Propagandazwecke zugeteilt, und die Grenzen durften nicht überschritten werden.

Andrew war natürlich für die Überschreitung geschaffen . . .»

Für Andrew war das ja schön und gut, wie aber stand es um Carie und ihre Tochter? Andrew war von seinem Elternhaus her an Turbulenz gewöhnt. Sein Vater und seine Brüder führten fortwährend religiöse Streitgespräche. Carie hingegen hatte ein sanftes Gemüt und kannte eine solche Atmosphäre nicht. Sie verschloß sich immer mehr, denn unter den Chinesen fand sie wenig wirkliche Freundschaft. Wie konnte sie auch bei ihrer Erziehung? Die Biographie, die ihre Tochter von ihr verfaßte, erhielt den passenden englischen Titel *The Exile.* Pearl Buck hatte dem Buch zwar den Arbeitstitel «Seine amerikanische Frau» oder «Die Amerikanerin» gegeben, aber der Verlag änderte ihn. Das Kind, das mit ansah, wie sich seine Mutter von der Missionsgruppe zurückzog, verschloß sich ebenfalls. Wie und wohin zog es sich zurück? Ich fragte Pearl nach den Jahren in China, die zwischen der Rückkehr von jener ersten Amerikareise und der Zeit im amerikanischen Gymnasium lagen. Sie hatte nicht viel zu erzählen. Diese Periode ihres Lebens hatte für sie keine Bedeutung – ein Vakuum mit einigen erfreulichen

Erinnerungen. So erinnerte sie sich an zwei junge amerikanische Eheleute, die ein Jahr lang in ihrem Elternhaus lebten. Als wir die Ehefrau durch einen seltsamen Zufall vor nicht langer Zeit in Sacramento in Kalifornien trafen, entsann sie sich der einsamen jungen Frau in China. Es war üblich, daß Amerikaner, die nach China kamen, in irgendeinem Haus aufgenommen wurden, bis sie ein eigenes Heim fanden. Dieses amerikanische Ehepaar war in echter Liebe verbunden, und zum erstenmal sah sie eine glückliche Ehe, eine positive Beziehung zwischen Mann und Frau. Für jedes junge Mädchen ist es schwer, sich zum Erwachsensein durchzukämpfen; besonders schwer war es für Pearl, die zwischen zwei Kulturen stand.

In ihrem Elternhaus ging das amerikanische Leben friedlich weiter, draußen aber herrschte Tumult. Es waren die letzten Lebensjahre der alten Kaiserin des Romans *Das Mädchen Orchidee*. Doch selbst nach ihrem Tod im Jahr 1909 blieb die chinesische Familientradition bestehen; Pearls Freundinnen wurden der Sitte gemäß verheiratet und lebten in ihrer Kultur, von der sie natürlich ausgeschlossen war. In ihrer Einsamkeit wurde sie Schriftstellerin. Sie beobachtete die Welt ringsum und schrieb ihre Beobachtungen nieder – Beobachtungen, die sie mit Träumen und Phantasiebildern all dessen mischte, was sie gern getan und gesehen hätte.

Diese Technik benutzte sie weiterhin, und wahrscheinlich wirken ihre Gestalten und Geschichten deshalb so echt. Von dem, was sie in den Jahren der Ungewißheit geschrieben hat, ist nichts geblieben. Sie vernichtete alles, als sie China verließ und mit ihren Angehörigen die weite Reise durch Rußland machte, quer durch Europa und über den Atlantischen Ozean, um in Amerika ins Gymnasium einzutreten. Diese lange Reise schildert sie in dem Buch *Mein Leben, meine Welten* (später: *Ruf des Lebens*). Zu mir sagte sie darüber: «Als ich aus China fortging, ließ ich auch die Gewohnheit zurück, mich in mich selbst zu versenken. Jetzt, in der Rückschau, ist mir klar, daß ich in jenen Jahren eigentlich nur an mich selbst dachte. Das endete, als ich in die Welt hinauszog.»

In der Schweiz machte sie einen halbjährigen Aufenthalt; in dieser Zeit ging sie in Neuchâtel zur Schule, um Französisch zu lernen, obwohl sie sich danach sehnte, nach Amerika zu kommen und mit gleichaltrigen Mädchen zusammen zu sein. Wieder fragte ich nach ihrer Beziehung zu Jungen.

Sie lachte. «An Jungen dachte ich nicht viel. Ich war ja noch in der chinesischen Tradition befangen! Was für einen Sinn hatte es, an Männer zu denken, wenn alles von andern angebahnt und bestimmt wurde? Ich war ganz von den täglichen Erlebnissen in Anspruch genommen und von der Freude, in meinem Vaterland gleichaltrige Mädchen kennenlernen zu können.»

Während der Jahre im College ließ sie China hinter sich und beschäftigte sich intensiv mit der neuen Umgebung. Aber 1911, als sie achtzehn war, kam es in China zum Aufstand. Es gab keine kaiserliche Dynastie und keinen Drachenthron mehr. Ihre Mutter schrieb ihr, in Seide gekleidete Mandschudamen hielten sich in den Hügeln rings ums Haus versteckt und versuchten ihr Leben zu retten. Aber sie wurden getötet. In den vier Jahren der Revolution sorgte sich Pearl, die Kindheitserinnerungen an den Boxeraufstand hatte, sehr um ihre Eltern, aber ihr neues Leben stellte Anforderungen an sie. Ihr Bruder, jetzt verheiratet, wohnte in Lynchburg im Staat Virginia, wo sie das Randolph-Macon-Mädchengymnasium besuchte. Er war Redakteur bei der dortigen Abendzeitung, und die Ferien verbrachte sie bei ihm im Hause. Das erste Collegejahr war bei ihr eine Zeit drastischer Anpassung, aber sie war entschlossen, so weit wie möglich Amerikanerin zu werden. Sie war zwar weiterhin in sich selbst zurückgezogen, nahm aber dennoch lebhaften Anteil an ihrer Umwelt und wurde schon im ersten Jahr zur Vorsitzenden ihrer Klasse gewählt.

Das zweite Jahr verstrich schnell. Der Anfang war gemacht, und sie hatte schon Prosa- und Lyrikpreise erhalten. Ich fragte sie, was sie in so jungem Alter geschrieben hätte, aber sie wußte es kaum mehr. In ihren Papieren fand ich jedoch einen Zeitungsausschnitt aus dem Jahre 1911. Es handelte sich um eine

Erzählung, und ich erfuhr, daß sie sie für die Schülerzeitung verfaßt hatte. Schon diese Geschichte hat die Frische, durch die sich auch ihre späteren Bücher auszeichnen:

Es war ein eigenartiges chinesisches Dörfchen, das sich zum Meeresufer hinunter streckte, wo die Wellen sanft über den Sand rollten. Ja, ein sonderbares Dorf mit etwas verschlafen Geheimnisvollem und orientalischem Gleichmut. Vielleicht lag es an der Sonne, deren verschleiertes violettes Licht auf die umgebenden Berge schien, am wechselnden wunderbaren Blau des Meeres oder am Wind, der, erfüllt von zartem Mimosenduft, im schlanken, schwankenden Bambus und in den anmutigen Weiden raschelte. Vielleicht trug all dies zu dem Geheimnis bei; aber es war auch noch etwas anderes, ein traumhaftes Gefühl der Stille und des Friedens, das den Unterschied zu allen Orten, die ich kannte, bewirkte.

Mit dem Himmelsblau vermischten sich die violetten Gipfel der Lianghöhen. Am schönsten war ein schneebedeckter Gipfel, auf den die Dorfbewohner mit abergläubischer Ehrfurcht wiesen, denn darunter lag angekettet ein großer Drache, den der Meeresgott Whang-lu aus der See geholt hatte und unter dem Weißen Berg gefangenhielt. Niemand mochte den Berg ersteigen, denn oben auf der Wolke, auf die noch kein Sterblicher den Fuß gesetzt hatte, konnte man in einen tiefen Krater hinabblicken und dort den feuerspeienden Kopf des Drachen sehen. Manchmal stieg Rauch aus dem Drachenmaul empor, und dann befiel großes Unglück das kleine Dorf. All dies erzählten mir die Kinder, die sich mit weit offenen Augen und angehaltenem Atem um mich scharten.

Das Dorf war aus alten Booten erbaut, die kieloben lagen und eine winzige Türöffnung hatten. Es wirkte malerisch, aber die Dörfler errichteten diese muschelartigen Wohnstätten aus dem einfachen Grunde, weil ihre Vorfahren es so gemacht hatten, und ein Sohn, der ein anderes Haus gehabt hätte als das alte Boot seines Vaters, hätte sich einer unerhörten Aufsässigkeit schuldig gemacht und sich schwer gegen den Brauch vergangen.

Die Jahre waren friedlich über das Dorf am Meer dahingegangen und hatten wenig Kümmernisse gebracht außer jenen, die alle in irgendeiner Weise erfahren müssen. Die alten Männer betrachteten mich in meiner fremdländischen Kleidung aus neugierigen, kindlichen Augen, während sie vor ihren kleinen Häuserbooten saßen, ebenso die dunkeläugigen, dicken kleinen Jungen, die ernst im Sand spielten.

Die Schlichtheit der Dörfler sprach mich sehr an. Ihre langsamen Bewegungen, ihr friedlicher Ausdruck und die leise, musikalische Redeweise schienen der Ruhe der Berge, dem stillen Himmelsgewölbe und dem unveränderlichen Geräusch des Meeres zu entstammen. Hätte ich das Dörfchen tausend Jahre zuvor gesehen, so wäre hier derselbe gleichmütige, verträumte Friede gewesen, und auch damals hätten mich die Bewohner mit dem offenen Blick kindlicher Neugier angestarrt.

Auf dem Kopfsteinpflaster der Gasse ging es sich nicht leicht, zumal wenn man so müde Füße hatte wie ich an jenem Sommertag. Als eine alte Frau, die gemütlich eine meterlange Pfeife rauchte und nachdenklich ins Nichts blickte, die Augen zu mir schweifen ließ und ein breites Lächeln ihr Gesicht verrunzelte, nahm ich ihre stumme Aufforderung an und ließ mich neben ihr auf der schmalen Bank nieder.

«Einen guten Tag dir, meine Tochter», grüßte sie höflich. «Hattest du heute morgen genug zu essen?»

«Ich hatte zu essen im Überfluß, danke, verehrte Mutter», antwortete ich ebenso höflich.

Dennoch erhob sie sich mit den Worten: «Du wirst trotzdem gern Tee trinken», und ging hinein, um ihn aufzugießen.

Ich wartete geduldig und freute mich an den Szenen, die sich rund um mich abspielten. Vor mir tollten zwei kleine Kinder, in aller Unschuld unbekleidet, auf dem Boden und genossen aus vollem Herzen den Sonnenschein und die Kapriolen des Bastardhündchens, mit dem sie spielten. In der Nähe fand ein spannender Kampf zwischen zwei Jünglingen statt; um sie scharten sich Zuschauer, deren Zöpfe flogen, so aufgeregt verfolgten sie das Duell und seinen Ausgang.

Die Alte kehrte mit zwei kleinen Teeschalen zurück. Ich schlürfte meinen Tee geräuschvoll, wie es sich gehörte, wenn man den Genuß ausdrücken wollte. Nachdem ich einen Zug aus der langen Pfeife abgelehnt hatte, betrachtete ich das verrunzelte Gesicht meiner Gastgeberin, die mich ihrerseits betrachtete und sich dann höflich nach meinem Alter erkundigte.

Ich nannte es ihr und erwiderte die Höflichkeit, worauf sie auf ihre gemächliche Weise sagte: «Ich bin neunundneunzig, meine Tochter.» Sie machte eine ausholende Geste. «Das hier ist mein Geburtsort.»

Ich ergriff die Gelegenheit und fragte: «Sehr verehrte Uralte, sag mir, woher kommt dieses Dorf, und wann hat es angefangen? Ich sehe, es ist alt, und da du so reich an Jahren bist, kannst du mir sicher von seinem Ursprung erzählen.»

Sie paffte sinnend, schaute zum Weißen Berg hinüber und erwiderte dann langsam: «Ja, Kind, ich bin sehr alt. Ich kann dir sagen, was mir mein Großvater erzählt und was er von seinen Vorvätern gehört hat. Aber gib acht, Kind, du mußt alles glauben, was ich dir sage, denn wenn diese Wellen, die so nahe heranrollen, hören und sehen, daß du die heilige Geschichte nicht glaubst, berichten sie es Whang-lu, dem großen Gott des Meeres, der unten auf dem Boden des Ozeans haust. Er wird dir dann zürnen, und wenn du das nächstemal übers Wasser fährst, wird er mächtige Stürme gegen dich entfesseln. Hör nun zu, Kind, ich will dir die heilige Geschichte vom Dorf am Meer erzählen.»

Sie nahm die hohe, singende Stimme des chinesischen Märchenerzählers an und begann:

«Vor vielen Jahren, als es noch kein Dorf am Meer gab, als nachts die Wellen gegen Felsen donnerten und der Widerhall von den einsamen Bergen dröhnte, als die Bäume dicht und dunkel bis zum Ufer hinab wuchsen, als noch keine menschliche Schöpfung des großen Whang-lu im Schutz des Weißen Berges lebte, da erhob sich Whang-lu, der Mächtige, aus dem

Wasser, schüttelte seine nassen Locken und betrat bei Ebbe den Sand, um die Luftwelt zu genießen.

Als er eines Tages mit großen Schritten am Ufer entlangging, vernahm er vom Meer her Tosen, und er blieb stehen, um zu lauschen. Die Wellen wurden größer und größer, brandeten heftig an seine Füße, der Himmel verdunkelte sich, und der Nordwind peitschte das Wasser zu weißem Schaum. Da wurde Whang-lu sehr böse, denn er hatte keinen Sturm befohlen. Wer unterstand sich, in das Gebiet einzudringen, das ihm gehörte, ihm, der über den Ozean herrschte? Er wollte sich schon in die Tiefe der See stürzen, da gewahrte er plötzlich etwas Seltsames. Über die Wogen kam ein gewaltiges Tier, ein Drache, ein schrecklicher Drache, der, den einen Fuß hochgehoben, übers Wasser glitt, indem er den silberschuppigen Leib zusammenzog und ausstreckte. Weit ringsum schäumte es weiß, und hinter ihm war das glänzende Kielwasser fünfhundert Meter lang. Entsetzlich, das Ungeheuer hielt zwischen den Zähnen einen Menschen, der sich in Todesangst wand.

Als Whang-lu das sah, ergriff ihn heftige Wut auf den Drachen, doch er fürchtete ihn, denn der erhobene Fuß hatte vier Krallen statt fünf, und daran erkannte Whang-lu, daß das Tier geheiligt war und mehr Kraft hatte, als man sich vorzustellen vermag. Deshalb ängstigte sich Whang-lu, aber er faßte sich, als er den Menschen im Maul des Drachen erblickte, denn dieser Mann, mein Kind, war wunderbar anzusehen, war von göttlicher Schönheit. Er hatte Haare so dunkel wie Onyx, eine Haut wie Gold; seine Fingernägel waren zwölf Zentimeter lang!

Immer näher kam das Untier, dessen großer Schwanz das Wasser zu Schaum peitschte; aber Whang-lu hatte wieder Mut geschöpft, und er rief laut: ‹Ich, der Herr des Meeres, gebiete dir, mein Wasserreich zu verlassen und mir den Menschen zu geben, den du geraubt hast!›

Da stieß der Drache unter seinen Schuppen Feuer und Rauch hervor und antwortete: ‹Ich bin der Herr über Feuer und Rauch! Wie kannst du es wagen, mir Einhalt zu gebieten? Ich gehorche keinem!›

Über diese Antwort freute sich Whang-lu, denn ist das Wasser nicht stärker als Feuer und Rauch?

So rief er noch lauter als zuvor: ‹Ich, Whang-lu, Herr über die Gewässer der Erde, über Regen, Flüsse, Seen und die großen Meere, ich befehle allem Wasser, das ich besitze, hierher zu kommen und Feuer und Rauch in diesem Tier zu vernichten!›

Kaum hatte er diese Worte gesprochen, da wurde ein gewaltiges Rauschen vernehmbar, Regen strömte vom Himmel, Flüsse, Seen und Meere vereinigten sich; das Feuer im Drachen wurde ausgelöscht, und er lag wie tot auf dem Sand zu Whang-lus Füßen.

Der Mann aber sprang auf, gesund und schön, und er betete den starken und gütigen Meeresgott an. Da gebot Whang-lu dem Wasser Ruhe, hob mit der Kraft seiner Hände den Weißen Berg hoch und legte den Drachen darunter, und dort liegt er noch heute.

Auf die Frage, woher er käme, sagte der Mann, er stamme vom Himmelskaiser im Lande der Morgenstille ab und habe im Meer des Sonnenscheins baden wollen. Da sei der Drache erschienen und habe ihn gepackt – warum, wußte er nicht.

Daraufhin freute sich Whang-lu noch mehr und bat ihn, für immer an dieser Küste zu bleiben und ein Geschlecht goldhäutiger, dunkeläugiger Sterblicher zu gründen. Whang-lu schenkte ihm eine große Muschel als Wohnung, eine Muschel von einer Art, die es heute nicht mehr gibt, rund und hoch und innen ganz rosig wie der Abendhimmel. Überdies gab ihm Whang-lu die eigene schöne Tochter zur Frau. So gründeten sie das Dorf, und wir, ihre Nachkommen, sind Whang-lu ewig dankbar, dem Beherrscher des Meeres, der unseren Ahnen vor dem Tode bewahrt hat. Außerdem sind wir göttlicher Abstammung, Nachfahren des Kaisers aus dem Lande der Morgenstille.»

Die Alte brach ab und wies auf das Wasser zu ihren Füßen. «Schau! Sieh nur, wie nahe die Wellen herangekommen sind, um zu lauschen. Nimm deine Worte in acht, denn sie hören zu.»

Wir schwiegen eine Weile. Die schmutzigen kleinen Kinder saßen kerzengerade mit ernster Miene. Die beiden Jünglinge hatten vom Kampf abgelassen und zugehört, und sogar das muntere Hündchen rührte sich nicht.

Endlich sah ich, daß die Nacht nicht mehr fern war, denn schon war die Sonne hinter den Bergen untergegangen. Ich stand auf, verabschiedete mich von der freundlichen Alten, bedankte mich bei ihr und ging davon.

Kaum hatte ich ein paar Schritte gemacht, da kam sie mir nachgehumpelt und raunte mir ins Ohr: «Noch ein Wort, mein Kind. Du bist jung und gesund, und du hegst manchen Ehrgeiz, aber ersteige einen Berg nie weiter als bis zum weißen Schnee, denn die Zauberkraft, die den Drachen in Bann hält, die Zauberkraft der Meere und Seen, wird gebrochen sein, wenn ein Sterblicher Fußabdrücke im Schneeweiß hinterläßt. Der Schnee ist das Siegel des Meeresgottes.»

Nach der Matura wollte sie heim, und daheim war sie immer noch in China. Jetzt aber brach der Erste Weltkrieg aus, und dadurch wurde die Rückkehr verzögert. Niemand wußte, welche Länder in diesen Krieg gezogen werden könnten und auf welcher Seite sie kämpfen würden. Wegen der ungewissen Zeitläufte wurde beschlossen, daß sie nicht sofort heimkehren sollte.

Sie nahm für den Sommer eine Stellung als Hilfslehrerin in ihrem eigenen Gymnasium an, und erst im November 1914 durfte sie nach China reisen. Hier traf sie ihre Mutter schwerkrank an – Carie litt an Psilosis, einer Tropenkrankheit.

Sie widmete sich ganz der Aufgabe, die Mutter gesund zu pflegen, Tag und Nacht.

«Sie wäre fast gestorben», erzählte sie mir, «aber sie erholte sich wieder gut genug, um noch ein paar Jahre leben zu können. Als sie gesund war, begann ich meine Tätigkeit als Lehrerin an einer Knabenschule, die auf dem Hügel uns gegenüber stand. Dazwischen lag das Tal, in dem ich als Kind gespielt hatte.»

Ich erinnerte sie daran, daß sie mir versprochen hatte, mir mehr von ihrer ersten Ehe zu erzählen. Sie sagte, da gebe es nicht viel zu erzählen. Das war für sie bezeichnend. Sie lebte immer in der Gegenwart und plante für die Zukunft. Sie lernte aus jeder Erfahrung, merkte sich das Gelernte und warf das Unnütze hinter sich. Mit der Endgültigkeit, mit der man einen Apparat abschaltet, pflegte sie von Vergangenem zu sagen: «Das ist ein für allemal vorbei. Es hat keinen Zweck, dabei zu verweilen. Man muß daran denken, was als nächstes kommt.»

Daher berichtete sie auch nur ungern, fast widerwillig und bruchstückhaft von ihrer ersten Ehe.

Sie lernte John Lossing Buck damals im Sommer 1917 in den Bergen kennen. Sie sah ihn nur viermal, bevor sie sich verlobten, und sogar diese Begegnungen fand man ungehörig. Damals bekam eine junge Dame in China den Zukünftigen erst zu sehen, wenn die Trauung vollzogen war. Ihre Eltern machten diese Ausnahme nur, weil er als Gast in ihrem Hause galt. Sie gaben sich alle Mühe, ihr diese Heirat auszureden, und wiesen immer wieder darauf hin, daß er kein Intellektueller war. Aber sie meinte, daß er sich ändern würde, daß gegenseitige Anpassung die Verschiedenheit ausgleichen könnte. Die Eltern sagten, daß er nie freiwillig ein Buch lese, sie hingegen ständig eines in der Hand habe; sie entgegnete, daß er in einer anderen Atmosphäre schon Geschmack an Büchern finden würde; außerdem gäbe es noch andere Dinge, die sie dann eben teilen würden. Die Eltern äußerten ihre Zweifel ganz offen, aber sie ließ sich nicht beirren.

Wahrscheinlich war sie ganz einfach reif für die Ehe im biologischen Sinn, und vielleicht fühlte sie auch das Bedürfnis, sich von den Eltern zu lösen. Sie wollte nun endlich ihr eigenes Leben führen; ihr Lebenskreis war so beschränkt, daß sie ihm zu entfliehen suchte. Schon vorher hatte sie einen Schritt unternommen, der einer Flucht gleichgekommen wäre. Sie hatte sich bei einer Amerikanerin beworben, die zwar Missionarin, aber sehr selbständig war; sie hatte in Yünnan, der schönen Provinz in Südchina, eine Schule gegründet und brauchte eine Hilfskraft. Ihre Mutter war über das Vorhaben unglücklich, und sie ließ davon ab. Statt dessen entschloß sie sich ziemlich überstürzt zur Heirat.

Die Neuvermählten zogen nach Nanhsütschu, einem altmodischen Städtchen in der nördlichen Provinz Anhwei. Hier wurde sie Rektorin einer Mädchenschule, und daneben wandte sie ihre Schöpferkraft darauf, ein eigenes Heim zu schaffen.

«Es war ein hübsches chinesisches Häuschen», erzählte sie mir. «Wir hatten einen Rasen und einen Blumengarten, den eine Mauer umschloß. Dahinter war die Stadtmauer, in deren Schutz wir lebten. Das Haus hatte nur vier Zimmer, aber welch ein Vergnügen, die Möbel aufzustellen, die Vorhänge aufzuhängen, die Wände mit chinesischen Bildern zu schmücken! Ich hatte alle Hände voll zu tun und war glücklich. Als alles fertig eingerichtet war, widmete ich mich ausschließlich der Mädchenschule. Ich stellte eine alte Bekannte, eine Chinesin, als Hilfslehrerin an, aber leider wollte sie nicht bleiben, denn sie vermißte den Reis, den sie im Süden immer gegessen hatte, und mochte das Weizenbrot des Nordens nicht. Doch ich fand dann eine andere, und ich lernte neue Menschen kennen.»

Es dauerte jedoch nicht lange, und sie vereinsamte in der Ehe. Ihr wurde klar, daß ihre Eltern recht gehabt hatten und daß ihr der Mann, den sie geheiratet hatte, kein Gefährte sein konnte. Auch die landschaftliche Umgebung sagte ihr nicht zu. Sie war an das fruchtbare Bergland ihrer Kindheit gewöhnt, und Nordchina ist flach und fast öde. An sich ging sie gern spazieren, doch es schien sich kaum zu lohnen, die Stadtmauern hinter sich zu lassen. Überall war die Landschaft gleich.

Natürlich dachte sie niemals an eine Scheidung. Das wäre im alten China unerhört gewesen, und in ihrer Familie hatte es nie einen Scheidungsfall gegeben. Aber sie flüchtete in ihre eigene Gedankenwelt. Abends las sie, denn Gespräche schleppten sich nur mühsam hin. Bücher gehörten zu ihrem Leben, doch ihr Mann entwickelte kein Interesse am Lesen.

Sie gab ohne weiteres zu, daß sie ihm das Dasein ebenso schwermachte wie er ihr.

Ohne es bewußt zu wollen, begann sie ihr Leben so zu leben, wie es ihr beliebte. Die Ehe bot den einen Vorteil, wie sie feststellte, daß sie nun die Freiheit hatte, Einladungen in chinesische Häuser anzunehmen. Sie lernte die Einheimischen dieses nördlichen Gebiets näher kennen, und sie interessierte sich zutiefst für sie – ein Interesse, das ihr Leben lang wachblieb. Aus diesen Begegnungen und Erfahrungen entstanden Wang Lung und O-lan, und *Die gute Erde* begann in ihrer Phantasie Form anzunehmen. Sie sammelte keineswegs vorsätzlich Material, aber der Roman wuchs. So war es immer mit ihrer Arbeit. Sie reiste und nahm die Welt in sich auf, ohne sich jemals bewußt zu sein, daß sie eine Erzählung schuf. Wenn sie sich dann an den Schreibtisch setzte, schöpfte sie aus dem Reichtum des Wissens und der persönlichen Erfahrungen, die sie durchs Leben selbst aufgespeichert hatte.

So geschah es zum Beispiel, daß ein junger amerikanischer Arzt mit seiner Frau nach Nanhsütschu kam, um hier als Missionar tätig zu sein. Als Arzt brauchte er jedoch Hilfe, und da seine Frau, die sich in China nicht einzuleben vermochte, ihr Haus nicht verlassen wollte, sprang Pearl ein.

«Das war für mich ein aufregendes Erlebnis», erzählte sie mir. «Unsere Arbeit führte uns an viele Orte. In einer Bauernhütte wurde einmal ein Kind tot geboren, aber wir retteten die Mutter. Ich erinnere mich auch an eine kalte Regennacht, in der wir im Zimmer der Konkubine eines reichen Mannes waren. Das Mädchen hatte sich erhängt, und wir kamen zu spät, der Arzt und ich. Ich sehe das hübsche Gesicht der Toten noch vor mir. Und wie viele verwundete Soldaten pflegten wir! Wir ließen sie in die kleine Steinkirche bringen. Es waren die Soldaten der Kriegsherren, die in der damaligen unruhigen Zeit nach Macht strebten.»

Aus diesem Erleben entstand ihr Roman *Söhne*, der meines Erachtens zu ihren schönsten Büchern zählt.

Sie lebte also ihren Interessen, da eine Scheidung, wie gesagt, in ihren Kreisen ebensowenig in Frage kam wie in der chinesischen Gesellschaft. Doch dann erwartete sie ein Kind.

Sie hatte sich von jeher eins gewünscht, denn sie liebte Kinder. Im selben Jahr wurde ihr Mann als Lehrer für Agrikultur nach Nanking berufen, und sie zogen wieder in den Süden. In Nanking fehlten ihr die chinesischen Freunde sehr, besonders am Anfang, aber dafür freute sie sich auf das Kind. In politischer Hinsicht war es ein unruhiges, bewegtes Jahr. Zehn Jahre waren seit dem Umsturz des Drachenthrones vergangen, und die jungen Revolutionäre hatten keine neue Regierung bilden können. Rußland füllte das Vakuum aus. Es hatte seine eigene Revolution 1917 erfolgreich abgeschlossen und erbot sich, den Chinesen bei ihrem politischen Kampf zu helfen. 1921 wurde die Kommunistische Partei in China offiziell anerkannt.

Während dieser bewegten Zeit kreiste Pearls ganzes Dasein um die bevorstehende Geburt. Ihre Tochter Carol wurde 1921 geboren. Es war ein gesundes, hübsches, anscheinend ganz normales Kind. Dieses Jahr brachte jedoch auch Kummer. Carie starb, als das Kind sechs Monate alt war. Sie wurde an einem regnerischen Oktobertag in Tschinkiang auf dem Ausländer-Friedhof begraben, wo viele Jahre zuvor ihr Söhnchen beerdigt worden war. Unmittelbar nach dem Tod der Mutter begann Pearl an ihrer Biographie zu arbeiten; diese Lebensbeschreibung ist unter dem Titel *Die Frau des Missionars* auf Deutsch erschienen. Ursprünglich war dieses Manuskript nicht für eine Publikation vorgesehen. Sie fand einfach Trost darin, ihre Erinnerungen an die Mutter niederzuschreiben. Später setzte sie auch ihrem Vater in *Der Engel mit dem Schwert* ein Denkmal. Andrew und Carie leben und atmen in diesen Büchern, die das Nobelpreis-Komitee bei der Verleihung des Preises 1938 «Meisterwerke der Biographie» nannte.

In jenem Jahr wurde den Bucks in Nanking ein Haus zur Verfügung gestellt. Sie hatte dieses Haus gewollt, weil es einen großen Garten hatte und Aussicht auf die Berge bot. Sie richtete es nach ihrem Geschmack ein, und sie bewohnten es jahrelang. Während dieser Zeit wurde ihr klar, daß sie sich um ihren Vater und ihre Schwester kümmern mußte. Die beiden lebten seit Caries Tod in Tschinkiang weiter zusammen, der

Vater in seine Arbeit vertieft, die Schwester vereinsamt und erdrückt von der Last der Haushaltführung. Pearl beschloß, diese Situation zu ändern. Sie ging zu dem Seminar in Nanking, das ihr Vater ursprünglich gegründet hatte, und erreichte mit persönlichem Druck, daß er hier einen Lehrstuhl erhielt. Die Schwester ermunterte sie, in die chinesische Sprachschule in Nanking einzutreten. Also zogen Vater und Schwester zu ihr. Ihre Schwester verheiratete sich in der Folge, aber Andrew blieb im Hause der Bucks, bis er mit achtzig Jahren starb. Darüber sagte sie:

«Ich lernte ihn endlich kennen und als Menschen und Gelehrten schätzen. Er lebte in all den Jahren bei mir, und zwischen uns bildete sich eine neue Beziehung heraus, eine Freundschaft mit gegenseitiger Achtung und Zuneigung.»

Als Carol fast vier Jahre alt war, verbrachte sie den Sommer mit dem Kind an einem Strand in Nordchina. Sie spielten im Sand, ritten auf Eselchen durch die Täler, und immer versuchte Pearl ihre Angst zu besänftigen. Das körperlich so gesunde, lebhafte Kind hatte noch immer nicht sprechen gelernt. Woran konnte das liegen? Eines Tages hörte sie den Vortrag einer amerikanischen Psychologin über die Entwicklung des Kindes. Da wurde ihr bewußt, wie sehr ihr eigenes Kind zurückgeblieben war.

«Sagen Sie mir, was bei Carol nicht stimmt», bat sie die Ärztin.

Die Ärztin bestätigte Pearls Vermutung, daß bei Carol etwas nicht stimmte, konnte aber nicht sagen, woran es lag. Ein Ärztekonsilium wurde befragt, und die Fachleute rieten ihr, das Kind zwecks Diagnose und Behandlung nach Amerika zu bringen. Der glückliche Sommer fand ein jähes Ende, und kurz darauf schifften sie sich ein.

Im Spätsommer 1925 begann die Reise von einem Spezialisten zum anderen, die Pearl Buck in *Geliebtes unglückliches Kind* beschrieben hat. Keiner konnte ihr genau sagen, was dem Kind fehlte. In ihrer Familie war ein solcher Fall nie vorgekommen. Schließlich erfuhr sie von einem Arzt in der Mayo-

Klinik, daß ihr Kind hoffnungslos zurückgeblieben sei, was immer die Ursache sein mochte.

«In meinem ganzen Leben habe ich keinen derartigen Schlag erlitten», sagte sie von dem Gespräch mit diesem Arzt. «Es war, als würde ich in Stücke zerrissen. Es war unfaßbar, und dennoch wußte ich, daß ich mich damit abfinden und mein Leben danach ausrichten mußte.»

Viele Jahre waren seitdem vergangen, als sie mit mir darüber sprach. Ich mußte daran denken, daß es heißt, die Zeit heile Wunden, aber bei Pearl Buck war die Narbe nur ein Schleier. Sie hat sich von dem Schlag nie erholt. Die Zeit ist unwesentlich, wenn man von einem tragischen Schicksalsschlag ereilt wird. Man erinnert sich jeder Einzelheit eines solchen Geschehens, als ob es tage-, wochen-, ja monatelang gedauert hätte, auch wenn es tatsächlich in einem Augenblick vorüber war.

Pearl Buck beschreibt einen solchen Augenblick, den sie erlebte, als ein Arzt zum erstenmal offen mit ihr über die Krankheit ihres Kindes sprach, wofür sie ihm an sich dankbar war. Er trat zufällig aus einem Zimmer, als sie mit Carol gerade die Klinik verlassen wollte. Sie schildert ihn als einen kleinen, unauffälligen, bebrillten Mann, nach Aussehen und Sprache ein Deutscher.

«Ich hatte ihn ein- oder zweimal im Chefzimmer gesehen. Er hatte lediglich die Sammlung der Berichte hereingebracht und war dann wortlos gegangen. Ich hatte ihn nicht beachtet, aber jetzt erkannte ich ihn.

Er kam beinahe verstohlen heraus und winkte mir, ihm in das leere Zimmer zu folgen. Ein wenig verwirrt, das Kind fest an der Hand haltend, ging ich hinein. Mit beinahe barscher Stimme, die Augen streng auf mich gerichtet, fragte er in seinem gebrochenen Englisch: ‹Wurde Ihnen gesagt, das Kind könne geheilt werden?›

‹Mir ... mir wurde nicht gesagt, daß es unmöglich sei›, stammelte ich.»

Da erklärte er ihr, daß ihr Kind niemals normal werden

könne. Dies sei die bittere Wahrheit, der sie ins Auge sehen müsse, sonst würde sie sich zugrunde richten. Fast brutal, aber in guter Absicht sagte er ihr, daß das Kind ihr Leben lang eine Last für sie sein würde und daß sie bereit sein müsse, diese Last zu tragen. Er zwang sie, die Tatsache anzuerkennen, daß ihr Kind niemals imstande sein würde, richtig zu sprechen, lesen und schreiben zu lernen und geistig über das Alter einer Vierjährigen hinauszuwachsen. Er warnte sie davor, sich von dem Kind aufsaugen zu lassen. Sie müsse trachten, einen Platz zu finden, wo Carol glücklich sein könne, und um ihretwillen wie um des Kindes willen ihr eigenes Leben zu führen.

Sie erinnerte sich genau dieser Worte, sie blieben ihr ins Gedächtnis eingegraben, und später wurde ihr klar, daß er litt, während er sprach. Das Kind lachte und hüpfte, als es beim Fortgehen das vom Weinen verzerrte Gesicht der Mutter sah.

Es war, als ob sie in ihrer Verzweiflung innerlich verblutete.

«Das ist lange her», schrieb sie später; «aber es wird niemals vorbei sein, solange ich lebe. Diese Stunde ist noch heute in mir lebendig.»

Ja, wer sie kannte, der konnte das Leid in ihren klaren blauen Augen sehen. Es war immer da – beim Schachspielen, beim Essen, beim Lachen und Tanzen –, immer war es da. Aber das Gesetz des Ausgleichs ließ sie Mitgefühl und Verständnis für ihre Mitmenschen finden.

Auch ihre Disziplin konnte man zu dem Schicksalsschlag zurückverfolgen. Denn Leid diszipliniert oder zerstört, und sie wählte die Disziplin. Sie duldete keinerlei Unordnung in ihrem Leben. Selbst in kleinen Dingen verlangte sie Zuverlässigkeit. Freilich, ihr Vater war streng gewesen, und sie wuchs in der Disziplin der Chinesen auf; aber das allein hätte nicht zu der Reaktion geführt, die sie bei der geringsten Unpünktlichkeit zeigte. Wenn jemand zu spät zum Essen kam, wenn ein Hausangestellter eine Anordnung vergaß oder wenn ihre Sekretärin ein Detail vernachlässigte, rief sie mit funkelnden Augen: «Ich verlange Zuverlässigkeit!»

Sie verlangte unbedingte Zuverlässigkeit, weil sie selbst

nach Vollkommenheit strebte und so sehr für ihre Arbeit lebte, daß sie alles unterließ, was der Arbeit hätte abträglich sein können. Sie aß nur, wenn sie hungrig war, trank nur, wenn sie Durst hatte, und schlief nur, wenn die Müdigkeit sie überwältigte. Sie zwang sich zum Schreiben, wenn die Lust sie dazu trieb, Klavier zu spielen, in der Sonne zu wandern, sich im Garten zu betätigen oder ein Buch zu lesen.

Was die Leute von ihr dachten, kümmerte sie wenig. Sie freute sich, wenn ein Buch von ihr beim Publikum Anklang fand, denn sie schrieb ja, um gelesen zu werden. Aber es war ihr nicht wichtig, ob die Leser mit ihr einverstanden waren. Kritiken las sie selten, und ihre eigenen Bücher rührte sie nicht mehr an. Sie schrieb sie, und dann waren sie für sie abgetan.

«Sie gehören der Vergangenheit an, und ich muß neue schreiben», sagte sie mir einmal. «An diese muß ich denken, um mein Werk zu vollenden.»

Ich weiß noch, wie aufgebracht sie war, als sie dahinterkam, daß in einem Manuskript ein einziges Wort geändert worden war. Es handelte sich um eine Kindergeschichte für eine Zeitschrift. Es war eine reizende Geschichte von drei Füchsen, in der sie die Hauptgestalt als den «kleinen Fuchs» bezeichnet hatte. Wann immer der «kleine Fuchs» vorkam, war er vom Lektor durch der «kleinste Fuchs» ersetzt worden.

«Nie habe ich vom Kleinsten gesprochen!» rief sie empört und warf die Fahnen auf den Tisch. «So ein albernes Wort! Da will man eine Geschichte von mir und ändert dann genau das, was für mich daran wesentlich ist. Warum hat man dem Lektor nicht gleich gesagt, er soll sie schreiben?»

Sie setzte sich selbst hohe Maßstäbe, und sie war sehr stolz darauf, bei einer Arbeit zu spüren, daß sie diesen Maßstäben genügte.

Kann man sich die Tragödie vorstellen, die sich in einem Menschen mit solcher Liebe zur Vollkommenheit abspielt, wenn er erfährt, daß das eigene Kind alles andere als vollkommen ist?

Andererseits antwortete sie den Eltern eines zurückgebliebenen Kindes, die meinten, es wäre besser, das Kind wäre tot: «Niemals darf man, wie das in der Geschichte vorkam, Zurückgebliebene, geistig Kranke und Krüppel töten! Man darf sich ihren Tod auch nicht wünschen, und selbst wenn man es aus Liebe tut, ist es ein Unrecht. Das Leben trägt in sich eine Heiligkeit, die keiner von uns ergründen kann . . . Ein Unschuldiger darf nicht getötet werden, und es gibt nichts Unschuldigeres als diese Kinder, die niemals erwachsen werden.»

Sie war allein mit der Sorge um ihr Kind. Sie trug die ganze Verantwortung für seine Zukunft. Sie drückte ihre Gefühle folgendermaßen aus:

«So gut die Menschen auch waren, Hilfe kam von ihnen nicht. Vielleicht war das mein eigener Fehler. Vielleicht gab ich mich nach außen zu ruhig und natürlich, so daß sie nicht sehen konnten, was unter der glatten Oberfläche war. Vielleicht war es das, vielleicht auch die Scheu der Menschen, unter die Oberfläche zu dringen. Nur wer das unentrinnbare Leid kennt, weiß, was ich meine.

In dieser Zeit lernte ich zweierlei Menschen unterscheiden: diejenigen, die unentrinnbares Leid kennengelernt haben, und jene, die es nicht kennen. Denn es gibt grundsätzlich zweierlei Leid; das eine kann gemildert werden, das andere nicht. Der Tod der Eltern ist betrüblich, denn sie lassen sich nicht ersetzen; aber er bringt kein unentrinnbares Leid. Es ist ein natürlicher Kummer, der im normalen Verlauf des Lebens zu erwarten ist. Unheilbare Verstümmelung des Körpers ist unentrinnbares Leid. Man muß damit leben; und mehr als das, man muß damit ein anderes Leben führen, als man in gesunden Tagen geplant hat. Der Kummer, der gemildert werden kann, wird vom Leben überdeckt und geheilt. Nicht zu lindern ist das Leid, das unser Leben verändert und in gewisser Weise das Leben selbst wird. Das lebendige Leid ist wie ein Stein, der in den Strom geworfen wurde: das Wasser muß sich teilen und sich anpassen, da es den Stein nicht wegräumen kann.» [Aus: *Geliebtes unglückliches Kind.*]

Den Aufruhr in China und den Kampf zwischen Ost und West erlebte Pearl Buck bewußt mit. In Nanking hatte sie ihren eigenen Freundeskreis gefunden, die Intellektuellen, und besonders blieb ihr ein junger chinesischer Dichter namens Hsu Tse-mo in Erinnerung. Sie spürte seinen inneren Konflikt wie übrigens bei all ihren jungen chinesischen Freunden, die zwischen dem Alten und dem Neuen hin und her gerissen wurden. Diese einschneidende Wandlung beschäftigte sie stark, und sie las alles, was darüber geschrieben wurde. Aus dieser Anteilnahme und durch die Freundschaften entstand *East Wind*, die Geschichte einer jungen Chinesin, die einen Mann wie Hse Tse-mo heiratet. Diese Geschichte wurde im April 1926 von der Zeitschrift *Asia* veröffentlicht und geriet dann in den stürmischen Jahren der Bürgerkriege und im Trubel ihres eigenen Lebens in Vergessenheit.

Ihr erstes Adoptivkind, dem noch acht folgen sollten, wurde am 6. April 1926 geboren. Dieses Kind, ein Mädchen, war drei Monate alt, als die Adoption endgültig wurde. Sie hatte sich schon früher um ein Adoptivkind bemüht, aber die Behörden billigten nicht, daß ein Kind nach China mitgenommen würde. Sie setzte ihre Anstrengungen unablässig fort, weil sie in der zunehmenden Einsamkeit Trost brauchte. Vielleicht wäre es ein Trost gewesen, wenn sie ihren Mann hätte hassen können. Bei ihr aber war das Gegenteil von Liebe nicht Haß, sondern Gleichgültigkeit. Die geistesschwache Tochter bedeutete natürlich keinen Trost für sie, denn dieses Kind reagierte nicht auf die Bemühungen der Mutter, es zu erziehen und zu unterrichten. Endlich fand sie ein Kind.

Sie beschreibt diese Szene:

«Ich war überzeugt, daß es irgendwo ein Kind geben mußte, das mich brauchte. Ich fand es in einem kleinen Waisenhaus im nördlichen Teil des Staates New York. Ein gütiger presbyterianischer Geistlicher nahm mich dorthin mit, und der Waisenhausvater führte mich in den Schlafsaal, wo zwanzig Säuglinge in den Bettchen lagen.

«Wählen Sie sich eins aus», sagte der Waisenhausvater.

Hat jemals eine junge Mutter vor einer solchen Wahl gestanden? Ich ging von Bett zu Bett. Schließlich kam ich zu einem, in dem ein sehr blasses kleines Mädchen mit geschlossenen Augen lag. Es schien kaum zu atmen.

«Wie alt ist es?» fragte ich.

«Drei Monate», antwortete der Waisenhausvater. «Es hat seit der Geburt nicht zugenommen und wiegt nur sechs Pfund. Es verweigert die Nahrung.»

«Ich will es haben», sagte ich.

Er widersprach sofort. Wozu ein Kind nehmen, das zum Tode verurteilt war? Aber ich blieb dabei. Ich fühlte unwillkürlich eine seltsame Liebe zu dem unglücklichen kleinen Wesen. Ich nahm es mit. Schon am nächsten Tag nahm es Nahrung zu sich. Zwei Wochen später hätte man es nicht wiedererkannt. Es war ein richtiges Dickerchen. Mein Mann und ich beendeten unser Universitätsstudium und kehrten mit unseren beiden Töchtern nach China zurück.»

Sie war 1925 nach Amerika gekommen, um an der Cornell-Universität in Ithaca ihr Magisterexamen in englischer Literatur abzulegen. In diesem Jahr hatte sie zum erstenmal keine Angestellten und mußte alle Hausarbeit selbst verrichten. An sich liebte sie die Hausarbeit, aber ihr Leben war stets von so viel anderen Pflichten erfüllt, daß ihr dafür keine Zeit blieb. Nur bestimmte Arbeiten übernahm sie selbst. Zum Beispiel stellte sie die Blumen ein, die sie künstlerisch zu arrangieren verstand; sie mußten immer frisch sein, denn sie duldete kein welkes Blättchen.

Das Glanzlicht des Jahres auf der Universität war ihr Essay, der später auch auf Deutsch unter dem Titel *China und der Westen* veröffentlicht wurde. Er trug ihr beim Laura-Messenger-Wettbewerb den ersten Preis und eine Summe von zweihundert Dollar ein, die für sie damals mehr Geld bedeutete, als sie sich vorzustellen vermochte.

Sie lächelte, als sie mir das wichtige Ereignis schilderte:

«Es war tollkühn von mir, mich an dem Wettbewerb zu beteiligen, denn er wurde von der Abteilung für Geschichte veranstaltet, und mein Hauptfach war ja englische Literatur. Da ich aber gerade ein paar Wochen Ferien hatte, beschloß ich, über die Geschichte der Beziehungen zwischen China und dem Westen zu schreiben. Ich brauchte Geld, und das war der höchste Preis, den die Universität aussetzte. Ich arbeitete stundenlang in der Bibliothek, und als ich meinen – ziemlich umfangreichen – Essay beendet hatte, reichte ich ihn ein. Man mußte die Arbeit anonym abgeben, denn die Jury durfte den Verfasser nicht kennen.

Erst dann erzählte ich meinem Englischprofessor davon.

‹Sie sind nicht bei Trost›, sagte er heiter. ‹Der Preis geht immer an einen Geschichtsstudenten.›

Trotzdem hoffte ich weiter. Als ich einige Wochen später ein Gerücht vernahm, eine chinesische Studentin hätte den Preis gewonnen, wurde ich noch hoffnungsvoller. In der Woche darauf wurde mein Name als Gewinnerin verkündet. Die Bedeutung dieses Preises lag für mich nicht nur in dem Geld. Er gab mir Zuversicht als Schriftstellerin.»

Sie benutzte den Essay für einen Vortrag, den sie zwanzig Jahre später am Konservatorium in Philadelphia hielt. Es ist nicht weiter verwunderlich, daß sie einen Text noch nach so langer Zeit für einen Vortrag verwenden konnte, ohne daß er an Aktualität eingebüßt hatte. Liest man *Was mir Amerika bedeutet*, eine Sammlung ihrer Essays und Vorträge, die 1942 in der Originalversion veröffentlicht wurde, so erkennt man, daß sie Grundwahrheiten über die Menschen ausspricht – und Grundwahrheiten ändern sich nicht.

Als ich sie einmal fragte, ob sie bewußt ihren Stil pflege, antwortete sie: «Ich höre die Worte deutlich, als ob sie zu mir gesprochen würden, und ich schreibe nieder, was ich höre. Im College dachte man, ich würde nur Lyrik schreiben, niemals Prosa. Ich tat es dann doch – glücklicherweise, was mein Portemonnaie betrifft.»

Bevor sie Amerika verließ, schickte sie *A Chinese Woman*

*Speaks* an den Verleger Brentano. Man sagte ihr, für einen Roman sei das Manuskript nicht umfangreich genug, und bat sie, es zu erweitern. Sie lehnte ab, denn wenn sie gesagt hatte, was es über ein bestimmtes Thema zu sagen gab, betrachtete sie die Arbeit als abgeschlossen. In diesem Fall aber wurde sie zu einer zweiten Geschichte angeregt, die sie *West Wind* betitelte und während ihrer Rückreise nach China schrieb. Brentano erhielt dann das Manuskript zu *Ostwind, Westwind,* doch da der Verleger kein Buch herausbringen wollte, das sich aus zwei Erzählungen zusammensetzte, sandte er es zurück. Das war natürlich ein Schlag, aber sie machte sich unmittelbar an einen neuen Roman, der im Frühjahr 1927 fertig war. Bevor sie ihn jedoch einem Verlag schicken konnte, brach in China die Zweite Revolution aus. Die siegreiche revolutionäre Armee drang in Nanking ein und griff die Ausländer an. Häuser wurden verbrannt und geplündert, und in dem Tumult ging das Manuskript verloren.

«Wahrscheinlich war das Manuskript nicht gut», bemerkte sie dazu.

Zwischen 1927 und 1930 fand sie nicht viel Zeit zum Schreiben, obwohl sie es keineswegs aufgegeben hatte. Inmitten von Krieg und Revolution fand sie einfach keine Muße dazu. Von diesen Jahren erzählt sie in *Mein Leben, meine Welten.* Daraus soll hier lediglich wiederholt werden, daß sie mit ihrem Mann und den zwei Töchtern nach Japan floh, als die Kommunisten Nanking besetzten. Dort verbrachten sie einen Sommer in den Bergen.

In ihren Papieren fand ich den Durchschlag eines Briefes, den sie am 15. April 1927 an Marietta Neff, die Herausgeberin der Zeitschrift *Asia,* richtete. Dieser Brief spiegelt ihre Gefühle und Gedanken zu jener Zeit.

Sehr geehrte Frau Neff,

besten Dank für Ihren Brief vom 4. März. Es freut mich, daß Sie eins meiner Manuskripte brauchen können. Ich stellte mir die beiden mehr oder weniger als Muster einer Serie vor. Ich möchte noch einen Artikel über den chinesischen Studenten schreiben, den ich von der Mission und von der Universität her gut kenne.

Wie Sie sehen, habe ich eine neue Adresse. Sie wissen ja aus der Zeitung, daß die nationalistischen Truppen alle Ausländer aus Nanking vertrieben haben. Wie alle andern haben wir alles verloren, Heim, Kleider und so weiter. Es ging unvorstellbar plötzlich vor sich. Beim Frühstück hörten wir, daß die Revolutionäre in die Stadt einmarschierten, und wir freuten uns, denn die Tage des Kämpfens waren anspannend gewesen; außerdem lagen uns, einer Gruppe ausländischer Universitätslehrer, die nationalen Ziele am Herzen.

Binnen einer Viertelstunde rannten wir dann um unser Leben. Unsere treuen Diener eilten herbei und berichteten, daß die Nationalisten Ausländer töteten, und sie halfen uns, uns zu verstecken. Was sie sagten, stimmte, denn unser Rektor, Dr. Williams, war schon umgebracht worden – er wurde einfach niedergeschossen, als er einer Soldatenbande seine Uhr nicht aushändigen wollte. Wir versteckten uns den ganzen Tag – dreizehn Stunden lang, um genau zu sein – in der winzigen Hütte einer armen Frau, der ich einmal beigestanden war. Wir durften keinen Laut von uns geben, da ringsum Soldaten waren – und das «wir» schließt zwei Kinder unter zwei Jahren und meine Siebenjährige ein. Aber die Kinder waren sehr brav. Wir vernahmen fürchterliche Drohrufe und hörten, wie Tore und Türen eingeschlagen wurden. Unsere Diener schlüpften herein und sagten uns, daß die Soldaten vom gewöhnlichen Volk verlangten, ihnen ihre ganze Habe auszuhändigen; denn alles wäre jetzt gemeinsames Gut, es gäbe keinen Privatbesitz mehr.

Andere hatten weniger Glück als wir; sie waren den Horden ausgesetzt, wurden geprügelt und angeschossen und ihrer Kleider, Ringe, ja sogar der Brille beraubt; einige wurden getötet. Um vier Uhr nachmittags begannen die englischen und amerikanischen Kriegsschiffe, die zehn Kilometer entfernt im

Hafen lagen, zu schießen, und sofort beruhigte sich die Menge, ein Hornsignal ertönte, und die Soldaten wurden abberufen. Aber mehrere Häuser standen in Flammen, und wir hörten noch lange die zusammenstürzenden Mauern. Wir wurden schließlich durch unsere treuen chinesischen Freunde gerettet, die alles zu unserer Hilfe taten – von unseren Studenten und Fakultätskollegen, die über das Vorgefallene ebenso erstaunt und entsetzt waren wie wir. Wir Weißen blieben eingepfercht in ein einziges Gebäude, über hundert, ohne zu wissen, ob man uns töten wollte oder nicht.

Die chinesische Presse hat sich bemüht, die Verantwortung von den Nationalisten abzuwälzen, und die Nationalisten haben die Schuld auf Soldaten aus dem Norden geschoben, die auf dem Rückzug waren. Doch wer es miterlebt hat, weiß es besser. Die Nankinger erkannten den Dialekt der Soldaten. Sie stammten aus dem Süden. Außerdem hatten wir den ganzen Tag zuvor den geordneten Rückzug der Nordsoldaten gesehen. Nach übereinstimmender Meinung der Ausländer und der *ehrlichen* Chinesen war es ein geplanter Überfall der kommunistischen Nationalisten, die erbittert gegen jeden Ausländer sind, der kein Sowjetrusse ist. Natürlich ist jetzt die große Frage, wer gewinnen wird, die Kommunisten oder die konservativen Nationalisten. Darum geht der Kampf im Grunde. Wir Ausländer sind ja nur die Bauern im Schachspiel. Mag sein, daß die Nanking-Affäre bloß ein Komplott war, um Tschiang Kai-schek, den Führer der Konservativen, in Schwierigkeiten zu bringen – niemand weiß es.

Verzeihen Sie, daß ich so ausführlich geschrieben habe! Ich dachte, vielleicht wird es Sie interessieren. Jetzt sind wir froh, hier in Unzen zu sein, in einem japanischen Häuschen, das zwischen Kiefern hoch oben an einem Berghang steht, und wir werden wohl auf unbestimmte Zeit hier bleiben. Die meisten unserer Gruppe wollen von China nichts mehr wissen, sind heimgereist, aber ich bin unersättlich neugierig und möchte noch eine Weile ausharren, um zu sehen, wie es weitergehen wird.

Mit besten Grüßen von Ihrer Pearl S. Buck.

Übrigens wurde mein Romanmanuskript, das ich gerade beendet hatte, mit allem übrigen im Haus in alle Winde verstreut. Ich tröste mich mit dem Gedanken, daß es wahrscheinlich nicht gut war. Immerhin war es viel Arbeit – für nichts. Aber vielleicht darf ich es als das Werk eines Genies betrachten, weil jetzt niemand widersprechen kann!

Vor ein paar Jahren war sie in Japan, und bei dieser Gelegenheit suchte sie das Haus auf, das sie in jenem Sommer bewohnt hatte – und da stand es noch, fast gleich wie früher, aber geschlossen und still im Kiefernwald. Es tat ihr sicher gut, es wiederzusehen und zu wissen, daß wenigstens etwas in ihrem Leben von der Zeit nicht verändert worden war.

Sie erzählte mir davon:

Ach ja, diese Rückkehr nach einem halben Menschenalter! Ich arbeitete in Japan an einem Film; über diese Arbeit habe ich in meinem Roman *Zuflucht im Herzen* geschrieben. Ich hatte Sehnsucht, Unzen wiederzusehen und das kleine japanische Haus, in dem wir Zuflucht gefunden hatten. So fuhr ein Freund mit mir die Haarnadelkurven des Berges hinauf, und da lag Unzen: Es hatte sich sehr, sehr vergrößert, und ich konnte mich nicht mehr zurechtfinden. Wir sprachen eine junge Frau an und fragten sie, ob sie etwas von den Häusern wüßte, in denen amerikanische Flüchtlinge gewohnt hatten. Ihr Großvater kenne sich aus, sagte sie. Sie holte ihn, und er führte uns durch die Stadt und über eine schmale Schlucht, an die ich mich noch erinnerte. Ja, da stand das Haus – leer. Ich verweilte eine Zeitlang in dem Wäldchen und ging dann. Bevor ich die Stadt verließ, drückte ich dem alten Mann ein Geldgeschenk in die Hand. Er wollte es nicht annehmen, aber ich bestand darauf, und widerstrebend nahm er es entgegen. Einige Minuten später hörten wir jemand rufen. Es war die junge Frau, die mir ein Päckchen reichte.

«Großvater sagt, Sie hätten diese Reiskuchen immer für Ihre Kinder gekauft.»

Das stimmte. Ich hatte es vergessen, der Alte aber nicht.

In der Hütte, wo wir uns versteckten, habe ich entscheidende Stunden verbracht. Dort wurde mir klar, daß ich abseits der Welt gelebt hatte, in einer chinesischen Gemeinschaft, eingesponnen in das dortige Dasein, ganz in Anspruch genommen von meinem Haus, meinem schönen Garten, von den Geschehnissen in der Gemeinde. Ich bin überzeugt, wäre jener Tag in Nanking nicht gewesen, so hätte ich China niemals verlassen, denn ich war mit meinem ganzen Leben an dieses Land gebunden. An jenem Tag wurde meine Nabelschnur mit China durchschnitten. Alles war zerstört, mein Haus, der Garten, und als ich das Knistern der Flammen hörte, war mir klar, daß das alles zu Ende war. Das Leben, das ich bisher gekannt hatte, war zu Ende. In gewisser Weise war es wie eine Geburt. Ich wurde aus meiner gewohnten Umgebung ausgestoßen und in eine neue Welt geschleudert. Ich wußte, wenn ich diesen Tag überlebte, mußte ich ganz in der anderen Welt leben, und nicht nur in einem sicheren Winkel von ihr.

Von da ab verdankte sie ihr Leben einer chinesischen Bäuerin, die sie in dem Brief an Marietta Neff erwähnt. Die Vorgeschichte spielte sich folgendermaßen ab:

An einem Wintermorgen in den unruhigen Jahren nach dem Tode des Präsidenten der Republik China Sun Jat-sen wurde sie beim Frühstück durch ein Klopfen an der Tür gestört. Als sie aufmachte, hatte sie eine zerlumpte, schmutzige Frau vor sich, die aus dem Norden stammte, wie Pearl Buck an den eingebundenen Füßen und der Pluderhose erkannte. Es war Frau Lu, die Frau eines Gärtners, der für die Familie in Nordchina gearbeitet hatte. Ihr Mann war ihr weggelaufen, als die Hungersnot kam. Im Süden rechnete man mit vielen Flüchtlingen, die den Norden wegen der Hungersnot verließen, aber diese Frau war frühzeitig gekommen, weil sie schwanger war. Sie hatte schon fünf Kinder verloren, durch die «zehntägige Tollheit», wie sie es nannte; gemeint war eine Art von Wundstarrkrampf, hervorgerufen durch eine Infektion bei der Geburt.

«Ich komme zu Ihnen», sagte die Frau, «weil ich sonst niemanden habe, nichts außer diesem ungeborenen Kind.»

Pearl freute sich nicht gerade über ihr Kommen, aber aus Mitleid nahm sie sie auf. Die Frau wohnte in einem Häuschen hinter dem Garten nahe beim Tor, und dort wurde das Kind geboren. Sie wollte unbedingt in das Häuschen ziehen, obwohl es ein ehemaliges Hühnerhaus war und sich zum Bewohnen wirklich nicht eignete; und auf keinen Fall wollte sie in eine ausländische Klinik gehen. Da sie schon fünf Kinder geboren hatte, wußte sie, was sie zu tun hatte, und sie wollte bei der Geburt keinen Menschen um sich haben. An einem Wintermorgen brachte sie einen gesunden Knaben zur Welt. Einige Tage lang ging alles gut; dann berichtete sie, das Kind wäre krank. Wie sich herausstellte, hatte sie Jod auf den Nabel des neugeborenen Kindes gegossen, um ihn zu desinfizieren, und er litt unter schweren Verbrennungen.

Pearl Buck nahm das Kind zu sich, pflegte es und brachte es durch. Bevor es einen Monat alt war, tauchte der weggelaufene Vater auf, und die Familie war wieder vereint. Sie mieteten ein Zimmer in einem Lehmhaus oberhalb des Anwesens, und das Leben ging weiter.

Es war ein merkwürdiger, unbehaglicher Winter. Die aufständischen Truppen hatten sich rings um die Stadt verschanzt, und jedermann erwartete ihren Abzug im Frühling. Die Weißen waren hoffnungsvoll oder mißtrauisch, je nach ihrer Einstellung zum chinesischen Volk. Niemand wußte, wie sich die Kommunisten in Wahrheit verhielten, denn Banditen und Räuber hatten sich zu ihnen gesellt, und über die Kommunisten bekam man das zu hören, was man stets über Banditen und Räuber gehört hatte. Niemand konnte sagen, wer was war. Pearl Buck hat den Überfall auf Nanking in *Mein Leben, meine Welten* beschrieben:

Wenn ich an den verhängnisvollen Morgen des 27. März 1927 zurückdenke, sehe ich ihn als ein Schauspiel, als ob ich nichts damit zu tun gehabt hätte. Eine kleine Gruppe Weißer steht unsicher und allein auf dem zartgrünen Rasen eines grauen Steinhauses, drei Männer, zwei Frauen, drei Kinder. Der Wind bläst feucht und kalt über die Gartenmauer. Den Himmel verdunkeln Wolken. Fröstelnd raffen die Gestalten ihre Mäntel zusammen und blicken einander an.

«Wo können wir uns verstecken?» Das flüstern sie.

Eine der Frauen bin ich, zwei Kinder gehören mir. Die andere Frau ist meine Schwester. Die beiden jüngeren Männer sind unsere Gatten, der große, würdige alte Herr ist unser Vater. Der Alptraum meines Lebens ist Wirklichkeit geworden. Wir befinden uns in Lebensgefahr, weil wir Weiße in einer chinesischen Stadt sind. Wir unterhielten zu den Chinesen nur freundschaftliche Beziehungen, aber heute zählt das überhaupt nicht. Heute leiden wir wegen jener, die wir nicht gekannt haben, wegen der Aggressoren und Imperialisten, der weißen Europäer, die Krieg geführt, Beute gemacht und das Territorium beansprucht haben, wegen der Männer, die ungerechte Verträge geschlossen und auf exterritorialen Rechten bestanden haben, um ein Imperium zu errichten. Oh, von jeher hatte ich diese Weißen gefürchtet, weil sie uns in Asien verhaßt machten! Der Fluch ihrer Taten lastet jetzt auf uns, auf meinem gütigen alten Vater, der allen Menschen stets freundlich begegnet ist, auf unsern Kindern, die kein anderes Land kennen außer diesem, wo wir nun in Lebensgefahr sind.

«Wo sollen wir uns verstecken?» fragen wir immer wieder, ohne eine Antwort zu finden.

Das hübsche Haus, das bisher unser Heim gewesen ist, kann uns nicht mehr schützen. Es steht noch so da, wie wir es vor einigen Minuten verlassen haben; der große Ofen in der Diele brennt noch immer und verbreitet seine behagliche Wärme, der Frühstückstisch ist gedeckt, das Essen halb verzehrt. Ich wollte gerade Kaffee nachschenken, als unser treuer Nachbar, der Schneider, angelaufen kam, um uns mitzuteilen, daß die Revolutionäre, die in der Nacht die Stadt eingenommen hatten, nun die Weißen töteten. Er stand dort beim Tisch, an dem wir alle saßen, glücklich, daß der Kampf vorbei war; er rang die Hände, und die Tränen liefen ihm über die Wangen, während er sprach.

«Verlieren Sie keine Zeit – Lehrer Williams liegt schon draußen vor dem Tor tot auf der Straße!»

Dr. Williams? Er war der Vize-Rektor der christlichen Universität!

Mein Vater hatte zeitig gefrühstückt und war schon gegangen, um im Seminar zu unterrichten, doch zum Glück hatte er das Haus eben erst verlassen. Der Hausdiener rannte sogleich hinter ihm her, um ihn zurückzuholen.

Meine Schwester und ich wissen nur allzu gut, daß mit dem Tod gerechnet werden muß; wir stehen schnell auf, suchen die Mäntel und Mützen der Kinder und unsere eigenen Mäntel zusammen, und alle eilen wir aus dem Haus, das keinen Schutz mehr bietet, und hier stehen wir nun im kalten, feuchten Wind.

Wo können wir uns verstecken?

Die Diener scharen sich um uns, sie haben Angst; vielleicht wird man auch sie umbringen, wenn sie bei uns gefunden werden. Niemand weiß, wozu die wilden Revolutionäre imstande sind.

«Es ist zwecklos, daß ihr euch in den Zimmern der Diener versteckt», sagt die Amah. «Dort würde man euch sofort finden.» Sie fällt auf die Knie, umarmt meine Jüngste und schluchzt laut.

Wo gibt es ein Versteck für uns? Nirgendwo. Wir hören das Gejohle in den entfernten Straßen, wir sehen einander an und halten die Kinderhände fest. Die Lippen meines alten Vaters bewegen sich; ich weiß, er betet. Aber wir können nirgendwo hingehen.

Plötzlich quietscht das Hintertor, das kleine schwarze Tor in der Mauer, und wir wenden alle den Kopf. Es ist Frau Lu, die außerhalb der Mauer in einem Lehmhaus wohnt. Sie humpelt auf ihren eingebundenen verkrüppelten Füßen auf uns zu, die losen Hosenbeine flattern. Wie gewöhnlich ist sie ungekämmt, dunkelbraune Locken hängen ihr um die Wangen, und ihr freundliches, einfältiges Gesicht ist ganz Sorge, Erregung und Liebe.

«Weise Mutter», keucht sie, «kommen Sie mit Ihrer Familie und verstecken Sie sich in meiner Kammer! Dort wird Sie niemand suchen. Wer würde einer Frau wie mir etwas antun wollen? Mein Taugenichts hat mich wieder verlassen, und ich bin allein mit meinem Sohn. Kommen Sie, kommen Sie, es ist keine Zeit zu verlieren!»

Sie zerrt an mir, sie umarmt alle Kinder gleichzeitig, und wir folgen ihr blindlings, wir laufen und lassen das Tor hinter uns offen. In der Nähe sind keine Häuser, wir haben auf einem unbebauten Gelände gewohnt, und wir rennen um die Mauer herum über Wiesen, alte Gräber und durch Gemüsegärten, bis wir auf der anderen Seite des Anwesens zu den Lehmhütten gelangen, wo Frau Lu ihre Kammer hat. Dort erwarten uns schon die Leute, freundliche, arme Leute, die uns als Freunde und Nachbarn empfangen und uns in das dunkle Kämmerchen hetzen, das Frau Lus Heim ist. Es ist wirklich nur ein Kämmerchen, gerade groß genug für das Holzbett, ein Tischchen und zwei Bänke. In diesem kleinen Raum drängen wir uns zusammen, und Frau Lu schließt die Tür.

«Ich komme wieder», flüstert sie. «Ängstigen Sie sich nicht, wenn die Kinder weinen. Wir haben hier so viele Kinder, daß die Soldaten nicht merken, ob es unser oder euer Kind ist, das schreit.»

Die Kommunisten hatten sich reorganisiert und die Führung übernommen. Auch Tschiang Kai-schek sei bei den Kommunisten, wurde den Ausländern gesagt, und die Kommunisten bauten auf Haß, auf den Haß gegen die Ausländer, gegen das frühere Unrecht. Stundenlang kauerten sie in dem Kämmerchen. Die Chinesin brachte ihnen das einzige Essen, das sie hatte; sie setzte dabei ihr Leben aufs Spiel, aber sie versuchte standhaft, die Familie zu retten. Kanonendonner tönte weither von amerikanischen Kriegsschiffen, und sie wünschten, jemand würde kommen, um die Lage zu schildern, doch es kam niemand. Dann herrschte zwei Stunden lang Stille; endlich kamen freundliche Chinesen, die sie zu den Universitätsgebäuden brachten, wo sie warteten, bis sie auf ein amerikanisches Kriegsschiff überführt wurden.

An diesen Tag konnte sie nur mit Schaudern zurückdenken, und sie gab freimütig zu, daß man sie zweifellos umgebracht hätte, wenn Frau Lu nicht gewesen wäre. Aber dieser Tag brachte den Wendepunkt, denn entweder geht man aus einer solchen Erfahrung völlig gebrochen oder mit einem neuen Glauben an das Leben hervor.

Im Herbst 1927 unternahm sie mit ihren Kindern eine Eisenbahnreise durch Japan, auf der sie die Japaner kennen und so sehr schätzen lernte, daß sie sie zu ihrem Lieblingsvolk erklärte.

Als sie mir von dieser Reise erzählte, fragte ich sie, wo denn ihr Mann zu dieser Zeit gewesen sei und weshalb sie die Reise allein mit den Kindern gemacht habe.

«Ich weiß es nicht», antwortete sie verwirrt, «ich weiß es wirklich nicht! Ich kann mir nicht vorstellen, warum ich allein war; aber das zeigt, wie bedeutungslos mir meine Ehe schon geworden war. Er führte sein eigenes Leben. Und ich bereitete mich auf mein eigenes Leben vor.»

Sie mußte mit sich selbst leben lernen, denn sie war ein Mensch, der anders war als die anderen Menschen ihrer Umgebung. Anders als andere zu sein ist nicht leicht; denn man ist dann anderen Menschen nie ganz nahe. Wie eng auch ihre Beziehungen zu denen waren, die für sie eine Rolle spielten, so blieb doch immer jener Platz in ihrem Innern, den allein ihre Gestalten einnahmen. Ihre Gestalten – sie waren da, in ihrer Phantasie, und warteten nur, zum Leben erweckt zu werden. Zurück in Nanking, erkannte sie aber, daß dies hier nicht möglich wäre. Sie wußte, daß sie schreiben mußte, aber sie war zu weit entfernt von den Lesern, für die sie schrieb. Als sie die ersten unvermeidlichen Ablehnungen erhielt, wurde ihr klar, daß sie einen literarischen Agenten in den Vereinigten Staaten haben mußte, der die geschäftliche Seite handhabte. In einem englischen Buchladen in Schanghai fand sie einen Leitfaden für Schriftsteller, in dem zwei amerikanische Literarische Agenturen verzeichnet waren. Sie fragte bei beiden an. Der eine Agent lehnte mit der Begründung ab, daß «niemand Geschichten über China lesen mag»; der andere, David Lloyd, antwortete vorsichtig, er wolle erst einmal eine Arbeit von ihr prüfen. Als sie ihm *Ostwind, Westwind* sandte, schrieb er, daß er versuchen wolle, das Manuskript zu verkaufen.

Wieder gab es Probleme zu lösen. Sie mußte ein dauerndes Heim für ihr geistesschwaches Kind finden, eine passende Umgebung, wo ihm das Leid der Behinderten erspart blieb. 1929 fuhr sie mit Carol abermals nach Amerika, diesmal, um für die Tochter eine geeignete Erziehungsanstalt zu suchen. Sie fand das Richtige in Vineland im Staat New Jersey, nämlich eine Anstalt, wo «Glücklichsein an erster Stelle stand». Hier sollte ihr Kind untergebracht werden, aber woher das Geld nehmen? Tausend Dollar im Jahr, das war damals viel Geld, und sie wollte für zwei Jahre frei sein, um in Ruhe den Roman schreiben zu können, mit dem sie sich trug.

Zum Glück wurde ihr die benötigte Summe von einer Unbekannten geliehen, die durch einen Arzt von Pearl Bucks Lage gehört hatte. So konnte sie zwei Jahre vorausbezahlen, ließ schweren Herzens ihr Töchterchen zurück und bereitete sich auf die Rückkehr nach China vor.

Unterwegs besuchte sie alte Freunde in Buffalo. Dort erhielt sie die Nachricht, daß *Ostwind, Westwind* von einem Verlag angenommen worden war. So sehr hatte sie das Problem mit ihrer Tochter beschäftigt, daß sie es unterlassen hatte, ihren Agenten von ihrer Abreise in China zu benachrichtigen, und das Kabel war ihr um die ganze Erde nachgereist, bis es sie schließlich in der Nähe von New York erreichte. Dem Glückwunschschreiben ihres Verlegers war dann eine Einladung zum Mittagessen beigefügt, da er sie gern persönlich kennenlernen wollte. Zu seiner Verwunderung ließ sie Wochen verstreichen, bis sie die Einladung annahm. Sie trafen sich schließlich, ohne zu ahnen, daß sie eines Tages Mann und Frau werden sollten. Tags darauf reiste sie mit ihrer vierjährigen Adoptivtochter nach China.

Hier machte sie sich ernsthaft an die Arbeit. Sobald ihr Mann morgens das Haus verlassen hatte, stieg sie in die Dachstube hinauf, wo ihr Schreibtisch stand, und verbrachte die Stunden mit Wang Lung und O-lan. Mit ihnen lebte sie. Sie versetzte Wang Lung von einem Bauernhaus auf dem Lande in ein großes, üppiges Haus in der Stadt und dann zurück ins Haus der Erde, damit er sein Leben da beende, wo es begonnen hatte. In zwei Monaten war der Roman fertig. Sie tippte ihn zweimal selbst, verpackte das Manuskript und schickte es ihrem Agenten. Es wurde sofort von ihrem Verleger angenommen, der als Titel *Die gute Erde* vorschlug. Sie hatte dem Roman einfach den Arbeitstitel «Wang Lung» gegeben.

Als nächstes erfüllte sie ihren Vertrag für *Der junge Revolutionär* und begann dann mit der Arbeit an *Die Mutter,* einem kürzeren Roman mit dramatischem Inhalt. Er war so verschieden von *Die gute Erde,* daß sie ihn nicht gut fand und das Manuskript in den Papierkorb warf. Ich glaube, sie wußte wohl, daß er gut war, sehr gut sogar, aber sie wollte die Welt nicht wissen lassen, daß sie als Frau so starker, leidenschaftlicher Gefühle fähig war. Jedenfalls wurde an dem Tag, als sie das Manuskript fortwarf, der Papierkorb nicht geleert, da der Diener krank war, und ehe er am folgenden Tage seinen Pflichten wieder nachkam, holte sie das Manuskript heraus, schloß es jedoch weg. Dieser Roman kam erst 1934 in Buchform heraus.

Mittlerweile gingen Wang Lungs Söhne in der Dachstube um, und sie lernte sie so gut kennen, wie sie ihre Eltern gekannt hatte. Auch sie wurden zu einem Roman verarbeitet. Den folgenden Brief schrieb sie an ihren Verleger, als die Arbeit an *Söhne* beendet war.

3 Ping Ts'ang Hsiang, Nanking, China
14. Oktober 1931

Mr. Richard J. Walsh
The John Day Company
New York

Lieber Herr Walsh,

vielen Dank für Ihre Briefe vom 17. und 21. September. Ich freue mich sehr, daß sich *Die gute Erde* immer noch hält.

Vorgestern sandte ich David Lloyd das Manuskript meines neuen Romans. Wie immer weiß ich überhaupt nicht, ob er etwas taugt. Jedenfalls ist er weg. Er beschreibt eine etwas andere Seite des chinesischen Lebens, und wieder war es mein Bestreben, nicht Zustände zu beschreiben, sondern Menschen. Ich habe ihm den Titel *Söhne* gegeben, der hoffentlich bleiben kann, denn um «Söhne» ist es mir zu tun. Ich werde jedoch nicht unvernünftig sein, wenn Sie den Titel unmöglich finden, denn ich mißtraue meinem Urteil in diesen Dingen sehr. Was den Veröffentlichungstermin betrifft, so müssen Sie ihn natürlich festlegen, wie es Ihnen am besten scheint. Ich bin froh, daß das Manuskript nicht mehr in China ist, denn in diesen schwierigen Zeiten müssen wir täglich mit der Möglichkeit eines Krieges oder eines plötzlichen Aufbruchs rechnen.

Vielleicht interessiert es Sie, zu hören, daß sich mehrere Chinesen darum beworben haben, *Die gute Erde* zu übersetzen. Ein aufstrebender junger Romancier, übrigens ein Vetter von Dr. Lin Yutang, der jetzt in New York lebt, schreibt mir:

«Vor einer Woche übersandte mir mein Onkel, Dr. Lin Yutang, ein Exemplar Ihres Romans *Die gute Erde* mit der Aufforderung, das Buch ins Chinesische zu übersetzen. Nachdem ich es gelesen hatte, staunte ich sehr über Ihre Leistung. Als kleiner chinesischer Schriftsteller habe ich mich selbst mit unsern Bauern beschäftigt, und ich finde, Ihr Roman enthält mehr Wahrheit als die dicken Bücher, die berühmte ausländische Professoren über das Leben der chinesischen Bauern geschrieben haben. Ihr Roman wird bei den chinesischen Lesern bestimmt großen Anklang finden. Würden Sie so freundlich sein und mir die Ehre geben, ihn übersetzen zu dürfen? In den letzten zwei Jahren habe ich einige ausländische Bücher übersetzt, darunter Remarques *Im Westen nichts Neues* und die Fortsetzung, *Krieg* von Ludwig Renn, *Daisy Miller* von Henry James und Gorkis *Kleinbürger.*»

Es freut mich, daß sogar von den Chauvinisten – und wie chauvinistisch sind sie hier! – die Einfühlung in meine chinesischen Gestalten bestätigt wird. Für mich ist das eine Erleichterung, denn viele unserer glühenden jungen Patrioten finden, daß man Abneigung und Ablehnung zeigt, wenn man China nicht als den Himmel auf Erden und als vollkommenen Staat darstellt.

Seien Sie versichert, daß ich die Verträge für meine nächsten Romane gern unterzeichnen werde, wenn ich mich auch keineswegs dafür verbürgen kann, daß sie gut sein werden. Aber ich habe von zwei neuen Büchern klare Vorstellungen, und ich werde mit Freude daran arbeiten. Ich habe Ihnen nie gesagt – es geschieht jetzt im Vertrauen –, daß mich familiäre Umstände über zehn Jahre vom Schreiben abhielten. Ich wußte immer, daß ich schreiben würde, schreiben mußte, doch ich trug allein die Verantwortung für ein hilfloses Wesen und fand daher nie Zeit und Muße; erst voriges Jahr wurde ich frei. Aber in all diesen Jahren formten sich die Romane in meinem Geist, während meine Hände beschäftigt waren, und jetzt brauche ich sie nur noch niederzuschreiben. Wenn die Manuskripte ziemlich schnell beendet sind, so liegt es also nicht daran, daß sie hastig hingeschrieben wurden, sondern einfach daran, daß ich den lange bedachten und in Gedanken oft durchgearbeiteten Stoff nur in Worte fassen muß. Daher war *Die gute Erde* in knapp zwei Monaten vollendet, ohne daß ich meine Pflichten als Hausfrau vernachlässigte. Dies erkläre ich Ihnen, damit Sie sich über die Schnelligkeit nicht wundern.

Mit besten Grüßen
Pearl S. Buck

Ihre Geschichten strömten von nun an hervor wie die Wasser des mächtigen Jangtsekiangs bei einer Überschwemmung. Ihre Figuren und deren Schicksale nahmen so schnell Gestalt an, weil sie lebendig werden wollten, bevor sie für immer verlorengingen. Sie verlängerte ihre Arbeitszeit mehr und mehr und schrieb oft bis zur Erschöpfung. Die Honorare für *Die gute Erde* stiegen ständig, denn dieser Roman hielt sich zweiundzwanzig Monate auf der Bestseller-Liste. Dieses Geld legte sie in einer lebenslänglichen Rente für Carol an, damit für ihr geistig zurückgebliebenes Kind immer gesorgt sein würde. Sie zahlte die geliehenen zweitausend Dollar zurück und entdeckte, daß dieses Darlehen von der Frau eines Direktors der *New York Times* stammte; mit dieser Dame freundete sie sich in der Folge an. Außerdem verwirklichte sie einen schon vor Jahren gefaßten Plan und baute eine Badeanstalt für die Chinesinnen in ihrer Nachbarschaft.

«Ich muß lachen, wenn ich an diese Badeanstalt denke! Die Frauen in unserer Stadt hatten nämlich keine Gelegenheit, im Winter warm zu baden, da die Häuser ja ungeheizt waren. Für die Männer gab es eine Badeanstalt. Da ich das Glück, Geld zu verdienen, mit anderen teilen wollte, errichtete ich die Badeanstalt mit vielen Wannen, heißem Wasser und Seife. Sie wurde nicht von allen geschätzt. Als ich sie einmal besichtigte, hörte ich eine alte Frau murren: ‹Diese Baderei ist sicher nicht gut. Bevor wir diese schöne Badeanstalt hatten, kam ich gut durch den Winter, ohne zu baden. Jetzt aber juckt es mich nach drei Wochen, wenn ich nicht herkomme und ein Bad nehme!› Die meisten Frauen aber freuten sich über die Badeanstalt und brachten ihre Kinder mit.»

Vermutlich dachte sie nie an sich selbst. Sie war vollauf damit beschäftigt, ihrem Werk zu leben, nur Schriftstellerin zu sein. Ohne es selbst zu wissen, wurde sie wahrscheinlich eine andere. Ihre chinesischen Freunde beachteten es nicht, doch die amerikanischen Bekannten stellten mit Überraschung fest, daß die gelassene, entrückte junge Frau auf einmal berühmt geworden war, und fühlten sich eingeschüchtert.

«Ich glaube, sie mochten mich nicht.»

Es war wohl nur menschlich, daß sie die Person in ihrer Mitte fürchteten, die offenbar alles besser konnte als sie selbst. Jedenfalls kam es mehr und mehr dazu, daß sie nur noch mit den Menschen in der Dachstube Umgang hatte.

Zu dieser Zeit ahnte sie noch immer nicht, wie stark sich die Menschen in den Vereinigten Staaten von der *Guten Erde* angesprochen fühlten und welchen Widerhall der Roman fand. Als sie ihrem Vater ein Exemplar des Buches zeigte, fragte er: «Was, meinst du, wirst du damit verdienen?»

«Ach, ungefähr zwanzigtausend Dollar», antwortete sie.

«Das ist viel Geld für einen Roman», sagte er von dem Buch, das ihr über eine Million einbringen sollte. «Er ist sicher recht nett, aber leider kann ich mich nicht dazu aufraffen, ihn zu lesen.»

In der Tat las er ihre Bücher nie; sie konnte sich nicht erinnern, ihn jemals bei der Lektüre eines Romans gesehen zu haben. Er war ein Gelehrter und interessierte sich nicht für Belletristik. Er starb 1932 im Alter von achtzig Jahren, ohne zu wissen, wie berühmt seine Tochter werden würde. Es war das Jahr der großen Überschwemmung in China; in der Stadt standen die Straßen unter Wasser. Der Vater hielt sich wie jedes Jahr um diese Zeit mit ihrer Schwester in den Bergen auf. Die Schwester schrieb, er wäre an Dysenterie schwer erkrankt; dann kam tagelang keine Nachricht mehr, weil die Telegraphendrähte weggeschwemmt worden waren. Natürlich wollte sie zu ihm, aber es war unmöglich, weil die Flußboote nicht mehr fuhren, und schließlich erreichte sie die Nachricht, daß er gestorben war.

«Ich konnte nicht zu seiner Beerdigung gehen, aber später besuchte ich sein Grab, das hoch oben auf einem Berg lag. Ich verweilte stundenlang und dachte an sein langes Leben und seine Geistesgaben, die seine Kollegen so wenig zu schätzen wußten oder gar nicht verstanden. Diese hochgelegene Ruhestätte inmitten der Berge unter dem Himmel hatte etwas Sinnbildliches.»

In diesem Jahr der großen Überschwemmung flog Charles Lindbergh nach China, um die Schäden zu besichtigen. Sie gehörte dem Empfangskomitee an und nahm an dem Essen teil, das die amerikanische Botschaft für das Ehepaar Lindbergh gab.

«Er war ein stiller Mensch und sagte bei Tisch sehr wenig. Nach dem Essen breitete er große Landkarten aus, und wir diskutierten die Überschwemmungsschäden. Die eigentliche Gefahr drohte von Typhus und Tropenkrankheiten. Das Wasser war ja verseucht von Leichen und Kadavern.»

Überall ringsum in China spielten sich Tragödien ab, aber in Amerika, wo die Leute von der Überschwemmung kaum etwas wußten, wurde *Die gute Erde* vom Book-of-the-Month-Club ausgewählt, und der Absatz stieg. In der *New York Times* stand darüber: «Es ist nicht nur das großartigste Buch, das jemals über ein Volk geschrieben wurde, sondern auch das beste Buch unserer Zeit. Man muß es gelesen haben.»

Und Millionen Menschen überall in der Welt kauften das Buch und lasen es. Es wurde in viele Sprachen übersetzt und erzielte Rekordauflagen.

Ende 1932 wurde *Die gute Erde* als bester Roman des Jahres mit dem Pulitzer-Preis ausgezeichnet, und wieder stieg der Absatz. Für Pearl Buck ist es bezeichnend, daß sie Preisen und Ehrungen keine sonderliche Beachtung schenkte. Als ich sie fragte, worin der Pulitzer-Preis eigentlich bestanden hätte, antwortete sie: «Ich weiß es nicht mehr. Ich glaube, in gar nichts. Ich wurde davon einfach telegraphisch benachrichtigt.»

«Bekamst du nicht irgendeine Urkunde oder Medaille?»

«Nein, ich glaube nicht», erwiderte sie kleinlaut wie ein Kind, das sich schuldig fühlt. «Ja, etwas Geld bekam ich, und ich gab es aus. Aber was sonst noch damit verbunden war, habe ich vergessen.»

Mittlerweile hatte sie sich daran gemacht, den klassischen chinesischen Roman *Schui-hu-tschuan*, ein großes Werk aus dem alten China, zu übersetzen. Dabei lernte sie, ihren Alltag in schöpferische und nicht schöpferische Arbeit einzuteilen –

eine Regel, die sie zeit ihres Lebens einhielt. Vormittags schrieb sie ihre eigenen Werke, nachmittags arbeitete sie an der Übersetzung. Täglich schloß sie sich in der Dachstube ab, und immer mehr zog sie sich von der Außenwelt zurück.

Doch nachdem das Manuskript von *Söhne* abgesandt und die Übersetzung von *Schui-hu-tschuan* beendet war, wollte sie endlich ihr Kind wiedersehen, das sie vor drei Jahren in New Jersey zurückgelassen hatte.

Glücklicherweise hatte ihr Mann gerade seinen großen Urlaub, den die amerikanischen Hochschullehrer alle sieben Jahre zu Studienzwecken erhalten. Im Juli 1932 schifften sie sich nach Amerika ein. Pearl Buck hatte das Manuskript ihrer Übersetzung bei sich. «Ich ließ es nicht aus den Augen! Vier Jahre hatte ich daran gearbeitet und ihm den Titel *Alle Menschen sind Brüder* gegeben. Ich mußte es sicher hinüberbringen.»

Ihr Verleger holte sie in Montreal auf dem Bahnhof ab. Sie ahnte nicht, daß Walsh schon damals entschlossen war, sie zu heiraten. In New York gab er ihr zu Ehren ein großes Willkommensbankett im Waldorf Astoria. Es war August, ein Monat, in dem die sogenannten wichtigen Leute die Stadt verlassen hatten. Nichtsdestoweniger kehrten sie zu diesem Anlaß zurück. Sie war gebeten worden, eine Rede zu halten, war dazu aber zu schüchtern und las statt dessen das Vorwort zu *Schui-hu-tschuan*, das Schi Nai-ngan vor über fünfhundert Jahren geschrieben hat:

Ein Mann, der dreißig Jahre gelebt hat, ohne sich zu verheiraten, sollte überhaupt nicht heiraten. Ein Mann, der vor dem vierzigsten Lebensjahr nicht Statthalter geworden ist, sollte danach nicht nach einem Statthalteramt streben. Mit fünfzig Jahren sollte er kein Heim gründen noch mit sechzig auf Reisen gehen. Warum wird das gesagt? Weil die Zeit für diese Dinge dann vorbei ist und ihm, falls er sie doch unternimmt, wenig Frist bleibt, sie zu genießen.

Wenn morgens die Sonne blaßhell aufgegangen ist, waschen

wir uns Kopf und Gesicht, binden uns das Kopftuch um, nehmen Nahrung zu uns, kauen einen Bissen von diesem oder jenem, und wenn dieses Werk getan ist, stehen wir und fragen: «Ist es noch nicht Mittag?» Der Mittag ist schon längst gekommen. So ist es mit den Stunden vor Mittag. Daraus ist zu ersehen, wie die Stunden nach Mittag vergehen. So ist ein Tag vorbei. Wie unterscheiden sich davon hundert Jahre? Es bringt nichts als Kummer, daran zu denken. Wo kann Freude gefunden werden? Ich staunte stets, wenn die Leute sagen: «Wie alt ist er in diesem Jahr? Wie viele Jahre hat er auf seinem Haupt gehäuft?» – Was heißt dieses «Wie viele»? Es sind die Jahre, die sich gehäuft haben. Kann irgend jemand sie zurückbringen und zählen? Kann jemand das sehen, was vergangen und vorbei ist? Es ist vorbei. Sogar während ich dies schreibe, ist die Zeit, die darüber verstrichen ist, vorbei. Kummer ist das dem Herzen!

Von allen Freuden bringt nichts mehr Freude als Freundschaft, und der freudigste Teil der Freundschaft ist das ruhige Gespräch mit Freunden. Wer kann das bestreiten? Doch nicht immer war es leicht für mich, solche Freundschaft zu genießen. Manchmal bläst der Wind, und es ist kalt; manchmal fällt Regen, und der Weg ist aufgeweicht; manchmal bin ich krank; manchmal sind die Freunde, die ich aufsuchen möchte, fort, und sie fehlen mir. Zu solchen Zeiten fühle ich mich wie in einem Gefängnis.

Ich besitze nur ein wenig unergiebiges Land. Ich pflanze größtenteils Korn um des Weines willen. Ich selbst kann nicht viel Wein trinken, aber wenn meine Freunde kommen, trinken sie ihn gern. Mein Haus ist nahe beim Fluß, und an seinen Ufern liegen die tiefen Schatten schöner Bäume. Dort versammeln sich meine Freunde, stehen oder ergehen sich oder setzen sich nieder, so wie es ihnen beliebt. Ich habe nur vier alte Dienerinnen, die mir Reis und Gemüse kochen. Die andern sind noch Kinder, große und kleine; zusammen sind wir über zehn, aber die Kleinen können höchstens für uns umherlaufen, Gäste begrüßen und sie hinausbegleiten, wenn sie gehen, oder die Karten der Angekommenen hereinbringen. Wenn sie unbeschäftigt sind, die Diener und Dienerinnen, lehre ich sie Besen binden und Matten weben – Besen zum Bodenfegen und Matten zum Sitzen für meine Freunde.

Wenn alle meine Freunde gekommen sind, sollten wir zusammen sechzehn sein; doch an vielen Tagen kommen nicht alle. Aber bis auf Tage heftigen Windes oder starken Regens gibt es nur wenige Tage, an denen keiner kommt. Gewöhnlich sind täglich sechs oder sieben beisammen. Wenn meine Freunde da sind, trinken sie nicht unbedingt Wein; wenn sie wollen, können sie es tun, doch sie müssen nicht, wenn sie danach kein Verlangen haben – jeder nach seinem Herzen. Unser Glücklichsein hängt nicht vom Wein ab. Das Gespräch ist unsere Freude. Wir sprechen nicht über die Angelegenheiten der Nation. Nicht nur weil ich es richtig finde, meine bescheidene Stellung zu wahren, sondern weil wir auch weit entfernt von Staatsgeschäften leben und politische Nachrichten bloß vom Hörensagen kennen, und Hörensagen ist nie wahr, und es ist Speichelverschwendung, darüber zu reden. Wir sprechen auch nicht von den Sünden der Menschen. Menschen unter dem Himmel haben keine Ursünden, und wir dürfen über sie nicht lästern. Wir sollten nicht von Dingen sprechen, die andere erschrecken. Ich möchte, daß meine Worte von den Menschen leicht verstanden werden; zwar können sie nicht alles verstehen, weil ich über Dinge spreche, von denen sie noch nie gehört haben; überdies ist jeder von seinen eigenen Angelegenheiten in Anspruch genommen.

Alle meine Freunde verachten Überheblichkeit. Da sie weitherzig und verständnisvoll sind, haben ihre Ausführungen Einfluß auf die andern, und deshalb ist ein Thema abgeschlossen, wenn unser Tagesgespräch beendet ist. Aber niemand schreibt unsere Worte auf, obwohl ich mir manchmal vornehme, in einer Schrift niederzulegen, was wir gesagt haben, um es denen, die nach uns kommen, zu hinterlassen. Bis jetzt habe ich es jedoch nicht niedergeschrieben. Warum nicht? Wenn das Verlangen nach Ruhm vorbei ist, wird der Geist schlaff. Wir unterhalten uns zum Vergnügen, und Bücher zu machen ist mühsam. Außerdem wird nach uns niemand lesen, was wir gesagt haben. Oder wenn wir das Buch vielleicht dieses Jahr schreiben, werden wir es bestimmt im nächsten bereuen.

Dieses Buch hat siebzig Kapitel. Wenn meine Freunde gegangen waren und ich allein unter der Lampe saß, schrieb ich in Muße. Ich schrieb auch, wenn niemand kam, weil der Wind blies und der Regen fiel. Nachdem ich das Buch in meinem Kopf hin und her gewendet hatte, wurde es mir schließlich zur Gewohnheit, meinen Pinsel zur Hand zu nehmen und zu schreiben, ohne daß ich mich vorbereiten mußte. Denn wenn ich mich in meinem Garten erging oder nachts unter meiner Decke wach lag, oder wenn ich das Ende meines Gürtels in der Hand drehte oder leeren Blickes einen Gegenstand betrachtete, drängte sich all das, was mein Buch enthält, vor meinem inneren Auge.

Vielleicht wird man fragen: «Du sagtest doch, du hättest aus den Gesprächen mit deinen Freunden kein Buch gemacht, wieso hast du dann dieses Buch nun allein geschrieben?» Aber wenn dieses Buch geschrieben wurde, so nicht aus Verlangen nach Ruhm; und wenn es nicht geschrieben worden wäre, hätte es nichts geschadet. Jeder, dessen Herz müßig ist und zu nichts anderem gezwungen, kann dieses Buch lesen, sei er gut und gelehrt oder schlecht und ungelehrt. Ob das Buch gut ist oder nicht, ist so unwichtig, daß man sich deswegen nicht zu sorgen braucht.

Ach, ich wurde zum Sterben geboren! Wie kann ich wissen, wie diejenigen, die nach mir kommen und mein Buch lesen, darüber denken? Ich weiß ja nicht einmal, was ich in einer nächsten Inkarnation davon halten werde. Ich weiß ja nicht einmal, ob ich später überhaupt imstande sein werde, dieses Buch zu lesen. Wozu mir also Gedanken machen?

Schi Nai-ngan von Tung-Tu

Von diesem Sommer in Amerika blieb ihr nicht viel im Gedächtnis haften, außer daß sie bei den Verwandten ihres Mannes lebte und Carol oft besuchte – stets allein, denn niemand sonst lag etwas daran, das Kind zu sehen.

Im Herbst fuhr sie öfters nach New York; denn jedermann war neugierig auf sie und wollte sie kennenlernen. Sie zogen in ein Haus in Ithaca, wo ihr Mann seine Studien fortsetzte. Sie selbst wurde in einen Wirbel von Gesellschaften, Banketten, Pressekonferenzen, eigenen Vorträgen, Konzert- und Theaterbesuchen gerissen. Auch das wurde ein Bestandteil ihres Daseins. Man sollte meinen, es wäre ihr ein leichtes gewesen, nach New York zu ziehen und dort ihr eigenes Leben zu führen. Für eine andere Frau sicherlich, nicht aber für sie; sie brauchte immer noch Heim und Kinder, mochte die Beziehung auch unvollkommen sein. Sie half ihrem Mann bei seinen Sprachstudien und interessierte sich stark für die ersten Erfahrungen, die ihre junge Tochter in einer amerikanischen Schule sammelte.

1931 hatte die «Theater Guild» die Bühnenrechte an der *Guten Erde* erworben. Der Roman wurde von Owen Davis und seinem Sohn zu einem Theaterstück umgeschrieben.

Sie sagte mir:

Während meines Aufenthaltes in Amerika sah ich bei einer Probe des Stückes zu, und es war mir sofort klar, daß es durchfallen würde. Daran erinnere ich mich so gut, weil es eine Probe kurz vor der Premiere war. Die amerikanischen Schauspieler mit ihrem abgehackten, ungraziösen Gang waren so unchinesisch! Ich war an die anmutigen Bewegungen der Chinesen gewöhnt. Für mich bedeutete es einen Schock, diese linkischen Amerikaner in chinesischer Tracht zu sehen.

Das Stück fiel tatsächlich am Broadway durch. Aber das große Unglück war, daß die «Theater Guild» auch die Filmrechte erworben hatte. Sie verkaufte sie für eine Million Dollar, damals eine beträchtliche Summe. Owen Davis und ich erhielten davon je 25 000 Dollar. Das ist alles, was mir der Film *Die gute Erde* je eintrug.

Drei oder vier Monate nach der Gründung der Stiftung sah ich den Film zum ungefähr tausendsten Male im Fernsehen angekündigt. Ich schrieb an Metro-Goldwyn-Mayer: «Ihre Firma hat mit diesem Film Millionen eingenommen. Ich habe daran 25 000 Dollar verdient. Ich erbitte nichts für mich selbst, aber vielleicht könnten Sie den amerasischen Kindern etwas Geld überweisen.» Dieser Brief wurde nie beantwortet. Wenn der Film im Fernsehen gezeigt wird, denke ich jedesmal mit tiefer Bitterkeit an den unbeantworteten Brief.

Viele Jahre zuvor, ehe der Film hergestellt wurde, aß ich einmal mit einem Direktionsmitglied von Metro-Goldwyn-Mayer in New York zu Mittag. Er fragte mich, ob ich in bezug auf den Film besondere Wünsche hätte; ich sagte, hoffentlich würden die Hauptrollen von chinesischen Schauspielern gespielt werden. Er erwiderte, das wäre wegen des amerikanischen Starsystems unmöglich.

Ich kehrte dann nach China zurück, und als nächstes hörte ich von dem Film, als mich ein Vertreter der Metro-Goldwyn-Mayer aufsuchte und mir sagte, der Film könnte nicht in China gedreht werden; die Nationalistische Regierung wäre dagegen, weil er chinesische Bauern statt chinesischer Intellektueller zeige.

Er berichtete mir weiter, sein Atelier in Schanghai wäre durch Saboteure niedergebrannt worden, und er wolle nach Amerika zurückkehren, was er auch tat. Im Jahr darauf schickte Metro-Goldwyn-Mayer eine große Equipe – Schauspieler, Produzent, Regisseur und Kameraleute – nach China; die meisten Szenen sollten um des Lokalkolorits willen in einem chinesischen Dorf gedreht werden. Das alles erfuhr ich lediglich durch zwei Quellen, da ich mit dem Film nichts zu tun hatte. Ich hörte es vom amerikanischen Konsul, einem Freund von mir, und ich las davon in den chinesischen Zeitungen. Das Vorhaben schuf allerhand Aufruhr.

Die Zeitungen schrieben, es wäre zu befürchten, daß in dem

Film trotz aller gegenteiligen Bemühungen der Nationalistischen Regierung schmutzige Kinder oder eine verschlampte Frau vorkommen würden, so daß man von China einen schlechten Eindruck bekäme. Der Filmgesellschaft wurde schließlich ein bestimmtes Dorf zugewiesen, und man bestand darauf, daß alle Frauen eine saubere Jacke und Blumen im Haar trügen. Man war auch gegen den Wasserbüffel, der China mittelalterlich erscheinen lassen würde, und wünschte ihn durch einen Traktor zu ersetzen. Dabei gab es zu dieser Zeit in ganz China nur zwei Traktoren, und es wäre ohnehin unmöglich gewesen, auf den kleinen Feldern einen Traktor zu benutzen. Ich befaßte mich allerdings nicht mit dem Film, da man mich nicht darum gebeten hatte. Monatelang hörte ich nichts mehr davon, und ich hatte keine Ahnung, ob Metro-Goldwyn-Mayer mit dem Streifen vorankam. Ich wußte nur, daß es ein paar unglückselige Zwischenfälle gegeben hatte; zum Beispiel stellte sich nach der Rückkehr in die Staaten in Hollywood heraus, daß die Filmbehälter voller Säure waren. Wieder hatte man Sabotage verübt. Von dem ganzen Streifen, der später gezeigt wurde, spielten sich nur zwölf Minuten in China ab; alles übrige mußte in Amerika noch einmal gefilmt werden, auch die berühmte Heuschreckenszene, die, wenn ich mich nicht irre, in Kentucky gedreht wurde. Der Film war von Pech verfolgt, und ich glaube, viele Leute in Hollywood dachten, es wäre dabei chinesische Zauberkraft im Spiel. Irving Thalberg, ein sehr guter Regisseur, starb während der Herstellung, und der Mann, der ihn ersetzte, war froh, als der Film fertig war. Wenigstens soll er das eines Abends bei sich zu Hause gesagt haben, als er gerade neben dem Kamin unter einem schweren Ölbild stand. Nachdem er diese Worte ausgesprochen hatte, fiel das Bild von der Wand und erschlug ihn beinahe.

Ich habe vergessen, in welchem Jahr der Film uraufgeführt wurde.* Ich weiß nur noch, daß ich damals in Amerika lebte.

* 1936. Anmerkung der Übersetzerin.

Ich lehnte es ab, der Premiere beizuwohnen, weil ich befürchtete, daß mir der Film nicht gefallen und daß ich in eine peinliche Lage geraten würde, wenn ich vor dem Mikrophon sagen müßte, was ich davon hielt. Ich wartete also und sah ihn mir erst zwei Tage später an. Die Kritiken hatte ich nicht gelesen, um mich nicht beeinflussen zu lassen. Ich ging allein ins Kino, saß auf der Galerie und sah mir den Film an. Als ich dann aufstand, hörte ich, wie ein Mann hinter mir einen zweiten Mann fragte, wie ihm der Film gefallen habe, und der zweite antwortete: «Nicht schlecht, aber Mae West wäre mir lieber gewesen.»

Ich sah den Film erst Jahrzehnte später noch einmal und dann nochmals im Fernsehen, was für mich so qualvoll war, daß ich ihn mir nie mehr angesehen habe.

Als Katharine Hepburn 1944 in *Drachensaat* mitwirkte, fuhr ich mit meiner Familie nach Hollywood, nicht um der Uraufführung beizuwohnen, sondern um für die Linderung der Kriegsnot zu werben. Wir wurden eingeladen, die Szenerie auf dem Gelände der Metro-Goldwyn-Mayer zu besichtigen. Dort begegnete ich dem Wasserbüffel, der von den Philippinen hergeschafft worden war, um in dem Film aufzutreten. Ich wurde gezwungen, mich mit dem Tier photographieren zu lassen, und alle wunderten sich, daß ich mich vor ihm fürchtete. Sie wußten allerdings nicht, daß Wasserbüffel Weiße hassen und sie sofort angreifen, und da diese Tiere sehr groß und sehr entschlossen sind, ist es ungefähr so, als würde man von einem Rhinozeros verfolgt, nur mit dem Unterschied, daß Büffel zwei Hörner haben, nicht bloß eins. Keinem Weißen mit einem Fünkchen Verstand würde es Spaß machen, sich dicht neben einen Wasserbüffel zu stellen, um sich mit ihm photographieren zu lassen. Ich ließ mich zwar aufnehmen, hielt dabei aber gebührend Abstand von dem Tier.

Und das ist das Ende des Films *Die gute Erde*, soweit es mich betrifft. In Asien hatte er riesigen Erfolg. Ich glaube, die Chinesen waren ziemlich verblüfft, daß man im Westen einen solchen Film hatte machen können. In Japan erreichte die Besucherzahl Rekordziffern. Ein berühmter japanischer Filmregisseur wollte eine japanische Fassung der *Guten Erde* herstellen, aber Metro-Goldwyn-Mayer gab die Rechte nicht frei. Leider, denn bestimmt hätten die Japaner den Roman weitaus besser verfilmt.

Bei *Drachensaat* fallen mir zwei Einzelheiten ein, die ich an dem Tag, den ich auf dem Gelände von Metro-Goldwyn-Mayer verbrachte, mit Belustigung feststellte. Ich bewundere Katharine Hepburn als Schauspielerin sehr, aber sie ist nun einmal keine Orientalin, und sie bestand darauf, in diesem Film chinesische Männerkleidung zu tragen, weil sie fand, sie stünde ihr besser als die Frauentracht. Es fiel mir auch auf, daß die Hügel in diesem Film terrassiert waren, obwohl es in dem Gebiet von Nanking, wo die Geschichte spielt, keine Terrassen gibt. Zu allem aber verliefen die Terrassen nicht horizontal, sondern senkrecht. Darüber wunderte ich mich so sehr, daß ich mich nach dem Grund erkundigte, worauf mir erklärt wurde, horizontale Terrassen seien eintönig, während senkrechte Linien die Monotonie lockerten. Dies und noch viele andere Fehler veranlaßten mich zu der Frage, warum man denn keinen Chinesen als beratenden Fachmann zugezogen habe. Die Antwort lautete, doch, es sei ein Fachmann da. Ich suchte ihn sofort auf und fragte ihn, warum er die Filmleute nicht besser beraten habe. Er erklärte mir betrübt: «Ich versuche die Fehler zu verbessern, aber sie sagen: ‹Ach, macht nichts, die Amerikaner merken das sowieso nicht.›»

So viel zu diesen beiden Filmen! Es wurden noch andere Erzählungen von mir verfilmt, zum Beispiel *China Sky*, die nur in einer Zeitschrift erschienen war, weil ich nicht viel davon hielt; und später lief ein sehr schlechter Farbfilm, allerdings mit lauter Stars, unter dem Titel *Das Mädchen von Kwantung*. Die knalligen Farben unterstrichen noch die Mängel dieses Films.

Noch eine denkwürdige Erfahrung machte ich mit dem Filmwesen. Warner Brothers erwarben mit großer Begeisterung die Filmrechte für *Über allem die Liebe*, stellten den Film aber nie her. Vermutlich liegt das Drehbuch verstaubt und vergessen in irgendeiner Schublade. Als ich mich vor einigen Jahren danach erkundigte, wurde mir gesagt, Vermont, wo die Geschichte spielt, wäre viel zu abgelegen, und man trage sich mit dem Gedanken, die Handlung nach Santa Barbara in Kalifornien zu verlegen. Ich bekam einen Lachkrampf, und ich muß immer noch lachen, wenn ich daran denke.

In den Jahren 1932 und 1933 traf sie, wenn sie von Ithaca nach New York fuhr, oft mit ihrem Verleger Robert J. Walsh zum Mittagessen zusammen. Es dauerte nicht lange, bis sie sich mit dem feinsinnigen, hochgebildeten Mann anfreundete.

Das erste Zeichen einer persönlichen Beziehung zwischen ihnen ist ein Brief, den Robert Walsh bei sich zu Hause aufbewahrt hat.

4. November 1932

Lieber Herr Walsh,

erst nachdem wir uns gestern nachmittag getrennt hatten, wurde mir bewußt, wie selbstsüchtig es von mir war, Sie zu bitten, meine lange Ansprache zu redigieren, wo Sie doch so viel zu tun haben. Im Augenblick war es für mich eine Erleichterung, mich nicht mehr damit befassen zu müssen. Aber bitte zögern Sie nicht, mir das Manuskript zurückzusenden, falls es nicht zu spät ist.

Es war mir einfach nicht möglich, Ihnen zu sagen, was es für mich bedeutete, daß Sie gleich nach dem Vortrag zu mir kamen und mich fühlen ließen, daß Sie Verständnis für meine Lage hatten. Während ich den Vortrag hielt, wurde ich von einem höchst seltsamen, schrecklichen Gefühl der Einsamkeit überwältigt, so daß ich zweimal kaum weiterzusprechen vermochte. Hinterher fühlte ich mich von allen Menschen abgeschnitten und völlig erschöpft. Sie verstehen nun vielleicht, was es für mich bedeutete, eine Tür aufgestoßen zu haben, die ich noch nie zuvor geöffnet hatte, und das vor so vielen Menschen. Es war mir verhaßt, und doch mußte es einmal sein. Ich bin sehr froh, daß es überstanden ist.

Ihr schnelles Erfassen meiner Gefühle ist aber nur ein Teil Ihrer ganzen Einstellung zu mir, die ich mehr zu schätzen weiß, als ich Ihnen sagen kann. Ich habe erkannt, daß die Beziehung zwischen einem Verleger und dem Autor, dessen gestaltete Lebenssubstanz er einer Veröffentlichung für wert erachtet, sehr heikel und bedeutsam ist. Für mich ist es außerordentlich wichtig, daß ich zufällig auf einen Menschen wie Sie gestoßen bin, nicht auf einen von anderem Schlag. Es ist mir durchaus klar, daß ich, wenn Sie anders wären, als Sie sind, bei meiner Arbeit auf alle mögliche Weise hätte behindert werden können. So aber werde ich angeregt, mein Bestes zu geben. Sympathie und verständnisvolle Würdigung sind so herrlich – daran bin ich nicht gewöhnt –, und für mich wunderbar, ich meine, soweit es meine Arbeit betrifft. Seit dem Tode meiner Mutter habe ich nicht unter Menschen gelebt, die literarischer Arbeit Wert beimessen oder sie wichtig finden und die meine Freude am Schreiben verstehen.

Sie dürfen aber nicht zulassen, daß ich Ihre Sympathie, die ich so sehr schätze, ausnutze und Ihnen Arbeit aufbürde, die ich selbst tun sollte.

Wie ich von Fräulein Bucher erfuhr, findet im Januar ein Verlegertreffen statt, bei dem ich sprechen soll. Natürlich tue ich es gern. Wünschen Sie ein bestimmtes Thema? Ich könnte über den Gegensatz zwischen chinesischen und westlichen Romanen oder über eine bestimmte Epoche der modernen chinesischen Literatur oder ein ähnliches literarisches Thema sprechen, auch über ein persönliches – das heißt, in literarischer Beziehung. Ich wüßte gern, was Ihnen vorschwebt, und ich will tun, was ich kann. Sie kennen ja die Gruppe, und Sie kennen mich, und Sie können mir sagen, welcher Art der gemeinsame Boden ist.

Herzliche Grüße von Ihrer Pearl S. Buck

Er hätte gern ein neues Buch von ihr bekommen, war aber von *Alle Menschen sind Brüder* enttäuscht. Er sagte ihr offen, er wüßte nicht, ob irgend jemand einen langen chinesischen Roman lesen würde. Das Verlegen des Buches wäre sehr teuer, und er hätte Bedenken, es herauszubringen. Sie hatte jedoch kein anderes Manuskript geschrieben außer jenem, das später unter dem Titel *Die Mutter* erschien. Sie hatte es in die Schublade gelegt und bisher nie eingereicht. Er aber wußte, daß das Publikum Pearl Buck nicht vergessen durfte. Er vereinigte ihre Novellen in einem Sammelband und brachte ihn 1933 heraus; er erschien unter dem deutschen Titel *Die erste Frau und andere Erzählungen*. Gleichzeitig verfolgte er sein persönliches Ziel und bat sie rundheraus, seine Frau zu werden. «Undenkbar!» antwortete sie ihm. «Wir sind beide verheiratet und haben Kinder. Ich will nicht einmal darüber sprechen!»

Sie sprachen jedoch weiter darüber, bis ihr Mann 1933 seinen Doktor in Philosophie machte und es Zeit für die Rückkehr nach China wurde. Sie war in einem tiefen Zwiespalt. Sie fühlte sich einerseits stark zu ihrem Verleger hingezogen, doch andererseits standen ihrer beider Familien auf dem Spiel, und sie mußte gewärtigen, daß ihr Publikum und die Presse sie verurteilen würden. Sie glaubte zu wissen, wo ihr Glück lag, aber sie war in zwei strengen Kulturen erzogen worden, die beide die Ehescheidung mißbilligten. Auf der einen Seite stand sie unter dem christlichen Einfluß, und sie hatte ihr Leben lang ein ausgeprägtes Gefühl für Recht und Unrecht; auf der anderen Seite erlegte ihr die asiatische Philosophie die Frage auf: «Was läßt dich denken, o Seele, du habest ein Recht, glücklich zu sein? Du hast dein Leben zu leben, und es ist kein Glück verheißen.»

Sie machte dem Zwiespalt äußerlich damit ein Ende, daß sie mit ihrem Mann und ihrer Adoptivtochter nach China zurückkehrte. Sie bekannte ihrem Mann das Dilemma, in dem sie sich befand, auf dem Schiff, das sie von Neapel nach Bombay brachte, wo sie sich eine Weile aufhielten. Sie erinnerte sich dieses Gesprächs, als hätte es gestern stattgefunden.

«Ich möchte keinem weh tun», sagte sie zu ihm. «Aber gib

mir ein Jahr Zeit, damit ich herausfinde, was ich mit meinem Leben anfangen will. Nur ein Jahr ohne Versprechen, ohne Bindung, ein Jahr vollständiger Freiheit.»

Nach der Ankunft in Nanking dachte sie lange über ihre Zukunft nach. Wäre sie damals gefragt worden, so hätte sie sicher erklärt, sie wolle den Rest ihres Lebens in China verbringen.

Zu mir sagte sie einmal: «Scheidung ist etwas Entsetzliches – so endgültig, ein solcher Bruch. Sie zerstört alles, sie ist wie der Tod. Alle die Jahre, die Mann und Frau zusammen verbracht haben, sind verloren – unwiederbringlich verloren. Es ist alles zu Ende! Ich wußte nicht, ob ich es durchstehen könnte. Außerdem war ich nicht sicher, ob ich es wollte.»

Der innere Zwiespalt blieb. Sie hatte kein neues Buch zu schreiben begonnen, obwohl sie sein Thema kannte: Wang Lungs Enkel. Den Stoff hatte sie, aber sie konnte nicht arbeiten, weil die innere Unsicherheit ihr die Ruhe nahm. Der Zustand wurde nicht besser, als Walsh sie aufsuchte. Er war ihr nach China gefolgt. Er hielt ihr vor, daß weder er noch sie glücklich sei; aber sie konnte immer nur erwidern: «Ich weiß nicht, was ich tun soll.»

Er blieb eine Weile und reiste dann ab.

Sie dachte auch über eine Seite des amerikanischen Lebens nach, die sie bisher nicht gekannt hatte. Ihr selbst war es dort gut ergangen; überall hatte man sie willkommen geheißen und ihre Vorträge begeistert aufgenommen. Doch nicht alle Eindrücke waren günstig gewesen. Sie bekam zum Beispiel das Rassenvorurteil zu spüren, und diesen Schock konnte sie zeit ihres Lebens nicht überwinden. Sie schickte damals einer amerikanischen Zeitung den folgenden Artikel.

Entfernung ist manchmal eine wertvolle Hilfe, klare Sicht zu gewinnen, denn der Raum wird zu einer großen Linse. Das stellte ich voriges Jahr fest, als ich fern von China weilte, dem Land, wo ich mein ganzes Leben verbracht hatte. So sehr hatte ich mich an Kriege gewöhnt, daß sie mir beinahe als ein natürliches und notwendiges Mittel vorkamen, wenn es galt, dem Disput über einen Sitz in der Regierung oder dem Streit um den Besitz eines fruchtbaren Landstrichs ein Ende zu machen. Ich hatte mich ans Banditenwesen gewöhnt, weil ich es als natürliches Ergebnis der Armut und der sozialen Ungerechtigkeit betrachtete. Überschwemmung und nachfolgende Hungersnot nahm ich als Schicksalsfügungen hin, die sich kaum vermeiden lassen.

Doch als ich aus diesen Verhältnissen in eine Welt versetzt wurde, wo der Krieg in zunehmendem Maße zumindest als Anarchie angesehen wird, die sich durch kluge Beilegung von Streitigkeiten verhindern läßt, erkannte ich, daß Krieg tatsächlich dumm und sinnlos ist und gar nichts regelt. Als ich sah, daß man Banditen als gewöhnliche Verbrecher behandelte, die von der Polizei festgenommen und ins Gefängnis gesteckt wurden, erkannte ich, daß Banditenwesen nicht unbedingt durch Armut entsteht und nicht geduldet werden darf; als ich sah, daß man Überschwemmungen voraussehen und eindämmen und Hungersnöte abwenden kann, erkannte ich, daß nicht das Schicksal, sondern Voraussicht und wissenschaftliche Kenntnisse die Mittel sind, um selbst Naturkatastrophen zu vermeiden oder zu mildern. Mit andern Worten, ich gewann eine Perspektive in bezug auf Probleme, die mir in ihrer Größe unlösbar erschienen, solange ich selbst hineinverwickelt war.

Jetzt blicke ich von der östlichen Erdhälfte durch die gleiche, die Sicht schärfende Linse der räumlichen Entfernung auf meine Heimat zurück, auf Amerika. Ich war von jeher stolz darauf, Amerikanerin zu sein. Ich hätte keinem anderen Volk angehören mögen. Ich bin nicht international, wenn man darunter einen Menschen versteht, der die wertvolle Individualität der einzelnen Nationen negiert. Ich glaube an internationale Zusammenarbeit zur Lösung internationalen Lebens. Aber ich wünschte, daß mein Land und alle übrigen Länder stets die wertvolle besondere Eigenart bewahren, die jedes Land zu dem macht, was es ist. Ich wiederhole, es freut mich, Amerikanerin zu sein.

Ich wäre jedoch keine echte Patriotin, wollte ich die Lynchjustiz, die in der letzten Zeit in meiner Heimat geübt worden ist, entschuldigen oder auch nur stillschweigend hinnehmen. Die Gelynchten waren meine Landsleute. Daß sie von anderer Rasse als ich waren, spielt keine Rolle – sie waren meine Landsleute. Als meine Landsleute hatten sie das Recht, nach den Gesetzen unseres Landes behandelt zu werden, einerlei, welcher Art ihr Verbrechen war. Ihre Rasse, ihre Verbrechen haben nichts mit der Frage ihrer Rechte zu tun. Die Lynchmorde waren eine abscheuliche, barbarische Ungerechtigkeit. Man nimmt derartige Nachrichten gleichmütig auf, wenn sie von den wenigen noch verbleibenden Teilen der Welt stammen, die von Wilden besiedelt sind. Aber derartige Nachrichten aus meiner Heimat, aus Amerika, aus einem Land zu hören, das sich zivilisiert nennt, aus dem Missionare und Philanthropen zu vielen andern Ländern und Völkern entsandt worden sind – das ist unfaßbar und für mich herzzerreißend.

Es ist mir durchaus klar, daß manche meiner Landsleute sagen werden, ich verstünde das Rassenproblem nicht. Doch, ich verstehe es. Ich habe von klein auf als Weiße unter Farbigen gelebt. Es gibt keinen Aspekt des Rassenproblems, dem ich mich nicht gegenübergesehen und den ich nicht vollauf verstanden habe. Doch nie habe ich einen Aspekt kennengelernt, noch könnte ich mir einen vorstellen, der die wilde Bestialität des Lynchens mildern würde.

Ich kenne auch den Mob und weiß, wozu er imstande ist. Ich bin sogar froh, daß ich persönlich erfahren habe, wozu ein farbiger Pöbelhaufen in der Wut gegen Weiße imstande ist. Um so beschämender ist es für mich, wenn sich der Pöbel meiner eigenen Rasse so benimmt, noch dazu wehrlosen Geschöpfen gegenüber.

Ob ich das Verbrechen kenne, dessen sich die Gelynchten schuldig gemacht haben? Ich wiederhole, daß die Art des Verbrechens für mich keine Rolle spielt. Wäre es an mir oder an meiner Tochter begangen worden, ich würde mein Äußerstes tun, um zu verhüten, daß der Verbrecher gelyncht würde, nicht nur um ihn zu retten, sondern um das viel schrecklichere, viel gefährlichere Verbrechen zu verhindern – das Verbrechen, daß eine Gruppe zivilisierter, sogar intelligenter Menschen im Denken und Handeln plötzlich zu primitiver Wildheit zurückkehrt und damit uns alle hinabzieht, immer weiter hinunter auf dem steilen Pfad, den wir erklettert haben, indem wir aus Tieren zu Menschen wurden. Der arme Gelynchte fällt nicht so sehr ins Gewicht wie die Tatsache, daß wir alle, auch hier in China, Scham, Demütigung und Niedergeschlagenheit erleiden, wenn wir erkennen müssen, daß die Maschinerie der Zivilisation wieder einmal versagt hat – noch dazu in einem Land, von dem China beispielhafte Leistungen erhofft.

Als Amerikanerin in China schäme ich mich jetzt vor den Chinesen. Ich kann mit ihnen weniger hoffnungsvoll als zuvor davon sprechen, daß ihre barbarischen Kriege unweigerlich vorübergehen werden, weil in meinem eigenen Lande ein schleichender Bürgerkrieg herrscht, der jetzt in furchtbarem offenen Mord zutage getreten ist. Ich hege weniger Vertrauen zu ihrer geplanten Demokratie, seit ich sehe, daß in meiner Heimat, wo die demokratische Idee längst in die Praxis umgesetzt ist, Jahr für Jahr das Wiederaufleben des undemokratischsten, unintelligentesten Verhaltens, der niedrigsten Form von Tyrannei geduldet wird. Ich werde erst wieder stolz sein, wenn meine Landsleute das Lynchen zu einem Schwerverbrechen erklären. Lynchjustiz ist unendlich viel schlimmer als ein Mord, bei dem ein Mensch einen anderen Menschen tötet, denn beim Lynchen tötet nicht einer, sondern viele, und wir alle sind an diesem Verbrechen beteiligt. Auch ich fühle mich daran beteiligt, und ich bin entwürdigt.

Während ich über den weiten Ozean auf meine ferne Heimat blicke, muß ich an den erstaunten und zynischen Ausdruck auf den Gesichtern der Orientalen denken, den ich gestern wahrnahm, als sie in der Zeitung lasen, was die Amerikaner ihren Mitbürgern angetan haben.

Ich werde eine ganze Weile den Kopf nicht hochtragen.

Die Dachstube hielt sie nicht mehr fest. Sie wollte weiterarbeiten, wollte die Bücher schreiben, die sie beschäftigten, aber sie konnte sich nicht sammeln. Ihre Gedanken gingen zu oft zu Carol, und sie beschloß, mit ihrer Adoptivtochter zu einem Besuch nach Amerika zu fahren. Nachdem sie die nötigen Vorbereitungen getroffen hatte, verabschiedete sie sich für einen Sommer lang von ihrem Mann und begab sich auf die Reise. Zu ihrer Überraschung bestieg Walsh in Yokohama dasselbe Schiff.

Bei ihr begann ein neues, viele Monate dauerndes Ringen um einen Entschluß, während er beharrlich und geduldig wartete. In New York mietete sie ein Haus an der Park Avenue, und hier verbrachte sie den Winter 1934/35 allein mit ihrer Tochter und einer Haushälterin. In dieser Zeit machte sie den ersten Schritt zu einer Entscheidung. Sie wollte sich ein Haus auf dem Lande kaufen und sich ein Heim in Amerika schaffen. Vielleicht würde sie dort allein leben, vielleicht auch nicht.

Von ihren Besuchen bei Carol kannte sie die pennsylvanische Landschaft und wußte schon, wo das Haus stehen und wie es aussehen sollte. Das Haus mußte aus Stein sein, wie die chinesischen Häuser, nicht aus Holz, und es mußte von Land umgeben sein, viel Land, denn von China her war sie an Raum gewöhnt. Sie ging zu einer Maklerfirma in New York und fragte nach einer Farm in Pennsylvanien, die diesen Vorstellungen entsprach. Man zeigte ihr eine ganze Reihe von Photographien, die sie sich genau ansah. Dann aber erblickte sie einen Ordner, auf dem ein kleines Photo war, etwa so groß wie eine Briefmarke; aber sie erkannte sofort, daß das Haus aus Feldstein war und auf einer Anhöhe stand. Sie wollte nicht auf einem hohen Hügel leben, doch die Überschwemmungen in China hatten sie gelehrt, wieviel es wert war, leicht erhöht zu wohnen. Zu dem Grundstück gehörten ein Bach und ein Weiher; der ursprüngliche Besitzer war der Bruder des Gründers von Pennsylvanien gewesen.

«Das nehme ich», sagte sie wie ein Kind, das eine Tafel Schokolade ausgesucht hat.

Einige Jahre später schrieb sie in einem Zeitungsartikel über diesen Entschluß und das Haus:

Den Bezirk Bucks gab es schon seit zweihundert Jahren in Pennsylvanien, aber das wußte ich nicht, als ich in meiner Heimat ein Haus suchte. Doch nicht der Name, sondern die Häuser reizten mich. Zufällig fuhr ich eines Tages durch diese schöne Hügellandschaft mit ihren fruchtbaren Feldern, mit Wäldern und klaren Bächen. Die Landschaft an sich war nicht ungewöhnlich, aber die Häuser waren es. Sie fielen mir auf, weil sie aus Feldstein gebaut waren. Die dicken Mauern hatten den goldbraunen Ton der Erde, die Dächer waren aus Schiefer, und neben dem Haus erhob sich immer eine große rote Scheune mit weißem Muster. Wo befand ich mich? Ich wurde an Deutschland, Südfrankreich und England erinnert.

Bei einer Tankstelle machte ich halt und fragte: «Bitte, wo bin ich hier?»

Der Tankwart, ein fröhlicher, rotbackiger Junge, sah mich an, als ob ich nicht bei Trost wäre. «Im Bezirk Bucks natürlich», sagte er. «Das weiß doch jeder.»

Er hatte einen Tonfall, den ich später als den Tonfall der Holländer kennenlernte, die in Pennsylvanien eingewandert waren. Während ich weiterfuhr, schaute ich mich aufmerksam um. Solche Häuser hatte ich in den Vereinigten Staaten nirgends sonst gesehen. Sie standen so fest wie Burgen, mit der Vorderfront nach Süden wie die Häuser in China, und sie waren umgeben von großen Bäumen und blühenden Sträuchern.

Damals suchte ich in Amerika ein eigenes Haus. Nicht zu weit entfernt sollten Berge sein und das Meer leicht erreichbar. Da ich Philadelphia von jeher geliebt hatte, weil es mich an London erinnerte, wollte ich auch in der Nähe von Philadelphia sein, nicht nur von New York, meinem beruflichen Zentrum. Aber das Haus war wesentlich. Ich wollte kein neues Haus. Ich hatte in alten Ländern gelebt und immer in alten Häusern, die schon Generationen vor mir bewohnt hatten. In einem solchen

Haus wollte ich wieder leben, denn meine Familie gehörte in die Vergangenheit ebenso wie in die Gegenwart und die Zukunft als ein Teil des Menschenstromes. Ein altes Haus also, mindestens hundert Jahre alt, ein Haus mit einer Geschichte, wo Vorfahren gelebt hatten und gestorben waren. Ich hatte an ein Haus in New England gedacht, eine schöne Gegend, wo sogar einige Verwandte von mir geboren waren. Also durchstreifte ich New England. Ja, hier gab es prachtvolle alte Häuser, ausgestattet mit Mahagonimöbeln und Antiquitäten aus dem Weltteil, der meine andere Heimat ist, mit Kuriositäten, die von den ersten Schiffskapitänen hergebracht worden waren. Die Häuser in New England sind entzückend und oft elegant, aber – es waren eben Holzhäuser. In einem Holzhaus fühle ich mich unsicher; es kann von einer brennenden Zigarette in Asche verwandelt werden.

Die Häuser im Bezirk Bucks stehen fest und sicher. Die Bauernhöfe wurden von den ersten Siedlern aus Süddeutschland erbaut, die Herrenhöfe von den ersten Engländern. William Penn war ein großzügiger Mann, der Pennsylvanien zu einem Zufluchtsort für Menschen aus vielen Ländern machte, aber die Erbauer der Siedlungen waren Deutsche und Briten. Ihre Häuser stehen immer noch fest auf amerikanischem Boden, und das Datum des Baujahrs auf dem Marmorstein, der im Kamin eingesetzt ist, liegt mindestens hundert Jahre zurück. Alle Häuser haben Kamine, einen großen Dachboden, Kellerräume, dicke Mauern, Fenster mit vielen Scheiben und Fußböden aus Tannen- oder Eichendielen. Vor allem haben sie die Atmosphäre eines Heimes. Nicht jedes Haus kann zu einem Heim gemacht werden. Manchmal widersetzt es sich allen Bemühungen.

Für die Suche hatte ich an jenem Tag, als ich durchfuhr, keine Zeit. Aber die Gegend war gefunden. Irgendwo hier, zwei Stunden von New York entfernt, stand das Haus, das ich mir ersehnte. Nie hätte ich gedacht, daß ich es so schnell finden würde, und doch sah ich es beim ersten und letzten Makler, den ich je aufsuchte. Ich erkannte es sofort, obwohl es nur in Briefmarkengröße abgebildet war.

Tags darauf fuhr ich hin, und ich fand es genauso vor, wie ich es mir vorgestellt hatte, ein Steinhaus auf einer Anhöhe nach Süden ausgerichtet, und darunter floß ein Bach. Auf der einen Seite stand ein großer Nußbaum, auf der anderen ein großer Ahorn; dahinter war Wald, und jenseits des Waldes erhoben sich Hügel.

«Dieses Haus möchte ich haben», sagte ich zu dem Makler.

«Schauen Sie sich lieber noch andere an», riet er mir. «Es gibt noch andere hübsche Häuser zu kaufen.»

Ich schaute mir halben Herzens andere an, wohl wissend, daß es zwecklos war, reine Zeitverschwendung. Ich hatte mein Haus gefunden, ich kam darauf zurück und legte mein Geld auf den Tisch. Es kostete für die damaligen Verhältnisse ziemlich viel; dabei hatte es kein Telefon, kein fließendes Wasser, kein elektrisches Licht. Aber das waren nur technische Mängel, die sich leicht beheben ließen. Das Haus war da, mit Kaminen, in denen man stehen konnte, mit Eichendielen, ungeheuren Schornsteinen und vielen Fenstern, ein festes Bauernhaus. Auch strahlte es eine heimelige Atmosphäre aus, obwohl es seit siebzehn Jahren nicht bewohnt worden war. Die weiße Marmorplatte im Hauptkamin zeigte das Baujahr an: 1835.

Die Zeit verging, und wir machten das Haus zu unserem Heim. Ich las oft Bücher von enttäuschten Städtern, die aufs Land gezogen sind – Bücher, die von den Schwierigkeiten und Unannehmlichkeiten des Landlebens erzählen und damit enden, daß die Leute reumütig zu den Bequemlichkeiten der Großstadt zurückkehren. Ich kann nur sagen, daß mir keine dieser Schwierigkeiten begegnet ist. Das Haus nahm alles an, was wir ihm gaben. Es wurde warm, behaglich und farbenfroh. Die dunklen Balken saugen die Farben der Vorhänge, Teppiche, Blumen- und Obstschalen auf. Die Möbel sind robust. Mahagoni und Spitzen können wir nicht gebrauchen. Für zarte Anmut ist das Haus zu robust. Wir haben jetzt schon über ein Vierteljahrhundert darin gelebt, und ich bin hier tief verwurzelt. Die Nachbarschaft paßt zu dem Haus. Es sind starke Menschen mit gutem, freundlichem Herz.

Doch mein Haus ist nur eines von vielen, von denen manche viel schöner und stattlicher sind. Mein Haus sieht jetzt recht verwohnt aus. Dutzende von Kindern, meine eigenen und andere, sind auf dem Wege zum Schwimmbecken und zur Scheune, zur Schule und zum Arbeitsplatz durch die Räume und Dielen gerannt. Aber ich darf das Haus nicht renovieren, sonst protestieren die Kinder, obzwar längst erwachsen, und sagen, es müsse für ihre Kinder genauso bleiben, wie es immer war. Darum gefallen mir die besser instand gehaltenen, in den Einzelheiten schöneren Häuser meiner Bekannten besonders gut, aber dennoch liebe ich mein Haus am meisten.

Wie alle die massiven alten Häuser in der Runde haben auch wir ein Gespenst. In unserer Gegend ist es, so muß ich leider sagen, selten der Geist einer schönen Jungfrau. Unser Gespenst ist der Geist eines eigensinnigen holländischen Pennsylvaniers, Teufelsharry genannt und berühmt für die Kniffe und Winkelzüge, mit denen er es in der Welt zu etwas brachte. Er geht an jedem Weihnachtsabend um, sagte mir ein alter Nachbar; dann wandert er von unserer großen roten Scheune zu der Brücke hinunter, die den Bach überspannt. Ob das wahr ist? Ich bin selbst keine Geisterseherin, was ich sehr bedauere, aber mein Nachbar ist ein Geisterseher – vielmehr war er es, denn er ist mit siebenundsiebzig Jahren selbst ein Geist geworden – das soll ja das beste Alter sein, einer zu werden.

Unserem alten Haus ist tatsächlich alles zuzutrauen. Die Mauern sind so dick, die Kellerräume so groß und matt erhellt, der Dachboden so geräumig, die Eichenbalken fast dreißig Zentimeter im Durchmesser, jedenfalls der Balken, der von Osten nach Westen durchs ganze Haus verläuft. Die Fenster haben, wie gesagt, viele Scheiben aus altem schillerndem Glas, und die holländischen Türen sind quergeteilt, eine praktische Art, Kleinkinder im Hause und Schweine und Hühner draußen zu halten. Die Wiesen erstrecken sich weich hügelabwärts – die Wiesen, auf denen die dicken Guernsey-Kühe weiden, bis die Sonne hoch steht; dann legen sie sich in den Schatten der Sykomore und käuen wieder.

Eine Sykomore gehört zu jedem pennsylvanischen Steinhaus, nicht der elegante helle Baum, den man in der Stadt sieht, sondern ein großer, knorriger alter Maulbeerfeigenbaum, der im Sommer ein grünes Laubzelt ist und im Winter mit seinen gekrümmten Ästen gespenstisch aussieht. Diese Bäume wachsen schnell. Die Sykomore, die wir vor zwanzig Jahren an der Ecke unserer Terrasse gepflanzt haben, hat schon einen Durchmesser von einem halben Meter. Die Rinde schält sich jeden Sommer wie eine Schlangenhaut ab, und darunter zeigt sich die seidenweiche, weiße neue Rinde.

Ja, stattlich sind die Häuser Pennsylvaniens. Sie sind nicht elegant wie die Häuser der Plantagenbesitzer im Süden, ebensowenig haben sie die weiße Schönheit der Herrenhäuser in New England. Aber sie sind dauerhaft. Sie wurden für Generationen, für die Ewigkeit gebaut, damals, als diese beiden Wörter Gewißheiten zu sein schienen. Sie haben eine noble Geschichte, ob sie nun eine Bauernfamilie oder die Söhne William Penns und deren Nachkommen beherbergten. Sie sind fest und stark, und in ihren Räumen, kühl im Sommer und warm im Winter, findet man Schutz und Frieden für Körper und Seele – auch heute noch und vielleicht auch noch morgen. Solange ein von Hand gebautes Haus nur dauern kann, so lange werden diese Häuser Zeit und Zerstörung überdauern.

Das Bedürfnis, ein eigenes Heim zu haben, gehörte zu den stärksten Triebkräften ihres Lebens. Ihr Heim, was immer es für eines war und wo es sich auch befand, bildete zwar nicht den Brennpunkt ihres Daseins, doch sie kehrte immer dorthin zurück. Sie mußte wissen, daß es vorhanden war, ein Hafen, der sie auf ihren Fahrten aufnahm.

Den obigen Artikel schrieb sie für eine Maklerzeitschrift des Bezirkes Bucks. Bei dieser Gelegenheit scheint mir eine Korrektur am Platz zu sein, obwohl es sich nur um eine Kleinigkeit handelt. Sie hatte, wenn sie von irgend etwas in ihrem Leben erzählte, die Gewohnheit, alles Persönliche wegzulassen, das einer Erklärung bedurft hätte. Sie sagte zum Beispiel, der Makler hätte sie gedrängt, sich noch andere Häuser anzusehen. Das entspricht nicht ganz der Wahrheit. Walsh begleitete sie bei der Haussuche, und er veranlaßte sie, sich noch andere Anwesen anzuschauen, obwohl ihr Entschluß bereits feststand.

Walsh drang unablässig in sie, sich scheiden zu lassen und ihn zu heiraten, und endlich willigte sie anfangs 1935 ein, nach Reno zu gehen. Sie wußten beide, was ihnen bevorstand. Die Presse würde nicht freundlich sein, Publizität ungünstig. Geheimhaltung war also notwendig. Die Öffentlichkeit sollte nichts erfahren, bevor alles vorüber war. Dann würden sich die Unannehmlichkeiten nicht auf sechs Wochen ausdehnen, sondern konnten mit einem Schlag überwunden werden. Nachdem die Entscheidung gefallen war, zögerte sie nicht mehr.

Das Tonband, das von den Jahren 1933, 1934, 1935 handelt, gibt ihre Darstellung folgendermaßen wieder:

Es fällt mir schwer, in genauen Kalenderjahren zu denken. Das liegt wohl daran, daß mein Leben immer geteilt war zwischen dem chinesischen Kalender, nach dem das 47. Jahrhundert ist, und dem Kalender der Christen, nach dem wir im 20. Jahrhundert leben. Als ich 1933 aus Indien nach China zurückkehrte, dachte ich noch immer nicht daran, China zu verlassen, es sei denn, ich wäre wie alle Amerikaner dazu gezwungen, falls die Kommunisten einmal an die Macht kämen. Damit rechnete ich in Wirklichkeit nicht, sondern ich dachte nur an mein persönliches Leben und an die einschneidende Frage einer zweiten Eheschließung. Ich kann keine plötzlichen Entscheidungen treffen. Ich denke nach und denke nach. Und das tat ich damals, indem ich vieles gegeneinander abwog. Ich war noch nicht so weit, einen endgültigen Entschluß zu fassen, und ich weiß noch, als ich 1934 wieder nach Amerika fuhr, ließ ich das Haus in Nanking genauso, wie es war. Ich wollte ja nur den Sommer in den Vereinigten Staaten verbringen, um in der Nähe meines geistig zurückgebliebenen Kindes zu sein. Vier Jahre zuvor hatte ich mich von Carol getrennt, und diese Trennung war nicht gut für sie gewesen. Da sie nicht verstehen konnte, warum ich sie nicht besuchte, wurde sie immer unzufriedener, was ihre Pflege schwierig machte. Sie erfaßte ja nicht, daß ich in einem andern Erdteil lebte, achttausend Kilometer entfernt. Ich beschloß also, von nun an jeden Sommer in den Vereinigten Staaten zu verbringen, um in ihrer Nähe zu sein, und den Winter in China. So hatte ich einen Grund, eine Entscheidung hinauszuschieben, und ich ließ das Haus, wie es war. Ich weiß noch, daß ich am Tag der Abreise dachte: Wahrscheinlich bin ich in drei Monaten wieder hier. Als ich mit meiner Tochter und meiner Sekretärin die Schiffsreise antrat, hatte ich wirklich die Absicht, zurückzukehren. Ich bezweifelte, daß ich mich zu der radikalen Änderung entschließen würde, vielleicht weil ich innerlich so lange allein gelebt hatte, daß ich nicht wußte, was die Gemeinschaft mit einem Mann bedeuten kann.

Richard Walsh war in der Mandschurei gewesen, seit wir entschieden hatten, uns vorläufig zu nichts zu entscheiden; wir trafen uns unerwartet in Japan und fuhren mit demselben Dampfer nach Amerika. Da ich immer noch unschlüssig war, kehrte ich im Herbst doch nicht nach China zurück. Statt dessen mietete ich für den Winter Malvina Hoffmans Haus in New York und stellte eine Haushälterin an. Das waren die entscheidenden Monate. Je mehr ich über die Rückkehr nach China und über mein altes Leben dort nachdachte, desto klarer wurde mir die Unmöglichkeit, dieses Leben fortzusetzen. Ich spürte die kommende Veränderung voraus und wußte, daß es nie mehr dasselbe China sein konnte. Außerdem trennten mich meine Lebensumstände und der Erfolg, der mir zuteil geworden war, von den chinesischen Bekannten. Das hätte nicht sein sollen, aber es war so, denn die Missionarsgruppe der Universität war ziemlich beschränkt. Ich mußte den Schritt in die Welt hinaus machen, selbst wenn ich ihn allein tun müßte, und ich wußte noch nicht, ob ich ihn tatsächlich tun würde. Aber wenn ich den Übergang von Asien in die unbekannte Welt des Westens vollzog, mußte ich ein Haus haben. Ich hatte noch nie ein eigenes Haus besessen, und ich dachte mir, wenn ich ein eigenes Haus hätte, könnte ich leichter Wurzeln schlagen und besser zu einer Entscheidung gelangen. Ich wollte auch weiterarbeiten, und ich fand es logisch, ein Heim zu haben, wo ich schreiben konnte. So kam es, daß ich das Haus in Pennsylvanien kaufte.

Ich glaube immer noch, daß ich so lange zögerte, zum zweiten Male zu heiraten – wenn wir schon darüber sprechen müssen –, weil mir meine erste Ehe so wenig bedeutet hatte, daß ich annahm, eine Ehe könnte mir nie viel bedeuten. Das heißt nicht, daß ich keine tiefen und langdauernden Freundschaften mit Männern hatte, o doch, aber ich fand sie immer außerhalb der Ehe. Darum bezweifelte ich stark, daß die Ehe an sich wertvoll genug und für mich der richtige Schritt wäre. Ich lebte ja ganz meiner Arbeit, das heißt, ich war nicht glücklich, wenn ich nicht arbeitete. Wie gesagt, ich hatte von jeher ein einsames Leben geführt, und ich war nicht sicher, daß ich die Ehe brauchte. Den ganzen Winter über war ich unschlüssig.

Da der Roman *Das geteilte Haus* [in der englischen Fassung] 1935 veröffentlicht wurde, muß ich ihn wohl 1933 und 1934 geschrieben haben. Der Titel ist interessant, denn darin verläßt die Hauptfigur ihre Heimat China und geht nach Japan. Das Gefühl der Trennung und Isolierung, das ich hatte, als ich nach Amerika ging, regte mich zu dem Roman an, der allerdings eine ganz andere Handlung hat.

Dann gelangte ich zu dem Entschluß, nach Reno zu gehen. Es war ein schwerer Entschluß, weil ich von der Ehe nicht überzeugt war und man mich auch nicht davon überzeugen konnte. Ich bezweifle noch immer, ob die Ehe für mich die richtige Beziehung ist. Ich bin sehr für menschliche Beziehungen, und ich glaube nicht, daß man ohne sie auskommen kann; aber ich weiß nicht, ob ein Mensch wie ich klug daran tut, die Anforderungen der Ehe auf sich zu nehmen. Ich führe gern einen Haushalt. Ich verrichte die Hausarbeit nicht selbst, aber es macht mir Freude, Hausfrau zu sein – doch dies ist auch ohne Ehe möglich. Andererseits kannte ich die Unannehmlichkeiten, denen man als Unverheiratete in unserer Gesellschaft ausgesetzt ist.

Ich sah deshalb ein, daß es besser wäre, die Legalisierung hinter mich zu bringen, da es die einzige Möglichkeit war, ein zwar schwieriges, aber ungestörtes Leben zu führen.

Kurz, nachdem wir erkannt hatten, daß wir zusammen glücklicher sein würden, war es nur vernünftig, zu heiraten. Er lebte getrennt von seiner Frau, und seine Kinder waren schon erwachsen, aber für ihn war der Schritt deshalb schwierig, weil ich seine Spitzenautorin war – und traditionsgemäß heiratet ein Verleger seine Spitzenautorin nicht, wenn es sich vermeiden läßt. Es ist schon vorgekommen, aber es wird als unklug betrachtet. Diese Ansicht bedeutete eine Einmischung in das Privatleben, die ich so wenig wie möglich beachtete. Ich teile da den Standpunkt der Chinesen ... Ich weiß noch, als sich Tschiang Kai-schek von seinen Frauen scheiden ließ, um Madame Tschiang Kai-schek zu heiraten, hörte ich einmal ein Gespräch zwischen einem Abendländer und einem Chinesen, mit dem ich befreundet war. Der Abendländer sagte: «Wie wird es sich auf Tschiang Kai-scheks Stellung als Führer auswirken, wenn er sich von seinen drei legalen Frauen scheiden läßt, um eine andere zu heiraten?» Mit großer Würde antwortete der Chinese, ein Mann der alten Schule: «Es wird gar keinen Einfluß haben, denn das ist eine persönliche Angelegenheit. Es geht die Leute nichts an, warum er sich scheiden läßt und wiederverheiratet. Das ist seine häusliche Angelegenheit.» Diese Einstellung habe ich auch. Aber es ist mir klar, daß man in den Vereinigten Staaten ein solches Eigenleben nicht kennt. Zumindest ist es einem dann nicht vergönnt, wenn man einen bekannten Namen hat. Ich habe immer getan, was mir gefiel, habe nach Belieben Freundschaften geschlossen und bin mit meinen Freunden nach Herzenslust gereist; aber in den Vereinigten Staaten ist das alles anders. Hier ist man sehr neugierig. Man will die berühmten Mitbürger und ihr Privatleben kennen. Darum wurde es eine Sache der reinen Vernunft, den endgültigen Schritt zu tun. Also erledigten wir es so schnell wie möglich. An die Tage in Reno denke ich mit dem größten Abscheu zurück, denn Reno ist für einen sechswöchigen Aufenthalt kein angenehmer Ort. Aus den Glücksspielen und dem anderen Unsinn, der getrieben wird, machte ich mir nichts. Hingegen begann ich die Landschaft des Westens zu lieben. Ich kaufte mir ein Auto, denn ich hatte schon bei einem meiner früheren Amerikaaufenthalte fahren gelernt, und ich verbrachte meine Zeit mit Ausflügen in die Wüste von Nevada. Meine zukünftige Schwiegermutter, die mit mir nach Reno gekommen war, leistete mir Gesellschaft. Wir fuhren nach Virginia City hinauf, das damals eine merkwürdige, verlassene Stadt war. Es war wirklich eine Geisterstadt. Durch die Geschichte des Westens erfuhr ich viel über Amerika. Trotzdem würde ich Reno niemals empfehlen! Ich finde das Scheidungsverfahren entwürdigend, wüßte aber nicht, wie es sich vermeiden ließe. Ich finde, eine Scheidung sollte leicht und rasch vonstatten gehen, hingegen sollte die Eheschließung erschwert werden.

Am Nachmittag desselben Tages, an dem die Scheidung ausgesprochen wurde, haben wir geheiratet. Das habe ich in *Mein Leben, meine Welten* in allen Einzelheiten beschrieben. Ich erinnere mich noch gut an den Morgen des 11. Juni 1935, weil ich das Bild vor mir sehe – ich sehe die Ereignisse immer in Bildern. Es ist der Augenblick, wo ich, nachdem alles vorbei war, aus dem Gericht in den glänzenden Sonnenschein hinaustrat. Der Sonnenschein in der Wüste ist unvergleichlich. Ich erinnere mich, ich trug ein weißes Schneiderkleid und einen weißen Hut. Richard Walsh kam mir auf der Treppe entgegen. Er war natürlich auch im Gericht gewesen; seine Scheidung war in einem andern Saal ausgesprochen worden. Von seinem Verfahren wußte ich nichts, und ich versuchte, nicht darüber nachzudenken. Ich sollte an dieser Stelle sagen, daß ich seine erste Frau kannte. Ich kam ja zu ihnen ins Haus, und wir standen gut miteinander. Wir waren nicht eigentlich befreundet, dazu waren wir zu verschieden. Sie war ein lieber Mensch, und sie wußte, daß sich Richard Walsh längst mit ihr auseinandergelebt hatte. Zwischen ihr und ihm hatte nämlich schon vor mir eine Frau gestanden. Auch das hatte sie gewußt, und der Bruch war schon da, bevor ich auftrat. In gewisser Weise wurde diese frühere Beziehung auch für mich ein Hemmschuh. Er wirkte auf Frauen sehr anziehend, und als es mit seiner allzufrüh geschlossenen Ehe nicht gutging, kam es unweigerlich zu allen möglichen Affären. Das kümmerte mich nicht weiter, nur wurde alles dadurch noch komplizierter. Aber er sagte mir, er hätte noch nie zuvor wirklich geliebt, und wenn sich eine echte Bindung ergibt, ändert sich vieles im Leben. Ich glaube, wir sprachen nie über unsere Vergangenheit. Ich erzählte ihm nie etwas von meiner, noch fragte ich ihn nach seiner. Offen gestanden, es interessierte mich nicht. Meines Erachtens waren wir zwei Menschen, die so neugeschaffen zueinander gefunden hatten wie Adam und Eva im Paradies, und was vorher gewesen war, fiel nicht in Betracht. Und da ich in einer ganz anderen Kultur aufgewachsen war, nahm ich Tatbestände viel selbstverständlicher und leichter hin, als es hier üblich ist. Der Begriff der Sünde ist in China ein anderer als in Amerika, und meine Erziehung in solchen Fragen war ziemlich ambivalent.

An jenem Tag in Reno wartete Richard also auf mich. Wir wurden getraut und fuhren mit dem Auto zum Tahoe-See, an den ich mich hauptsächlich erinnere, weil er bitterkalt war. Ich wollte sofort in dem See schwimmen gehen, was wir auch taten – im kältesten Wasser, in dem ich jemals gebadet habe; dabei war die Sonne noch nicht untergegangen. Unser Haus hatte eine Veranda, und ich erinnere mich an den herrlichen Sonnenuntergang und an den Sternenhimmel. Das war eine segensreiche, glückliche Zeit. Für mich bedeutete es eine solche Erleichterung, zu dem Entschluß gelangt zu sein und eine klare Zukunft zu haben. Aber leicht war es mir nicht gefallen, weil meine erste Ehe nicht glücklich gewesen war. Sie war nicht wirklich unglücklich gewesen – das heißt, ich wußte recht gut, was für gute Eigenschaften mein erster Mann hatte. Ich glaube nicht, daß wir uns jemals stritten. Ich erinnere mich an keinen Streit. Dazu gab es gar keinen Anlaß. Es war nur eine grundlegende Verschiedenheit da. Ich hatte frühzeitig gelernt, mich dem Dasein anzupassen und mein Leben nach Belieben zu führen, so daß ich zwar einen großen Mangel verspürte, aber keine Feindseligkeit. Ich weiß noch, wie es war, als ich ihn zum letztenmal sah. Er besuchte mich, um zu sehen, was zur Rettung der Lage getan werden könnte. Mir war klar, daß sie sich nicht retten ließ. Sonderbar, daß etwas so Endgültiges ohne Zorn vollzogen werden kann. Es fiel kein böses Wort. Es tat uns leid, aber ich wußte, daß es sein mußte. Ich konnte nicht weitermachen. Diesen Tag habe ich nie vergessen, und obwohl ich ihn seither nicht wiedergesehen habe und mir daran auch nichts liegt, ist nichts Schmerzliches zurückgeblieben, nur Mitleid meinerseits; denn mir wurde klar, daß auch ihm etwas vorenthalten wurde, indem ich ihm keine Liebe zu geben vermochte. Natürlich hoffte ich, daß er das, was ihm fehlte, in einer neuen Ehe finden würde. Er heiratete eine sehr reizvolle Chinesin, seine Privatsekretärin, und ich glaube, es ist eine gute Ehe geworden.

Sie heiratete das erstemal, als sie seelisch und körperlich reif für die Ehe war – ein romantisches, idealistisches junges Mädchen von knapp vierundzwanzig Jahren. Unter der Gruppe griesgrämiger, streitsüchtiger Missionare auf der chinesischen Missionsstation fühlte sie sich sehr einsam. Sie zog sich in eine Traumwelt zurück. Ihre Mutter war krank, und sie kümmerte sich Tag und Nacht um sie. An diesem strategischen Punkt trat ein Missionar in ihr Leben, der sich allerdings mit Landwirtschaft befaßte, nicht mit religiöser Bekehrung; denn dies lag nicht in seiner Natur. Er war ein junger, kräftiger Weißer, und er sah sehr gut aus. Er bat sie fast sofort um ihre Hand, und sie gab ihr Jawort, obwohl sie in diesem Augenblick das einzige übersinnliche Erlebnis hatte, das ihr jemals widerfuhr. Sie hörte, ehe sie auf seinen Heiratsantrag antwortete, deutlich eine Stimme sagen: «Das ist nicht das richtige für dich; du wirst es bereuen, wenn du es tust.» Doch sie schlug die Warnung in den Wind. Vermutlich hatte ihr Unbewußtes ihr gesagt, was sie wußte, aber nicht wahrhaben wollte.

Sie verbrachte siebzehn lange, einsame Jahre an der Seite

dieses Mannes. Sie fand ihre Ehe nicht glücklich, weil sie entschlossen war, es nicht zuzulassen. Sie sah zwar ziemlich bald ein, daß sie einen Fehler gemacht hatte, setzte aber alles daran, ihr häusliches Leben so schön und gemütlich wie nur möglich zu gestalten. Sein Hauptinteresse galt dem Sammeln von Unterlagen. Es freute ihn, Tatsachen über die chinesische Landwirtschaft in Erfahrung zu bringen. Das fand sie vortrefflich, denn niemand wußte über die chinesische Landwirtschaft Bescheid. Gemeinsam stellten sie eine Dokumentation zusammen.

Schon früh begann er zu klagen, er könne kein Licht vertragen, und trug stets eine dunkle Brille. Sie machte sich Sorgen und stellte aus Baumwolle selbst Jalousien her, da es in China keine solchen zu kaufen gab. Mit der Zeit wurde es so schlimm, daß sie die Bücher studierte, die er für seine Arbeit lesen mußte, und ihm den Inhalt wiedergab – dies neben ihrer Lehrtätigkeit.

Da er es ganz überflüssig fand, für das geistig zurückgebliebene Kind etwas zu tun, übernahm sie alle Kosten. Wenn es nach ihm gegangen wäre, hätte man das Kind in eine staatliche Anstalt gesteckt und möglichst rasch vergessen.

Seine Augen machten ihm immer mehr zu schaffen, und sobald es ihr die Mittel erlaubten, schickte sie ihn zu einem bekannten Augenspezialist am John-Hopkins-Krankenhaus. Er war schon mehrmals untersucht worden, doch das Ergebnis lautete stets, man habe nichts finden können. Sie war überzeugt, daß dieser vorzügliche Arzt die Ursache des Leidens feststellen würde. Der Augenarzt nahm aus Altersgründen zu dieser Zeit keine Patienten mehr an, machte jedoch eine Ausnahme, weil ihn Pearl Bucks Bücher interessierten. Eine Woche lang hielt er den Patienten unter genauer Beobachtung, nahm jede mögliche Untersuchung vor und ließ sie dann kommen. Er sagte: «Seine Augen sind ganz in Ordnung. Die angeblichen Beschwerden rühren von seinem Drang, Ihre Aufmerksamkeit auf sich zu ziehen, und dem Wunsch, das Lesen zu vermeiden. Es macht ihm Mühe, weil er es nie richtig gelernt hat. Beachten

Sie seine Klagen nicht, entfernen Sie nach und nach die Jalousien von den Fenstern und schützen Sie Zeitmangel vor, wenn Sie für ihn lesen sollen. Er nutzt Sie aus.» Sie befolgte den Rat des Arztes, und allmählich besserten sich seine Augen. Inzwischen war ihr klargeworden, daß sie diese Ehe nicht mehr ertragen konnte.

All dies erzählte sie mir, weil ihr eine Bekannte brühwarm berichtete, was sie auf einer Gesellschaft gehört hatte. Dort hatte eine Dame laut und vernehmbar gesagt: «Ich mag Pearl Buck nicht, weil sie sich von ihrem ersten Mann scheiden ließ, als er erblindete.» Wenn es etwas gab, das sie fürchtete, so war es Geschwätz und üble Nachrede, und diese ungeheuerliche Lüge erbitterte sie sehr.

Zum Abschluß dieses Berichts über ihre erste Ehe ein Satz, den ich oft von ihr gehört habe: «Hier endet die erste Lektion.» Wenden wir uns nun wieder ihrer zweiten Ehe zu. Sie fuhr fort:

Nach der Reise zum Tahoe-See fuhren wir nach Hause, das heißt zu dem Haus, das ich gekauft hatte und das wir nun einzurichten begannen.

Ich habe mir heute den ganzen Vormittag überlegt – oh, auch früher schon –, daß ich immerzu von meinem Alleinsein und von meiner Selbständigkeit spreche und nie erwähne, daß ich nicht weiß, was aus mir ohne die Männer geworden wäre, die in meinem Leben eine Rolle gespielt haben.

Die meisten Männer werden sagen, daß immer eine Frau hinter ihnen gestanden hat. Ich kann sagen, daß immer ein Mann hinter mir gestanden hat. Ich möchte endlich erklären, daß ich meine Bücher nicht geschrieben und mich nicht zu dem Menschen, der ich bin, entwickelt hätte, noch die Vitalität und stetige Bereitschaft zur inneren Fortentwicklung besäße, wenn ich nicht die Liebe oder Zuneigung erhalten hätte, die mir von Männern zuteil wurde. Dafür bin ich dankbar, denn diese Freundschaften haben mein Leben bereichert und stark zu meinem inneren Wachstum beigetragen. Ich kann nur hoffen, daß auch ich zu ihrer Entwicklung beigetragen habe.

Ich schrieb 1935 kein größeres Werk. Ich war ganz davon in Anspruch genommen, mich dem amerikanischen Leben anzupassen, aus dem Haus ein Heim zu machen und meinen Mann kennenzulernen. Es ist ein großer Unterschied, ob man mit einem Menschen ein paar Stunden am Tag verbringt oder täglich vierundzwanzig Stunden mit ihm zusammen ist. Man muß sich dann viel mehr anpassen, zumal wenn man stundenlanges Alleinsein gewöhnt gewesen ist. In meiner ersten Ehe war ich ja viel für mich gewesen. Aber bei Richard Walsh bekam ich es mit einem Menschen zu tun, der an die Ehe hohe Anforderungen stellte und erwartete, daß ihnen entsprochen wurde. Es machte mir Freude, sogar noch mehr zu geben. Ich weiß nicht, wann ich wieder ernsthaft zu schreiben begann.

Die beiden ersten Jahre in meinem Landhaus verbrachte ich außerdem viel Zeit damit, die Landschaft zu zähmen. Zum Beispiel wollte ich den Bach umleiten, so daß er durch den Weiher floß. In China wäre das ein leichtes gewesen, aber nicht bei diesem Bach! Ich gab viel Geld für den Bau eines Dammes aus, der seinen Lauf lenken sollte. Bei schönem Wetter war es ein sanfter Bach, doch bei Regen wurde er plötzlich wild und riß alles weg. Schließlich gab ich es auf. Er blieb, wie er war. Ich begnügte mich damit, Bäume zu pflanzen und die Wiesen zu pflegen. Auch das war ein Kampf. Und doch hätte ich nichts Klügeres tun können, als dieses Stück Land und dieses Haus zu kaufen. Das Haus hat vielen Menschen etwas bedeutet.

Seit Anfang 1935 arbeitete sie als unbezahlte Lektorin für den Verlag ihres Mannes. Die folgende Passage vom 16. Mai 1935 aus einem ihrer unveröffentlichten Manuskripte vermittelt ihre Ansicht über diese Tätigkeit:

Ich habe einen neuen Beruf kennengelernt, den Beruf des Verlagslektors. Es ist nicht nur ein Beruf, sondern auch eine Zerstreuung, überdies eine Suche. Wahrscheinlich wohnt jedem Menschen ein Jagdtrieb inne, der befriedigt wird, wenn man auf irgend etwas Jagd macht, angefangen von Golfbällen bis zu Löwen in Afrika. Was mich betrifft, so mache ich Jagd auf Bücher, und ich weiß, daß ich nur eine von vielen bin. In anderen Verlagen gibt es noch Hunderte, die wie ich auf den Augenblick hoffen, in dem wir unter dem Stoß von Manuskripten eines finden, das ein *Buch* ist. In der Hoffnung auf diesen Augenblick lesen wir Tausende von mehr oder weniger sauber getippten Seiten. Doch wie diese Seiten auch aussehen mögen, sie enthalten für mich immer eine spannende Möglichkeit, bis ich sie durchgelesen und enttäuscht auf den Haufen der abgelehnten Manuskripte gelegt habe. Wie hoch dieser Haufen auch werden mag, entmutigt bin ich nie. Um so eifriger wende ich mich dem Stoß der noch unerledigten Manuskripte zu. Denn irgendwo, irgendwann werde ich das finden, wonach ich suche – das Manuskript eines jungen Unbekannten, der von mir als die mögliche große Begabung entdeckt wird.

Doch nicht immer wird ein Schriftsteller auf diesem einen Weg entdeckt. Vielleicht ringt er noch mit der Formgebung seines Stoffes, und ihm dabei zu helfen, gehört auch mit zu der Suche.

Ich glaube, die Zeit war nie günstiger für junge Talente, während sie für mittelmäßige Begabungen ungünstig ist. Da die Leute heute nicht viel Geld für Bücher ausgeben können, verlangen sie besondere Qualität. Um so sorgfältiger durchkämmen Lektoren und Verleger die Manuskripte, und um so begieriger suchen sie eine neue echte Begabung. Die oft von erfolglosen Schriftstellern geäußerte Bemerkung, daß nur die bereits berühmten Autoren eine Chance hätten, entspricht nicht der Wahrheit. Wenn Autoren mit bekannten Namen Schund produzieren – was auch bei den besten von ihnen vorkommen kann –, so werden sie ebenfalls abgelehnt. Qualität ist heute wichtiger als ein Name.

So geht die Suche weiter. Ich betreibe sie nun schon seit sechs Monaten, seit ich damit anfing, Manuskripte zu lesen und mit ehrgeizigen Autoren zu sprechen. Ich weiß, daß ich nur einen Bruchteil dessen, was geschrieben wird, zu sehen bekomme, doch immerhin habe ich jedes Manuskript gelesen, das dem Verlag eingesandt wurde; es waren schon Hunderte, und noch immer habe ich das erhoffte Buch nicht gefunden. Ich weiß, daß ich nicht zu verzagen brauche, denn es geschieht nur einmal in mehreren Jahren, daß ein Buch von einem neuen begabten Autor erscheint.

Wie ist das möglich? Von diesen Hunderten von Manuskripten, die ich gelesen habe, sind viele erstaunlich gut geschrieben; einige haben ein gutes Konzept, das intelligent durchgeführt ist. Aber mehr läßt sich darüber nicht sagen, und das genügt nicht.

Der Hauptfehler ist meines Erachtens der Mangel an Realität. Dialoge kommen in Hülle und Fülle vor, aber es wird so viel leeres Stroh gedroschen. Die Handlung ist nicht lebendig, weil sie keine Zwangsläufigkeit hat. Trotz Geräusch und Bewegung leben die Gestalten nicht, weil sie nichts mit wirklichen Menschen zu tun haben. Es ist Lebhaftigkeit da, aber kein Leben.

Amerika gehört jedoch zu den vielfältigsten Ländern der Welt, überreich an allen möglichen Menschen. Diesem fruchtbaren Boden müßten viele junge Autoren entspringen, die lebendig zu schreiben verstehen. Aber es kann sein, daß Amerika allzu vielfältig ist und darum die Jungen verwirrt. Es gibt kein sichtbares Schema, keine greifbare Einheit.

Was auch die Ursache der Verzögerung sein mag, ich gebe die Suche nicht auf. Jeden Tag häufen sich neue Manuskripte auf meinem Schreibtisch. Fast jede Woche treffe ich irgendwo einen Menschen, der ein Buch schreiben will. Eines Tages wird sich die Tür öffnen, und das Genie tritt ein. Oder vielleicht nehme ich eines Tages ein Manuskript zur Hand, das schlecht getippt ist, auf billigem Papier, vollgekritzelt mit Verbesserungen, aber vielleicht wird schon die erste Seite wie Musik sein – der Ausdruck präzise, klar, vollendet. Dann habe ich das gesuchte Buch gefunden.

Gleichzeitig nahm sie an dem Leben in ihrer Umgebung und im Dorf Dublin teil. Man war hier stolz auf sie, und wer in diese Gegend kam, dem wurde erzählt, daß Pearl Buck hier lebte. Sie beschrieb 1955 ihre Umwelt für eine indische Zeitung, und obwohl ich damit einen Sprung über zwanzig Jahre mache, sei dieser Artikel an dieser Stelle wiedergegeben.

Ich lebe im Staat Pennsylvanien auf dem Lande. Obwohl dieser Staat groß ist, viel Industrie und einige der größten Städte Amerikas hat, ist mein Dorf typisch. Wir haben Bergwerksgebiete, Berge, Seen und Flüsse, aber viele Gemeinden sind ländlich. Die meisten Bewohner hier sind Bauern. Die Höfe sind nicht groß. Eltern und Kinder arbeiten gemeinsam, um der Farm den größtmöglichen Ertrag abzugewinnen. Fünfzig Morgen genügen kaum für den Unterhalt einer Familie, und damit bares Geld für die täglichen Ausgaben zur Verfügung steht, muß vielfältige Landwirtschaft betrieben werden. Kühe sind allerdings die Hauptstütze. Gewiß gibt es Bauern, die nur Hühnerzucht betreiben, aber das Hauptgeschäft bleiben die Milchprodukte. Kühe sind nützlich, weil sie neben der Milch Fleisch liefern und außerdem den Boden düngen. Fast jeder trinkt Milch, ißt Butter und Fleisch. Wir haben viele Vieh-Ausstellungen und Märkte, auf denen die Bauern ihre besten Tiere zeigen und Preise gewinnen; die Frauen indes stellen Kuchen, Brotlaibe, Marmelade und Eingemachtes aus und erhalten ebenfalls Preise.

Wenn die Einnahmen nicht genügen, können die Kinder nicht auf dem Hof bleiben. Sie müssen irgendwo Arbeit suchen, sobald sie herangewachsen sind, und viele von ihnen, Jungen und Mädchen, gehen in die hiesigen kleinen Fabriken. Manchmal müssen auch die Frauen und Mütter in den Fabriken arbeiten, wenigstens zeitweise, um das Einkommen aufzubessern. Jede Familie will ein eigenes Haus, etwas Komfort und mindestens ein Auto haben.

Das Dorf in meiner Nähe ist typisch für diese Gegend. Es hat nur eine Hauptstraße und ungefähr fünfzig Häuser. Die Einwohnerzahl beträgt rund dreihundert. Es gibt im Dorf zwei Fabriken; die eine stellt Herrenkleidung her, die andere Damennylonstrümpfe. Die Arbeiter erhalten keinen Stundenlohn, sondern Stücklohn, aber sie sind gut bezahlt, wenn sie fleißig sind.

Die mittelgroßen Häuser sind aus rotem Ziegelstein erbaut, der in dieser Gegend billig ist, und die Frauen würden sich schlecht behandelt fühlen, wenn sie nicht Gasherd oder elektrischen Herd, Kühlschrank, Staubsauger, Bodenteppiche, Fenstervorhänge und wenigstens in der guten Stube hübsche Möbel hätten. Manchmal müssen sie diese Dinge abzahlen.

Wir haben in unserem Dorf zwei Garagen, einen Gasthof, eine kleine Bankfiliale und zwei Krämerläden, von denen einer auch unser Postbüro ist. Wir haben ein Blumengeschäft, einen Leichenbestatter, einen Brunnengräber, einen Spengler, einen Damenfriseur und zwei Herrenfriseure. Die beiden Herrenfriseure wetteifern miteinander. Der eine verlangt sechzig Cent für einen Haarschnitt, der andere fünfzig. Wir wissen nicht, welcher am meisten verdient, aber der zweitgenannte hat entschieden den größten Zulauf. Er arbeitet den ganzen Tag bis neun Uhr abends. Montags hat er geschlossen und geht angeln.

Wir haben auch einen Arzt im Dorf. Er ist noch jung und ein guter Arzt. Ich weiß nicht, ob er sich mit der Praxis an einem so kleinen Ort zufriedengeben wird. Vielleicht wird er, wenn er Erfahrungen gesammelt hat, in eine größere Stadt ziehen. Natürlich muß ich auch unsere Feuerwehr erwähnen. Sie besteht nur aus Freiwilligen. Jeder Feuerwehrmann hat seinen Beruf, aber wenn die Sirene ertönt, lassen alle ihre Arbeit im Stich und rennen zur Brandwache, von wo aus die ganze Mannschaft mit dem Löschzug zur Brandstelle ausrückt. Durch das rasche Eingreifen wurden schon viele Häuser und Menschen gerettet. Die Finanzierung der Brandwache ist Sache der Dorfbewohner. Die Frauen kochen für alle ein gemeinsames Essen, das alle Teilnehmer bezahlen, und die Einnahmen kommen der Feuerwehr zugute. Auch die Brandgeschädigten leisten einen kleinen Beitrag.

Wir haben eine einzige Kirche, einen bescheidenen Ziegelsteinbau; dahinter liegt der Friedhof. Die Gräber und Anlagen werden von den Einwohnern gepflegt. Der Pastor, ein junger Mann, ist verheiratet und hat zwei Kinder. Er tut sein Bestes, der Gemeinde zu helfen und den Leuten geistlichen Zuspruch zu geben. Mitunter verzagt er, weil nicht alle in die Kirche gehen; aber er bemüht sich weiter.

Unsere Gemeinde ist ganz und gar autark. Die Leute helfen sich gegenseitig. Die Straße ist sauber, und jeder hält sein Haus instand und hat gern Blumen im Garten. Jede Familie hat ihren eigenen Gemüsegarten, um Geld zu sparen. Einige halten Hühner für die eigenen Bedürfnisse.

Man führt hier ein stilles Leben. Was in der Außenwelt vor sich geht, erfahren die Dörfler durch Radio, Fernsehen und Zeitung. Es sind freundliche Menschen, die nicht verstehen, warum nicht alle Menschen friedlich miteinander auf diesem Planeten leben können. Die Söhne leisten Militärdienst, wenn ihre Zeit kommt, aber sie erhoffen den Tag, an dem das nicht mehr nötig sein wird. Sie sind oft unglücklich, weil sie die großen Probleme von Krieg und Frieden nicht begreifen. Das Dorf hat seine eigenen Probleme. Ein paar Bewohner sind arbeitsscheu oder übellaunig, oder sie trinken zuviel; sie sind die Sorgenkinder der andern. Die Dorfgemeinschaft ist wie eine große Familie.

Ist dieses Dorf typisch für das Kleinstadtleben in den Vereinigten Staaten? Ich glaube es. Wir haben zwar etliche Großstädte, doch die meisten Amerikaner leben in kleinen Ortschaften, umgeben von Bauernhöfen. Das Leben ist überall ziemlich ähnlich. Jede Familie ist bestrebt, sich selbst zu erhalten, die Kinder zur Schule zu schicken, beisammen zu bleiben. Unser Dorf hat keine eigene Schule, aber es gibt in der Nähe gute staatliche Schulen, für die jeder Steuern zahlen muß, ob er Kinder hat oder nicht. Schulgeld wird nicht erhoben. Diese Steuer schließt alles ein, auch die Schulbücher, allerdings nicht das warme Mittagessen, das die Kinder erhalten. Doch es kostet wenig und ist nahrhaft. Auch die Kinder der Ärmeren bekommen diese eine gesunde Mahlzeit am Tage. In unserem Dorf gibt es weder sehr Arme noch sehr Reiche.

Was bietet sich an Abwechslung und Zerstreuung? Abends wird zu Hause ferngesehen, und die Leute gehen selten aus. Aber am Samstag spielen die Männer und Burschen draußen Baseball oder Fußball, und abends geht die ganze Familie vielleicht ins Kino. Die jungen Leute heiraten früh; nur wenige besuchen die höhere Schule und studieren. Wenn der Militärdienst im Ausland nicht wäre, hätten die meisten Einwohner keine Gelegenheit, ein anderes Land zu sehen. Sie hängen jedoch an ihrer Heimat und scheinen kein besonderes Verlangen nach Reisen zu haben, so sehr sie sich auch freuen, wenn Ausländer hierherkommen. Das geschieht allerdings selten. Die meisten Amerikaner sind wie unsere Dörfler. Sie lieben ihr Heim und ihre Kost, sie sind nicht aggressiv gegenüber anderen Völkern und Ländern, sondern wollen vor allem ihren Frieden. Sie sind dafür, zu leben und leben zu lassen.

Das sind meine Nachbarn. Sie unterscheiden sich nicht von den Nachbarn, die ich in China, Japan und Indien hatte. Sie unterscheiden sich nicht von den Nachbarn, die ich in England, Frankreich und Italien hatte. Verschieden sind Nahrung, Wohnstätte und Sprache, sonst nichts. Wäre die ganze Welt von solchen Menschen bevölkert, könnten wir sicher in Frieden leben.

An einem Juliabend sah ich ihr Haus zum erstenmal. Ich dachte, ich hätte mich verirrt; denn man hatte mir gesagt, sie wohne in einem alten Bauernhaus. Nach einer kleinen Steinbrücke mußte ich scharf nach rechts abbiegen, und es herrschte eine fast greifbare Stille. Im Licht des Vollmonds warfen die Bäume Schatten. Die Scheinwerfer des Wagens leuchteten eine Brunnenfigur am Weiher an, die Figur eines Kindes, das über die Geheimnisse des Wassers nachzusinnen schien. Ich hörte das Wasser tröpfeln, als ich um den Brunnen herumfuhr. Zur Linken lag ein Tennisplatz. Weiter vorn gewahrte ich die große rote Scheune; dahinter dehnte sich das Haus aus. Es dehnte sich wirklich aus, anders läßt es sich nicht beschreiben. Es schien aus einer kleinen Einheit entstanden und dann weiter gewachsen zu sein, bis es die Anhöhe, auf der es steht, völlig beherrschte.

Ich stellte ihr viele Fragen über dieses Haus, nicht nur weil es mich bezauberte, sondern weil es in ihrem Leben in den Vereinigten Staaten mehr oder weniger den Mittelpunkt gebildet hat. Sie erzählte:

Natürlich hat sich hier vieles verändert, seit wir eingezogen sind. Es wuchs mit den Kindern und dehnte sich aus.

Ich weiß nicht recht, warum sich mein Mann noch mehr Kinder wünschte. Aus seiner ersten Ehe hatte er drei, einen Sohn und zwei Töchter, die gut mit mir standen. Sie hingen ebensosehr an der Mutter wie am Vater, wußten aber nichts von den zunehmenden Schwierigkeiten zwischen ihnen. Seine Scheidung und unsere Heirat kamen für sie überraschend. Sie waren damals schon erwachsen, und ich weiß nicht, ob ich diese Ehe hätte schließen können, wenn sie noch klein gewesen wären. Meine eigene Tochter, mein Adoptivkind, war damals neun, und sie hatte nie an meinem ersten Mann gehangen. Sie hing an mir, nicht an ihm, und sie mußte sich eher einem neuen Land anpassen als einem neuen Elternpaar. Das fiel ihr nicht leicht. Der Unterschied zwischen China und Amerika war für sie schon deswegen schmerzlich spürbar, weil die Chinesen außerordentlich zärtlich zu Kindern sind, viel zärtlicher als die Amerikaner. Wir ließen ihr ein Jahr Zeit, sich an das neue Leben zu gewöhnen; dann wollte mein Mann, daß wir noch mehr Kinder adoptierten. Ich hatte nichts dagegen; ein eigenes zweites wünschte ich mir nicht, weil, nun ja . . . Ich bin keine mütterliche Frau, das steht fest. Ich habe nicht das körperliche Gefühl, ein Kind, das ich selbst geboren habe, sei mein eigenes Fleisch und Blut. Erstens einmal ist es gar nicht mein eigenes Blut. Jedes Kind produziert sein Blut selbst. Zweitens weiß ich nicht viel von meinen Vorfahren, und von den seinen wußte ich noch weniger. Ich kannte sie überhaupt nicht, und ich ahnte nicht, was für ein Kind ich bekommen könnte. Man weiß es nie. Es sind Fremde, die vielleicht wie ein entfernter Großvater oder Urgroßvater aussehen oder wie irgendein anderer Unbekannter. Ich glaube, meine Adoptivkinder waren mir weniger fremd, als es mir die eigenen gewesen wären; denn ich sah sie, bevor sie mein wurden. Das mag absurd klingen, aber so ist es, und ich kann es nur damit erklären, daß ich nicht in erster Linie Mutter bin. Ich liebe Kinder als Menschenwesen, und ich achte sie vom Augenblick ihrer Geburt an. Ich bin froh, daß meine Kinder adoptiert sind. Ich glaube, wenn ich noch ein Kind geboren hätte, so hätte ich mich für die Schaffung dieses neuen Lebens derart verantwortlich gefühlt, daß ich mich nicht mehr hätte über das Kind freuen können. Hingegen machte es mir Freude, Kinder anzunehmen, die bereits da waren, und sie und damit auch mich selbst glücklich zu machen. Ich habe große Achtung vor einem neugeborenen Geschöpf, aber ich würde es nicht deshalb mehr lieben oder achten, weil es ein Geschöpf wäre, das ich selbst hervorgebracht hätte. In der Ehe war ich immer zuerst Frau, bevor ich Mutter war. Ich glaube, ich werte die Beziehung zwischen Mann und Frau höher als die Beziehung zwischen Mutter und Kind. Ich hatte Freude an meinen Kindern, und ich habe an ihnen als Menschen und Individuen immer noch Freude, aber nicht weil ich eine «Mutter» bin.

Da mein Mann sagte, er hätte genug Töchter, hingegen nur einen Sohn, nahmen wir zuerst zwei Jungen an. Beide waren noch klein. Dann sollten noch zwei Kinder angenommen werden, aber diesmal wollte ich wenigstens eine Tochter haben. In den Jahren 1936 und 1937 adoptierten wir drei Knaben und ein Mädchen. Ich bin froh, daß ich um meine Tochter gekämpft habe. Ich liebe meine Söhne sehr, aber dieses Mädchen war mir ein ganz besonderer Trost. Sie ist ein tief empfindender, verständnisvoller Mensch, eine starke und kluge Persönlichkeit. Dabei ist sie nur einsfünfundfünfzig groß, ein zierliches Wesen, aber geistig so lebendig und wendig, daß es von jeher eine reine Freude war. Nun hatten wir also vier kleine Kinder. Es war für mich eine Belastung; andererseits hatte ich viel Hilfe. Wir lebten damals in New York und gingen nur übers Wochenende aufs Land. Jeden Freitag fand ein gewaltiger Auszug mit vier Babys, einer Pflegerin und einer Zehnjährigen statt. Montags kehrten wir zurück, hielten geschäftigen, lauten Einzug in die New Yorker Wohnung.

Wir wohnten an der Park Avenue 480, und ich habe nie vergessen, wie freundlich die Leute in dem Haus waren. Man hatte mir gesagt, die New Yorker wären zu Hunden netter als zu Kindern, aber das traf in unserem Fall nicht zu. Der Portier, der Liftbursche und das übrige Personal in dem Haus war äußerst liebenswürdig zu uns. Sogar der Polizist an der Ecke war freundlich. Einmal hielt er mich an, nachdem ich meinen Mann beim Verlag abgesetzt hatte, um allein weiterzufahren. Ich dachte schon, ich hätte eine Dummheit begangen, zumal ich nicht die beste Autofahrerin bin, und machte mich auf einen Strafzettel gefaßt. Er kam herbei, warf einen Blick auf die Kinder und sagte: «Ich wollte nur sehen, wie es den Kleinen geht.» Dann bedeutete er mir, weiterzufahren. Wahrhafig, alle waren nett zu uns.

Als die Kinder heranwuchsen, hielten wir es für angezeigt, ganz aufs Land zu ziehen, obwohl zu unserer großen Wohnung im achtzehnten Stock drei Balkone gehörten, wo sich die Kleinen meistens aufhielten. Aber als sie drei und vier Jahre alt waren, wurden die Balkone für sie zu klein, und in den Central Park nahmen wir sie nie mit, weil ich den Anblick all der Kinder nicht ertrug, die von ihren Betreuerinnen gegängelt wurden und sich nicht frei bewegen durften. Wir vergrößerten also das Haus und zogen aufs Land; in der Stadt nahmen wir eine kleinere Wohnung. Zuerst verbrachten mein Mann und ich jede Woche drei Tage und zwei Nächte in New York, die übrige Zeit auf dem Land. Das Landleben gefiel ihm aber so sehr, daß er seinen Arbeitsplatz ganz hierher verlegte und nur noch einen Tag in der Woche in sein Stadt-Büro ging. Ungefähr zu dieser Zeit nahm er seinen Sohn in den Verlag, übrigens auf meinen Vorschlag hin – ich glaube, ich regte ihn dazu an, weil in China der Sohn immer ins Geschäft des Vaters eintritt, und sein Verlag ist ja eigentlich eine Familienfirma.

Das waren arbeitsreiche Jahre. Natürlich hatte ich viele Interessen, die außerhalb der Familie lagen – ich habe sie immer gehabt. Ich schreibe aus eigenem Erleben, und ich kann mich nicht auf einen einzigen Rahmen, eine einzige Umgebung festlegen. Ich muß Abwechslung haben. Vor der Eheschließung waren wir übereingekommen, daß ich die Freiheit haben sollte, so zu leben, wie ich es für mein Schaffen brauchte. Nur um etwas hatte er mich gebeten: «Laß uns zusammenbleiben. Geh im Sommer nicht mit den Kindern fort und laß mich allein in der Stadt. Was wir auch tun, laß uns zusammenbleiben.» Man hat mir gesagt – ob es wahr ist, kümmert mich nicht weiter –, er hätte sich vor allem Kinder gewünscht, weil er dachte, sie würden mich von meinen vielen Interessen ablenken und meinem Leben einen Mittelpunkt geben. Vielleicht war das seine Absicht, jedenfalls kam es soweit. Ich hatte zwar meine Freiheit, aber ich muß bekennen, es ging mir gegen den Strich, die Kinder auch nur einen Tag zu verlassen. Wie gesagt, ich bin keine mütterliche Natur, aber ich fühle mich für kleine und junge Geschöpfe verantwortlich, und ich mochte sie nicht im Stich lassen.

Die Kinder, von denen sie hier spricht, sind längst erwachsen und führen ihr eigenes Leben. Die Tochter Jean, um die sie gekämpft hat, bewohnt ein Haus jenseits des Baches, das zum Anwesen gehört, ist verheiratet und hat fünf Kinder. Ich bat sie, mir zu beschreiben, wie es für sie war, Pearl Bucks Tochter zu sein.

Für mich war es eine wunderbare Erfahrung, das Kind einer berühmten Persönlichkeit zu sein, denn dadurch konnte ich Dinge lernen und tun, die mir in einer anderen Familie wahrscheinlich nicht zugänglich gewesen wären.

Ich bin ein Adoptivkind; so kam ich in eine Familie, die mich wirklich so haben wollte, wie ich war. Ich hatte eine ältere Schwester und drei ältere Brüder, die ich sonst vielleicht nicht gehabt hätte, vor allem aber Eltern, deren Liebe ich erwidern konnte.

Meine Kindheit war eine glückliche Zeit. Wir unternahmen immer alles gemeinsam, als Familie. Mutter und Vater waren beide berufstätig, aber im Gegensatz zu anderen Eltern konnten sie zu Hause arbeiten, bis auf höchstens zwei Tage pro Woche, die sie in New York verbrachten. Bevor wir zur Schule gingen, durften wir überall hin mit. Wir sahen uns jedes Jahr das Weihnachtsprogramm im Rockefeller Center und andere festliche Veranstaltungen in New York an, durften das Kindertheater und alle Museen in Philadelphia, Washington und New York besuchen, überhaupt alles, was für Kinder interessant ist. Wir gingen auf alle wichtigen Reisen mit, zum Beispiel nach Hollywood, wo Mutter fürs Kriegshilfswerk arbeitete, und wir waren jeden Tag bei allem dabei.

Die Farm in Pennsylvanien habe ich stets als mein Heim betrachtet, und nie werde ich vergessen, wie herrlich es war, einen Garten zu haben, frische Milch, Eier, Obst und Fleisch. Während des Zweiten Weltkriegs waren wir Selbstversorger, bis auf Kaffee, Tee, Zucker und ein paar andere Lebensmittel. Wir hatten einen großen Kühlschrank und in der Scheune einen Kühlraum, und sie waren immer gefüllt.

Mutter fand es wichtig, daß wir selbständig arbeiten lernten; oft mußten wir Dinge tun, die uns gar keinen Spaß machten, Unkraut jäten, das Schwimmbecken säubern, unser Zimmer aufräumen und so weiter. Das fanden wir damals schrecklich; aber ich glaube, alle Kinder finden derlei Dinge schrecklich.

Zu den angenehmsten Seiten, Mutters Tochter oder Sohn zu

sein, gehörte es, daß wir uns keinen Zwang antun mußten. Sie ermunterte uns, den Beruf zu erlernen, der uns am meisten freute. Ich wollte Lehrerin werden.

Sie nahm sich auch stets die Zeit, mir und meinen Geschwistern ein schönes Heim zu schaffen. Ich wollte immer wie sie werden, denn ich fühlte mich als ein Teil von ihr. Ich spürte, daß ich geliebt und erwünscht war, und ich bin froh, ein gewähltes Kind zu sein, gewählt von meiner Mutter, einer bedeutenden Persönlichkeit.

Sie ist Pearl S. Buck, die berühmte Schriftstellerin und Menschenfreundin, doch für mich ist sie meine Mutter, beseelt von Verständnis, Liebe, Güte und all den Eigenschaften, die sie zu einer beispielhaften, vollkommenen Frau machen.

Die erste Zeit, die sie in Amerika verbrachte, war für die Schriftstellerin Pearl S. Buck keine fruchtbare Zeit. Sie brauchte aber Geld und entschloß sich, die Biographie ihrer Mutter zu veröffentlichen, die dann auch unter dem deutschen Titel *Die Frau des Missionars* herauskam. Dieser Biographie stellte sie eine Lebensbeschreibung ihres Vaters zur Seite, deutsch: *Der Engel mit dem Schwert – Gottesstreiter im fernen Land.* Viele Kritiker behaupteten, diese beiden Biographien seien besser als ihr Roman *Die gute Erde.* Um diesen Stimmen entgegenzutreten, veröffentlichte sie 1937 in der Chicagoer Zeitung *Tribune* folgenden Artikel.

Ich bin von Natur aus Romancier, nicht Biographin, und nachdem ich nun zwei Biographien geschrieben habe, bin ich zu dem Schluß gelangt, daß sich ein Schriftsteller entweder mit Fiktion oder mit Fakten beschäftigt, selten mit beidem zugleich, wenigstens nicht mit gleicher Schaffensfreude. Die Lebensbeschreibung meiner Mutter war, genaugenommen, gar nicht als Biographie gedacht. Ich schrieb den Text vor vielen Jahren, nicht weil ich ihn publizieren wollte, sondern weil in meiner Familie Kinder waren, die meine Mutter nie kennengelernt hatten und einen Eindruck von ihrer starken, prächtigen Persönlichkeit erhalten sollten. Eines Sommers beschloß ich, so ehrlich wie möglich alles zu Papier zu bringen, was ich über sie wußte, damit sie in meiner Familie fortleben könnte. Die Erinnerung an sie war so lebendig in mir, daß ich mich beim Niederschreiben kaum je korrigieren mußte. Jahre später wurde das Buch aus einem Grund veröffentlicht, den sie gewiß gebilligt hätte.

Danach wurde mir klar, daß auch die Biographie meines Vaters geschrieben werden mußte. Es war nicht möglich, beide Lebensgeschichten in einem Buch zu vereinen, denn es waren ja zwei verschiedene Geschichten. So entstand das Porträt meines Vaters; dieses Buch wurde jedoch weniger zum Gedenken geschrieben denn als richtige Biographie. Und nachdem ich nun, teilweise unbeabsichtigt, zwei Biographien verfaßt habe, ist mir der Unterschied zwischen den beiden Arten des Schreibens bewußt geworden.

Der Unterschied zwischen der Niederschrift eines Romans und einer Biographie ist ähnlich wie zwischen dem freien Umherstreifen in den Bergen und einem Spaziergang in einem ummauerten Garten. Im ersten Fall kann man nach Belieben aus der Erfahrung und der Phantasie schöpfen und den Gestalten äußere Erscheinung, Verhaltensweise und Charakter willkürlich verleihen. Erforderlich ist nur, daß Eigenschaften und Handlungen einer bestimmten Person eine Einheit bilden, so daß sie für den Leser lebendig und glaubhaft wirkt. Mit andern Worten, der Schaffende ist nur durch die eigene Schöpfung beschränkt. Nachdem er eine bestimmte Figur gewählt hat, darf er die Grenzen von deren Charakter nicht sprengen.

Der Biograph hingegen hat sich zahlreichen Begrenzungen zu unterwerfen. Der Stoff ist gegeben. Man muß einen Menschen porträtieren, dessen Wesen bekannt ist, der zu einer bestimmten Zeit auf bestimmte Weise gelebt hat. Man hat lediglich die Freiheit, die Tatsachen so zu benutzen und einzuordnen, wie man es für am besten hält. Doch auch dabei hat der ehrliche Biograph keine wahre Freiheit. Er hat zum Beispiel kein Recht, irgendwelche Fakten über die Person zu unterschlagen, deren Leben er beschreiben will; denn diese Fakten sind alle von Bedeutung. Selbstverständlich kann er schon des Umfangs wegen nicht jede Einzelheit berichten. Er muß eliminieren, aber er darf dies nur tun, um Wiederholungen zu vermeiden. Aus der Fülle der Fakten muß er alle Ereignisse und Äußerungen wählen. Oft scheinen sich diese Tatsachen zu widersprechen; dennoch darf keine ausgelassen werden, denn gerade in dieser Widersprüchlichkeit kann weitere Wahrheit liegen.

Der Roman ist ein Gemälde, die Biographie eine Photographie. Fiktion ist Schöpfung, Biographie ist Arrangement. Dem schöpferischen Schriftsteller fällt die Biographie weitaus schwerer als der Roman, weil ihn die Begrenzungen eines bereits bestehenden Charakters einengen. Der Biograph hat die Aufgabe, die Charakterzüge einer Gestalt aus den Tatsachen herauszulesen, die ihm über diese Gestalt bekannt sind.

Eine einzige Gleichheit besteht beim Schreiben von Romanen und Biographien. Bei beidem muß der Charakter deutlich hervortreten. Doch das Verfahren ist genau entgegengesetzt. Der Romanschreiber sieht und fühlt seine Gestalt zuerst und wählt dann die Ereignisse und Handlungen, um sie zu porträtieren; der Biograph muß sich in die Ereignisse und Handlungen vertiefen und durch sie seine Gestalt finden. Wenn er ehrlich ist, fügt er keine unbelegten Handlungen oder Äußerungen hinzu. In meinen beiden Biographien entspricht zum Beispiel jeder Vorfall den Tatsachen; die Worte, die gesprochen werden, habe ich wirklich gehört oder aus zuverlässiger Quelle erfahren. Aber fast alles sah und hörte ich selbst und erinnerte mich daran, da ich mit einem photographischen Gedächtnis gesegnet – oder zu einem solchen verdammt – bin.

Ich glaube nicht, daß ich jemals wieder eine Biographie schreiben werde. Ich liebe die schöpferische Freiheit. Ich wähle und schaffe meine Gestalten gern selbst. Aber ich freue mich, daß ich zwei geliebten Gestalten aus meinem Leben ein Denkmal setzen konnte.

Sie sprach oft von der schöpferischen Freiheit, die sie liebte; doch ebenso häufig sprach sie von der strengen Disziplin, die notwendig sei, um sich dieser Freiheit zu bedienen.

Sie hatte ja viele schöpferische Neigungen – Klavierspielen, Bildhauerei, Malerei, Blumenarrangements –, denen sie allen bis zu einem gewissen Grad lebte. Die Schwierigkeit bestand natürlich darin, ihnen den richtigen Platz in ihrem Leben zuzuweisen, zumal sie eine Perfektionistin war und Dilettantismus verabscheute. Nicht nur die Leidenschaft, sondern auch die Selbstdisziplin trieb sie immer wieder zum Schreibtisch.

Bedenkt man die schöpferische Kraft, die sie erfüllte, so versteht man nicht ohne weiteres, wieso diese Kraft in den Jahren vor 1937 brachlag. Sie erklärte auf meine Frage:

Ich war in jener Ebbe, die nach dem ersten Erfolg eintritt, und ich begann an mir zu zweifeln. Ich habe zwei Seiten – neben anderen –, und eine davon ist . . . ja, ich denke, ich darf es als innere Bescheidenheit bezeichnen. Ich glaube nicht, daß ich zur Selbstüberschätzung neige. Woher diese Bescheidenheit? Ein Überbleibsel aus der Kindheit vielleicht! Mein Vater war der Meinung, Frauen seien den Männern von Natur aus unterlegen – was selbstverständlich nicht stimmt; Mann und Frau ergänzen sich gegenseitig auf wunderbare Weise. Überdies weiß ich aus Erfahrung, daß es ebenso viele dumme Männer wie Frauen gibt. Aber mein Vater war in dieser Beziehung überheblich; dieser Zug muß ein Erbe seiner deutschen Vorfahren gewesen sein, obwohl sie schon vor zweihundert Jahren nach Amerika gekommen waren. Ich sah, wie meine Mutter, eine Frau mit großen Geistesgaben, unter dieser falschen Ansicht litt. Aber infolge dieser Denkweise wuchs ich mit der Vorstellung auf, daß Mädchen weniger taugen als Knaben, übrigens nicht nur durch den Einfluß meines Vaters und unseres ziemlich förmlichen Haushalts, sondern vor allem auch dadurch, daß die Chinesen die Frau dem Manne ganz entschieden unterordneten. Der gleichen Einstellung begegnete ich dann in

Amerika. Es gab in den Vereinigten Staaten außer Willa Cather keine Schriftstellerin, die zu Lebzeiten von den Kritikern den Männern gleichgestellt wurde. Bei Willa Cather wurde eine ähnliche Ausnahme gemacht wie bei einem einzelnen Neger, dem man eine höhere Stellung verleiht, nur um zu zeigen, daß man keine Vorurteile hegt. Sogar bei Willa Cather wurde allzu oft darauf hingeweisen, daß sie «nur eine Frau» sei.

All dies ließ bei mir nagende Zweifel an meiner Begabung entstehen. Hinzu kam, daß ich mich in jenen Jahren geistig noch nicht von China gelöst und mich in Amerika noch immer nicht eingelebt hatte. Ich war sozusagen in einem Niemandsland. Es war für mich noch zu früh, über meine Landsleute zu schreiben, da ich sie nicht gut genug kannte. Außerdem ist es hier so, daß nach einem Anfangserfolg jedermann gespannt auf das nächste Buch wartet, und in meinem Fall wurde gefragt: «Ob es wohl ebenso gut sein wird wie *Die gute Erde?*» Das war entmutigend. Die Leute sagten nicht: «Nun wollen wir einmal sehen, was sie uns in dem nächsten Buch zu sagen hat. Hoffentlich etwas anderes als in der *Guten Erde.*» Nein, sie wollten immer wieder das gleiche Buch haben, und ich wußte, daß ich niemals – niemals! – irgendein Buch zweimal schreiben könnte. Wenn ein Buch fertig ist, bin ich für ein neues bereit, sowohl was das Schreiben als auch das Erleben betrifft. Ja, es war eine dunkle Zeit, aber darüber sprach ich mit keinem Menschen, nicht einmal mit meinem Mann. Meine schriftstellerische Arbeit habe ich vom Persönlichen immer getrennt. In meinem ganzen Leben habe ich nicht so viel über meine Arbeit gesprochen wie jetzt.

Im Jahre 1937 aber begann für sie eine neue Phase; es vollzog sich eine Wandlung, die ihrem bisherigen Leben ein Ende setzte. Es sei wie ein Tod gewesen, oder eine Geburt, oder beides in einem, sagte sie mir. Sie erklärte mir, daß es bei jeder Geburt einen höchst gefährlichen Moment gebe: einen Moment, wo der Wille zum Überleben stärker sein müsse als jemals danach im Leben – der Augenblick, in dem das Neugeborene die Kraft aufbringen müsse, den ersten Atemzug zu tun, und lebe, oder diese Kraft nicht aufbringe, und sterbe. Weiter sagte sie, daß man sich, wenn man im Leben große Veränderungen überstehen wolle, immer daran erinnern müsse, daß keine Veränderung so vollkommen, kein Schock so groß sei wie der im Moment des Neubeginns.

Das Jahr 1937 barg einen solchen Moment für sie, denn in jenem Jahr faßte sie den entscheidenden Entschluß, ihre Kraft von nun an voll und ganz der Schriftstellerei zu widmen; und von diesem Moment an hatte für sie alles nur noch zweitrangige Bedeutung.

An einem Sommerabend im Juni 1937 saß sie mit ihrem Mann auf einem sanft abfallenden Hügelhang in Bethlehem im Staat Pennsylvanien und hörte bei einem Bach-Festival ein Oratorium. Als sie so dasaß, sagte sie mir, schweiften ihre Gedanken ab: Sie dachte an ihr vergangenes Leben, ihre frühe Kindheit in China, ihre erste Ehe und an den Beginn ihrer Karriere als Schriftstellerin. Sie dachte an die drei Jahre, die seit ihrem Wegzug aus China vergangen waren, stürmische und schwierige Jahre, in denen sie kein neues Werk geschaffen hatte. Ganz abgesehen davon, daß die finanzielle Lage sie dazu zwang, würde sie wieder schreiben, ja, mußte sie wieder schreiben, denn ein Schriftsteller, der nicht schöpferisch tätig ist, ist wie ein Fisch ohne Wasser.

Plötzlich wurde ihr Gedankengang durch eine Stimme unterbrochen, die den nächsten Teil des Oratoriums ankündigte: «Dies stolze Herz.» Wie ein Blitz schlugen diese Worte ein und lösten den befreienden Entschluß aus. So sollte der Titel ihres nächsten Romans lauten – die Geschichte einer künstlerisch begabten Frau, die kämpfen muß, um ein normales Leben zu führen.

Sie machte sich sofort an die Arbeit – nun, da der Bann gebrochen war; aber leicht fiel sie ihr nicht, denn dabei ging es weniger ums Fabulieren als um eine persönliche Abrechnung.

*Stolzes Herz* könnte man fast einen autobiographischen Roman nennen, denn er spiegelt ihr eigenes Leben zu diesem Zeitpunkt.

Susan Gaylord, die Heldin des Romans, mußte fest in der Wirklichkeit verankert werden, um dem Bedürfnis der Verfasserin zu dienen – dem Bedürfnis, sich selbst auszudrücken. Sie mußte eine begabte Künstlerin sein, aber keine Schriftstellerin: dies wäre der Wirklichkeit zu nahe gewesen. Im Jahre 1934 hatte Pearl Buck kurze Zeit im Hause der Bildhauerin Malvina Hoffman in New York gewohnt; bei dieser Gelegenheit hatte sie ihr starkes Interesse an der Bildhauerei entwickelt; denn in Malvina Hoffmans Atelier waren nicht nur viele ihrer Plastiken, sondern auch ihr Werkzeug gewesen. Auf Grund dieser Erfahrung machte Pearl Buck ihre Romanheldin zur Bildhauerin. Durch sie erzählt das Buch von den Schwierigkeiten, ein überlegener Mensch zu sein, eine Frau, die alles ein wenig besser kann als ihre Zeitgenossen.

Sie machte vom Vorrecht des Romanciers Gebrauch und ließ Susans ersten Mann sterben. Sein Tod ist Symbol für den Entschluß der Schriftstellerin selbst, ihr eigenes Leben zu leben – das zu *sein,* was sie sein mußte. Bei diesem Entschluß verspürte sie denselben Kummer wie beim Tod eines nahestehenden Menschen. *Stolzes Herz* ist ein sehr aufschlußreicher Roman, obwohl Zeit, Ort, Ereignisse und auch die Figuren fiktiv sind; der eigentliche Kern und die seelischen Vorgänge sind wahr.

Der Schluß des Romans drückt ihre Philosophie bezüglich Lebenssituationen aus, in denen Kummer oder Enttäuschung unvermeidbar sind:

«Ja, manchmal war sie traurig, etwa nachts, doch am Morgen stand sie auf und ging an die Arbeit, und dann war sie nicht mehr traurig. Darüber vergaß sie ihren Kummer.»

Das ist das Wesentliche, die wesentliche Wahrheit, wie sie in jedem Wort durchschimmert, das Pearl S. Buck geschrieben hat.

Nun war das alles endlich überstanden. Es lag jetzt hinter ihr, weil es niedergeschrieben war; sie konnte den kommenden Jahren entgegensehen, ohne von der Vergangenheit rückwärts gezogen zu werden. Sie hatte sich ausgedrückt, hatte das sprichwörtliche letzte Wort gehabt, und das ist, wie bitter das Leben sein mag, das Privileg des Dichters allein. Denn er kann immer dieses letzte Wort schreiben, und es ist definitiv: «Ende.»

Von diesem Roman blieb ihr das Interesse an der Bildhauerei. Er wurde 1938 veröffentlicht, und am Silvesterabend schrieb sie in ihr *Schatzbuch*, das kein eigentliches Tagebuch ist, sondern von Hand geschriebene Eintragungen enthält, die sich auf ihr wichtig oder bemerkenswert erscheinende Dinge beziehen:

«Heute habe ich mit etwas begonnen, was ich schon lange tun wollte: Ich begann zu modellieren. Ich machte mich daran, den Kopf meines Sohnes John nachzubilden, und nach drei Stunden hatte ich eine gewisse Ähnlichkeit eingefangen. Ich will alle Kinder modellieren. Jetzt, am Ende des Tages, ist mir etwas ganz klar: Ich kenne Johns Gesicht, wie ich es bisher nie gekannt habe. Ich mußte es wirklich *ansehen*, ehe ich es modellieren konnte. Ich hatte geglaubt, jede Linie zu kennen, weil ich ihn innig liebe und ihn oft beobachte; aber tatsächlich bedurfte es eines ganz neuen Blicks, um dieses geliebte Gesichtchen zu formen. Jetzt werde ich es nie mehr vergessen. Heute ist der letzte Tag des Jahres. Es bewegen mich keine besonderen Gefühle, weder rückschauend noch vorwärtsblickend. Aber das liegt daran, daß ich innerlich beschäftigt war und nicht in Zeit und Zeitabschnitten denken kann – möge das Leben weitergehen, wie es ist; das ist alles, was ich verlange.»

Aber gerade das Jahr 1938 hatte ihr etwas Großartiges und Unerhörtes gebracht. Davon erzählte sie mir mit folgenden Worten:

Plötzlich trat das unerwartetste Ereignis meines Lebens ein. Wie gut erinnere ich mich an diesen Tag! Es war im Herbst 1938. Ich saß in meinem Arbeitszimmer in der großen New Yorker Wohnung, wo wir lebten, ehe wir aufs Land zogen. Ich erinnere mich sogar noch an die genaue Uhrzeit. Es war zehn Uhr; die Kinder waren mit der Pflegerin draußen auf dem Balkon, und ich arbeitete. Auf einmal klingelte das Telefon. Ich hob den Hörer ab und vernahm die aufgeregte Stimme meiner Sekretärin.

«Sie haben den Nobelpreis erhalten!»

Ich glaubte ihr natürlich nicht, aber ehe ich ihr das sagen konnte, läutete schon der andere Apparat, und mein Mann rief in den Hörer: «Du hast den Nobelpreis erhalten, es steht heute in den Zeitungen!»

Ich glaubte es noch immer nicht. «Das ist sicher nur Pressegewäsch», erwiderte ich, «und ich werde es erst glauben, wenn du ein Ferngespräch mit Schweden geführt und das Komitee gefragt hast.»

Nun, es stimmte. Den Preis bekam ich gerade im richtigen Augenblick, und daß er mir verliehen wurde, entsprach den Intentionen Alfred Nobels. Denn er hat bestimmt, daß der Preis nicht etwa an längst anerkannte, alte und erfolgreiche Schriftsteller gehen soll. Vielmehr sollte er dazu dienen, junge Schriftsteller zu ermutigen, und ich war, was Schriftstellerei betraf, immer noch jung. Ich war sogar die zweitjüngste Person, die jemals den Nobelpreis für Literatur erhalten hat. Ich glaube, Rudyard Kipling war noch etwas jünger als ich gewesen. Jedenfalls gewann ich dadurch, daß ich ihn gerade in diesem Augenblick erhielt, mein Selbstvertrauen zurück, das ich zu verlieren drohte. Wieder begann der alte Publizitätswirbel. Ich wurde für mein Gesamtwerk ausgezeichnet, das bisher ausschließlich in China spielende Romane umfaßte, und die beiden Biographien wurden eigens erwähnt.

*Die Frau des Missionars* war ja, wie ich schon sagte, ursprünglich gar nicht für eine Veröffentlichung gedacht. Ich gab es dann doch heraus, weil der junge Mann, dem mein Mann seine Geschäfte anvertraut hatte – während er mir nachjagte! –, so schlecht wirtschaftete, daß der Verlag bei der Rückkehr meines Mannes nahezu bankrott war. Wäre meine Mutter noch am Leben gewesen, so hätte sie uns bestimmt helfen wollen, und ich glaubte in ihrem Sinne zu handeln, wenn ich nun ihre Biographie publizierte. Also holte ich das Manuskript aus der Schublade hervor. Sie kam in Fortsetzungen in der Frauenzeitschrift *The Ladies' Home Journal* heraus und danach als Buch. Das Buch verkaufte sich gut, und ich überließ dem Verlag meine Tantiemen, um ihm wieder auf die Beine zu helfen. Das tat ich zweimal, das erstemal mit der *Mutter*. Beide Bücher hatte ich eigentlich nie veröffentlichen wollen.

Um zum Thema zurückzukommen – natürlich versetzten uns die Vorbereitungen für die Auslandsreise in Aufregung. Der Preis sollte anfangs Dezember überreicht werden. Wir ließen alle Kinder in den Staaten zurück, bis auf meine junge Stieftochter, die Tochter meines Mannes. Sie war ein bißchen verloren; sie hatte das Gymnasium aufgegeben, und obwohl sie bei ihrer Mutter lebte, fehlte ihr offensichtlich die Wärme des Familienlebens. Janice, meine älteste Adoptivtochter, war zu dieser Zeit in einem Internat, nicht weit von zu Hause entfernt.

Ich habe diese Reise nach Stockholm sehr ausführlich in *Mein Leben, meine Welten* beschrieben. Sie beklagen sich immer, daß ich nie etwas Persönliches enthülle. Bei dieser Gelegenheit also eine Einzelheit. Ich glaube, die Verleihung des Nobelpreises war für meinen Mann keine einfache Probe. Er war auf seinem Gebiet, dem Verlagswesen, eine bedeutende Persönlichkeit, und nun eine untergeordnete Rolle spielen zu müssen, hat von ihm bestimmt viel Großzügigkeit verlangt. Aber das war einer der Augenblicke in meinem Leben, wo ich gezwungen war, als Einzelperson zu handeln. Als Preisgewinnerin hatte ich bestimmte Verpflichtungen, denen ich ganz allein nachkommen mußte. Ich mußte allein zu dem Podium gehen, und ich verstand, daß das hart für ihn war. Es schien wie eine Trennung. Zum Glück war seine Tochter mit uns gekommen; so hatte er sie bei sich, als ich allein vortreten und mich allein zu dem großen Podium begeben mußte. Er saß im Zuschauerraum, während ich auf der Bühne stand. Er war viel zu hochherzig, um das nicht zu verstehen; doch bestimmt war es ein Erlebnis, das ihm zu schaffen machte. Ich weiß, daß es so war, denn später hat er es mir selbst gesagt. Nichtsdestoweniger war dies ein Teil meines Lebens, zu dem er keinen Zugang haben konnte. Es waren unruhige, angefüllte Tage. Ich wurde die ganze Zeit auf dem Präsentierteller herumgereicht, und wenn ich spät abends in mein Zimmer kam, konnte ich vor Erschöpfung kaum mehr sprechen. Am liebsten wäre ich gleich zu Bett gegangen, aber ich überwand mich trotz aller Müdigkeit, mit ihm zu sprechen, um den Tag nochmals mit ihm zu durchleben, so daß er daran teilhaben konnte. Dies war nur auf diese Weise möglich, denn meistens mußte er ja abseits stehen.

Für mich war es noch schwieriger als für Dr. Fermi. Enrico Fermi, der damalige Preisträger für Physik, hatte seine Frau mitgebracht; aber es war leichter, als die Gattin von Enrico Fermi aufzutreten denn als Gatte von Pearl Buck. Ich brauchte diese vier Tage eigentlich ganz für mich selbst, doch ich mußte immerzu auch an meinen Mann denken und ihn berücksichtigen, und das fand ich zum ersten und einzigen Male schwierig. In gewisser Weise wünschte ich, er wäre nicht mitgekommen; doch das wäre für ihn unerträglich gewesen. Nun, wir verstanden einander.

Meine Dankesrede war ziemlich kurz; doch als Gewinnerin des Nobelpreises für Literatur wurde von mir ein Vortrag über ein literarisches Thema verlangt. Jahrelang hatte ich Notizen über die Entwicklung des chinesischen Romans gesammelt, weil ich vorhatte, einmal ein Buch darüber zu schreiben. Ich bin ja wissenschaftlich geschult, und ob ich gerade an einem Buch schreibe oder nicht, ich beschäftige mich nebenbei stets mit anderen Fragen – so wie ich mich im Moment mit Kernphysik befasse, ohne Naturwissenschaftler zu sein. Ich bin Literatin, und schon seit zehn Jahren hatte ich an einer Studie über den chinesischen Roman gearbeitet, denn in China gab es keine solche literarhistorische Arbeit. Die chinesischen Geisteswissenschaftler betrachteten den Roman immer als zweitrangige Literatur. Philosophie, Geschichte und Lyrik, das waren literarhistorische Themata, aber der Roman nicht. Die Chinesen haben dafür ein Wort, das «wilde Literatur» bedeutet. Wildes Zeug zur Befriedigung ungebildeter Leute! Ein Romancier war nicht angesehen. Es gab zwar einige berühmte Romane, aber sie galten immer noch als wertlos. Ich ging meine Notizen durch und benutzte sie als Grundlage für meinen Vortrag, der später auch publiziert wurde. [Deutsch unter dem Titel *Der chinesische Roman.*]

Diese Reise war das glanzvollste Ereignis meines Lebens. Am ersten Abend fand ein großer Ball statt. Wir traten auf den großen Balkon der Stadthalle, vor der sich die Studentenschaft versammelt hatte. Der Kronprinz tanzte mit meiner kleinen Stieftochter – ein entzückender Anblick. Am folgenden Abend wurden die Nobelpreise überreicht. Ich weiß nur noch, daß ich auf dem Podium zwischen Enrico Fermi und den Mitgliedern der Schwedischen Akademie saß. Natürlich wurden die Ansprachen auf schwedisch gehalten, und ich verstand kein Wort davon. Es wurde uns gesagt, wann wir aufstehen mußten – der eine von uns beiden nach dem anderen. Mir wurde der Preis zuerst überreicht. Ich weiß noch, ich wollte dem König nicht den Rücken kehren, aber ich tat es doch einen Augenblick lang, als ich die Stufen hinaufsteigen mußte. Dann mußte ich über das teppichbelegte Podium rückwärts manövrieren.

Tags darauf wurden meine Bemühungen von allen Zeitungen gewürdigt. Was ich dachte, als ich vor dem König von Schweden stand? Vor allem dachte ich daran, daß mir Agenten und Verleger einst gesagt hatten, ich könnte mit Werken über das chinesische Volk niemals Erfolg haben, weil niemand die Chinesen interessierten.

Ich war übrigens nicht die erste Frau, die mit dem Nobelpreis für Literatur ausgezeichnet wurde. Vor mir hatte es schon drei gegeben.* Aber ich war die erste und einzige Amerikanerin, die ihn jemals erhalten hat. Es kränkte mich ein wenig, daß ich als Preisträgerin von vielen amerikanischen Schriftstellern angegriffen wurde, nicht nur weil ich eine Frau war, sondern weil sie mich nicht als echte Amerikanerin betrachteten, da ich im Ausland aufgewachsen war und über Asiaten schrieb. Das ertrug ich schlecht. Ich denke, es war wohl zu erwarten, aber ich bedauerte es sehr.

Die Erfahrung bei der Entgegennahme des Nobelpreises war ein klares, deutliches Beispiel für die Schwierigkeit der berufstätigen Frau, ihr Leben in seiner Gesamtheit mit einem andern zu teilen, auch wenn es der Mann ist, den sie liebt. Ich vermochte es nicht. Es war mir physisch unmöglich, alle Aspekte meines Lebens mit ihm zu teilen, so sehr ich es auch wünschte. Seither ist es oft vorgekommen, daß ich zu einem Anlaß eingeladen wurde und er nicht. Freilich, meistens lehnte ich ab, aber immer konnte ich das nicht tun. Wenn ich bei einem Anlaß einen Vortrag halten mußte, so saß er unter den Zuhörern. Ich kann nur sagen, daß er all dies mit Würde ertrug, mich aber belastete es. Ich erkannte deutlich, daß es Lebensbereiche gibt, die man nicht gemeinsam betreten kann, ganz gleich, wie sehr eine Frau ihren Mann liebt und wie unentbehrlich er für sie ist. Der Mann war immer ein unentbehrlicher Bestandteil meines Daseins, doch es gibt Gebiete, die ich allein begehen muß. Diese Erkenntnis hat mich betrübt. Vielleicht ist es die Isolation des Künstlers, die einen Mann natürlich ebenso trifft. Ein erfolgreicher Mann geht seinen Weg allein. Auch er kann seine Frau nicht auf allen Wegen mitnehmen.

Die Laudatio bei der Preisverleihung war schlicht abgefaßt, und sie freute sich, daß nicht nur *Die gute Erde* genannt wurde. Im Gegenteil, sie erhielt den Nobelpreis ja für ihr Gesamtwerk, und bei der Überreichung wurde kein Buchtitel genannt.

* 1909 Selma Lagerlöf (Schweden); 1926 Grazia Deledda (Italien); 1928 Sigrid Undset (Norwegen). Anmerkung der Übersetzerin.

Es hieß nur: «Für farbige und echte epische Schilderung des chinesischen Bauernlebens und für meisterhafte Biographien.» Sie sprach, vor dem König stehend, diese Dankesworte:

Es ist mir nicht möglich, meine Dankbarkeit für all das auszudrücken, was mir gegeben und was gesagt worden ist. Ich nehme es an in der Überzeugung, weitaus mehr empfangen zu haben, als ich in meinen Büchern zu geben vermochte. Ich kann nur hoffen, daß die vielen Bücher, die ich noch schreiben möchte, meine Dankbarkeit angemessener zeigen werden, als ich es an diesem Abend mit Worten zu tun vermag. Ja, ich nehme den Preis im selben Sinne entgegen, in dem er ursprünglich gestiftet wurde – weniger als einen Preis für die bisherige denn für die zukünftige Leistung. Was immer ich in Zukunft schreibe, ich werde dabei durch die Erinnerung an diesen Tag beflügelt und bestärkt werden.

Ich empfange den Preis auch für mein Vaterland, die Vereinigten Staaten. Wir sind noch ein junges Volk, und wir wissen, daß wir unsere Kräfte noch nicht voll entfaltet haben. Diese einer Amerikanerin verliehene Auszeichnung stärkt nicht nur einen Einzelmenschen, sondern die Gesamtheit der amerikanischen Schriftsteller, die durch eine solch hochherzige Anerkennung ermutigt und angeregt werden. Ich möchte besonders erwähnen, wie wichtig es für mein Vaterland ist, daß eine Frau diese Auszeichnung erhalten hat. Sie, die Sie bereits eine Schriftstellerin Ihres eigenen Landes, Selma Lagerlöf, auf diese Weise geehrt und auch auf anderen Gebieten Frauen längst anerkannt haben, erfassen vielleicht nicht ganz, was es in vielen anderen Ländern bedeutet, wenn eine Frau in diesem Augenblick hier steht. Aber ich spreche nicht nur für Schriftsteller und für Frauen, sondern für alle Amerikaner, denn wir alle haben daran teil.

Ich wäre nicht ehrlich ich selbst, würde ich nicht auf meine unoffizielle Weise auch von dem chinesischen Volk sprechen, dessen Leben so viele Jahre mein Leben gewesen ist und wohl immer ein Teil meines Lebens bleiben wird. Die Gesinnung in meinem Vaterland und die Gesinnung in China, meinem Adoptivland, sind einander in mancher Hinsicht gleich, vor allem in unserer gemeinsamen Freiheitsliebe. Und das ist heute wahrer denn je – heute, da China seine gesamten Kräfte in den größten aller Kämpfe einsetzt, in den Kampf um die Freiheit. Nie habe ich China mehr bewundert als jetzt, wo es sich wie nie zuvor gegen den Feind zusammenschließt, der seine Freiheit bedroht. Mit dieser Entschlossenheit zur Freiheit, die seinem innersten Wesen entspricht, ist es unbesiegbar. Freiheit – das ist heute mehr denn je des Menschen kostbarstes Gut. Wir – Schweden und die Vereinigten Staaten – besitzen es noch. Mein Vaterland ist jung, aber es grüßt Schweden, dessen Erde alt und frei ist, in besonderer Verbundenheit.

Der Vortrag, den sie am folgenden Abend in der Schwedischen Akademie hielt, verdeutlicht, welche Elemente sie zur großen Schriftstellerin gemacht haben.

Als ich mir überlegte, was ich zu diesem Anlaß sagen sollte, kam ich zu dem Entschluß, über China zu sprechen. Ich bin zwar von Geburt und Abstammung Amerikanerin, und ich lebe jetzt in meinem Vaterland und werde dort bleiben, da ich dorthin gehöre. Aber es ist der chinesische Roman, nicht der amerikanische, der meine literarischen Bemühungen geformt hat. Meine ersten Kenntnisse von Geschichten, vom Erzählen und Schreiben von Geschichten, wurden mir in China zuteil. Es wäre undankbar von mir, wollte ich das heute nicht anerkennen. Und dennoch wäre es anmaßend, aus rein persönlichen Gründen vor Ihnen vom chinesischen Roman zu sprechen. Es gibt noch einen anderen Grund, der meines Erachtens dazu berechtigt. Ich glaube, daß der chinesische Roman für den westlichen Roman und die westlichen Romanciers neue Wege weisen kann.

Mit chinesischem Roman meine ich den bodenständigen chinesischen Roman, nicht die Zwitterprodukte moderner chinesischer Schriftsteller, die unter ausländischem Einfluß stehen und von den Reichtümern ihres eigenen Landes nichts wissen.

Der Roman wurde in China nie als Kunstwerk betrachtet, und ebensowenig betrachtet sich der chinesische Romancier als Künstler. Man muß den chinesischen Roman, seine Geschichte, seinen Wirkungskreis und die entscheidende Rolle, die er im Leben des Volkes spielt, im Licht dieser einen Tatsache sehen. Zweifellos ist dies eine befremdliche Tatsache für Sie moderne westliche Gelehrte, die Sie den Roman heute auf großzügige Weise anerkennen.

In China aber hat zwischen Kunst und Roman stets ein scharfer Trennungsstrich bestanden. Literatur als Kunst war ausschließlich den Gelehrten vorbehalten – eine Kunst, die sie selbst nach eigenen Regeln füreinander schufen, und darin räumten sie dem Roman keinen Platz ein. Und diese chinesischen Gelehrten hatten eine Machtposition inne. Philosophie, Religion, Literatur und das gesamte Schrifttum wurden nach willkürlichen klassischen Regeln von ihnen allein beherrscht; denn nur sie verfügten über die Instrumente der Bildung, da sie allein lesen und schreiben konnten. So mächtig waren sie, daß sie selbst von Kaisern gefürchtet wurden; deshalb ersannen die Kaiser Mittel und Wege, sie zu Sklaven ihrer eigenen Gelehrtheit zu machen, indem sie die offiziellen Prüfungen zur Vorbedingung politischer Beförderung machten – diese unglaublich schwierigen Examina, die das ganze Leben und Denken eines Mannes in Anspruch nahmen, der sich auf sie vorbereitete. Er war dabei so stark damit beschäftigt, die tote und klassische Vergangenheit zu memorieren und zu kopieren, daß er sich mit der Gegenwart und ihren Fehlern nicht befassen konnte. In jener Vergangenheit fanden die Gelehrten ihre Kunstregeln. Aber den Roman gab es nicht, und sie sahen ihn nicht vor ihren Augen entstehen; denn das Volk schuf den Roman, und was das lebende Volk tat, interessierte die Gelehrten, die Literatur als Kunst betrachten, nicht im geringsten.

Mißachteten einerseits die Gelehrten das Volk, so lachte das Volk anderseits über die Gelehrten. Es kursierten unzählige Witze über sie. Hier ein recht gutes Beispiel: Eines Tages traf sich eine Horde wilder Tiere an einem Berghang zur Jagd. Sie vereinbarten, daß jeder für sich den ganzen Tag über jagen sollte; abends wollten sie sich wieder treffen und die Beute untereinander teilen. Am Ende des Tages kehrte nur der Tiger ohne Beute zurück. Auf die Frage, wie es dazu gekommen sei, erklärte er unglücklich: «Am frühen Morgen begegnete ich einem Schuljungen, aber er war leider zu dünn und mager für euren Geschmack. Erst am Mittag traf ich wieder auf jemanden; es war ein Priester. Ich ließ ihn jedoch laufen, weil ich wußte, daß er nichts in sich hatte außer Wind. Die Zeit verging, und ich geriet in Verzweiflung, denn ich sah niemand mehr. Dann, als die Dunkelheit hereinbrach, fand ich einen Gelehrten. Aber ich wußte, daß es keinen Zweck hatte, ihn hierher zu schleppen, denn er wäre so trocken und hart gewesen, daß wir uns an ihm die Zähne ausgebissen hätten.»

Als Vertreter einer Klasse ist der Gelehrte für das chinesische Volk lange Zeit eine Witzfigur gewesen. Man findet Gelehrte oft in den Volksromanen, und stets gleichen sich diese Gestalten, wie sie es übrigens auch im Leben tun; denn das lange Studium derselben toten Klassiker und ihrer formalen Komposition hat tatsächlich alle chinesischen Gelehrten gleichgemacht, im Aussehen wie im Denken. Im Westen gibt es keine Klasse, die ihnen ähnlich wäre, höchstens ein paar Einzelmenschen. In China hingegen bildeten sie eine Klasse. So sieht das Volk den Gelehrten: eine zusammengeschrumpfte kleine Gestalt mit gewölbter Stirn, verkniffenem Mund, einer spitzen Nase, die zugleich Stupsnase ist, bebrillten Äuglein, pedantischer hoher Stimme, fortwährend Regeln verkündend, die keinen interessieren außer ihn selbst, erfüllt von maßlosem Dünkel, verachtet nicht nur vom gewöhnlichen Volk, sondern auch von den anderen Gelehrten, eine Gestalt in langem schäbigem Gewand mit hochmütigem Gang, falls sie sich überhaupt bewegt. Er ließ sich nicht blicken, außer bei literarischen Veranstaltungen, denn die meiste Zeit verbrachte er damit, tote Literatur zu studieren und noch mehr solcher Literatur zu produzieren. Er verabscheute alles Neue oder Originelle, weil er es keiner der Stilarten zuordnen konnte, die ihm bekannt waren. Wenn sich etwas nicht in bestimmten Schubladen unterbringen ließ, war es seiner Meinung nach nicht gut, und seine Meinung schien ihm die einzig richtige. Wenn er sagte: «Das ist Kunst», so hegte er die Überzeugung, daß Kunst sonst nirgends zu finden sei; denn was er nicht als solche erkannte, existierte für ihn nicht. Und da er den Roman in dem, was er Literatur nannte, nicht einreihen konnte, existierte der Roman als Literatur nicht für ihn.

Yao Hai, einer der bedeutendsten Literaturkritiker Chinas, zählte 1776 die Gattungen auf, die die gesamte Literatur ausmachen. Dazu gehören Essays, Regierungserklärungen, Biographien, Epitaphe, Epigramme, Lyrik, Nekrologe und Geschichtswerke. Keine Romane, wie man sieht, obwohl der chinesische Roman zu jener Zeit nach jahrhundertelanger Entwicklung im gewöhnlichen Volk bereits seinen glanzvollen Höhepunkt erreicht hatte. Ebensowenig ist der Roman in dem dicken Sammelwerk der chinesischen Literatur, der Enzyklopädie *Ssu Ku Tschuen Schu* enthalten, die 1772 auf Befehl des Kaisers Khian-lung zusammengestellt wurde.

Ein Glück für den chinesischen Roman, daß er von den Gelehrten nicht als Literatur betrachtet wurde! Ein Glück auch für den Romancier! Der Schöpfer und das Buch waren frei von der Kritik dieser Gelehrten, frei von den Forderungen, die sie an die Kunst stellten, von ihrer Ausdruckstechnik und ihren Diskussionen darüber, was Kunst sei und was nicht – als ob Kunst absolut wäre und nicht wandelbar, wie sie es in Wirklichkeit ist, ändert sie sich doch sogar innerhalb eines Jahrzehnts! Der chinesische Roman war frei. Er wuchs und gedieh unbeschränkt auf seinem eigenen Boden, im Volk, genährt vom kräftigsten Sonnenschein, der Zustimmung des Volkes, und unberührt von den eisigen Winden der Gelehrtenkunst.

Wenn die Gelehrten vom Wachstum des Romans etwas

wußten, so trug dieses Wissen nur dazu bei, ihn um so geflissentlicher zu mißachten. Mitunter sahen sie sich allerdings zu ihrem Leidwesen gezwungen, ihm Beachtung zu schenken, wenn nämlich ein junger Kaiser gern Romane las. Dann waren sie in der Klemme. Sie entdeckten jedoch die Phase «soziale Bedeutung» und schrieben lange Abhandlungen, um zu beweisen, daß ein Roman kein Roman sei, sondern ein Dokument von sozialer Bedeutung. Soziale Bedeutung ist eine Redensart, die erst kürzlich von den fortschrittlichsten jungen Literaten in den Vereinigten Staaten wiederentdeckt wurde, aber die chinesischen Gelehrten kannten sie schon vor tausend Jahren, als auch sie forderten, der Roman müsse «soziale Bedeutung» haben, um als Kunstwerk anerkannt zu werden.

Aber meistens urteilten die alten chinesischen Gelehrten folgendermaßen über den Roman:

Literatur ist Kunst.
Alle Kunst hat soziale Bedeutung.
Dieses Buch hat keine soziale Bedeutung.
Darum gehört es nicht zur Literatur.

Und so gehörte der Roman in China nicht zur Literatur.

Auch ich wuchs in dem Glauben auf, daß der Roman nichts mit Literatur zu tun habe. So wurde es mir von den Gelehrten gesagt. Die Kunst der Literatur, so wurde mir beigebracht, war das Werk hochgebildeter Männer. Gelehrtenköpfe ersannen Regeln, die die überschäumenden Wasser des Genies dämmten, diesen wild sprudelnden Brunnen, dessen Quelle in der Tiefe des Lebens ist. Nach Meinung der Gelehrten und Kritiker ist das Genie, ob groß oder geringer, die Quelle, und Kunst ist die strenge, klassische oder moderne Form, in welche die Wasser zwangsweise gelenkt werden müssen. Aber das chinesische Volk hielt sich nicht an die Meinung der Gelehrten. Die Wasser des Erzählergenies sprudelten hervor, gehemmt nur von den natürlichen Felsen und den Bäumen, und das gewöhnliche Volk kam zur Quelle, trank und erlabte sich daran.

Denn in China war der Roman das besondere Erzeugnis des gewöhnlichen Volkes. Er war sein alleiniger Besitz. Schon die Sprache des Romans war seine eigene Sprache, nicht das klassische Wen-li, die Literatur- und Gelehrtensprache. Wen-li war der Sprache des Volkes etwa so ähnlich wie das Altenglische dem modernen Englisch, obwohl ironischerweise auch Wen-li früher einmal Mundart war. Die Gelehrten hielten jedoch nie Schritt mit der lebendigen, sich wandelnden Sprache des Volkes. Sie klammerten sich an die alte Mundart, bis sie daraus eine klassische Sprache gemacht hatten, während sich die Volkssprache weiterentwickelte und sie weit hinter sich zurückließ. Chinesische Romane sind auf «Pei Hua» geschrieben, das heißt in der einfachen Sprache des Volkes, und allein das beleidigte die alten Gelehrten, weil diese Sprache einen flüssigen, leicht lesbaren Stil ermöglichte, der nach Ansicht der Gelehrten keine Ausdruckstechnik hatte.

Ich muß allerdings einige Gelehrte ausnehmen, die von Indien nach China kamen und als Geschenk eine neue Religion mitbrachten, den Buddhismus. Im Abendland war lange Zeit der Puritanismus der Feind des Romans. Die Buddhisten im Orient waren klüger. Als sie nach China kamen, fanden sie eine Literatur vor, die sich schon stark vom Volk entfernt hatte und dem Formalismus jener Periode, die in der Geschichte als die Sechs Dynastien bekannt ist, zu erliegen drohte. Die Berufsliteraten kümmerten sich schon damals weniger um den Inhalt ihrer Aussage als darum, ihre Essays und Gedichte in geschliffene Reimpaare zu gießen, und sie verachteten alles, was nicht mit ihren Regeln übereinstimmte. In diese beschränkte literarische Atmosphäre brachen die buddhistischen Übersetzer mit ihrem reichen Schatz des befreiten Geistes ein. Teils waren es Inder, teils Chinesen. Sie erklärten offen, daß es nicht ihr Ziel sei, sich den Stilvorstellungen der Literaten anzupassen, sondern dem gewöhnlichen Volk ihre Lehre verständlich zu machen. Sie übersetzten ihre religiöse Lehre in die gewöhnliche Sprache, in die Sprache des Romans, und weil das Volk Geschichten liebte, nahmen sie diese zu Hilfe und benutzten Geschichten als Mittel des Lehrens. Im Vorwort zu *Fah Schu Tsching*, einem der berühmtesten buddhistischen Bücher, steht: «Wenn Worte von Göttern wiedergegeben werden, so sollte man sie schlicht wiedergeben.» Dies könnte man als das einzige literarische Kredo der chinesischen Romanschriftsteller bezeichnen, für die Götter tatsächlich Menschen und Menschen Götter waren.

Der chinesische Roman wurde in erster Linie geschrieben, um das gewöhnliche Volk zu unterhalten. Damit ist nicht nur gemeint, daß die Leute zum Lachen gebracht werden sollten, obzwar dies einer der Zwecke war. Ich meine Unterhaltung in dem Sinne, daß beim Lesen die ganze geistige Aufmerksamkeit in Anspruch genommen wird. Ich meine damit Belehrung durch Bilder, die das Leben und seinen Sinn spiegeln. Ich meine damit geistige Bereicherung, nicht durch Gerede über die Faustregeln der Kunst, sondern durch Geschichten über Leute jeden Alters, so daß sich alle Menschen in diesen Geschichten wiedererkennen. Sogar die Buddhisten, die von den Göttern erzählten, stellten fest, daß das Volk die Götter besser verstand, wenn es sie durch Menschen wirken sah, die genauso waren wie es selbst.

Der eigentliche Grund, warum der chinesische Roman in Mundart verfaßt war, ist darin zu suchen, daß das gewöhnliche Volk nicht lesen und schreiben konnte; deshalb mußte der Roman so geschrieben sein, daß er beim Vorlesen von Leuten verstanden wurde, die sich nur durch das gesprochene Wort mitteilen konnten. In einem Dorf von zweihundert Einwohnern war vielleicht nur ein einziger des Lesens kundig. An Feiertagen oder am Abend nach getanem Tagewerk las er den Leuten eine Erzählung vor. Auf diese ganz einfache Weise begann der Aufstieg des chinesischen Romans. Die Leute pflegten in einer Mütze oder einer Schale Münzen zu sammeln, damit sich der Vorleser Tee kaufen konnte, um seine Kehle zu befeuchten, oder damit ihm die Zeit entgeltet würde, die er sonst an seinem Webstuhl verbracht hätte. Nahm er bei seinen Lesungen genügend Geld ein, so gab er seine reguläre Arbeit teilweise auf und wurde berufsmäßiger Geschichtenerzähler. Und die Geschichten, die er vorlas, waren die Vorläufer des Romans. Es gab nicht viele niedergeschriebene Geschichten, nicht annähernd genug, um jahraus, jahrein Menschen zu befriedigen, die, wie die Chinesen, von Natur aus dramatische Geschichten über alles lieben. So begann der Geschichtenerzähler seinen Vorrat zu vergrößern. Er durchforschte die trockenen historischen Aufzeichnungen der Gelehrten und verlieh mit seiner fruchtbaren, durch seine Vertrautheit mit dem gewöhnlichen Volk angereicherten Phantasie toten Gestalten Fleisch und Blut; er stöberte Geschichten vom Hofleben, Intrigen und Namen kaiserlicher Favoritinnen auf, die Dynastien zum Sturz gebracht hatten; er stieß bei seinen Reisen von Dorf zu Dorf auf merkwürdige Geschichten aus seiner eigenen Zeit und schrieb sie nieder, wenn er sie hörte. Und er schmückte sie aus, aber nicht etwa mit literarischen Wendungen und Phrasen, denn daraus machte sich das Volk nichts – nein, er dachte dabei stets an seine Zuhörer, und er wußte, daß sie den flüssigen, klaren, einfachen Stil am liebsten hatten, die kurzen Worte, die sie täglich selbst benutzten. Er gebrauchte keine andere Technik als gelegentliche Beschreibungen, gerade genügend, um einen Ort oder eine Person lebendig zu machen, aber niemals so ausgedehnt, daß sie den Fluß der Geschichte aufhielten. Nie durfte die Geschichte aufgehalten werden. Seine Zuhörer wünschten Spannung.

Damit ist nicht etwa sinnlose oder grobe Handlung gemeint. Dafür sind die Chinesen zu reif. Von ihren Romanen haben sie immer vor allem Charakterbeschreibungen verlangt. *Schui-hu-tschuan* betrachteten sie nicht in erster Linie der spannenden Handlung wegen als einen ihrer drei größten Romane, sondern weil er einhundertacht Gestalten so deutlich schildert, daß man sie alle leicht auseinanderhalten kann. Oft hörte ich über diesen Roman die begeisterte Äußerung: «Wenn irgendeiner der hundertacht Menschen zu sprechen anfängt, braucht man uns seinen Namen nicht zu nennen. Wir erkennen ihn an der Art, wie die Worte aus seinem Mund kommen.» Lebhafte Charakterbeschreibung ist die wichtigste Eigenschaft, die das chinesische Volk von seinen Romanen fordert, und diese Charakterisierung soll sich aus Handlung und Worten der Gestalt selbst ergeben und nicht durch Erklärungen des Autors.

Während der Roman solchermaßen bescheiden in Teehäusern, Dörfern und Gassen aus Geschichten entstand, die ein gewöhnlicher, ungebildeter Mann gewöhnlichen Leuten erzählte, entstand er seltsamerweise gleichzeitig in Kaiserpalästen auf ganz ähnlich anspruchslose Weise. Bei den Kaisern war es Sitte – besonders wenn die Dynastie ausländischen Ursprungs war –, Personen anzustellen, die «kaiserliche Ohren» genannt wurden. Ihre einzige Aufgabe bestand darin, sich in der Kleidung der einfachen Leute in Straßen und Teehäusern unters Volk zu mischen und zu hören, was ringsum gesprochen wurde. Natürlich verfolgte man damit ursprünglich den Zweck, Unzufriedenheiten bei den Untertanen des Kaisers festzustellen und vor allem herauszufinden, ob solche Unzufriedenheiten in jene Rebellionen auszuarten drohten, die dem Sturz jeder Dynastie vorausgingen.

Die Kaiser aber waren sehr menschlich, und sie waren nicht oft Gelehrte. Meistens waren sie nur verwöhnte und eigenwillige Männer. Und die «kaiserlichen Ohren», die allerlei merkwürdige und fesselnde Geschichten zu Gehör bekamen, stellten fest, daß sich ihre Herren häufig mehr für diese Geschichten als für Politik interessierten. Wenn sie nun zurückkamen, um Bericht zu erstatten, suchten sie sich beim Kaiser einzuschmeicheln und seine Gunst zu gewinnen, indem sie ihm erzählten, was er so gern hörte; denn er war in der Verbotenen Stadt von allem Leben abgeschnitten. Sie berichteten ihm vom seltsamen, interessanten Tun und Treiben der gewöhnlichen Leute, die frei waren, und nach einiger Zeit machten sie es sich zur Gewohnheit, alles Gehörte aufzuschreiben, um ihr Gedächtnis zu entlasten. Und wenn die Boten Geschichten vom Volk zum Kaiser trugen, dann zweifellos auch vom Kaiser zum Volk. Sie erzählten also dem Volk, was er sagte und tat, wie er mit der Kaiserin in Zank lebte, weil sie ihm keine Söhne schenkte, und wie die Kaiserin mit dem Obereunuch eine Intrige zur Vergiftung der Lieblingskonkubine anzettelte – lauter Geschichten, die die Chinesen entzückten, denn es bewies ihnen, dem demokratischsten aller Völker, daß ihr Kaiser auch nur ein Mensch wie sie selbst war und daß auch er seine Sorgen hatte, obwohl er der Sohn des Himmels war. So ergab sich eine weitere wichtige Quelle des Romans, der sich mit solcher Kraft entwickeln sollte, obwohl ihm die literarischen Fachleute noch immer sein Daseinsrecht absprachen.

Aus diesen bescheidenen und verstreuten Anfängen entstand also der Roman, der stets in Mundart geschrieben war und von allem handelte, was die Leute interessierte, von Legenden und Mythen, von Liebe und Kabale, von Räubern und Kriegen, ja von allem, was das Leben der Menschen ausmachte – ob nun hoch oder niedrig geboren.

Im Gegensatz zum Westen wurde der chinesische Roman nicht von einigen bedeutenden Persönlichkeiten geformt. In China war der Roman von jeher wichtiger als der Romancier. Es hat nie einen chinesischen Defoe, Dickens, Balzac oder Flaubert gegeben. Aber es gab und gibt Romane, die ebenso großartig sind wie die großen Romane der abendländischen Literatur, so großartig, wie irgendein Schriftsteller sie hätte schreiben können, wäre er in China geboren. Wer nun hat diese Romane geschrieben?

Gerade das versuchen die modernen chinesischen Literarhistoriker, die im Westen studiert haben, jetzt, Jahrhunderte zu spät, herauszufinden. Seit fünfundzwanzig Jahren sind sie nun dabei, ihre eigenen vernachlässigten Romane zu entdecken; aber deren Verfasser können sie nicht aufspüren. Hat ein Einzelner *Schui-hu-tschuan* verfaßt? Und wenn nicht, wie viele haben wann daran geschrieben, und wie heißen sie? Niemand weiß es. Die Autoren sind tot. Sie lebten zu ihrer Zeit und schrieben, was sie damals sahen und hörten; doch über sich selbst machten sie keine Aussagen. Der Verfasser des Romans *Hung-lou-meng, Der Traum in der roten Kammer,* sagt im

Vorwort zu diesem Jahrhunderte später entstandenen Buch: «Es ist nicht nötig, die Han- und Tang-Zeit zu kennen – ich muß nur meine eigene Zeit kennen.»

Sie erzählten von ihrer eigenen Zeit, und sie lebten in gesegnetem Dunkel. Sie lasen keine Kritiken über ihre Bücher, keine Abhandlungen über die Frage, ob ihre Werke den kanonischen Regeln der Gelehrten entsprachen. Es kam ihnen gar nicht in den Sinn, nach der dünnen Höhenluft zu streben, die die Gelehrten atmeten, noch nach dem, was diese als Größe erachteten. Sie schrieben so, wie es ihnen paßte und wie sie es vermochten. Manchmal schrieben sie ungewollt gut, manchmal ungewollt weniger gut. Sie starben im selben Dunkel, in dem sie lebten, und jetzt haben sie sich darin verloren, und nicht alle Gelehrten Chinas zusammen, die ihnen nun verspätet Ehre antun wollen, können sie diesem Dunkel entreißen. Ihr Werk aber ist geblieben, weil die Ungebildeten des Volkes es bewahrt haben.

Seltsamerweise gab es gewisse Gelehrte, die sich nach der Freiheit derer sehnten, die im Dunkel lebten, und vielleicht für eine Weile die Fesseln der selbstgeschaffenen Kunst abschütteln wollten; sie schrieben unter angenommenen Namen selbst Romane. Dabei ließen sie alle Pedanterie außer acht und drückten sich so einfach und natürlich aus wie die Volksschriftsteller. Denn der Romancier glaubte, man dürfe sich keinerlei Techniken bewußt sein, sondern müsse sich allein nach den Erfordernissen des Stoffes richten. Wenn ein Romancier für einen besonderen Stil oder eine bestimmte Technik bekannt würde, höre er auf, ein guter Erzähler zu sein, und würde ein literarischer Techniker.

Ein guter Romanschriftsteller – so wurde ich in China belehrt – muß vor allem *tsze ran* sein, das heißt natürlich, ungeziert und so flexibel, daß er sich ganz dem Stoff zu beugen vermag, der ihn beschäftigt. Seine Aufgabe ist es lediglich, das Leben, das ihn durchströmt, zu ordnen und den der bruchstückhaften Beschaffenheit von Zeit, Raum und Ereignis wesentlich innewohnenden Rhythmus, die Form zu erkennen.

Der Leser sollte niemals imstande sein, den Verfasser zu erkennen, denn wenn der Stil eines Romanciers fixiert ist, wird er zu seinem Gefängnis. Die chinesischen Romanschriftsteller variierten ihren Stil, um damit das gewählte Thema gewissermaßen musikalisch zu begleiten.

Diese chinesischen Romane sind nach westlichen Maßstäben nicht vollkommen. Sie sind oft zu lang, zu handlungs- und personenreich, ein solches Gemisch von Romantik und Realismus in bezug auf die Methode, von Fakten und Fiktion in bezug auf den Stoff, daß ein völlig unwahrscheinliches Zauber- oder Traumereignis im Detail derart realistisch beschrieben sein kann, daß man gezwungen ist, es gegen alle Vernunft für wahr zu halten. Die frühesten Romane sind voller Folklore, denn damals dachten und träumten die Leute in folkloristischen Bildern. Aber keiner kann die Denkart der heutigen Chinesen verstehen, wenn er diese Romane nicht gelesen hat; denn die Romane haben auch die heutige Denkart geformt, und die Folklore ist erhalten geblieben, obwohl uns die chinesischen Diplomaten und im Westen geschulten Gelehrten das Gegenteil glauben machen wollen.

Aus diesem Volksdenken erwuchs der chinesische Roman, der sich während des Wachstums wandelte. Wie gesagt, er begann als mündlich überlieferte Geschichte, die sich durch aufeinanderfolgende Versionen zu einer Struktur entwickelte, an der viele Hände gebaut hatten. Als Beispiel möchte ich einen bekannten Roman nennen: *Poh-sche k'i-tschuan, Wunderbare Geschichte von der weißen Schlange,* der zuerst in der Tang-Dynastie von einem unbekannten Verfasser niedergeschrieben wurde.* Damals war es ein schlichtes Märchen, das von einem weißen Schlangendämon handelte. In der nächsten Version im folgenden Jahrhundert ist aus der Schlange ein weiblicher Vampir geworden, eine böse Kraft. Die dritte Version hat einen freundlicheren, menschlichen Anstrich. Der Vampir wird zu einer treuen Ehefrau, die ihrem Mann hilft und ihm einen

* Dieser Roman hat Hermann Grimm die Anregung zu seiner wirkungsvollen Dichtung *Die Schlange* gegeben. – Anmerkung der Übersetzerin.

Sohn schenkt. So erhält die Geschichte nicht nur neue Gestalten, sondern eine ganz neue Beschaffenheit; aus dem ursprünglichen Märchen ist ein Roman geworden, der von Menschen handelt.

Deshalb sind viele Bücher aus der Frühzeit der Literaturgeschichte weniger Romane denn Quellen für Romane – die Art von Quellen, aus denen Shakespeare, wären sie ihm zugänglich gewesen, die Kiesel hervorgeholt hätte, um daraus Edelsteine zu machen. Viele dieser Bücher sind verlorengegangen, da sie als wertlos betrachtet wurden. Einige sind jedoch geblieben. In der Ming-Dynastie wurden manche in dem großen Sammelwerk vereint, das *Tai-ping-ku-an-schi* heißt; es enthält märchenhafte und religiöse Erzählungen, in denen das Gute belohnt und das Böse bestraft wird, Traum- und Wundergeschichten, Geschichten von Drachen, Göttern und Göttinnen, von Priestern, Tigern und Füchsen, von Seelenwanderung und Auferstehung von den Toten. Die meisten dieser frühen Erzählungen handeln von übernatürlichen Begebenheiten, von jungfräulich geborenen Göttern und von Menschen, die als Götter wandeln, da sich der buddhistische Einfluß verstärkte. Es sind darin Wunder und Allegorien zu finden: Die Schreibfeder eines armen Gelehrten wird zur Blume; Träume entführen die Menschen in seltsame, phantastische Gulliver-Länder; ein Zauberstab läßt einen eisernen Altar schweben.

Jedes Zeitalter spiegelt sich in den Erzählungen. Die Geschichten der Han-Zeit sind kraftvoll; sie handeln häufig von Angelegenheiten der Nation und haben einen großen Mann oder Helden zum Mittelpunkt. In diesem goldenen Zeitalter herrscht der Humor vor, ein urwüchsiger, deftiger Humor. Mit dem Verblassen dieses Zeitalters ändert sich die Szenerie; in den darauffolgenden Jahrhunderten der Schwäche und der Korruption wurden honigsüße Erzählungen geschrieben, in denen unbedeutende Figuren vorkamen. Wie die Chinesen sagen: «In den Tagen der Sechs Dynastien schrieb man von kleinen Dingen, von einem Weib, einem Wasserfall oder einem Vogel.»

Wenn die Han-Dynastie golden war, dann die Tang-Dynastie silbern, und so waren auch die Liebesgeschichten, für die diese Epoche berühmt ist. Es war ein Zeitalter der Liebe, wo sich tausend Geschichten um die schöne Yang Kuei Fei rankten oder um Mei Fei, ihre nicht minder schöne Vorgängerin in des Kaisers Gunst. Manche der Liebesgeschichten aus der Tang-Zeit kommen in ihrer Einheit und komplexen Konstruktion dem westlichen Roman am nächsten. Sie haben eine sich steigernde Handlung, die zum Höhepunkt und zur Auflösung führt. Die Chinesen sagen: «Wir müssen die Tang-Erzählungen lesen, denn obwohl sie von kleinen Dingen handeln, sind sie so bewegend geschrieben, daß sie zu Tränen rühren.»

Es ist nicht verwunderlich, daß diese Geschichten nicht von Liebe handeln, die zur Eheschließung führt oder in der Ehe zum Ausdruck kommt, sondern von Liebe außerhalb der Ehe. Es ist sogar bedeutungsvoll, daß die Geschichte fast immer dann tragisch endet, wenn sie die Ehe zum Thema hat. Zwei berühmte Erzählungen, *Pei-li-schi* und *Tschiao-fang-tschi*, handeln ausschließlich von außerehelicher Liebe und sind offenbar geschrieben worden, um zu zeigen, wie überlegen die des Lesens und Schreibens kundigen und außerdem schönen Kurtisanen der gewöhnlichen Ehefrau waren, die, wie die Chinesen noch heute sagen, «eine Frau mit gelbem Gesicht» und ungebildet war.

Die wachsende Beliebtheit solcher Erzählungen beunruhigte die Behörden; man brandmarkte sie als revolutionär und gefährlich, weil man fand, daß sie am Fundament der chinesischen Zivilisation, am Familiensystem, rüttelten. An einer reaktionären Tendenz fehlte es nicht, wie aus *Hui-tschen-tschi* zu ersehen ist, einer der Frühformen eines berühmten späteren Werkes; es ist die Geschichte eines jungen Gelehrten, der die schöne Ying-ying liebt und ihr mit den klugen Worten entsagt: «Alle außergewöhnlichen Frauen sind gefährlich. Sie zerstören sich und andere. Sie haben sogar Kaiser zu Fall gebracht.» Worauf Ying-ying demütig antwortet: «Wenn du mich, deinen Besitz, verläßt, so ist es dein Recht. Ich mache dir keinen Vorwurf.» Aber fünfhundert Jahre später bricht sich die volkstümliche Sentimentalität wieder Bahn, und der verkümmerten Romantik wird Genüge getan. In der letzten Version dieser Geschichte macht der Autor Tschang und Ying-ying zu Mann und Frau und schließt: «Dies geschieht in der Hoffnung, daß alle Liebenden auf Erden in einer glücklichen Ehe vereint werden mögen.» Und nach dem Zeitbegriff, der in China herrscht, sind fünfhundert Jahre des Wartens auf ein glückliches Ende gar nicht so lange!

Diese Geschichte gehört übrigens zu den berühmtesten. Sie wurde in der Sung- und nochmals in der Yüan-Dynastie aufgegriffen. In der Ming-Dynastie erschienen gleich zwei Versionen davon, und so ging es weiter bis zur letzten und bekanntesten: *Hsi-hsiang-Tschi.* Sogar die Kinder in China kennen die Namen Ying-ying und Tschang-sen.

Ich lege solchen Nachdruck auf die Liebesgeschichte der Tang-Zeit, weil sie der Hauptbeitrag dieser Periode zur Literatur war. Es gab daneben noch viele andere Erzählungen, vor allem humoristischer und satirischer Natur, außerdem eine merkwürdige Art von Geschichten, die sich mit Hahnenkämpfen befaßte, einer damals wichtigen Freizeitbeschäftigung, die besonders bei Hof beliebt war. Zu den besten Erzählungen dieser Art gehört Tschen-hungs Geschichte von einem berühmten Kämpfer, der vom Kaiser und vom Volk gleichermaßen geliebt wurde.

Die Romanform nahm erst in der Sung-Dynastie deutliche Gestalt an, und in der Yüan-Dynastie erblühte sie zu einer Höhe, die nie übertroffen und später nur von einem einzigen Roman erreicht wurde, nämlich vom *Hung-lou-Meng,* in der Tsing-Dynastie. Es ist, als hätte sich der Roman jahrhundertelang unbemerkt aus seiner tiefen Verwurzelung im Volk zu Stamm und Ästen entwickelt, um in der Yüan-Dynastie plötzlich Blüten zu treiben. Der kraftvolle, unverbrauchte Geist der jungen Mongolen, die zu jener Zeit das alte Land erobert hatten, verlangte gierig nach Nahrung und ließ sich nicht mit der blutlosen klassischen Literatur abspeisen. So wurde die erzählende Literatur um die beiden Werke *Schui-hu-tschuan* und *San-kuoh* bereichert, die mit *Hung-lou-Meng – Traum von der roten Kammer* – zu den drei größten chinesischen Romanen zählen.

Ich wünschte, ich könnte Ihnen klarmachen, was diese drei Romane dem chinesischen Volk bedeutet haben und immer noch bedeuten. In der Literatur des Westens findet sich kein Vergleich. *San-kuoh* ist dem Chinesen ungefähr das, was dem Griechen die Ilias war, sein nationales Heldenepos. Diese drei Werke sind die Rechtfertigung der Literatur des gewöhnlichen Volkes, des chinesischen Romans. Sie ragen hervor als vollendete Monumente der populären Literatur, wenn nicht des gesamten Schrifttums überhaupt. Auch sie wurden von den Gelehrten mißachtet, von Zensoren verbannt und in nachfolgenden Dynastien als gefährlich, revolutionär und dekadent verurteilt. Aber sie lebten weiter, weil das Volk sie las, als Geschichten erzählte, als Lieder und Balladen sang und in dramatischer Form darstellte, bis sich schließlich sogar die Gelehrten widerwillig gezwungen sahen, ihnen Beachtung zu schenken; sie begannen zu sagen, es seien keine Romane, sondern Allegorien, und als solche könnte man sie vielleicht doch als Literatur betrachten. Doch das Volk kümmerte sich nicht um dergleichen Theorien, nicht um die langen Abhandlungen zu ihrer Beweisführung. Es freute sich an den Romanen, die es selbst als Romane geschaffen hatte, aus reiner Freude am Erzählen von Geschichten, in denen es sich selbst ausdrücken konnte.

Tatsächlich hatte das Volk sie geschaffen. *Schui-hu-tschuan*, dessen moderne Versionen zwar den Namen Schi Nai-ngan als Autor tragen, wurde nicht von einem einzigen Mann geschrieben. Dieser große, durchkomponierte Roman entstand aus mehreren Erzählungen, deren Mittelpunkt eine Räuberbande in der Sung-Dynastie war. Der Ursprung des Romans ist historisch. Das Räuberlager existierte noch in jüngster Zeit in Schantung. Die Epoche, in der der Roman spielt, nach unserer Zeitrechnung das dreizehnte Jahrhundert, war in China eine wirre Ära. Die Dynastie unter dem Kaiser Huei Tschung ging in Dekadenz und Unordnung unter. Die Reichen wurden immer reicher, die Armen immer ärmer, und als niemand auftrat, um Recht zu schaffen, traten die selbstgerechten Räuber auf.

Ich kann hier das langsame Wachstum dieses Romans nicht im Detail schildern, ebensowenig die Veränderungen, die er durch viele Hände erfuhr. Schi Nai-ngan soll ihn in grober Form in einem alten Buchladen gefunden, mit nach Hause genommen und umgeschrieben haben. Nach ihm wurde er noch mehrmals neu erzählt. Heute haben fünf oder sechs Versionen davon Bedeutung, darunter eine mit hundert, eine mit hundertsiebenundzwanzig und eine weitere mit hundert Kapiteln. Die Originalversion, die Schi Nai-ngan zugeschrieben wird, hat hundertzwanzig Kapitel, aber die heute meistgelesene nur siebzig. Diese letztere Version wurde in der Ming-Dynastie vom berühmten Tschin-schen-tan geschaffen, der sagte, es wäre nichtig, seinem Sohn die Lektüre zu verbieten; also erstellte er eine revidierte Fassung und gab sie dem Jungen. Es wurde eine weitere Fassung auf Befehl von oben herausgegeben, da die Behörden erkannten, daß sie das Volk nicht davon abhalten konnten, *Schui-hu* zu lesen. Diese offizielle Version endet damit, daß die Armee die Räuber überwältigt und vernichtet. Aber das chinesische Volk ist unabhängig; es hat die offizielle Fassung nie übernommen, und seine eigene Romanform ist geblieben.

Ich kann noch hinzufügen, daß *Schui-hu-tschuan* gekürzt ins Französische übersetzt wurde und daß ich die Fassung mit den siebzig Kapiteln ungekürzt unter dem Titel *All Men are Brothers [Alle Menschen sind Brüder]* ins Englische übertragen habe.

Die Chinesen sagen: «Die Jungen sollen *Schui-hu* und die Alten *San-kuoh* nicht lesen», weil die Jungen zu einem Räuberdasein verlockt werden könnten und die Alten zu Taten, denen sie nicht mehr gewachsen sind. Denn wie *Schui-hu-tschuan* das große soziale Dokument des chinesischen Lebens ist, so ist *San-kuoh* das Dokument der Kriege und Staatskunst. *Hung-lou-meng* hingegen ist die exemplarische Beschreibung des Familienlebens und darüber hinaus des menschlichen Daseins überhaupt.

Bei *San-kuoh, Die erweiterte Geschichte der drei Staaten,* finden wir die gleiche Struktur und dieselbe zweifelhafte Urheberschaft wie bei *Schui-hu.* Die Geschichte beginnt damit, daß sich drei Freunde ewige Brüderschaft schwören, und endet siebenundneunzig Jahre später in der nachfolgenden Periode der Sechs Dynastien. Die endgültige Form des Romans wurde von Lo Kuan-tschung verfaßt, der in der Zeit der Mongolenherrschaft lebte und als ein Schüler Schi Nai-ngans gilt; die meistgelesene Version des Buches stammt jedoch von Mao Tschen Kan, der es stark redigierte: Er änderte, fügte hinzu und strich; er wandelte sogar den Stil ab. Die Bedeutung des Romans *Schui-hu-tschuan* für heute liegt darin, daß er das Volk in seinem Kampf um die Freiheit schildert; San-kuoh ist deshalb wichtig, weil er im Detail Kriegswissenschaft und -kunst nach Auffassung der Chinesen wiedergibt – eine Auffassung, die sich von der unseren stark unterscheidet. Die Guerillas von heute sind Bauern, die *San-kuoh* auswendig kennen; wenn sie den Roman nicht selbst gelesen haben, dann haben sie stundenlang zugehört, wie die Geschichtenerzähler die Schlachten zwischen den «drei Staaten» schilderten. Auf diese uralte Kriegstaktik stützen sich heute die Guerillas. Wie ein Krieger zu sein hat, wie er angreifen und sich zurückziehen muß, wenn der Feind vorrückt – all dies hat seinen Ursprung in dem Roman, den jeder gewöhnliche Mann und jeder Knabe in China so gut kennt.

*Hung-lou-meng, Der Traum von der roten Kammer,* wurde ursprünglich als autobiographischer Roman von Ts'ao Süeh-kin geschrieben, einem Beamten, der während der Mandschu-Herrschaft in hoher Gunst stand und von den Mandschu sogar als einer der ihren angesehen wurde. Er beendete seinen Roman nie, und die letzten vierzig Kapitel wurden von einem andern hinzugefügt, der wahrscheinlich Kao O hieß. Wie dem auch sein mag, das Buch kam ungefähr 1765 nach unserer Zeitrechnung in Peking heraus, und in fünf bis sechs Jahren, einer unglaublich kurzen Zeit in China, wurde es allbekannt durch die Methode, die man dort «Du leihst mir ein Buch, und ich leihe dir ein Buch» nennt.

Der Roman ist thematisch einfach, aber komplex als Charakterstudie und Schilderung menschlicher Gefühle. Diese Geschichte eines einstmals reichen, großen Hauses, das so hoch in kaiserlicher Gunst stand, daß ein Familienmitglied kaiserliche Konkubine war, ist schon fast eine pathologische Studie. Zu Beginn des Buches ist die große Zeit vorbei, die Familie im Abstieg, ihr Reichtum dahin. Der letzte und einzige Sohn, Tschia Pao-yü, wird korrumpiert durch die Dekadenz, die innerhalb des eigenen Hauses herrscht, obwohl er als Kind mit vortrefflichen Eigenschaften ausgestattet ist, symbolisiert durch ein Stück Jade, das er bei der Geburt im Mund trägt. Der Anfang des Vorworts lautet: «Einst zerbarst der Himmel, und als er instand gesetzt wurde, blieb ein Stückchen übrig, und dieses Stückchen Himmel ist der berühmte Jade des Tschia Pao-yü.»

Dieser Roman ergriff die Leute vor allem, weil er die Probleme ihres eigenen Familiensystems wiedergab, die absolute Macht des Matriarchats, der Großmutter, der Mutter, ja selbst der jungen, hübschen, verhängnisvoll abhängigen Dienerinnen, die allzu oft das Spielzeug der Söhne des Hauses wurden, sie zugrunde richteten und von ihnen zugrunde gerichtet wurden. Die Frauen führten das oberste Regiment im chinesischen Hause, und weil das Haus ihren einzigen Horizont bildete und sie oft ungebildet waren, herrschten sie zum Schaden aller. Sie verhätschelten die Söhne, schützten sie vor Mühsal und Arbeit, statt sie zu stählen, und so blieben sie ewige Kinder. Ein solcher Sohn ist Tschia Pao-yü, dessen Leben man im *Traum von der roten Kammer* bis zu seinem tragischen Ende verfolgt.

Ich kann Ihnen gar nicht sagen, in welch langen Allegorien sich die Gelehrten ergingen, um diesen Roman hinwegzuerklären, als sie feststellten, daß er wiederum sogar vom Kaiser gelesen wurde, und seinen großen Einfluß aufs Volk bemerkten. Vermutlich lasen sie ihn heimlich selbst. Viele Witze kursieren in China über die Akademiker, die zu Hause Romane lesen und in der Öffentlichkeit vorgeben, nie davon gehört zu haben. Jedenfalls schrieben sie Abhandlungen, um zu beweisen, daß *Hung-lou-meng* kein Roman ist, sondern eine politische Allegorie, die den Niedergang Chinas unter der fremden Mandschu-Herrschaft schilderte. Sie gaben weit hergeholte Erklärungen für ein Werk, das als Roman geschrieben worden war und als solcher in der typischen chinesischen Mischung von Realismus und Romantik die kraftvolle Darstellung einer stolzen, mächtigen Familie im Abstieg ist. Indem er schildert, wie eine große Anzahl von Männern und Frauen aus mehreren Generationen der Sitte gemäß unter einem Dach zusammen leben, bietet er eine einzigartige, genaue Beschreibung des damaligen Lebens.

Wenn ich den Nachdruck auf diese drei Romane lege, so deshalb, weil jeder Durchschnittschinese sie kennt. Das heißt jedoch nicht, daß es nicht daneben noch Hunderte weiterer Romane gibt. Fast ebenso beliebt wie diese drei ist *Si-yu-ki, Beschreibung einer Wanderung nach den westlichen Regionen.* Erwähnenswert ist auch *Feng-schen-tschuan,* die Geschichte eines gottähnlichen Kriegers, deren unbekannter Verfasser in der Ming-Zeit gelebt haben soll; außerdem *Ru-ling-wai-schi,* eine Satire auf die Übel der Tsing-Dynastie, besonders auf die Gelehrten, voll von doppelsinnigen Dialogen, handlungsreich, rührend und humorvoll. Das umfangreiche Buch hat keine Zentralfigur. Jede Gestalt ist mit der nächsten durch den roten Faden der Begebenheiten so eng verbunden, daß sie nach dem Ausspruch des modernen Schriftstellers Lu Hsün wirken «wie zusammengefügte Stücke glänzender Seide und Satins».

Ferner ist *Yea-schou pei-yin, Ein alter Einsiedler spricht in der Sonne,* von Schia zu erwähnen, einem berühmten Mann aus Kiang-yin, dann das merkwürdigste aller Bücher: *Tsching-hua-yuan,* eine phantastische Geschichte von einem Reich, das von einer Kaiserin regiert wird und in dem alle Gelehrten Frauen sind. Sie soll zeigen, daß Frauen den Männern an Klugheit ebenbürtig sind. Allerdings ist anzumerken, daß das Buch mit einem Krieg zwischen Männern und Frauen endet, den die Männer gewinnen, so daß die Kaiserin durch einen Kaiser ersetzt wird.

Ich kann nur einen Bruchteil der unzähligen Romane erwähnen, an denen das chinesische Volk seine Freude hat. Eine genaue Aufzählung ist auch gar nicht so wichtig. Ich möchte vor allem betonen, daß diese bewundernswerten Produkte der Vorstellungskraft eines großen demokratischen Volkes nie zur Literatur gerechnet wurden. Das chinesische Volk hat seine eigene Literatur abseits des anerkannten Schrifttums geschmiedet. Heute ist sie das einzig Lebendige und damit Teil des Kommenden, und das ganze formale Schrifttum, das Kunst genannt wurde, ist tot. Die Fabeln dieser Romane sind oft unvollständig, der Liebeskonflikt findet oft keine Lösung, die Heldinnen sind oft nicht schön und die Helden nicht tapfer. Auch hat die Geschichte nicht immer einen Abschluß; manchmal hört sie einfach auf, genau wie das Leben, das der Tod unerwartet auslöscht.

In dieser Romantradition bin ich geboren und als Schriftstellerin aufgewachsen. Infolgedessen wurde ich nicht gelehrt, schöne Literatur und künstlerische Anmut anzustreben. Diese Auffassung des Romans ist, glaube ich, sehr gesund und kann, wie ich schon sagte, für den westlichen Roman richtungweisend sein.

Denn das wesentliche in der Einstellung der chinesischen Romanschriftsteller – vielleicht infolge der Verachtung, mit der sie von den Hohepriestern der Kunst gestraft wurden – ist das folgende:

Der Trieb, der Künstlerisches schafft, ist nicht derselbe, der Kunst produziert. Der schöpferische Trieb ist in letzter Analyse, ganz einfach ausgedrückt, eine ungeheure zusätzliche Vitalität, eine Superenergie, die auf unerklärliche Weise in einem Menschen entsteht und über seine eigenen Lebensbedürfnisse hinausgeht. Da diese Energie von einem einzelnen Leben nicht verzehrt werden kann, verzehrt sie sich darin, mehr Leben zu schaffen – Leben in Form von Musik, Malerei, Belletristik oder was immer diesem außergewöhnlichen Menschen als natürliches Ausdrucksmittel gegeben ist. Er kann diesem schöpferischen Prozeß nicht ausweichen, denn nur indem er ihn vollzieht, kann er sich von der Last dieser zusätzlichen Energie befreien – einer Energie, die zugleich körperlicher wie geistiger Natur ist: Alle seine Sinne sind wacher und geschärfter als die anderer Menschen und sein Geist empfindsamer und aufnahmefähiger für die Eindrücke, die ihm seine Sinne in solcher Fülle vermitteln, daß sich der Überschuß an Realität in die Phantasie ergießt. Es ist ein innerer Prozeß. Es ist die erhöhte Tätigkeit aller Zellen seines Seins, die nicht nur ihn selbst, sondern auch alles menschliche Leben um ihn, in ihm, in seinen Träumen, in den Kreis dieser Aktivität hineinreißt.

Vom Erzeugnis dieser Aktivität wird Kunst abgeleitet, aber nicht von ihr selbst. Der Prozeß des Schöpferischen ist nicht derselbe Prozeß, der die Formen der Kunst bestimmt. Die Definierung der Kunst ist ein sekundärer, nicht ein primärer Prozeß. Und wenn sich ein Mensch, der wie der Romanschriftsteller zum primären Prozeß des Schöpferischen geboren ist, mit dem zweitrangigen Prozeß befaßt, so wird seine Aktivität bedeutungslos. Wenn er sich damit abgibt, Formen, Stil, Technik und neue Schulen zu schaffen, so ist er einem Schiff vergleichbar, das auf einem Riff gestrandet ist – seine Schraube mag sich drehen, wie sie will, sie kann das Schiff nicht vorwärtstreiben. Erst wenn es wieder in seinem Element ist, vermag es seinen Kurs weiterzuverfolgen.

Und für den Romanschriftsteller ist das einzige Element das menschliche Leben, das er in sich selbst und rings um sich findet. Die einzige Probe, die er zu bestehen hat, ist die Probe, ob seine Energie mehr von diesem Leben erzeugt oder nicht. Sind seine Gestalten lebendig? Das ist die einzige Frage. Und wer kann sie beantworten? Wer anders als die lebenden Menschen, das Volk? Diese Leute interessiert es nicht, was Kunst ist und wie Kunst gemacht wird. Nein, sie beschäftigen sich nur mit sich selbst, mit ihren eigenen Wünschen und Verzweiflungen, ihren Freuden und vor allem vielleicht mit ihren eigenen Träumen. Sie sind die einzigen, die das Werk eines Romanschriftstellers in Wahrheit beurteilen können, denn sie beurteilen es nur danach, ob es der Wirklichkeit standhält. Und der Maßstab dieses Urteils ist nicht die Kunstfertigkeit, sondern der einfache Vergleich zwischen der Wirklichkeit des Gelesenen und ihrer eigenen Wirklichkeit.

Ich bin also gelehrt worden, daß der Romanschriftsteller die Kunst als vollkommene Form zwar bewundern kann, aber nur so, wie er eine Marmorstatue bewundert, die entrückt in einer stillen, abgelegenen Galerie steht; denn sein Platz ist nicht bei den Statuen. Er gehört auf die Straße. Dort ist er am glücklichsten. Auf der Straße geht es lärmig zu; die Ausdrucksweise der Männer und Frauen auf der Straße ist nicht vollkommen wie die Statuen. Sie sind häßlich und unvollkommen, unvollkommen auch als menschliche Wesen; woher sie kommen und wohin sie gehen, weiß niemand. Aber sie sind Menschen und darum jenen, die auf dem Piedestal der Kunst stehen, bei weitem vorzuziehen.

Und wie die chinesischen Schriftsteller bin ich gelehrt worden, für diese Menschen schreiben zu wollen. Und wenn es Zeitschriften gibt, die diese Menschen in Millionen lesen, dann möchte ich meine Romane lieber in diesen Zeitschriften sehen als in solchen, die nur von wenigen gelesen werden. Denn die Erzählung gehört dem Volk. Die Leute aus dem Volk haben ein gesünderes Urteil als alle übrigen, denn ihre Sinne sind unverdorben, ihre Gefühle ungezwungen. Nein, der Romanschriftsteller darf sich nicht reine Literatur zum Ziel setzen. Er sollte dieses Gebiet nicht einmal zu gut kennen, denn Menschen, die ja sein Material sind, findet er dort nicht. Er ist ein Geschichtenerzähler in einem Dorfzelt, und mit seinen Geschichten lockt er die Leute ins Zelt. Er braucht seine Stimme nicht zu erheben, wenn ein Gelehrter vorbeigeht. Doch er muß alle seine Trommeln schlagen, wenn eine Schar armer Pilger auf der Suche nach Göttern bergaufwärts vorbeizieht. Ihnen muß er zurufen: «Auch ich spreche von Göttern!» Und den Bauern muß er von ihrem Land erzählen, den alten Männern vom Frieden, den alten Frauen von ihren Kindern, und den jungen Männern und Frauen muß er voneinander erzählen. Und er muß zufrieden sein, wenn das gewöhnliche Volk ihm freudig zuhört. Das habe ich in China gelernt.

Das Kind, das ihr auf der Reise nach Schweden am meisten fehlte, war ihre Tochter Janice, die zu Hause in der Schule geblieben war. Jedenfalls ist das aus einem kleinen Juwel zu schließen, das ich unter ihren Schätzen fand – ein handgefertigtes, handgeschriebenes, illustriertes Büchlein mit dem Titel «Gedicht von der Seekrankheit, für Janice geschrieben von Mutter, illustriert von Papa». Das Gedicht verrät einen Humor, den man bei ihr erst merkte, wenn man sie näher kannte. Es sei hier veröffentlicht als Beispiel für ihre versteckte Ironie.

Das Meer wirkt glatt wie Alabaster,
Doch ist gerade das sein Laster.
Sehr schlimm ist es vom Bösewicht,
Zu tun, als wäre er es nicht.

Mir scheint, daß Aquitanisches
Ist etwas ganz Satanisches;
Und was die Normandie betrifft,
So gab's dort abnormandsches Gift.

Auf See die große Toilette,
Ist eine dumme Etikette;
Denn nur das schöne Kleid ist satt,
Wenn man Neptun geopfert hat.

Man sag vom Meer mir, was man will,
Es sei so blau, es sei so still,
Man sage dies, man sage das,
Mir ist's zuviel des blauen Naß.

Das Meer mag ja bloß Wasser sein,
In Wirklichkeit ist's ganz gemein:
Es freut sich diebisch, die zu sehn,
Die bleich dort an der Reling stehn.

Der Ozean ist voller Salz,
Das ist ein Fehler bestenfalls;
Denn Salz und Wasser – diätetisch
Wirken sie nun einmal emetisch.

Schiffe, Meere und auch Schlägel,
Ratten, Schlangen, Teppichnägel,
Alles dies in unsrem Leben,
Hätt' es besser nie gegeben!
(Doch vor allem nie das Meer,
Das, wie's mir scheint, nimmermehr!)

Ist wohl Nobel schuld daran,
Daß ich's nicht ertragen kann?
Fische essen ist feudal,
Fische füttern eine Qual!

Nur das Meer trennt mich von Schweden,
Von dem Preis und allen Reden.
Nobelpreis, warte auf den Belletrist,
Bis der Ozean ausgetrocknet ist!

Dank den Göttern, sie haben's bedacht
Und für jedes Meer eine Küste gemacht!

Unter der Überschrift «Zusatz des Kunstmalers» ist noch ein Verslein angefügt:

Zuckelig, zackelig
Dampfer sind wackelig.

Hoppala, tralala,
Freiheitsstatue, hurra!

Vielleicht war die Verleihung des Nobelpreises für Pearl Buck deshalb wichtig, weil sie in dem Glauben bestärkt wurde, an ihrer Eigenart als Schriftstellerin festhalten zu müssen. Sie hatte sich weder beruflich noch persönlich jemals in eine Form pressen lassen, hatte sich geweigert, dieses oder jenes zu sein, nur weil es einer Moderichtung entsprach. Das drückte sie auch in einem Artikel aus, der 1936 in der Zeitschrift *Opportunity: Journal of Negro Life,* erschienen ist:

Ich lebe in einem Gebiet, das durchsetzt ist mit unzähligen Bächen. Von Natur aus fließen sie ruhig und langsam dahin, verweilen in kleinen Weihern und lassen am Ufer Moos, Farnkraut und zarte Binsen wachsen. Das Wasser ist so klar, daß man Forellen hindurchflitzen sieht und am Boden die rötlichen, grünlichen und grauen Farben der Steine erkennen kann. Aber es sind trügerische Bäche. Sie scheinen so ruhig zu sein, doch dann kommt plötzlich ein Wetterumschlag, Wind, Sturm oder Schnee, und sie werden toll. Sie sind dann von Tollheit besessen. Sie sind es nicht mehr zufrieden, ihrem Lauf friedlich zu folgen. Sie schwellen an von fremdem Wasser, das dunkel von Schmutz und Trümmern ist. Und sie brausen dahin, um sich mit einem größeren Bach zu vereinen, der seinerseits davonbraust, um sich in den Fluß zu ergießen; der Fluß schwillt an und brüllt mit all diesem zornigen, unzufriedenen Wasser, bis er sich im Meer befreien kann. Und in der Weite des Meeres verlieren sich alle diese Wasser. Sie werden nie mehr zurückkehren zu ihren ursprünglichen Weihern und Bächen; denn es gibt keine Rückkehr.

Wenn ich die Sturzbäche sehe, muß ich daran denken, wie ähnlich sie der Menschenseele sind. So sah ich Menschen sich verhalten. Männer und Frauen leben ruhig dahin, sind friedlich und heiter, wenn auch nicht glücklich. Die meisten Menschen leben wohl, wie es heißt, in einem Zustand stiller Hoffnungslosigkeit. Und dann kommt eine Flut. Woher, weiß ich nicht – vielleicht weil sie einen jähen Anfall der Verzweiflung haben oder sich plötzlich weigern, das Leben so zu akzeptieren, wie es ist, oder durch wilde Hoffnungen, mit denen sie sich wie mit einer Krankheit bei anderen Menschen angesteckt haben. Aber es kommt eine Zeit, wo die einzelnen Seelen in die Flut einer Massenseele gerissen werden, so daß sie aufhören, als Einzelwesen zu denken und zu fühlen.

Eine solche Flut hat die Welt jetzt erfaßt. Diese Flut ist seit dem Ersten Weltkrieg stetig angeschwollen, und Nation um Nation, Klasse um Klasse, Rasse um Rasse, Männer und Frauen schließen sich zusammen. Sie denken nur noch in Gruppen. Es ist ihnen weniger wichtig, sich bei ihrem eigenen Namen zu nennen als beim Namen einer Gruppe oder Rasse – Faschist, Kommunist, Jude, Herrenmensch, Neger, Chinese, Arier und noch viele andere. Die Massenidee ist sogar in Kunst und Literatur eingedrungen. Heute malt man Fabriken, Menschen, die an Maschinen stehen, einen Arbeiter, der nicht als Einzelmensch dargestellt ist, sondern als Vertreter einer Gruppe. Die alte Zeit ist vorbei, meines Wissens für immer, da sich die Zeit weiterbewegen muß. Einst verweilte der Maler bei einem geliebten Gesicht. Jetzt muß seine Kunst als Symbol gelten. Er darf nicht bei einer Gestalt um ihrer selbst willen verweilen.

Auch in der modernen Literatur gibt es solche, die offen sagen, der einzelne habe hier keinen Platz mehr. Eine Gestalt dürfe nicht für sich selbst stehen, sondern nur für die Gruppe, aus der sie für den Augenblick auftaucht. Sie trägt bloß einen fingierten Namen. Die eigentliche Gestalt ist der Liberalismus oder Kommunismus, der Faschismus, Sozialismus oder Kapitalismus. Die Handlung, die Verwicklung und die Lösung des dramatischen Knotens müssen sich unter diesen großen Namen abspielen. Es gehe jetzt nicht mehr, so heißt es, um den Konflikt zwischen Mann und Frau, sondern zwischen Ideen und Kredos.

In einer solchen Zeit, angesichts einer solchen Flut muß ich meinen Glauben an das Einzelwesen betonen. Ich betone mein Vertrauen zum einzelnen Menschenherzen. Ich hebe nachdrücklich die individuelle Seele hervor. Ich sage sogar, daß die Massenseele die niedrigste Seele ist. Wenn sich Menschen zusammenrotten, verliert der Geist die Klarheit wie das Wasser von Bächen und Flüssen, und die Seelen fließen in Zerstörung über. Ich behaupte, daß das kälteste, härteste, unmenschlichste Herz das Massenherz ist, das den Sinn für die individuellen Bedürfnisse verloren hat, so daß es Leben und Tod mit stumpfer Gleichgültigkeit betrachtet. Die gefühlloseste Seele ist die Massenseele, die keine Großzügigkeit, keine Impulse zu Güte und Verständnis, keinen geistigen Nenner kennt. Das allen Gemeinsame ist dem Tier am nächsten.

Darum möchte ich Männer und Frauen bitten, sich niemals ganz und gar einer Sache, einem Glauben oder einer Rasse zu verschreiben. Das Beste, das jeder von uns zu geben hat, ist das Individuelle in uns. Diese besondere Individualität ist auch unser wirksamstes Mittel, von andern das zu empfangen, was das Wertvollste im Leben ist. Verlieren wir sie, so verlieren wir gleichzeitig die Fähigkeit, von anderen das Beste zu empfangen und selbst unser Bestes zu geben. Bewahren wir sie, so bleiben wir frei von Wirrnis und Unklarheit; dann behalten wir in einer stürmischen Welt unsere ruhige Mitte. Jeder ist er selbst, keine Nummer unter Millionen. Sein Leben hat Wert, je nachdem wie er sich selbst verwirklicht. Vor langer Zeit wurde gesagt: «Was hülfe es dem Menschen, wenn er die ganze Welt gewönne, und nähme doch Schaden an seiner Seele?» Diese Frage sollte man sich heute wieder stellen.

Die Tatsache, daß Pearl S. Buck der Nobelpreis verliehen worden war, rief die amerikanischen Kritiker auf den Plan. Im wesentlichen hieß es, keine Frau verdiene den Nobelpreis, vielleicht Willa Cather ausgenommen (die ihn nie erhalten hat), am wenigsten von allen aber Pearl S. Buck: Sie sei noch zu jung, habe viel zu wenig bedeutende Bücher geschrieben und könne kaum als Amerikanerin betrachtet werden, da sie in China gelebt und nur über Chinesen geschrieben habe. Es stimmte sie sehr unglücklich, daß sich besonders ihre Kollegen gegen die Wahl aussprachen, und sie traf die Vorbereitungen für die Rückreise in niedergedrückter Stimmung.

Nach der Preisübergabe, bei der es an Würdigungen ihrer menschheitsverbindenden Arbeit gewiß nicht fehlte, schrieb sie mir: «Der Nobelpreis kam gerade zum richtigen Zeitpunkt. Die erste große Erfolgswelle der Popularität war vorbei. Die Leute fragten: ‹Kann sie weitermachen?› Ich wußte nicht, ob ich so weiter schreiben könnte, wie ich es mir vorstellte. Ich bemühte mich zu dieser Zeit, mich an mein Vaterland zu gewöhnen – welch einschneidende Veränderung! Plötzlich kam der Nobelpreis wie eine Herausforderung und wie ein Beweis, daß andere an mich glaubten. Ich habe Mut gefaßt, und ich werde den Mut nie mehr verlieren.»

Der Nobelpreis bezeichnet das Ende einer ganzen, in sich geschlossenen Lebensperiode. Die chinesische Periode war vorbei. Freilich, sie sollte auch in Zukunft Bücher über Asien schreiben; doch dabei bestand ein feiner Unterschied: Die Bücher gründeten zwar auf ihrer Kenntnis Asiens, aber sie selbst gehörte nicht mehr dazu. Sie spielten nur teilweise in Asien, wie *Geschöpfe Gottes, Und fänden die Liebe nicht, Drachensaat* und *Die verborgene Blume*; andere, die ganz in Asien angesiedelt waren, wurden aus Erinnerungen geschöpft: *Das Mädchen Orchidee, Peony* und *Die Frauen des Hauses Wu.* Ja, auch dieser letzte Roman ist weniger eine Studie Chinas und des chinesischen Lebens als eine Frauenstudie. Er enthält viel Autobiographisches, denn er handelt von der Suche einer geistig hochstehenden Frau nach ihrer Ergänzung im Manne.

Wenn der Nobelpreis einerseits einem Lebensabschnitt ein Ende setzte, so bezeichnete er andererseits einen neuen Anfang. Sie konnte ihr bisheriges Leben nicht fortsetzen, selbst wenn sie es gewollt hätte; denn nach einer solchen Auszeichnung gehört der Schriftsteller der Leserschaft, und es wird ihm die Pflicht auferlegt, sein Leben mit ihr zu teilen. Einem Menschen wie Pearl Buck wäre es unmöglich gewesen, auf den Lorbeeren auszuruhen und sich nach der Auszeichnung in sich selbst zurückzuziehen.

Die schöpferische Pause war beendet, und sie wandte sich nun dem amerikanischen Schauplatz zu. Bisher hatte sie ihn erst in einem einzigen Roman benutzt, nämlich in *Stolzes Herz*. Entscheidend ist allerdings bei all ihren Büchern, daß weder das Hier oder das Dort, weder das Jetzt noch das Damals ins Gewicht fällt, sondern daß sie alle von Menschen und vom Menschlichen handeln. Ihre Gestalten sind Menschen, und das allein zählt.

Durch die Kritik, die lautwurde, als gerade sie den Nobelpreis erhielt, wurde ihr bewußt, daß man sie gar nicht als Amerikanerin betrachtete. Dieser Aspekt der Kritik traf sie am schmerzlichsten, war sie es doch von jeher mit Leib und Seele. Aber gerade dieser Schmerz trieb sie an, sich mit dem Land zu befassen, das sie nicht akzeptieren wollte. So begann sie über Amerika zu sprechen und zu schreiben, wie sie es sah und erlebte. Nun würde ihre Stimme gehört; denn fast jeder Amerikaner wollte wissen, was ein Nobelpreisträger über sein Land dachte. Oft war es nicht das, was die Leute zu hören wünschten, und dennoch sagte sie es.

Ihre Stimme wurde gehört, ja, aber nicht immer beachtet, doch dafür konnte sie nichts. Sie benutzte ihre Begabung als Rednerin und Schriftstellerin dazu, sich über eine erstaunliche Vielfalt von Themen zu äußern. Diese Entschlossenheit, zu allen sie interessierenden Fragen Stellung zu nehmen, machte sich schon 1939 bemerkbar, als die Originalversion von *Land der Hoffnung, Land der Trauer* veröffentlicht wurde. In diesem Roman warnte sie vor dem aufkommenden Kommunismus in China. Sie schildert in genauem Detail, wie und warum Tschiang Kai-schek im Kampf gegen die japanischen Eindringlinge die kommunistischen Rebellen um Hilfe anging.

Wie alle ihre Romane ist das Buch historisch wahr. Ein anderes Beispiel ist der Roman *Wie Götter werden,* in dem sie auf die Gefahr der Heldenverehrung hinweist, wie sie in Amerika zu finden ist. Es überraschte sie, überall von einer jubelnden Menschenmenge begrüßt zu werden, als sie nach der Veröffentlichung der *Guten Erde* nach Amerika kam. Ihrer Ansicht nach hatte sie einfach ihren Beruf ausgeübt, wie ein Chirurg oder ein Straßenbahnführer seine Arbeit verrichtet, und die Verehrung, die ihr von fremden Leuten zuteil wurde, brachte sie in Verlegenheit. Solche Vergötterung erwartete sie nicht, und *Wie Götter werden* schrieb sie, um ihrer Verwunderung darüber Ausdruck zu verleihen. Der Held des Romans, Bert, ist ein Blechgott und seine Frau Kit eine ihrer autobiographischen Frauengestalten. Durch diese Frauenfigur zeigt sie, wie ein intelligenter Mensch auf eine solche Lobhudelei reagiert und wie sie selbst ihre Verpflichtung dem Volk gegenüber betrachtet hat. In ihrem *Schatzbuch* findet sich eine Eintragung über den Roman, datiert vom 7. Januar 1940:

«Diese Woche war stürmisch wegen meines neuen Buches *Other Gods.* Einige Lektoren des Book-of-the-Month-Club finden, es bestünde eine gewisse Ähnlichkeit zwischen Bert und Kit Holm und einer wohlbekannten Familie. Ich bin nicht dieser Meinung. Tatsächlich ist mein Ehepaar äußerlich meinen Eltern nachgebildet. Die Beziehung zwischen Bert und Kit ist meine eigene unglückliche Ehe. Alles übrige ist Zufall.

Gegen jedes Buch, das ich geschrieben habe, wurde von irgend jemand Einspruch erhoben. Was für Proteste wegen der *Good Earth!* Welches Aufsehen wegen der Bücher über meine Eltern! Was für eine Hetze gegen *The Patriot!* Das waren die schlimmsten. Das letztgenannte war vielleicht das schlimmste. Darum darf man sich nicht kümmern, wenn man arbeiten will.»

In jenen Jahren erschienen ihre Romane nicht nur in Buchform, sondern auch in größeren Zeitschriften in Fortsetzungen. Infolgedessen wurden sie von vielen Leuten gelesen, die keine Bücher kauften, aber zu Millionen Zeitschriften verschlangen. Ihre Schwester war dagegen, daß sie für Zeitschriften schrieb. Wie sie sich ihrer Schwester gegenüber in Briefen äußerte, ist nicht bekannt; doch in ihrem *Schatzbuch* drückt sie sich am 9. Januar 1940 darüber deutlich aus:

«Meine Schwester schreibt mir in einem Brief, ich sollte nicht für die populären Zeitschriften schreiben. Tatsache ist, daß ich nicht befriedigt wäre, wenn meine Erzählungen nicht in den Zeitschriften veröffentlicht würden, die von der Masse gelesen werden. Unter diesen Leuten sind sicher nicht die feinsten und schönsten, aber sie bilden noch immer die Wurzel des Lebens. Ein Mensch, der so isoliert ist wie der Schriftsteller, darf die Berührung mit ihnen nicht verlieren. Ich schätze ihre Briefe, die oft so einfältig sind. Ich *fühle* sie. Ihre Gedanken erreichen mich, und ich bemühe mich, sie mit meinen Gedanken zu erreichen.

Der wirkliche Einwand, den ich gegen die Zeitschriften habe, sind die redaktionellen Kürzungen. Will man sie umgehen, so ist der Autor zum knappsten Ausdruck gezwungen. Das stört mich ungemein, da meine Romane ihren eigenen Umfang haben. Dennoch werde ich versuchen, sie in Grenzen zu halten, damit die Kürzungen wenigstens nicht einschneidend zu sein brauchen.

Ich muß heute fleißig arbeiten. Aber ich will mir eine Stunde Zeit nehmen, um mit den Kindern rodeln zu gehen.»

Sie hatte den Vorteil gehabt, meistens im Ausland zu leben, so daß sie nicht nur das Gute an der amerikanischen Sozialstruktur sah, sondern auch die Fehler. Nie konnte sie den Schock vergessen, den sie erlitt, als sie entdeckte, welche Rassenvorurteile in ihrer Heimat herrschten, und sie machte sofort auf die Übel der Diskriminierung aufmerksam. Sie ertrug es nicht, mit anzusehen, daß Menschen unterdrückt wurden, nur weil sie sich durch den Zufall der Geburt von den andern unterschieden. Allerdings fand sie, der Neger dürfe nicht nur gleiche Rechte fordern, sondern müsse auch bereit sein, die Verantwortung für diese Rechte zu tragen. Über die Gleichberechtigung hielt sie am 5. Juni 1942 an der Howard-Universität* einen Vortrag, der 1943 veröffentlicht wurde; der deutsche Titel lautet *Was mir Amerika bedeutet.* Hier ein Auszug daraus:

Wir leben in einer ungewöhnlichen Zeit, und ich stehe hier vor ungewöhnlichen Studenten. Heute muß der einzelne dazu beitragen, die menschlichen Forderungen unserer Zeit zu erfüllen, sonst versäumt er viel. Heute sind Sie nicht nur eine Gruppe von Einzelwesen, die ihr individuelles Leben in einem Lande beginnen, das mehr oder weniger demokratisch ist. Sie sind eine besonders privilegierte Gruppe, nicht einmal wegen des Studiums, das Sie hier unter so vortrefflichen Bedingungen begonnen haben. Sie sind außerdem privilegiert, weil Sie in diesem Augenblick der Menschheitsgeschichte eine Gruppe mit einer besonderen Pflicht sind, einer Verpflichtung den Zeiten gegenüber, der nur Sie allein nachkommen können, und zwar sowohl auf Grund Ihrer Geburt als auf Grund dessen, was Sie empfangen haben.

Bedenken wir die augenblickliche Lage. Sie sind Amerikaner. Sie entstammen alten amerikanischen Familien, nicht kürzlich eingewanderten. Das heißt, daß Ihre Familien schon seit Generationen in einem Lande gelebt haben, das an die Demokratie und an die Freiheit des Individuums geglaubt hat, auch wenn es hier in der Praxis keine Gleichheit gibt. Sie gehören zur Spitze Ihrer Gruppe, sonst wären Sie heute nicht hier. Sie sind eine gewisse finanzielle Sicherheit gewöhnt und stammen bestimmt aus einem Milieu, das bis zu einem gewissen Grad intellektuell ist, denn sonst hätten Sie es nicht der Mühe wert gefunden, Zeit, Arbeit und Geld für eine Universitätsausbildung zu opfern. Offenbar stehen Sie alle weit über dem Durchschnittsamerikaner.

Dennoch weiß ich, daß ich Ihnen nichts sagen würde, was lohnte, gesagt zu werden, wenn ich nicht offen davon spreche, was ebenso wahr ist: daß jeder von Ihnen im Innersten – ob

* Die Howard-Universität in Washington D. C. ist eine von Farbigen besuchte Hochschule. – Anmerkung der Übersetzerin.

nun ausgesprochen oder nicht – Zweifel hegt, nicht an sich selbst, sondern an seinem Platz in der Gesellschaft. Es ist unvermeidlich, daß sich viele von Ihnen, wenn nicht gar alle, die Frage stellen, wieviel Sie selbst mit Ihrer ungewöhnlichen Ausbildung ausrichten können, in welchem Maße Ihnen die Schranken des Rassenvorurteils in Ihrem Lande hinderlich sein werden.

Ich weiß, daß einige von Ihnen in begrenztem Maß ihren Weg machen, ihren Lebensunterhalt verdienen können, wenn Sie sich in die kleine Welt innerhalb der großen Welt zurückziehen. Es gibt eine Art, in der Sie leben können, bei der das Gebiet der Rassenvorurteile fast gänzlich umgangen wird und die Ihnen im beschränkten Umkreis jener kleinen, der großen unterworfenen Welt verhältnismäßige Sicherheit gewährt. Jene von Ihnen, die ihrem Wesen nach zum Rückzug in die Sicherheit neigen, werden diese kleine Welt wählen. Wer kann Ihnen das zum Vorwurf machen? Es gab nichts, das Sie ermutigt hätte, die Mauern, die das Rassenvorurteil rings um Sie errichtet hat, niederzureißen, und der einzelne tut vielleicht besser daran, innerhalb der Mauern zu leben, als seine Energien darauf zu verschwenden, eine bisher unnachgiebige Schranke zu durchbrechen.

Doch die harte praktische Frage bleibt: Wie sollen wir dem Rassenvorurteil begegnen? Wenn wir uns ihm unterwerfen und eine Welt innerhalb der Welt errichten, wird einem Übel Vorschub geleistet. Überdies vertieft sich dadurch die Spaltung der Nation. Wenn Sie aber versuchen, sich den Weg in die Welt des Weißen zu erzwingen, so widersetzt er sich Ihnen mit der ganzen Kraft seines Vorurteils. Es erregt zwar das Ärgernis des Weißen, wenn Sie an seinem Tor Lärm schlagen, aber es ist erniedrigend, dauernd Lärm zu schlagen, um zu fordern, was Ihr gutes Recht ist. Die Wirkung auf die Farbigen ist schlecht. Der fortgesetzte Zustand praktischer Minderwertigkeit, mag er noch so ungerecht und unverdient sein, wirkt sich auf den einzelnen Farbigen und die ganze Gruppe stark aus. Ebenso unselig wirkt sich die angebliche rassische

Überlegenheit auf den Weißen und seine Gruppe aus. Kurz, die Rassenvorurteile beeinflussen das ganze Leben der Nation. Unzählige Menschen verschwenden Zeit, Gedanken, Tatkraft und Gefühle an etwas Sinnloses. Doch so ist es. Was sollen wir dagegen tun?

Was werden Sie dagegen tun? Zwei Möglichkeiten bieten sich an: Sie können die Lage so hinnehmen, wie sie ist; Sie können es als das sicherste betrachten, in den Grenzen Ihrer eigenen Nation zu bleiben, der Negernation innerhalb eines weißen Amerikas, das infolge seiner Spaltung allmählich aufhören wird, sich zu einer wahren Demokratie zu entwickeln. Oder Sie können sich dazu entschließen, Amerika zu helfen, zu der Demokratie zu werden, von der wir alle träumen.

Die Ungleichheit der Chancen, der Sie in Ihrer Heimat ausgesetzt sind, ist mehr geworden als ein individuelles Handicap, mehr als ein Gruppenunglück. Diese Ungleichheit ist zur höchsten nationalen Gefahr geworden, zur Felsenklippe, an der unsere ganze Nation zerschellen kann. Es ist jetzt dringend notwendig, daß alle von uns, die wir von ganzem Herzen an die Demokratie glauben, zusammenarbeiten, um in der Welt, von der unsere Nation nur ein Teil ist, die Gleichheit der Menschen zu schaffen.

Es gibt viele Nationen in der Welt und große Völkerschaften, die in der Zukunft unsere Freunde oder unsere Feinde sein werden, je nachdem, ob wir an die Gleichberechtigung der Menschen glauben und sie praktizieren oder nicht. Ich verweise auf die Völkerschaften Rußlands, Chinas und Indiens. Gesamthaft bilden sie den größten Teil der Erdbevölkerung. Gesamthaft bestimmen sie die Zukunft der Welt. Zwei dieser Länder, Rußland und China, haben die Gleichberechtigung der Rassen bereits beschlossen, und Indien strebt nach seiner Freiheit. Zwei von ihnen, Indien und China, haben unter den Auswirkungen der Rassenvorurteile schwer gelitten, Indien auf katastrophale Weise. In einer Welt, in der diese Nationen Macht haben, was heute schon der Fall ist, werden sie die Diskriminierung einzelner Rassen nicht dulden. Es ist wesentlich, daß diese Nationen unsere Freunde sind; aber wie können sie unsere Freunde sein, wenn unser eigenes Volk gespalten ist durch Vorurteile und eine Gruppe der andern entgegensteht?

Sie sehen, welche Bedeutung Sie heute haben. Sie sind nicht mehr eine Minderheitsgruppe in einer Nation. Sie sind zum Prüfstein der Demokratie geworden, in Ihrem eigenen Land und in der Welt.

Wenn ich an den Farbigen bei uns etwas zu kritisieren habe, dann ist es dies: Sie sind in ihrem Streben nach Gleichheit zu selbstsüchtig gewesen. Allzu oft haben sie nur an den Kampf für die Gleichheit in diesem einen Land, in ihrem eigenen Interesse gedacht; damit haben sie diesen Kampf beschränkt und ihn seiner Größe und Bedeutung für die ganze Menschheit beraubt. Sie sind nicht bloß eine Gruppe in einem einzigen Land; Sie haben teil am großen Kampf der Völker für die Freiheit. Es geht nicht nur um Farbige gegen Weiße – viele Weiße sind auf Ihrer Seite, denn in vielen Weltteilen sind auch weiße Menschen Tyrannen ausgeliefert. Sie müssen die Bedeutung des Kampfes verstehen, müssen ihn auf der richtigen Ebene kämpfen. Wenn Sie den Kampf, den Sie im eigenen Lande um Ihren Platz führen, mit dem Kampf für Freiheit und Gleichheit in der ganzen Welt verknüpfen, werden Sie Ihre Fronten verstärken, Ihrer Sache Nachdruck verschaffen und zum Sieg der Demokratie beitragen.

Wollen wir wirklich die Gleichheit aller in der ganzen Welt erreichen, so darf der Kampf nicht in einen Rassenkampf oder einen Krieg zwischen Osten und Westen ausarten. Mit einem Kampf zwischen Vorurteilen ist nichts zu gewinnen. Ihre Gegner gehören keiner bestimmten Rasse oder Nation an – Ihre Feinde sind alle jene, die nicht an die Gleichberechtigung der Menschen glauben, die einen Menschen nach der Hautfarbe beurteilen und nicht nach dem, was er als Einzelwesen ist. Ihre Verbündeten sind diejenigen, die an die Gleichberechtigung der Menschen glauben und sie praktizieren, die den einzelnen lediglich nach dem beurteilen, was er ist und was er tut. So einfach können Sie Ihre Gegner von Ihren Verbündeten unterscheiden. Auch Sie dürfen sich dem Rassenvorurteil nicht unterwerfen. Es ist ebenso verkehrt von Ihnen, den Weißen zu hassen, nur weil er weiß ist, wie es von ihm verkehrt ist, Sie zu mißachten, nur weil Sie nicht weiß sind. Halten Sie sich von Neid und Rachegefühlen frei, damit Sie heute Ihre große Arbeit in der Welt leisten können.

Worin besteht nun Ihre Aufgabe? Sie besteht darin, eine Brücke zwischen Ihrer Heimat und den anderen Ländern, die ich eben erwähnt habe, zu schlagen. Der Weiße kann Indien vielleicht nicht bis zu dem Grad verstehen, wie Indien jetzt verstanden werden müßte; ebensowenig wird er China in dem Grade helfen, wie China jetzt geholfen werden müßte. Aber Sie können Indien verstehen, weil Sie wissen, was Indien erlitten hat, und Sie wissen, was China jetzt und bei Friedensverhandlungen braucht.

Verlassen Sie Ihre eigene kleine Welt, und nehmen Sie in Amerika Ihren Platz als Sprecher aller Farbigen auf der Welt ein. Seien Sie bereit, bei Friedensverhandlungen für Afrika zu sprechen, für Korea zu sprechen. Heute gehören Sie in die große Welt, denn Ihre Forderungen an unser Land sind ein Teil der weltweiten Forderung nach Freiheit und Gleichheit der Menschen.

Von der Grundüberzeugung, die hier zum Ausdruck kommt, ist sie nie abgewichen, im Gegenteil, sie festigte und verstärkte sich im Verlauf der Jahre. Und immer spannte Pearl Buck bei ihren Vorträgen den Bogen zur ganzen Welt, ohne dabei den pathetischen, theatralischen Ton anzuschlagen, in den manche Redner verfallen, wenn ihnen ein Thema oder ein Punkt am Herzen liegt. Ihre Zuhörer sahen sich in einem Netz der Tatsachen gefangen, so daß sie unweigerlich zumindest ihrer Logik, wenn auch nicht unbedingt ihrem Standpunkt zustimmen mußten. Ihre Reden übten die Wirkung eines «samtenen Vorschlaghammers» aus.

Ebenso stark wie die Rassenfrage beschäftigte sie das Problem des Zweiten Weltkrieges, das sie sowohl in ihren Büchern als auch in ihren Vorträgen behandelte. Ihre Einstellung zum Krieg im allgemeinen drückte sie öfters in ihrem *Schatzbuch* aus. Die erste Eintragung über dieses Thema datiert vom 20. Januar 1940:

«Gestern las ich bis spät nachts die *New York Times*, und die furchtbaren Möglichkeiten, die der Krieg in Europa jetzt klar erkennen läßt, verstörten mich derart, daß ich die ganze Nacht von einem Krieg zwischen den Dienstboten in meinem eigenen Haus träumte; sie waren alle sehr freundlich zu mir, aber bekämpften sich untereinander so erbittert, daß ich selbst in diesen Kampf hineingezogen wurde – ein Symbol von Befürchtungen auf größerer Ebene. Meine Einstellung zum Krieg läßt sich kurz aufs Wesentliche zusammenfassen. Ich bin keine Pazifistin, denn ich begreife, daß die den Menschen angeborenen Unterschiede im Denken und Verstehen es notwendig machen, bei bestimmten Personen Gewalt anzuwenden, da sie nur die Sprache der Gewalt verstehen können; aber nur bei Einzelwesen, nicht bei Nationen. Gewaltanwendung gegenüber Nationen bedeutet Krieg, und Krieg hat nie Erfolg. Das haben mich die Kriege gelehrt, die ich selbst miterlebt habe. Sie erzeugen in Quantität und Qualität unendlich viel Schlimmeres, als sich ergeben würde, wenn sich die Menschen entschieden zu kämpfen weigerten, komme, was da wolle. Mein Einwand gegen den Krieg ist rein praktischer Natur: Kriege sind romantisch und utopisch, und ihre Ziele werden niemals erreicht, höchstens unter Verlusten, die derart exzessiv sind wie beispielsweise im amerikanischen Bürgerkrieg. Wenn den Menschen nun klar würde, daß Kriege zu nichts führen, gäbe es vielleicht eine Möglichkeit, ihn als praktisches Mittel zu einem Zweck auszuschließen.

In diesem Zusammenhang ist natürlich die Frage der traditionellen Ehre zu bedenken. Wir haben uns so lange eingeredet, es sei ehrenvoll, in den Krieg zu ziehen, daß es uns schwerfällt, neue Traditionen zu schaffen. Dennoch finde ich, daß es geschehen muß.»

Nie übte sie Kritik, ohne eine Lösung zu bieten, gewöhnlich auf einfache, direkte Art. Im folgenden unveröffentlichten Artikel, der wahrscheinlich in den frühen vierziger Jahren geschrieben wurde, schlägt sie eine Lösung der Weltprobleme vor:

VÖLKERMANIFEST

Wir, die einfachen Völkerschaften der Erde, sind der vielen bedrückenden Kriege müde, zu denen man uns genötigt hat. Deshalb erklären wir jetzt, daß wir uns nicht länger zu den Kämpfen zwingen lassen wollen, deren Ursache uns nicht klar ist und deren Ziele nicht erreicht werden. Kein Krieg hat jemals unsere Lebensbedingungen verbessert, noch uns glücklicher gemacht, oder unseren Kindern Sicherheit gegeben. Im Gegenteil, je mehr die Technik die Waffen der Kriegführenden vervollkommnet hat, um so grausamer sind wir vom Krieg betroffen worden. Noch sind wir der Atombombe und dem Giftgas nicht ausgeliefert worden, aber wir sehen voraus, daß wir bei einer Fortführung dieser Kriege noch mehr unter den vervollkommneten Waffen zu leiden haben werden, ersonnen von Wissenschaftlern, die ihre Kraft der Erfindung von Maschinen widmen, die noch schneller töten als die schon bestehenden. Die Stunde wird schlagen, wo Krankheitskeime und ähnliche Übel als Kriegswaffen benutzt werden. Wenn kein klarer Plan aufgestellt wird, wie überall in der Welt Kriege gänzlich verhütet werden können, so bleibt uns und unseren Kindern keine Hoffnung.

Darum erklären wir feierlich, daß die Völker aller Länder Vertreter wählen sollen, denen die Aufgabe obliegt, eine Weltregierung zu schaffen, die in Zukunft jede Nation daran hindern wird, einen Krieg zu beginnen, aus welchen Gründen auch immer. Denn wir, die Völker selbst, sind entschlossen, daß wir unsere Länder nie mehr von einem Krieg verwüsten und unsere Familien nie mehr von einem Krieg vernichten lassen werden, und wir werden diese Entschlossenheit unseren Regierungen mitteilen, nicht aus mangelnder Vaterlandsliebe, sondern zum Wohle aller, damit in gegenseitigem Einvernehmen alle Sicherheit und Wohlstand finden werden.

Im weiteren Verlauf dieses Manifests fordert Pearl Buck die Schaffung einer Weltregierung – ihre eigene, allerdings etwas utopische Version der Vereinten Nationen und des Sicherheitsrates, die Jahre nach der Niederschrift dieser Zeilen gegründet wurden. Das Manifest endet wie folgt:

Wir, das gewöhnliche Volk aller Länder, wissen recht gut, daß Kriege nicht zuletzt aus unserer eigenen Unzufriedenheit erwachsen; Unzufriedenheit aber entsteht durch Hunger, Krankheit und Unwissenheit – Übel, die wir so lange erleiden müssen, bis es nicht Mittel und Wege gibt, sie zu verhüten oder aus der Welt zu schaffen. Um diese Brutstätten des Krieges auszumerzen, soll es Pflicht unserer Weltregierung sein, die Lebensbedingungen in den verschiedenen Ländern zu untersuchen, so daß denen, die Hilfe nötig haben, durch Vermittlung unserer Weltregierung von allen anderen geholfen werden kann, damit krasse Ungleichheiten unter uns so schnell wie möglich behoben werden.

Diese Hilfe soll nicht Wohltätigkeit sein, denn Wohltätigkeit trägt den Keim zu Ressentiment und Haß in sich. Unsere Weltregierung entscheide deshalb, was das einzelne Volk benötigt, und gebe Anleihen zum Aufbau und zur Entwicklung des bedürftigen Landes, so daß sich die Lebensbedingungen dieses Volkes bessern lassen. Die Anleihen werden von den anderen Völkern in angemessener Höhe aufgebracht, aber von unserer Weltregierung so verteilt, daß kein einzelner Staat oder Konzern wiederum wirtschaftliche Macht über das Volk erringen kann. Alle Völker unterstützen sich gegenseitig in Krisen- und Notzeiten durch unsere Weltregierung. Wer Geld zum Ausleihen hat, stellt es der Weltregierung zur Verfügung, und diese leistet dafür angemessene Sicherheiten. Wer hingegen Geld braucht, kann es vom Überfluß der andern zu einem adäquaten Zinssatz und unter Rückzahlungspflicht beziehen. So wird ein permanenter Welt-Fonds aufrechterhalten, von dem alle Nutzen haben, ohne daß jemand ausgebeutet wird.

Es genügt allerdings nicht, machtlüsterne einzelne zu kontrollieren, die Kriege anzetteln könnten, und allen Völkern Nahrung und Gesundheit zu sichern. Es ist auch nötig, im Geist aller Völker die Ideale der Humanität und der Zusammenarbeit zu wecken. Alle Kulturen, die überdauert haben, sind auf diese Ideale gegründet, und nur wenn die Ideale durch entgegengesetzte Auffassungen zersetzt und zunichte gemacht wurden, sind Zwietracht und Krieg entstanden.

Darum ist es unser Wille, daß unter Berücksichtigung nationaler Sitten und Gebräuche der einzelnen Länder allen Völkern ein Mindestmaß an grundlegender gemeinsamer Bildung zuteil wird und daß überall dort neue Schulen errichtet werden, wo es notwendig ist. Der Unterricht in den Lehranstalten aller Länder soll auf derselben Basis beruhen, so daß die Kinder aller Länder zu gegenseitigem Verstehen und gegenseitiger Achtung erzogen werden. So verhindert man, daß sich die Jugend des einen Volkes im falschen Gefühl der Überlegenheit und Überheblichkeit gegen die Jugend eines anderen Landes wendet.

Diese gemeinsame Erziehung, auf die sich unsere Weltregierung zu einigen hat, ist keineswegs als Tyrannei zu betrachten, denn sie bedarf der Zustimmung aller, und sie zielt nicht darauf ab, den Willen des einzelnen zu brechen oder seinen Geist willkürlich zu formen, sondern ihn zu einem Menschen zu erziehen, der das Wohl aller bedenkt.

Dies ist unsere Erklärung, die Erklärung der Völkerschaften der Welt. In Anbetracht des gegenwärtigen Leides fordern wir die sofortige Bildung unserer Weltregierung, damit wir bei der Beendigung dieses Krieges, nach dem wir Frieden erhoffen, nicht wieder unvorbereitet von einem Krieg überrascht werden, und damit sich die jetzt bestehenden Freundschaften zwischen Nationen nicht wieder in getrennte und selbstsüchtige Existenzen auflösen.

Laßt uns jetzt, inmitten der Kriegsnot, den Frieden sichern und dauerhaft machen.

Während sie sich mit den Weltproblemen befaßt, erleichterte sie sich als Frau von persönlichen Kümmernissen und von der Einsamkeit in ihren Romanen.

Die Kameradschaft, die sie während ihres ganzen Erwachsenenlebens suchte, beeinflußte ihre Romane seit *Stolzes Herz* in besonderem Maße. Jedes Buch, das sie danach schrieb, spiegelte eine Situation, ein Ereignis oder Gefühle wider, die sie aus eigener Erfahrung kannte. Sie sagte mir einmal, im Roman müsse immer eine Gestalt vorkommen, mit der sich der Autor vollkommen identifizieren könne, sonst fehle dem Buch der Wahrheitsgehalt. Darum tritt in all ihren Romanen ein hochintelligenter, zutiefst empfindsamer Mensch auf, den sie selbst verkörpert – manchmal ein Mann, manchmal eine Frau. Es wäre interessant, in einer Studie die Parallelen zwischen Pearl Bucks Hauptgestalten zu ziehen. Es dürften mindestens fünfzig sein, angefangen von *Ostwind, Westwind* bis zu *Wo die Sonne aufgeht*, die zusammengenommen ihr tiefstes Inneres bloßlegen würden. *Des Lebens ganze Fülle* entstand von 1936 bis 1939, wurde aber erst 1967 in seiner Originalfassung veröffentlicht. Darin zum Beispiel drückt sie durch die Hauptgestalt Joan ihre Überzeugung aus, daß man auch bei den furchtbarsten Schicksalsschlägen, die einen im Leben treffen, Trost in der natürlichen Schönheit der kleinen Dinge finden könne. daß man diesen Trost als Geburtsrecht beanspruchen solle; dann könne man schließlich das Glück finden, auch in der größten Einsamkeit. Sie hat sich in diesem Buch sehr offen geäußert und sich in Joans Erlebnissen die unglücklichen Seiten ihrer beiden Ehen von der Seele geschrieben. Die Tatsache, daß eine Heldin so viele Schläge erleidet wie Joan, hat einige Kritiker veranlaßt, sie als melodramatische Figur abzustempeln; und dennoch erfüllte sie für Pearl Buck ihren Zweck. Die Beziehung zwischen Joan und dem Ehemann ist der ersten Ehe der Autorin entnommen; die Beziehung zu den Kindern und die Einsamkeit entstammt ihrer zweiten. Roger ist natürlich ihr zweiter Mann, und was Joan betrifft, so machte sie sich das Vorrecht des Romanschriftstellers zunutze: Die Heldin entschied sich gegen die Ehe – vielleicht darum, weil die Autorin das Gefühl hatte, daß sie ebenso hätte handeln sollen. Statt in ihrer zweiten Ehe die erhoffte Verschmelzung von Ich und Du zu erleben, zog sie sich zumindest in geistiger Hinsicht in sich selbst zurück. Sie war die Stärkere und mußte deshalb den Preis bezahlen. Sie mußte sich in jeder Beziehung auf sich selbst verlassen.

Wie Joan in diesem Roman suchte auch sie bei ihren Kindern Trost. Sie überhäufte die Kinder mit Liebe, und sie wurden ihr Leben. Vielleicht ist der Roman deswegen nicht zu Lebzeiten ihres Mannes veröffentlicht worden. All dies wird deutlich, wenn man in ihrem *Schatzbuch* liest:

Ich würde gern fortgehen, irgendwohin – ich weiß nicht, wohin und warum. Und doch glaube ich, wenn die Nacht käme, würde ich mich nach Hause zurücksehnen. Die Kinder würden mich wieder heimziehen. Wie könnte ich ohne diese Kinder leben? Dennoch freut es mich, ihre Unabhängigkeit von mir zu sehen – ich möchte nicht, daß sie von mir abhängig sind. Es macht mir Spaß, Knöpfe anzunähen und dafür zu sorgen, daß sie gut gekleidet und wohl genährt sind und sich normal entwickeln – ich wärme meine Hände gern an ihrem Feuer –, aber ich bin mir stets bewußt, daß ich eines Tages plötzlich nicht mehr hier sein werde, und dann muß das Feuer trotzdem weiterbrennen.

Es ist besser, nicht niederzuschreiben, was man empfindet, wenn man traurig ist . . . Wachst weiter, meine Lieben, solange ihr lebt, und ich werde glücklich sein, obwohl ich tot bin.

Ich sehne mich in diesen Tagen sehr nach einem Menschen

mit geistiger Weisheit, mit selbstloser Weisheit, die nichts fordert; aber ich weiß nicht, wo sie zu finden wäre, wahrscheinlich nirgends. Man sehnt sich nach einem Verständnis, das für sich selbst nichts verlangt, das für sich selbst gar nichts braucht. Das wäre die wirkliche Ruhe der Seele. Jeder wünscht etwas für sich selbst – und zeigt den Wunsch auch dann noch, wenn er ihn verleugnet. Nun, verlange ich nicht auch etwas, wenn ich nach Ruhe verlange? Ich meine, ich wünsche mir, frei und offen leben zu können, in der Sicherheit, verstanden zu werden, in der Sicherheit, nicht weh zu tun. Vielleicht bin ich nicht leicht genug zu verwunden. Warum sollte mir jemand weh tun wollen, denke ich immer und tue es als unwichtig ab, wenn man mir weh tut. Aber das macht mich vielleicht unempfindlich gegen die Empfindlichkeit anderer ...

In ihrem *Schatzbuch* verzeichnete sie vor allem auch die kleinen Freuden, die ihr durch die Kinder zuteil wurden und die ihr Leben so sehr bereicherten. Einige Auszüge dieser Art vermitteln eine Vorstellung von ihren mütterlichen Gefühlen und zeigen zugleich, wie sie auf die Weltereignisse reagierte:

10. Januar 1940. Meine Kinderchen singen, während sie sich anziehen. Ich höre den Chor im Kinderzimmer jenseits meiner Tür und kann jede fröhliche Stimme unterscheiden. Ich möchte zu ihnen gehen und bei ihnen sein, aber wenn ich es täte, würden sie – das weiß ich nur allzu gut – aufhören, sich selbst anzuziehen, und zu Babys werden, die liebkost und verzärtelt werden wollen. Ich muß sie zu Selbstbeherrschung und Unabhängigkeit erziehen; das Leben liegt vor ihnen, und nur diese beiden Eigenschaften können ihnen Sicherheit geben. Ich liebe jedes einzelne von ihnen, und jedem gilt meine Liebe ganz. Sie sind Fleisch von meinem Fleisch. Die Elternschaft fängt erst nach der Geburt an, dessen bin ich gewiß. Die körperliche Geburt ist nur ein Akt der Natur, aber die Liebe, der Wunsch, für ein Kind zu sorgen und es zu entwickeln, beginnt dann, wenn das Kind in den Arm der Mutter gelegt wird. Das habe ich bei

jedem meiner Kinder empfunden. Ein natürlicher körperlicher Akt beweist nichts; manche Frauen geben ihre Kinder weg, wenn sie nicht für sie sorgen können ... das wäre mir unmöglich!

27. Januar 1940. Ich habe an einem Vortrag zugunsten der chinesischen Flüchtlinge gearbeitet. Wie immer möchte ich meinen Landsleuten etwas Wesentliches von China vermitteln. Wie gewöhnlich hemmen mich meine eigenen Gefühle für China, die sich aus großer Bewunderung und fast ebenso starker Ablehnung zusammensetzen. Bestimmt sind die Chinesen die kultiviertesten und als Nation klügsten Menschen der Erde. Die neue historische Weltkarte, die ich diese Woche geschenkt erhielt, zeigt das in einfacher bildlicher Darstellung. Viertausend Jahre Menschheitsgeschichte sind auf der anderthalb Meter großen Karte eingefangen. Japan nimmt 17,5 Zentimeter ein, Amerika 12,5; eine lange, dünne schwankende Linie, die von oben nach unten verläuft, ist Indien. Die andern Länder sind Reihen platzender Ballone – alle außer China, das rechts außen einen geraden, breiten orangefarbenen Streifen bildet, schon in der Urgeschichte so breit und gerade wie heute. Das ist das Wunder der ganzen Menschheitsgeschichte. Wenn ein Mensch entgegen den Naturgesetzen durch die Jahrhunderte weitergelebt hätte, wie wertvoll wäre er für die Wissenschaftler und für uns alle! Von allen Ländern aber hat nur China weitergelebt. Auch Indien ist ein Land, dessen Wille zum Weiterleben selbst in der Unfreiheit nicht gebrochen wurde; doch das war ihm durch einen Glauben an geistige Dinge möglich. China hat kräftiger gelebt und, wie mir scheint, durch seine besondere Philosophie, die zwar auf das Geistige ausgerichtet ist, aber den materiellen Bedürfnissen des einzelnen Rechnung trägt – eine Mischung, die den ganzen Menschen befriedigt. Wir sollten unsere Wissenschaftler nach China schicken, um herauszufinden, warum und wieso es am Leben geblieben ist. England, Deutschland, Frankreich, Finnland

kämpfen jetzt alle ums materielle Dasein, China hingegen hat nie einen aggressiven oder defensiven Krieg geführt. Es hat seine ganze Energie dem Leben gewidmet und tut es auch heute noch. Ein Naturgesetz wohnt dem Körper inne, demgemäß er sich genügend Energie bewahrt, um sich gegen Krankheiten wehren zu können ... Ich wünschte, mein Land würde das einsehen, statt die alte europäische Tradition des Rittertums und eines todbringenden Patriotismus zu übernehmen. Viel besser ist es, fürs Vaterland zu leben, als dafür zu sterben, und manchmal viel schwerer!

Es soll keineswegs der Eindruck erweckt werden, sie hätte kein schönes Leben gehabt, abgesehen von den unvermeidlichen Kümmernissen und Schicksalsschlägen wie der unheilbaren Krankheit ihrer leiblichen Tochter. Aber gerade die Zweisamkeit, die ihr versagt blieb, hätte sie am meisten genossen. Stets wenn sie einen Menschen gefunden hatte, mit dem eine solche Beziehung möglich gewesen wäre, konnte sich aus irgendeinem Grunde diese Beziehung nicht weiterentwickeln. Vielleicht war das für ihr künstlerisches Schaffen gut. Als Frau aber litt sie darunter; ich habe immer gespürt, daß sie im tiefsten Innern unerfüllt war. Es lag nicht immer an den andern, daß es an der Erfüllung fehlte, im Gegenteil, der schöpferische Mensch muß einsam sein, er kann sein Innerstes nicht mit einem andern teilen. Sonst bleibt ihm wenig Zeit, um das zu schaffen, wozu ihn sein Genius antreibt; die Wahl muß getroffen werden. Sie hat die Wahl getroffen und die Folgen ihr Leben lang tapfer getragen. In ihrem *Schatzbuch* steht der Satz: «Es gibt keine Zweisamkeit, die nicht mehr fordert, als sie gibt.»

Ihr zweiter Mann hielt treu zu ihr, wie sie mir anvertraut hat, und liebte sie auf seine Weise unerschütterlich. Er war intelligent, ein ideal gesinnter Verleger, und die Entdeckung begabter Schriftsteller war seine größte Freude. Er durfte sich rühmen, die Erstlingswerke vieler berühmter Autoren verlegt zu haben, zum Beispiel von Nehru und Lin Yutang, ganz zu schweigen von Pearl Buck. Für ihn war das Lesen eines neuen Manuskripts wie eine Schatzsuche, denn stets bestand die Möglichkeit, ein Talent zu entdecken. Sein Beruf, ja seine Pflicht bestand für ihn darin, ein solches Talent zu entwickeln und zu fördern. Er war es ja auch, dessen Stimme den Ausschlag gab, als *Ostwind, Westwind* vom Verlag angenommen wurde. Er sagte offen, daß er das Buch nicht wegen seiner Qualitäten veröffentlichte, sondern weil die Autorin noch Besseres zu versprechen schien. Damit behielt er recht, denn er ebnete einem literarischen Genie den Weg, das der Welt ein umfangreiches Werk geschenkt hat. Sein Urteil über einen Erstling stimmte nicht immer, aber er ließ sich durch Mißerfolge nicht beirren, sondern suchte weiter. Diese Einstellung kennzeichnet den großen Verleger.

Daß diese beiden Menschen nicht auf vollkommene Weise zusammenpaßten, lag vielleicht daran, daß er im Gegensatz zu ihr keine philosophische Natur war. Was auch die Ursache gewesen sein mag, im *Schatzbuch* wird die Enttäuschung angetönt, die ihr das selbstgewählte Dasein gebracht hat:

«Jede Einzelheit des Alltagslebens ist mir jetzt kostbar. Früher dachte ich, daß ich in diesem Haus mein Leben beenden würde. Ich würde gern sehr alt und auf ganz stille Weise in diesem Zimmer in meinem Bett sterben, mit dem Gesicht zu den Bergen. Aber ich ahne, daß ich ganz anders sterben werde. Es spielt jedoch keine große Rolle mehr. Meine Einstellung zum Leben hat sich in den zwei letzten Jahren sehr geändert, nichts ist mir mehr so wichtig wie früher. Manchmal tut mir der Gedanke wohl, daß ich einfach *nicht mehr sein* werde. Warum sich die Menschen ein unsterbliches Leben wünschen, kann ich mir nicht vorstellen. Ich hoffe, sterblich zu sein.»

Zu dieser Zeit traf sie eine der klugen und endgültigen Entscheidungen, die ihr ganzes Dasein prägten. Wenn sie in innerer Einsamkeit leben mußte, ohne das Glück wahrer Gemeinsamkeit, ohne tiefste Verbundenheit mit dem Du, dann wollte sie alles nehmen, was ihr das Leben bot, und von keinem

Menschen mehr etwas erwarten. Sie freute sich an allen kleinen Dingen in Heim und Garten, pflanzte Bäume und Blumen und vergrößerte das Haus. Aus dem Sechs-Zimmer-Haus des Jahres 1935 wurde ein Haus mit achtzehn Zimmern. Sie verlangte von ihren Architekten, beim Umbau den ursprünglichen Zauber des Bauernhauses zu wahren. Es wurden die gleichen Feldsteine benutzt, aus denen das Haus ursprünglich gebaut war, und aus den Nachbardörfern wurden alte Maurer und Zimmerleute geholt, die ihre Bautechnik von Vätern und Großvätern übernommen hatten. Als die Bauarbeiten fertig waren, konnte nur ein geschultes Auge erkennen, wo das Alte aufhörte und das Neue begann.

4. Februar 1940. Heute ist Richard vier Jahre alt geworden. Wir feierten seinen Geburtstag im Eßzimmer mit einer Torte, Kerzen und Geschenken. Ich genieße jede Minute unseres Zusammenlebens. Jede Kleinigkeit ist ein Fest in meinem Leben. R. sagte zu mir: «Du bist müde – laß uns weggehen.» Und der Gedanke, wegzugehen, war mir schrecklich. Ich sagte: «Wohin sollen wir gehen? Alles, was ich mir auf der Welt wünsche, finde ich hier.»

Friede nach jahrelangen Kriegsgefahren, Ruhe nach Lärm. Mein eigenes Haus, meine Besitztümer, vor allem aber meine Kinder – wohin könnte ich gehen? Mein ganzes Leben lang werde ich Richard sehen, wie er da ernst am oberen Ende des Tisches saß an dem Tage, als er vier Jahre alt wurde ... Gott segne meinen kleinen Sohn!

20. Februar 1940. Ein heftiger Schneesturm vorige Woche, und meine Augen sind voll von den Bildern der im Schnee tollenden Kinder. Unsere Kinder sind natürlich die schönsten und gescheitesten. Ich weiß recht gut, daß ich eine Affenmutter bin, aber ich bin nicht die einzige, und wenigstens habe ich Grund dazu.

*Porträt*

Richard im Central Park, ein Eichhörnchen mit Erdnüssen fütternd. Als er keine Erdnüsse mehr hatte, steckte er die Hände in die Taschen; das Eichhörnchen mißverstand ihn und lief hoffnungsfreudig auf ihn zu. Jetzt mißverstand Richard das Eichhörnchen. Er gab Fersengeld, und das Tierchen verfolgte ihn. Er rannte immer schneller, während die Leute stehenblieben und über das Bübchen lachten, das da von einem Eichhörnchen gejagt wurde. Später fragte mich Richard: «Wieso wird ein Eichhörnchen größer und größer, wenn es rennt?»

Augenblicklich ist ein solches Unwetter, wie ich es noch selten erlebt habe; der Regen prasselt an die Scheiben und tropft durch die Risse.

Jean ist ein entzückendes Kind. Sie kam gerade hereingelaufen mit ihren rosigen Wangen, den tiefblauen Augen und den braunen Locken. Dieses Kind ist dazu geboren, ein Herzenstrost zu sein.

18. März. Richard und John sind heute zum erstenmal zur Schule gegangen. Sie waren fröhlich und erwartungsvoll, bis sie merkten, daß sie dort allein gelassen wurden. John weinte, aber Richard war ganz aufgelöst. Wenn er seinen Stolz und seine Selbstbeherrschung verliert, ist er völlig außer sich, und auch ich zittere bei dem Anblick. Wenn er zusammenbricht, bleibt nichts zurück außer Fetzen wilder Gemütsbewegung. Diese wieder zu einem menschlichen Wesen zusammenzusetzen, scheint fast unmöglich zu sein, doch gelingt es ihm – niemand kann es ihm abnehmen.

21. März. Die Kinder liegen alle mit Erkältung im Bett. Alle rufen gleichzeitig: Mamie, Mamie! und sind bei mir viel weniger fügsam als bei anderen. Bei mir werden sie wieder zu Ba-

bys. Dabei sind sie in Wirklichkeit schon recht verantwortungsbewußte kleine Geschöpfe.

Jean ist bildhübsch. Ich will mir ihr Bild tief einprägen: immer noch pausbackig, blaue Augen, weiches, braunes Haar, das ihr leicht gelockt auf die Schulter fällt, Pony, fein geformte Hände und Füße. Aber sie ist diejenige, die schnell wieder aus dem Bett springt, nachdem die Tür geschlossen wurde und sie schlafen sollte. Sie steht auf, und aus dem ernsten, gesetzten kleinen Wesen, das sie zu sein scheint, wird ein aktives, energiegeladenes Kind mit einem tätigen Privatleben.

Augenblicklich sitze ich im roten Kinderzimmer. John ist im Bett, Richard mehr oder weniger, Jean fädelt im Bett Knöpfe auf, Edgar spielt mit Bauklötzen. Sie platzen beinahe vor Tatkraft, und das Bett ist ein Gefängnis für sie.

Heute früh habe ich Birnbaumzweige geschnitten und in dem großen Krug aufs Fensterbrett in der Bibliothek gestellt. Die Bibliothek sah heute morgen wunderschön im Sonnenschein aus – still und voll der Verheißung, die Bücher vermitteln, wenn sie wartend auf den Regalen stehen.

Alle Kinder sind von dieser virulenten Erkältung mitgenommen. Fünf Nasen scheinen fünfundfünfzig zu sein, wenn sie alle gleichzeitig laufen.

Bin heute sehr niedergedrückt, nicht wegen der vielen laufenden Nasen, sondern durch eine Zeitungsmeldung. Ein Richter hat die Einwände bestätigt, die gewisse Personen gegen Bertrand Russells Lehrtätigkeit an der New Yorker Universität erhoben. Russell und die Universität gehen mich nichts an, aber es geht mich alles an, was mit der Redefreiheit zusammenhängt, und ich schäme mich für diesen Richter – einen dicken Polizeibeamten –, und noch mehr schäme ich mich für eine Frau, eine dieser selbstgefälligen Mütter, die glauben, zwei Kinder in die Welt gesetzt zu haben, gäbe ihnen das Recht, über alle Dinge im Himmel und auf Erden zu entscheiden. Durch die Sentimentalität, mit der hierzulande die Mutterschaft umgeben wird, entstehen solche Torheiten. Diese dumme Person «beschuldigt» Russell; der dicke, ungehobelte Richter liest eine Nacht lang die philosophischen und maßgebenden Bücher, die das Lebenswerk eines brillanten Mannes sind, und fällt das Urteil, der Mann sei unmoralisch. Das erinnert mich an den Scopes-Prozeß, nur sind wir in diesem Fall zu Affen gemacht worden.*

16. April. Gestern war Jeans dritter Geburtstag. Bei den Geburtstagen hat es jedesmal der Geschenke wegen derartige Reibereien gegeben, daß wir nun, da der diesjährige Geburtstags-Zyklus vorbei ist, beschlossen haben, von nächstem Jahr an anders vorzugehen. Anstatt dem Geburtstagskind viele Geschenke zu geben, erhält jeweils jedes Kind ein Geschenk. Dem Geburtstagskind wird auch keine Party mehr gegeben, sondern es selbst gibt eine. Es ist dann nicht mehr der gefeierte Mittelpunkt, sondern der Gastgeber. Ich lasse meine Kinder Revue passieren:

1. Janice ist jetzt ein großes, aufgeschlossenes Mädchen, äußerlich ausgesprochen hübsch, wenn sie sauber und frisch angezogen ist, und innerlich zufrieden. Alles hängt von ihrem Gesichtsausdruck ab; sie kann verschlossen und böse oder hei-

* John Thomas Scopes, geboren 1901, amerikanischer Hochschuldozent, dessen Lehre von der Darwinschen Entwicklungstheorie 1925 zu einem berühmten Prozeß führte, der Scopes- oder Affen-Prozeß genannt wird. Anmerkung der Übersetzerin.

ter und schön aussehen. Sie ist gut gewachsen, hat prächtiges Haar und dunkle Augen. Was sie einmal werden will, weiß niemand; denn sie ist noch unschlüssig, und sie soll ihren Beruf selbst wählen.

2. Richard ist lustig. Er ist lebhaft, aufgeweckt, temperamentvoll, sehr zärtlich, neigt aber zu Besitzgier. Er ist feinfühlig und sehr schönheitsliebend. Er ist ein empfindsamer kleiner Mensch, und ich bange um ihn in dieser Welt.

3. John ist ein hübscher Junge. Ich sehe schon den Mann, der er einmal sein wird – stets aufgeräumter Laune, sehr fähig, bei allen beliebt, leicht zu Mitleid zu rühren. Seine Schwäche: Abneigung gegen alles, was nach Arbeit aussieht.

4. Edgar ist ein Wunderkind: schön, außerordentlich gescheit, vielseitig begabt – aber leicht reizbar, so daß er schnell jammert oder streitet.

5. Jean ist ganz entzückend – meine Jeannie, so charmant und aufgeweckt.

Während ich diese Worte schreibe, tobt in Europa der Krieg. Frankreich ist besiegt. Es befremdet und erschreckt, ein Volk, eine Nation in einer Stunde am Boden zu sehen. Irgendwie denkt man immer, es müsse lange dauern, bis eine Nation stirbt. Aber Frankreich scheint vor unseren Augen gestorben zu sein. Tatsächlich war es ein langsames Sterben, das im letzten Weltkrieg begann. Die Stärksten und Besten sind damals weggerafft worden. In all den Jahren ist die Nation geschwächt worden, und der Sieg hat sie nur noch schwächer gemacht. So war der Tod doch nicht so plötzlich, wie man meint.

Jetzt wartet England – wir warten alle. Immerzu habe ich dieses schreckliche Gefühl des Wartens auf den Schlag, der England treffen wird. Ich glaube an England, und wenn es stirbt, wird es den Sieger vielleicht mit in den Tod reißen. Es wird nicht so leicht sterben wie Frankreich.

Alle diese schrecklichen Wochen ließen mich wieder über den

Krieg nachdenken. Seit ich mit einiger Reife denken kann, finde ich Krieg brutal, dumm, böse und nutzlos. Eine internationale Polizeimacht ist notwendig. Solange wir sie nicht geschaffen haben, werden wir unweigerlich in Kriege hineingezogen werden, genauso wie jede Familie vom Verbrechen berührt würde, wenn es keine Ortspolizei gäbe. So einfach ist das.

Heute ist ein schöner Tag. Carol ist zu Hause – ich habe sie gern hier, aber das Gefühl, sie sei Fleisch von meinem Fleisch, ist nicht mehr da. Ich bin ihr wie eh und je zärtlich zugetan, doch ihr Anblick zerreißt mich nicht mehr. Ich habe mich endlich, glaube ich, ins Schicksal ergeben. Der Kummer ist statisch geworden – er ist da, aber ich rühre ihn nicht auf und lasse mich nicht von ihm überwältigen.

Heute morgen habe ich zwei Stunden lang Gras gemäht – harte, gute Arbeit. Himmel und Landschaft sind schön. Die Kinder pflückten Kirschen für einen Kuchen, den ich backen muß, da Frau Loris in Urlaub ist und Esther ihrer Backkunst nicht traut. Kinder dürfen nicht enttäuscht werden – wenigstens nicht, was Kirschkuchen betrifft.

Der Tennisplatz ist fertig. Ich spiele höchst ungern. Es ist ermüdend, hinter einem Ball herzulaufen, um ihn an eine bestimmte Stelle auf der anderen Seite des Netzes zu plazieren. Statt dessen könnte man lesen, spazierengehen, im Bach waten, im Wald Blumen pflücken, mit den Kindern spielen, sich mit einer Arbeit beschäftigen, die man liebt, irgend etwas anderes tun, irgend etwas! In Wirklichkeit verhält es sich so, daß sich mein Geist nicht nach Ruhe sehnt, er sehnt sich nach mehr Betätigung. In Wirklichkeit verhält es sich so, daß ich alle Dinge im gewöhnlichen Leben so sehr liebe, daß ich kein Verlangen habe, dem gewöhnlichen Leben zu entfliehen. In Wirklichkeit langweilt mich dieser Sport tödlich, und er wäre ohnehin kein Fluchtweg. Warum soll ich einem Ball nachjagen? Ich bin kein Kind, kein Kätzchen oder junger Hund. Ich werde so selten wie möglich spielen.

Elsie sagte zu Richard, er solle sich den Pyjama selbst anziehen, er sei ja jetzt ein großer Junge und brauche meine Hilfe nicht. Er flüsterte mir zu: «Ich bin aber noch sehr klein!»

Mein Herz gehört ganz den drei Jungen – ich bin von ihnen bezaubert, bin eine närrische Mutter, der die Bewunderung und der Stolz auf die Söhne den Kopf verdreht haben. Trotzdem mag ich nicht mit ihnen Tennis spielen!

Die Welt, meine kleine Privatwelt ist diesen Sommer schöner denn je. Die Bäume wachsen – die Weiden sind grüne Fontänen. Wenn ich die Kinder in ihren bunten Kleidern übers Gras laufen sehe, ist mein letztes Verlangen nach Schönheit befriedigt.

Als John, jetzt viereinhalb, sein Bild als Säugling auf der Filmleinwand sah, sagte er höchst betrübt: «Ich möchte wieder ein kleiner Junge sein.»

Jean hat dieses Jahr fast doppelt soviel wie die anderen zugenommen. Als ich sie das letztemal wog, sagte sie zufrieden: «Jetzt brauche ich nicht mehr gewogen zu werden – ich wiege genug.»

Richard ist zu allen Tieren sehr zärtlich. Sehr geschickt fängt er eine Katze und liebkost sie, solange sie stillhält. Immer muß er im Vorbeigehen das Pony streicheln. Ich denke viel darüber nach, in was für einer Welt diese Kinder leben werden, und frage mich, ob die Kindheit, wie sie sie hier verbringen, wirklich das richtige ist.

Der Faschismus scheint unvermeidlich zu sein. Ist Faschismus vereinbar mit Presse- und Meinungsfreiheit? Wir diskutieren das Thema und stellen uns dabei diese Frage. R. sagt, solange wir die Presse- und Meinungsfreiheit hätten, spiele die Regierungsform keine Rolle. Aber ist das eine wirklich mit dem anderen unvereinbar? Nicht in einer idealen Gesellschaft mit ideal erzogenen Menschen, die die Macht einem gewählten Diktator anvertrauen und ihn auf Grund der freien Meinungsäußerung kontrollieren oder absetzen könnten! Aber in einer solchen Gesellschaft hätte auch die Demokratie Erfolg. Es läuft immer aufs gleiche hinaus: Die einzelnen müssen überlegen sein, wenn irgendeine Regierung funktionieren soll – das uralte Problem der Menschheit!

Die Rosen sind wundervoll; aber eine davon ist die schönste, die ich jemals gesehen habe – sie blüht sehr lange, ihre Blütenblätter fallen nicht ab, sondern werden immer goldener mit dem Alter. Aber wie dornig! Und das muß vielleicht so sein.

Dies sind die besten Tage meines Lebens, und ich nehme sie so, wie sie kommen. Wenn diese Tage nicht gut sind, dann gibt es für mich überhaupt keine guten Tage.

Ich höre Edgar draußen vor meinem Fenster verdutzt fragen: «Ist jetzt morgen?»

Im *Schatzbuch* ist keine einzige negative Kritik oder Klage zu finden. Sie notiert einfach eine Tatsache, eine gute oder schlechte, und setzt dann ihr Leben fort. Das einzige, was je einer Klage gleichkommt, sind gelegentliche Feststellungen, die an Erbitterung grenzen, wie etwa die Eintragungen vom 30. Juli und 5. August 1940.

30. Juli. Man braucht um die Schwachen in unserer Welt weniger zu bangen als um die Starken. Die Starken kümmern sich um die Schwachen auf hunderterlei Weise, geben ihnen zu essen, kleiden sie und sorgen für sie, ohne daß sich die Schwachen ihrerseits anzustrengen brauchten oder nur eben in dem Maße, in dem sie dazu fähig sind. Wer aber sorgt für die Starken? Niemand. Man findet es selbstverständlich, daß sie für sich selbst sorgen, und irgendwie gelingt es ihnen auch, weil sie müssen, weil sie wissen, daß sie sich nur auf sich selbst verlassen können. Würde ihnen nur ein Zehntel des Beistands und Mitgefühls zuteil, die den Schwachen, den Hilflosen und Untüchtigen so selbstverständlich gewährt werden, so gäbe es mehr Güte und Mitleid, und es stünde besser auf der Welt. Ich für mein Teil bemitleide die Starken.

Ich sorge mich um die Begabten und Fähigen. Es ist wichtiger, daß sie ohne Bitterkeit zu voller Größe heranwachsen, als daß irgendein Träger oder ein Dummkopf ernährt und gekleidet wird. Denn das Menschengeschlecht schreitet auf den Füßen der Starken vorwärts; die Starken tragen die Last der Welt – jene, die planen und durchhalten, und nicht jene, die ihr Leben lang müßig sind.

Nur eine kurze Zeit in meinem Leben hatte ich den Drang, mich jemandem anzuvertrauen und dabei zu erleichtern; aber da ich stark bin, wurde mir Ungeduld entgegengebracht, und so verließ ich mich wieder ganz auf mich selbst. Heute war ein schöner Tag. Ich stand früh auf und jätete in meinem Garten Unkraut. Ich arbeitete den ganzen Vormittag, umgeben von den Stimmen der Kinder. Beim gemeinsamen Mittagessen saß ich oben am Tisch, zu beiden Seiten von mir eine Reihe frischer Gesichter. Die Kinder hatten guten Appetit, und wir sprachen von erfreulichen Dingen. Sie waren sehr aufgeweckt und die beste Gesellschaft. Während sie schliefen, arbeitete ich; dann ruhte ich mich still in meinem Zimmer aus und las. Jetzt wollen wir zusammen schwimmen gehen. Arbeit, Schönheit, herzliches Beisammensein, ein guter Tag.

5. August. Der Untüchtige ist nicht etwa ein Mensch, der nichts leistet, nichts leisten kann – er ist ein Mensch, der nicht das leistet, wozu er durchaus imstande wäre. Der Trödler, der sich vor seinem Tagewerk drückt, der unheilbare Bummler, der am liebsten spielt, der, wenn er überhaupt liest, nur das liest, was dem Geist keine Mühe abnötigt – er ist ein Betrüger, der für sein Leben nicht bezahlen will, obwohl er weiß, daß jedes Leben von irgendeinem auf irgendeine Weise bezahlt werden muß. Er tröstet sich mit dem Gedanken, daß er nicht den Ehrgeiz hegt, groß zu sein. Groß kann er nicht sein, immerhin könnte er seinen Platz im Leben ausfüllen.

Heute ist einer der merkwürdig einsamen Tage; nichts ist ungewöhnlich, nichts unterscheidet sich vom Altbekannten, das ich seit langem akzeptiert habe, und dennoch ist dieses merkwürdige Gefühl da. Solche Tage kommen meiner Überzeugung nach vor, damit wir auf die lange Einsamkeit des Todes vorbereitet werden – eine Vorahnung des Körpers und eine Vorbereitung der Seele.

Ich bin nicht bereit, den Gedanken an die Unsterblichkeit in irgendeiner Form aufzugeben, an eine Fortdauer irgendwo in Zeit oder Raum, aber vielleicht in vollständiger Einsamkeit. Insofern ist es unwichtig, außer daß man, falls es eine Fortdauer gibt, dafür gestärkt sein muß wie für die Unzulänglichkeit der Liebe.

Ich wundere mich immer mehr über die Unreife der Menschen, von denen man Reife erwartet, und manchmal fühle ich mich allzu weise, als ob mich das Leben zuviel gelehrt und mich weiser gemacht hätte, als ich sein möchte. Ich will meinen Kindern keine Weisheit aufdrängen; es ist nicht gut, allzu weise zu sein – Weisheit schneidet einen von allen ab, selbst von den Weisen, denn so viel Weisheit scheut man. Ein wenig Arbeit genießen, Spiel genießen – das ist das beste, obwohl ich es nicht mehr kann.

Manchmal stelle ich mir Fragen, was Freunde betrifft. Gibt es sie irgendwo und ich habe sie bloß nicht gefunden? Ich denke nicht an einen Liebhaber, einen leidenschaftlichen Menschen, sondern an jemand, mit dem ich sprechen kann! Ich sehe keinen, da ich nicht weiß, wen ich sehen müßte. Dennoch liebe ich Menschen und würde sehr gern mit einigen zusammenkommen, besonders mit Gleichaltrigen, mit Personen, die nichts von mir verlangen außer unverbindlicher Freundschaft, ehrlicher Zuneigung und guten Gesprächen. Ich bin sehr abgeschlossen; zu ergründen, warum dem so ist, lohnt die Mühe nicht.

Ich fragte Jean: «Wann wirst du deiner neuen Puppe einen Namen geben?» Sie antwortete: «Sie ist noch so klein, und wir kennen sie noch nicht richtig.»

Die Kinder sind so prächtig. Ich sorge jetzt für sie, wir haben das Kindermädchen entlassen. Da sie alle zur Schule gehen, ist es mir möglich. Es sind liebevolle Kinder mit reichem Herzen! Sie belohnen mich. Sie sind jetzt mein Leben. Ich danke dem Himmel für sie. Sie belohnen mich weit mehr, als ich es verdiene. Ich denke gern über jedes von ihnen nach, über ihr Aussehen und ihre Verschiedenheit. Ich denke über ihre Hände und Füße nach – ich würde sie an ihren Händen und Füßen erkennen –, ich denke über die Art, wie sie lachen, und über ihre Stimmchen nach. Sie passen so gut in mein Leben. Ich möchte ebensogut in ihr Leben passen.

Ich sagte zu John: «Sei nicht unartig, während ich fort bin.» Er erwiderte: «Und wenn ich einfach nicht anders kann?»

Edgar sagte: «Ich habe so lange im Schnee gespielt, daß ich jetzt Kopfschmerzen in der Hand habe.»

Jean fragte: «Was ist Gott? Ist er wie ein Junge?»

Gestern abend führte John dieses Gespräch mit uns, nachdem ich ihn zu Bett gebracht hatte.

«Wer ist Papies Mamie?»

«Weißt du das nicht? Natürlich Großmutter.»

«Ist sie alt?»

«Ja, ziemlich.»

«Wird sie sterben?»

«Noch nicht.»

«Wann?»

«Vielleicht wenn sie sehr alt ist.»

«Wirst du auch alt werden?»

«Ja, irgendwann einmal.»

«Wirst du dann auch sterben?»

«Ja.»

«Aber du bist noch nicht alt, nicht wahr, Mamie? Du wirst noch lange bei uns bleiben?»

«Ich werde immer bei euch bleiben», sagte ich.

Aber der Tod ging ihm nicht aus dem Kopf. Ich sah ihn im Bett darüber nachdenken und einen Sinn darin suchen. Als ich zu Bett ging, dachte ich ebenfalls darüber nach. Obwohl R. an die Möglichkeit eines Lebens nach dem Tode nicht glaubt, bin ich seltsamerweise davon überzeugt. Ich glaube – nicht mit meiner Vernunft, sondern mit einem Instinkt –, daß es ein Leben nach dem Tod gibt. Es ist mir klar, daß dies vielleicht von einer Erinnerung an Lehren in der Kindheit herrührt, auch von meinem Wunsch, weiterzuleben; aber es ist so. Müßte ich sagen, auf welcher Seite ich in dieser Streitfrage stehe, so würde ich antworten: «Ich stehe auf der Seite der Unsterblichkeit.»

3. August 1941. Seit wann habe ich hier nichts mehr eingetragen? Die Kinder sind in diesem Sommer prächtiger denn je. Plötzlich haben sie ihren Schwimmgürtel abgeworfen und schwimmen und tauchen ganz allein. Sie sind braun und gesund, und im Wasser sehen sie unbeschreiblich schön aus, vor allem wenn sie nackt sind. Jeans Haare fließen im Wasser wie dunkle Algen hinter ihr her. Jeder Tag mit ihnen ist eine Freude – aber sie sind ungezogen genug, daß ich an ihrer Intelligenz nicht zu zweifeln brauche. Ich kann nur versuchen, sie einige Dinge zu lehren: Immer die Wahrheit zu sagen, weil Lügen unbequem sind und das Leben erschweren. Ordnung zu halten, weil Ordnung Tüchtigkeit und Zeitersparnis bedeutet und vor allem Schönheit. Ordnung bewahrt einen Stil. Der ganze Stil eines Zimmers kann durch Unordnung verdorben werden oder gar verlorengehen. Außerdem ist ein intelligenter Mensch immer aufrichtig und ordentlich. So gelangt er schneller ans Ziel. Ich glaube, ich bemühe mich nicht, ihnen sonst noch etwas beizubringen – doch, vielleicht noch Güte zu allen Wesen ringsum, zu Mensch und Tier.

Gestern hörte ich, als ich mich im Kinderzimmer aufhielt, Edgar die Treppe hinaufstampfen. Jean kicherte im oberen Stock und sagte: «Wir dachten, Gott käme herauf, aber es war bloß Geggie!»

Esther hat diesen Sommer das Haus verlassen; sie arbeitet nur noch in der Stadt für uns. Sie wurde von einer sonderbaren Stimmung befallen, vielmehr ihr Mann, der jünger ist als sie, und ich wollte nicht daran schuld sein, daß sie nicht bei ihm ist. So ist sie gegangen, und Gretta ersetzt sie. Wir kennen Gretta erst ein wenig, aber sie gefiel mir auf den ersten Blick. Es ist eigenartig, mit ihr ein Stück des heimgesuchten Europas in unserem stillen, glücklichen Haushalt zu haben. Ihr Mann ist in Rußland, wo, weiß sie nicht. Ihr Bruder ist in einem Konzentrationslager. Ihre alten Eltern wird sie, fürchte ich, in diesem Leben nicht wiedersehen. Sie sind sechs- und achtundsiebzig Jahre alt, und wie können sie herausgeholt werden? Ich weiß, daß wir über diese Tragödien nicht sprechen dürfen, sonst kann das Leben nicht so weitergehen, wie es für kleine Kinder gut ist. Dennoch sind mir Leid und Tod überall in der Welt zutiefst bewußt, belasten mich um so mehr, weil sie so sinnlos sind.

Aber ich bin zu einer Schlußfolgerung über den Krieg gelangt, die zwar meine Abneigung erhöht und dennoch bewirkt, daß ich mich dem Krieg noch mehr verschließe – der Folgerung, daß viele Menschen Freude am Krieg haben, besonders die Männer, und deshalb wird es solange Krieg geben, wie man diese Menschen gewähren läßt, genauso wie die Bärenjagd weiterging, wie der Stierkampf weitergeht, wie jeder barbarische Zeitvertreib weitergeht, solange er geduldet wird. Die sorgfältige Lektüre der Zeitungen und populären Zeitschriften hat mich überzeugt, daß sich viele am Krieg ebenso ergötzen wie am Boxkampf um des Sportes, des Spieles, der Gefahr willen. Welche Hoffnung auf Frieden bleibt noch, es sei denn, die Intelligenten unter uns ergreifen die Zügel?

Dieses Spiel hat dazu geführt, daß Grettas Mann in Rußland vermißt ist, daß sie fern ihrer Heimat lebt, daß sie einsam ist – eine junge Frau, die keinen Nahestehenden um sich hat. Und sie ist nur eine von Millionen. Soll ich meine Söhne zu kräftigen und gesunden Männern erziehen, damit sie an dem abscheulichen Spiel teilnehmen?

Dies ist ein guter Sommer. Ich habe eine Lebensperiode erreicht, in der ich zufrieden bin mit dem, was ich habe, und ohne das, was ich nicht habe, auskommen kann. Ich genieße mehr denn je das Leben an sich – die Kinder, die Natur, den Regen, der in diesem Augenblick vom Sommerhimmel fällt. Meine Arbeit freut mich immer mehr, sie beherrscht mich vollständig. Vielleicht rührt meine Zufriedenheit davon her, daß es mich nicht mehr kümmert, wie die Menschen nicht sind, sondern nur noch, wie sie sind. Es genügt, herauszufinden, wie sie sind. Was ihnen fehlt, kann auf andere Weise ersetzt werden. Wird dadurch dem Leben eine gewisse Leidenschaft genommen? Vielleicht, doch wenn dem so ist, mag es eben auch so sein.

Es scheint mir, das Alter ist die beste Zeit des Lebens. Nun, mit neunundvierzig bin ich noch nicht alt, aber ich befasse mich mit dem Alter. Warum die beste Zeit? Weil das Leben selbst das größte Gut ist, nicht die Liebe, nicht der Ehrgeiz – allerdings war ich nie ehrgeizig –, nicht der Erfolg, nicht Besitztümer – nur das Leben an sich! Nachts schlafen, beim Aufwachen Rückkehr in die Welt ... essen ... arbeiten ... lesen ... spielen ... das genügt! Aber ehe man alt ist, genügt es nicht. Ich verlange vom Dasein nur noch, daß es so weitergehen möge wie jetzt. Ich lebe in diesem Haus, arbeite, jäte im Garten Unkraut und blicke über das Land ringsum – das genügt. Ich brauche nichts außer dem, was ich hier habe.

Wir haben einen kleinen schwarzen Hund, unseren ersten. Wir haben ihn Muffin getauft. Er ist genau der richtige Hund für Kinder.

4. Oktober 1941. Die Kinder gehen wieder zur Schule, alle fünf. Janice scheint dieses Jahr am Unterricht Freude zu haben. Wenigstens haßt sie ihn nicht. Die vier Kleinen haben wir getrennt; die älteren haben die Schule gewechselt, die jüngeren

besuchen noch immer die gleiche. Großer Wetteifer ist das Ergebnis.

Richard ist am selbständigsten und fleißigsten. Er bleibt an einer Arbeit sitzen, bis sie fertig ist. John vermeidet alle Arbeit, beschäftigt sich aber sehr intensiv mit seinen Spielsachen. Beide wollen ihre *eigenen* Besitztümer haben und für sich allein sein. Richard hat seine Sachen in seinem eigenen Zimmer, wo er sich auch wäscht und anzieht. Edgar ist blitzgescheit, unmethodisch, empfindlich, liest gerne. Er ist ein ehrenhafter Junge, die Verkörperung der Ehre. Jean ist eigensinnig, temperamentvoll, charmant, faul. Ich glaube, sie wird eine hübsche Singstimme bekommen. Alles in allem sind sie die Freude meines Lebens. Ich will mich nicht ganz von ihnen beanspruchen lassen und kämpfe um meine Freiheit. Ich liebe sie nicht nur deshalb, weil sie meine Kinder oder an sich entzückend sind: Sie sind Wachstum, Leben, Persönlichkeit, Entwicklung, Wandlung, Jugend, Individualität – ein kleines Stück Welt.

Heute vormittag bin ich allein in der Bibliothek und genieße seltene Muße. Ich habe in letzter Zeit zu angestrengt gearbeitet und ohne große Befriedigung. Das heißt, ich mache mir nicht viel aus dem neuen Buch [*Drachensaat*]. Bauernleben habe ich über, Krieg ist langweilig, und dennoch habe ich ein weiteres Buch über diese beiden Themen geschrieben; ich hielt es für meine Pflicht China gegenüber, wo die Menschen in dieser Zeit so Schweres durchmachen. Die mangelnde Befriedigung kam außerdem daher, daß ich einen Fortsetzungsroman schreiben mußte – allzu schnell, obwohl es vielleicht besser ist, Fortsetzungsromane schnell zu schreiben. Jetzt liegt ein weiterer solcher Roman vor mir. Danach hoffe ich etwas tun zu können, was mir wirklich Spaß macht. Inzwischen schreibe ich bloß ein paar längst versprochene Kleinigkeiten, Artikel über die Weltlage und so weiter.

Ich frage mich, ob wir den Drang zum Exzeß, der jedem Menschen im Blute liegt, verstehen oder auch nur erkennen. Bestimmt ist er vorhanden und schuld an dem Wahnsinn des Krieges und der fortwährenden Rückkehr zum Krieg. Der Krieg ist keine wirtschaftliche Notwendigkeit; es geht den Leuten ohne Krieg wirtschaftlich besser. Nein, es ist das Verlangen, auszubrechen, eine Zeitlang aller Gesetze ledig zu sein, einen Vorwand für schlechtes Benehmen zu haben – ein zerstörerischer, selbstsüchtiger, grausamer Impuls.

Wieder kommt der Herbst. Vor zwei Wochen ist Gertrude Lane [Herausgeberin der Zeitschrift *Woman's Home Companion*] nach langer Krankheit gestorben. Sie wird mir diesen Winter sehr fehlen, nicht weil wir einander nahestanden, sondern weil sie eine starke, erfolgreiche, selbstlose, schlichte Frau war. Ich sehe gern zu Menschen auf. Jetzt werden manche von denen, die ich am meisten bewundere, alt – Ida Tarbell, die tapfer weiterschreibt und gegen Altersleiden kämpft, Dorothy Canfield, sehr gebrechlich, die liebenswerte Hülle ihrer früheren Persönlichkeit. Ich schaue mich um nach starken jungen Frauen. Neulich beklagte sich eine junge Frau, daß es für die Jungen heutzutage keine Sache mehr gebe, der sie sich hingeben könnten. Sie schien für ihre ganze Generation zu sprechen. Ich konnte mich nicht enthalten, ihr zuzurufen: «Dann machen Sie doch eine Sache zur Ihren!» Sie sah mich an, als hielt sie mich für verrückt; dann sagte sie kleinlaut: «Ich glaube, ich verstehe, was Sie meinen.»

Jeder Krieg hat eine lokal bedingte Ursache, ja eine persönliche Ursache. Der nächste Krieg wird vielleicht auf dem Rassenvorurteil beruhen – und wenn sich die menschliche Gesinnung nicht ändert, so wird er es mit Bestimmtheit tun. Das Rassenvorurteil ist weltweit, und doch spielt es ins Leben jeder Gemeinschaft, jedes Menschen mit hinein. Von dieser Überzeugung ausgehend, habe ich beschlossen, dieses Jahr Negerführer mit Publizisten zusammenzubringen, mit Personen, die vom großen Publikum gehört werden. Ich habe an acht führende Männer dieser Art und an eine Frau geschrieben – Frauen sind wie gewöhnlich dünn gesät – und werde nun sehen, was daraus wird.

Pearl Buck hat sich oft und viel dem sozialen Hilfswerk gewidmet und sich mit Leib und Seele für Menschen eingesetzt, die vom Glück weniger begünstigt waren als sie. Am meisten aber hat sie gegen Unwissenheit und Dummheit gekämpft. Bei ihrem Einsatz für die geistig Zurückgebliebenen mußte sie zum Beispiel mehr Zeit und Kraft für die Eltern aufwenden als für die Kinder; denn ehe etwas für das Kind getan werden konnte, mußten zuerst die Eltern ihre Unwissenheit überwinden und die Tatsache der geistigen Zurückgebliebenheit akzeptieren.

Während des Zweiten Weltkriegs betätigte sie sich in ebenso selbstlosem Einsatz für das Kriegshilfswerk in China, für das auch Eleanor Roosevelt arbeitete; Pearl Buck hatte eine persönliche Beziehung zu dieser bemerkenswerten Frau.

Aber zu Beginn der vierziger Jahre stand sie persönlich unter großem finanziellem Druck, da es Richard Walsh befremdenderweise stets als selbstverständlich hinnahm, daß sie allein für die Kinder aufkam. Sie mußte sich also mehr und mehr auf ihre Produktivität verlassen. Und dennoch hätte sie dieselben Bücher mit der gleichen Schnelligkeit geschrieben, auch wenn sie nicht dazu gezwungen gewesen wäre. Sie sagte später: «Denn der wahre Druck war nicht finanzieller Art, sondern kam aus meinem Inneren. Seit Jahrzehnten habe ich jetzt keine finanziellen Verpflichtungen mehr, und doch schreibe ich weiterhin ein Buch nach dem andern, ganz zu schweigen von denen, die ich noch schreiben möchte. Der Druck entspringt, glaube ich, meiner nie endenden, ja wachsenden Neugier, meinem Interesse für das Leben und die Menschen, und ich kann meine Entdeckungen nicht für mich behalten. Ich verarbeite sie in meinen Büchern, so daß andere daran teilhaben.»

Ihre größte Schwierigkeit bestand darin, daß kein Publikum mit ihrem Tempo Schritt zu halten vermochte. Immer wieder bekam sie von Verlegern das Argument zu hören: «Ein Autor darf nicht mit zwei größeren Werken in einem Jahr herauskommen, sonst würgt das zweite den Verkauf des ersten ab, und beide können nicht die maximalen Verkaufsziffern erreichen.» Diesem durchaus logischen verlegerischen Standpunkt mußte sie sich fügen.

Allgemein wurde die Meinung vertreten, daß sich jedes Buch über China aus Pearl Bucks Feder gut verkaufen ließe, weil das Publikum eine neue *Gute Erde* erwartete und alles von ihr kaufen würde, nur um zu sehen, ob es den Erwartungen entsprach. Anfangs 1940 hatte sie elf Bücher veröffentlicht, und in den nächsten zehn Jahren kamen sechsundzwanzig hinzu, die den Namen Pearl Buck trugen. Darunter waren acht größere Romane – *Geschöpfe Gottes, Fremd in fernem Land, Peony, Die Frauen des Hauses Wu, Eine Liebesehe, Wie Götter werden, Drachensaat* und *Das Gelöbnis* –, in der Originalausgabe alle im Verlag John Day Company erschienen. Dazu gehörten auch die beiden, die sie selbst nicht mochte, *China Sky* und *China Flight,* die übrigens zu gleicher Zeit wie *Drachensaat* verfilmt wurden. In zehn Jahren kamen nicht nur diese zehn Romane von ihr und drei Filme heraus, sondern dazu noch acht Sachbücher – darunter *Geliebtes unglückliches Kind, Was mir Amerika bedeutet, So kommt's dazu* – sowie die beiden Bände mit Erzählungen *Zurück in den Himmel* und *Für Heut und alle Zeit.* Außerdem schrieb sie sieben Kinderbücher und zahlreiche Artikel und Erzählungen für Zeitungen und Zeitschriften.

Tatsächlich war es einfach zuviel Material für eine zehnjährige Verkaufsperiode, und dabei wollte sie noch viel mehr schreiben. Dies war der kommerzielle Grund für die Entscheidung, sich ein Pseudonym zuzulegen.

Sie selbst hatte ihre eigenen Gründe: Sie hatte es satt, als

«Verfasserin chinesischer Geschichten» klassifiziert zu sein. Nach ihrem Dafürhalten durften für den Verkauf weder der Gegenstand eines Buches noch der Name des Autors ausschlaggebend sein, sondern sein Geschick, Charaktere zu gestalten. Das wollte sie beweisen, zumindest sich selbst. So wurde John Sedges geboren. Es wurde deshalb ein männliches Pseudonym gewählt, weil sie von jeher gefunden hatte, daß sich dem Schriftsteller in den Vereinigten Staaten weitaus mehr Vorteile boten als der Schriftstellerin. «Sedges»* wählte sie, weil dieses Wort ihres Wissens nie als Name benutzt worden war, und «John», weil jedermann so heißen konnte.

*Und weiter führt der Weg nach Westen*, der erste Roman, der in der Originalfassung 1952 unter Pseudonym erschien, schlug unmittelbar ein und wurde ein Bestseller. Es wurde in der Werbung offen gesagt, John Sedges sei der angenommene Name eines bekannten Autors, aber der Inhalt des Buches unterschied sich so stark von allem, was Pearl Buck bisher geschrieben hatte, daß kaum jemand hinter das Geheimnis kam. Doch mindestens einer kam dahinter, und zwar Francis Hackett, der damalige Rezensent der *New York Times*. Er schrieb: «Dieser Roman ist in der besten angelsächsischen Tradition von George Eliot bis zu Pearl Buck geschrieben.» Daraus ersah sie, daß er sich nicht hinters Licht hatte führen lassen. «John Sedges» hat seinen Zweck erfüllt; heute gibt es ihn längst nicht mehr. Tatsächlich ist *Und weiter führt der Weg nach Westen* ein typisches Pearl-Buck-Buch. Alle ihre Romane lassen sich in zwei Grundkategorien einteilen. Die Bücher der ersten Gruppe handeln von einer bestimmten Person, die jeder Rasse, Religion und Hautfarbe angehören könnte und sich in einer Situation befindet, in die jedermann geraten könnte. In diese Kategorie gehören *Die Mutter, Die Frauen des Hauses Wu, Über allem die Liebe, Peony, Des Lebens ganze Fülle* und *Wo die Sonne aufgeht*.

Die zweite Gruppe besteht aus historischen, panoramischen

* Sedge = Riedgras

Romanen, die Kontinente oder große geschichtliche Epochen umspannen wie *Die gute Erde, Söhne, Das Mädchen Orchidee* und *Lebendiger Bambus.* Jeder der fünf John-Sedges-Romane läßt sich leicht in die eine oder andere der beiden Kategorien einreihen. *Wer Wind säet* paßt in die erste, *Und weiter führt der Weg nach Westen* in die zweite. Den letztgenannten Roman hat man «Die gute Erde» der Vereinigten Staaten genannt, und tatsächlich sind sich Wang Lung und Jonathan ähnlich, denn Jonathan ist ein Landmann, wenn auch kein Bauer. Er weigert sich, mit seiner Familie auf Goldsuche nach Kalifornien zu ziehen, und er ist nicht der bekannte zähe, schießfreudige Westernheld. Er bleibt in Kansas zurück, erbaut eine Stadt und wird zum Symbol des Menschenschlags, der den amerikanischen Westen wirklich geschaffen hat. In einer Zeitung von Kansas City schrieb ein Kritiker: «Dieses Buch muß ein Mann geschrieben haben, der sein Leben in Kansas verbracht hat.»

Ihre eigene Einstellung zu ihrer schriftstellerischen Arbeit in diesen schwierigen Jahren ist im *Schatzbuch* unter dem 28. Oktober 1942 zusammengefaßt:

«Die Chrysanthemen sind wunderschön – ja, die ganze Landschaft ist schön. Ich bin nur so überlastet, daß ich nicht die Zeit habe, darin zu leben. Anscheinend habe ich eine besondere Begabung zu Beziehungen einseitiger Abhängigkeit – nicht mit Kindern! Ich würde gern etwa zwei Wochen lang ausruhen – das heißt, mit keinem reden außer mit den Kindern, und kein Wort schreiben – einfach morgens aufstehen und nicht schreiben. Es scheint Jahre her zu sein, seit ich einen Tag ganz für mich allein hatte. Doch Schluß mit den Klagen! Aber ich bin ein wenig müde und fühle mich nicht mehr so widerstandsfähig. Doch im Kern bin ich noch gesund. Meine Freude an Himmel und Landschaft und Kindern, an guten Büchern und schöner, einfacher Musik ist unbeeinträchtigt. Ich empfinde es als eine gewisse Erleichterung, daß ich es bewußt aufgegeben habe, Beziehungen zu pflegen. Ich lasse es sein. Die Kinder sind sehr kräftig und schön.»

Als sie einmal von einer Reporterin gefragt wurde: «Frau Buck, warum schreiben Sie so viele Bücher?» antwortete sie schlicht: «Warum nicht? Ich bin ja Schriftstellerin.»

Die John-Sedges-«Tarnung» wurde aufrechterhalten, bis die europäischen Verlage zu Beginn der fünfziger Jahre hinter das Pseudonym in Klammern Pearl S. Buck setzten. Zu dieser Zeit brachte es ihr ohnehin keinen Nutzen mehr, denn sie hatte ja sich und anderen bewiesen, daß sie auch Themen behandeln konnte, die nichts mit China zu tun hatten. Von den fünf John-Sedges-Romanen schätzte sie selbst drei: *Und weiter führt der Weg nach Westen*, *Wer Wind säet* und *Die große Liebe*. Die anderen beiden mochte sie nicht. Wenn ihr ein eigenes Buch nicht gefiel, lag es meistens daran, daß ihr die Hauptfigur nicht zusagte oder die geschilderten Umstände unliebsame Erinnerungen in ihr weckten.

Alles, was sie unternahm, entsprang ihrer Reaktion auf Zustände oder Ereignisse. Sie handelte und schrieb aus Entrüstung. Ein Beispiel dafür ist der Roman *Die gute Erde*, den sie verfaßte, weil die chinesischen Intellektuellen, die sie gut kannte, die Bauern mißachteten, die sie ebensogut kannte. Mit ihrem Buch machte sie sich zur Sprecherin dieser Bauern. Im Roman *Die Mutter* schildert sie die Gefühle einer Frau, die einen Mann begehrt. In *Söhne* behandelt sie die Nutzlosigkeit des Kriegs, hier anhand von Kleinkriegen. In *Das geteilte Haus* warnt sie: «Gebt acht, diese jungen Leute werden sich erheben. Sie können gefährlich sein.» Sie selbst erklärte immer, sie wolle mit ihren Büchern nur unterhalten, und sie sei es zufrieden, wenn ihr das gelänge. Das mag, von ihr aus gesehen, stimmen; nichtsdestoweniger enthält jedes Buch eine Lehre, die zum Nachdenken über Mißstände anregt, eine Lektion in Freiheit, Glaube und Verständnis.

Sobald sie sich in den Vereinigten Staaten eingelebt hatte, gründete sie zusammen mit ihrem Mann eine Liga zur Verständigung zwischen Ost und West, die sich zu einem Programm zur Verständigung zwischen den Völkern ausweitete. Sie wurde aktives Mitglied des Aufsichtsrats der Erziehungsanstalt Vineland, wo ihre Tochter untergebracht war, und später wurde sie Vorsitzende des staatlichen Komitees für die geistig Zurückgebliebenen in Pennsylvanien. 1947 gründete sie zusammen mit Freunden eine Vermittlungsstelle für Adoptionen, Welcome House, Inc., die sich in der Folge vor allem damit befaßte, für Kinder ein Heim zu finden, die besonders schwer unterzubringen waren: Kinder gemischten asiatisch-amerikanischen Ursprungs.

In der Weihnachtswoche 1947 wurde sie auf diese Kinder aufmerksam, die sie «Kinder der Welt» nannte. Kein Wunder, daß sie ihr besonders am Herzen lagen, da sie selbst zwischen zwei großen Kulturen stand. Das erste Kind, mit dem sie sich befaßte, war der Sohn einer amerikanischen Missionarstochter und eines jungen Ostinders. Der Großvater der Mutter hatte eines der größten theologischen Seminare Amerikas gegründet, und ihr Vater war vor ihrer Geburt als Missionar nach Indien gegangen. Sie verliebte sich in einen Assistenten ihres Vaters, einen jungen Inder. Sowohl die amerikanische als auch die indische Familie widersetzten sich der Verbindung und erlaubten die Heirat nicht. Die amerikanische Familie verließ Indien, und kurz nach ihrer Ankunft in Amerika wurde das Kind geboren, das dieser Liebesbeziehung entsprossen war. Es wurde sofort einer Agentur übergeben, die Adoptiveltern suchen sollte, denn die Missionarsfamilie akzeptierte dieses Kind nicht. Die Agentur benachrichtigte Pearl Buck, es könnten wegen der Rassenmischung keine Adoptiveltern gefunden werden, worauf sie antwortete: «Wie kann man die Vaterschaft Gottes und die Brüderschaft der Menschen predigen und dieses Kind nicht in die Gemeinschaft aufnehmen? Schicken Sie es mir.»

Zufällig kam zur selben Zeit das Kind eines chinesischen Arztes und einer amerikanischen Krankenschwester zur Welt, das Pearl Buck ebenfalls bei sich aufnahm. Sie erzählte mir mit blitzenden Augen davon: «Da mein Mann und ich zu alt waren, Säuglinge anzunehmen, rief ich sämtliche Adoptionsvermittler an und ersuchte sie, für die Babys ein Heim zu finden. Überall erhielt ich dieselbe Antwort. Man wollte diese Kinder nicht plazieren, weil es keine passenden Eltern gäbe. Ich war so empört, daß ich meine eigene Agentur gründete!»

So entstand Welcome House, Inc. Als erstes rief sie ihre Nachbarn zusammen und unterbreitete ihnen ihren Plan: Sie wollte diese Kinder in der Nähe unterbringen und sich vergewissern, daß man sie willkommen heißen würde.

«Ich erinnere mich genau an den Tag. Meine Nachbarn saßen bei mir im Wohnzimmer. Es waren gesunde Pennsylvanier holländischer Abstammung, die mir aufmerksam zuhörten. Aus ihren Gesichtern konnte ich nichts ablesen, aber als ich fertig war, sprach der Ladenbesitzer unseres Dorfes für alle. ‹Wir werden stolz sein, die Kinder hier zu haben›, sagte er. Auf dieser Grundlage errichtete ich Welcome House mit Hilfe meiner vielen Freunde. Mein Nachbar Oscar Hammerstein war bis zu seinem Tode unser Vorsitzender, und eine seiner Töchter adoptierte zwei kleine Halbjapaner.»

Im Bezirk Bucks braucht man nur die Ortschaft Doylestown zu besuchen; dort findet man überall prächtige junge Leute, die einer guten Rassenmischung entsprossen sind.

Schon bald raubte ihr diese Tätigkeit allzuviel Zeit, obwohl sie andererseits als Schriftstellerin daraus Nutzen zog. Ihr Roman *Und fänden die Liebe nicht* behandelt die Liebesgeschichte der Eltern des ersten Kindes; allerdings hat sie hier vom Recht des Erzählers Gebrauch gemacht, von der Realität abzuweichen; das Kind wird nicht geboren. *Die verborgene Blume* und *Wo die Sonne aufgeht* entstammen ebenfalls diesem Erlebnisbereich.

Ich hörte Pearl Buck oft sagen, sie hätte nie Stoff für Bücher gesucht; doch dazu ist anzumerken, daß sie aus keiner Lebenssituation ohne neuen Romanstoff hervorging.

Welcome House brachte mancherlei Probleme mit sich, doch sie hielt an ihrer Meinung fest, daß die Agentur dringend benötigt würde. Diese Ansicht wurde durch Untersuchungen bestätigt, die der Staat Pennsylvanien anstellte, ehe er ihr die Lizenz für die Agentur erteilte. Ihr Einsatz machte sich bezahlt: Welcome House wurde in der ganzen Welt bekannt und geachtet.

So sehr ihr die Beziehung zu Heim und Familie von jeher am Herzen gelegen hatte, so kam doch mit der Zeit das Interesse für Tätigkeiten hinzu, die nichts mit der Familie oder der Schriftstellerei zu tun hatten. Als ihr Mann erkrankte und es offensichtlich wurde, daß sie bald allein stehen würde, erschloß sie sich, vielleicht unterbewußt, ganz neue Gebiete. Ende der vierziger Jahre begann sie ihren persönlichen und beruflichen Lebensbereich zu erweitern, indem sie ihren Besitz in Vermont kaufte. Ursprünglich war er als Zufluchtsstätte gedacht, aber daraus entwickelte sich ein Nebenberuf: ein gewinnbringendes Liegenschaften- und Liegenschaftenverwaltungs-Geschäft. Als ich sie fragte, wie es dazu gekommen sei, mußte sie lachen.

Manchmal frage ich mich selbst, wieso ich all das Land in Vermont erworben habe. Wie die meisten Dinge begann die Sache mit einem Zufall und wuchs dann im Laufe der Jahre irgendwie von selbst. Richard Walsh brachte einmal ein reizendes Büchlein über die Ahornzuckergewinnung in Vermont heraus. Wir glaubten die Autoren nicht zu kennen, bis das Ehepaar Scott Nearing eines Tages persönlich im Verlag John Day erschien. Als ich Scott Nearing sah, erinnerte ich mich sofort an ihn. Er war im College mein Lehrer für Volkswirtschaft gewesen, und als ich ihn nun nach vielen Jahren wiedersah, entsann ich mich auch seines Namens. Das kleine Buch über den Zuckerahorn hatte ich mit Vergnügen gelesen, zumal ich bisher nie etwas davon gehört hatte. Ich wußte nicht einmal sehr viel von kalten Klimata und Schnee. Ich fand es faszinierend, daß man im kalten Winter Zucker gewinnen kann, indem man den Saft der Bäume sammelt. Als ich mein Interesse äußerte, sagte Frau Nearing liebenswürdig: «Besuchen Sie uns doch, dann können Sie es selbst sehen.» Wir fuhren also hin, das heißt, nicht nur Richard Walsh und ich, sondern auch vier unserer Kinder, die damals zwölf und dreizehn waren. Es war Ende März, und als wir ankamen, lag in den Bergen tiefer Schnee. Wir wohnten im Chalet der Nearings, die sich übrigens zu unserem gelinden Schrecken als Vegetarier entpuppten.

Aber wir waren ja gekommen, um bei der Zuckergewinnung zuzusehen, und diese war gewiß interessant. Aber ich verliebte mich nicht in den Zuckerahorn, sondern in den herrlichen Schnee in den bewaldeten Bergen, überhaupt in die Landschaft, so daß ich beschloß, hier ein Stückchen Land zu erwerben. Ich stellte es mir wundervoll vor, die Jungen in den nächsten Sommerferien hierher zu schicken, wo sie selbst ein Chalet bauen konnten, anstatt in Pennsylvanien in den Dorfstraßen herumzulungern. Ich fand ein Stück Land, das zu kaufen war – sehr billig, ungefähr für zwei Dollar der Morgen –, und ich erwarb etwa hundert Morgen. Danach verbrachten die Jungen mehrere Jahre lang jeden Sommer dort oben. Ich mietete ein leerstehendes kleines Schulhaus, das einen Ofen hatte, und wir stellten Feldbetten hinein. Alle zwei Wochen kamen die Jungen ein paar Tage heim, um frische Wäsche zu fassen und sich zu baden; ich bezweifle, daß sie sich da oben viel wuschen. Dann kehrten sie für zwei Wochen zurück, und so verging der Sommer, und schließlich hatten sie ein mehr oder weniger stabiles Haus aus Holz und Zement gebaut.

Sie genossen dieses Experiment wohl nicht aus vollem Herzen; tatsächlich langweilten sie sich manchmal weidlich. Ein ehemaliger Studienkamerad meines Mannes, der da oben in den Bergen wohnte, kümmerte sich auf unseren Wunsch um sie und aß abends mit ihnen zusammen. Sie kochten sich selbst, und natürlich hatten sie kein elektrisches Licht. Wasser holten sie sich aus einem Bach in der Nähe. Kurz, sie führten ein recht primitives Leben.

Aber das Experiment hatte therapeutischen Wert. Die Buben konnten ihre Kampf- und Streitlust austoben, was bei drei gleichaltrigen lebhaften Jungen wichtig ist, so daß sie nach der Heimkehr Freunde waren und einander besser verstanden als je zuvor. Ich leide ja bekanntlich unter Heuschnupfen, und als sich herausstellte, daß ich in den Grünen Bergen von diesem Übel verschont blieb, verbesserten wir das Haus. Wir hatten jedoch weder Elektrizität, Telephon noch sonstigen Komfort. Wir benutzten Petroleumlampen und Kerzen, kochten auf zwei Feuerstellen und wuschen uns in einem Badezimmer nach indischer Art: In der Mitte des Zementbodens ist eine Abflußrinne, man seift sich ein und übergießt sich mit einem Eimer Wasser. Die Kinder sollten lernen, daß man auch ohne modernen Komfort sauber und zivilisiert sein kann. Als Richard Walsh krank wurde und die anderthalb Kilometer durch den Wald zum Haus nicht mehr gehen konnte, mußten wir das alles natürlich ändern. Doch da hatten die Jungen ihre Lektion bereits gelernt. Wir modernisierten das Haus, und mit der Zeit kaufte ich immer das angrenzende Grundstück hinzu, sobald es verkäuflich wurde. Ich wollte gar nichts anderes haben als immer nur das angrenzende Grundstück, und so kam ich, ehe ich mich's versah, zu einem großen Landbesitz.

Als die Kinder größer wurden und ihren eigenen Freundeskreis hatten, baute ich ein Haus nur für Richard Walsh und mich, «Mountain Haunt», das ja nur drei Räume hat – mein großes Arbeits- und Schlafzimmer, das Gastzimmer, das ursprünglich Richard Walshs Zimmer war, und den riesigen dritten Raum, der groß genug ist, um gleichzeitig als Wohn-, Speise- und Musikzimmer zu dienen. Von «Mountain Haunt» aus hat man eine herrliche Aussicht aufs Gebirge und den hohen Mount Stratton. Wir verlebten dort vor Richard Walshs Tod drei glückliche Sommer.

Von der schmerzlichen Epoche, die auf diese drei Sommer folgte, erzählt der Roman *Zuflucht im Herzen.*

Auch an der Verfilmung ihrer Bücher nahm sie bis zu einem gewissen Grade teil. Wie bei allem, was sie tat, galt ihr Hauptinteresse dabei der Begabung eines Einzelnen.

Ich will nun erzählen, wie ich Tad Danielewski kennenlernte. Zu der Zeit, als Richard Walsh noch Entscheidungen treffen konnte, machte ich die Bekanntschaft Tad Danielewskis, und zwar bei der Fernsehsendung *Omnibus*. Nach der Veröffentlichung von *Mein Leben, meine Welten* wollten die *Omnibus*-Leute einen Teil ihres Sonntagnachmittag-Programmes diesem Buch widmen und engagierten als Regisseur einen jungen Polnisch-Amerikaner – das heißt, er war in Polen geboren und nach dem Zweiten Weltkrieg in die Vereinigten Staaten gekommen. Als Regisseur war er ziemlich schweigsam, sensibel und sehr einfühlsam. Er war verheiratet, und seine Frau erwartete das erste Kind, als sie mich in Pennsylvanien besuchten. Ich weiß noch, es lag ihm sehr viel daran, die Sendung so zu gestalten, wie sie mir vorschwebte. Er hatte Phantasie und Verständnis, und später stellte ich bei den Proben fest, daß er ein sehr gutes Programm aufgestellt hatte.

Am letzten Probentag kam der kaufmännische Leiter aufgeregt hereingestürmt. Zu unserer Bestürzung änderte er vieles, und da die Zeit äußerst knapp war, waren die Änderungen sehr schwer durchzuführen. Tad Danielewski war niedergeschmettert vor Enttäuschung, weil das Programm nicht so ausgestrahlt wurde, wie er es gewollt hatte. Ich war ganz auf seiner Seite, nicht auf der Seite dieses unseligen Menschen, der so plötzlich den ganzen Plan umgestoßen hatte. Nach der Sendung hielt ich nach Tad Ausschau, um ihn zu trösten. Er stand in einem Winkel des Studios mit dem Gesicht zur Wand. Er sagte nichts, aber man merkte, wie wütend er war. Worte waren zwecklos.

Kurz darauf ging er zu einer anderen Fernsehgesellschaft. Dann erschien er eines Tages unvermittelt bei mir und fragte mich, ob ich meinen Roman *Die springende Flut* fürs Fernsehen bearbeiten wollte. Das Drehbuch sollte ich selbst schreiben. Ich sagte zu, schrieb das Drehbuch, und die Sendung wurde ein großer Erfolg. Die *New York Times* gab ihrer Rezension den Titel «Wieder ein Meisterwerk». Natürlich war es kein Meisterwerk, aber es freute mich, daß es so genannt wurde. Leider hatte Danielewski nicht Regie geführt. Der Film war an eine Produktionsfirma verkauft worden. Es war ein Farbfilm, allerdings nur mit amerikanischen Darstellern. Es hat mich nie befriedigt, wenn Amerikaner als Chinesen auftraten, mochten es noch so gute Schauspieler sein. Natürlich war Luise Rainer in der *Guten Erde* wunderbar, aber sie hat ja Tatarenblut, und in Aussehen und Gehabe wirkte sie sehr orientalisch. Jedenfalls gefiel *Die springende Flut* den Kritikern. Für Tad Danielewski war es wieder eine Enttäuschung, daß er nicht hatte Regie führen können; so kam er abermals und fragte an, ob ich ihm ein Drehbuch einer meiner Erzählungen schreiben könne. Ich tat es, und er machte einen guten Film daraus.

Das Ergebnis all dieser Zusammenarbeit war, daß Tad Danielewski eines Tages nach Vermont kam und mich fragte, ob ich nicht Lust hätte, mit ihm eine unabhängige Produktionsfirma zu gründen. Das Theater hat mich von jeher interessiert, und da es mir Freude machte, Drehbücher zu schreiben, lockte mich der Gedanke. Ich sah wohl auch voraus, daß ich in Zukunft mehr Zeit für mich haben würde. Ich meine, es war mir klar, daß mein Leben bald leerer werden würde, denn jetzt bestand keine Hoffnung mehr auf Richards Genesung. Damals konnte er noch klar denken, und ich sagte, ich wolle keine Entscheidung treffen, ohne seine Meinung gehört zu haben. Es bereitete ihm bereits Schwierigkeiten, einem Gedankengang zu folgen, aber er gab sich alle Mühe, sich Tads Plan anzuhören. Dann sagte er zu mir: «Ich möchte, daß du es tust. Ich glaube, du wirst es interessant finden. Es wird etwas Neues für dich sein, und eines Tages wirst du eine solche Hilfe brauchen.» Ich verstand, daß auch er die Zukunft voraussah. Also erklärte ich mich einverstanden, und nachdem die Entscheidung gefallen war, standen wir beim Fenster und betrachteten den Sonnenuntergang über dem Mount Stratton.

«Wie wollen wir unsere Gesellschaft nennen?» fragte Tad Danielewski.

«Was meinen Sie?» fragte ich zurück.

Er blickte zu dem Berg hinüber, der die Landschaft beherrscht, und sagte: «Nennen wir sie ‹Stratton Productions›.» So kam der Name zustande, und die neue Arbeit war sehr interessant und brachte mir viel Freude. Im Zusammenhang mit dieser Gesellschaft mußte ich zweimal nach Indien reisen und einmal auch nach Japan. Ich geriet durch sie in die Theaterwelt. Ich kam mit einem Stück auf den Broadway – kein Erfolg, aber eine interessante Erfahrung. Wie gewöhnlich war ich mit meinem Theaterstück der Zeit voraus. Mit «wie gewöhnlich» meine ich, daß ich anscheinend alles immer zu früh bringe, so daß die Leute nicht verstehen, wovon ich rede. Nun ja, wenn ich mit diesem Stück zehn Jahre gewartet hätte, wäre es ganz anders herausgekommen.

Die Stratton Productions brachten den Film *The Guide,* der in Indien gedreht wurde. Wir machten auch einen schönen Film in Japan aus *Die springende Flut,* einen künstlerischen Film. Er gehört den Allied Artists, die ihn finanziert haben, wurde aber leider nie vollständig aufgeführt. Die mitbeteiligte japanische Firma, Toho, hält ihn zurück und hofft immer noch, ihn eines Tages ganz freizubekommen. Tad hatte die Regie bei Jean-Paul Sartres *Geschlossene Gesellschaft,* und kürzlich hat er für ABC in Afrika einen Dokumentarfilm gemacht. Augenblicklich ist er in Korea und verhandelt wegen unserer nächsten Produktion, *Norbu.*

Heute arbeite ich bei Stratton nur noch als Beraterin mit, weil mich die Stiftung zu stark beansprucht. Aber ich glaube an Tad Danielewskis Begabung, und die Zusammenarbeit mit ihm hat mir zu einer Zeit, als ich es brauchte – wie soll ich sagen? – eine gewisse Ablenkung verschafft. Bestimmt wurden durch diese Zusammenarbeit meine Kenntnisse der Theater- und Filmwelt vergrößert und erweitert, und sie beeinflußte mich sicherlich. Das genügt, nicht wahr?

Die stärkste, vielleicht die tiefste und nahezu vollkommene Beziehung in der Zeit des Zwiespalts, wo die Frau mit der schöpferischen Künstlerin im Kampf lag, war wohl die Beziehung zu Ernest Hocking. Von ihm erzählt sie:

Ernest Hocking? Nun, da er tot ist, kann ich auf den sehr wichtigen Abschnitt meines Lebens, den ich mit ihm teilte, als Ganzes zurückblicken. Es war eine Geschichte für sich; sie fing 1918 an und endete 1966. Das sind viele Jahre, doch während der meisten davon spielte er für mich keine Rolle. Zum erstenmal begegnete ich ihm in Nanking. Ich wohnte damals in dem Haus, in dem ich *Die gute Erde* schrieb. Ich unterrichtete an zwei chinesischen Universitäten, und ich hatte alle Hände voll zu tun. Im Grunde führte ich ein nach außen gewandtes Leben, denn ich hatte zu dem Zeitpunkt erkannt, daß ich keine glückliche Ehe führte – was immer eine glückliche Ehe sein mochte. Es war keine schlechte Ehe, wohlgemerkt, aber es war nicht das, was eine Ehe im Menschenleben sein könnte und sollte.

In jenem Jahr kam die Laienmission nach China, um die christlichen Missionen zu besichtigen. Ernest Hocking hatte bei dieser Arbeit eine bedeutende Stellung inne, war wohl der eigentliche Leiter. Ich wußte damals, als er mit seiner Frau zu uns zum Essen kam, nicht, wie bedeutend er auf seinem Gebiet war. Sie wohnten nicht bei uns, wurden uns nur zu einer Mahlzeit zugewiesen. Ich weiß noch, er fegte ins Haus wie ein starker Wind, war sehr vital und groß, ganz ungezwungen, zuversichtlich und zielbewußt, humorvoll und gesprächig – eine frappierende Persönlichkeit. Seine Frau, die Tochter des irischen Dichters James Riley, war auf ihre Weise ebenso eindrucksvoll, aber weniger anziehend, weil sie nicht so geistreich war wie er und nicht so gut aussah. Er war eine philosophische Natur, was mich natürlich sofort für ihn einnahm. Sie dachte eher praktisch als philosophisch und hatte den köstlichen Witz der Iren. Ich denke mit Vergnügen an den Abend zurück, den sie bei uns verbrachten. Dann fuhren sie wieder nach Amerika, und ich dachte nicht mehr an sie.

An dieser Begegnung ist von Bedeutung, was Ernest Hocking mir später darüber sagte. Sein Interesse an mir als Mensch war bereits damals geweckt, sagte er mir; er sei überzeugt gewesen, daß ich nicht an dem Ort lebte, an dem ich schließlich leben würde, und nicht auf die Weise lebte, die mir beschieden war – und das, bevor ich es selbst wußte! Natürlich schrieb er mir einen Dankesbrief. Ich erinnere mich nicht, ob ich diesen Brief überhaupt beantwortete; jedenfalls lag kein besonderer Grund dazu vor. Aber anscheinend verfolgte er danach mein Leben die ganzen Jahre hindurch.

Er wurde mir wieder in Erinnerung gebracht, als der Bericht über die Missionsbesuche in China in Buchform erschien. Dieser Bericht war hauptsächlich sein Werk, eine vortreffliche Arbeit, die natürlich die Meinungen seiner ganzen Gruppe zusammenfaßte. Er hatte ein sehr klares Bild von den Missionen und der Missionarstätigkeit, lobte, wo Lob am Platze war, übte aber auch tiefschürfende und konstruktive Kritik, mit der ich voll übereinstimmte. Selbstverständlich liebten die Kirchen das Buch nicht, und man sparte nicht mit Vorwürfen. Von irgendeiner Zeitschrift erhielt ich den Auftrag, es zu rezensieren. Ich beurteilte es sehr positiv, worüber er sich offenbar freute, denn er schrieb mir einen wundervollen Brief, und auf diese Weise trat er wieder in mein Leben. Wir trafen uns gelegentlich da und dort. Damals ahnte ich nicht, daß er über mein Leben und über unsere Begegnungen sozusagen Buch führte. Ich war sehr beschäftigt und interessierte mich für viele Menschen. Ich empfand keine persönlichen Gefühle für ihn bis auf die Bewunderung, die ich seiner Intelligenz und seiner furchtlosen Unabhängigkeit entgegenbrachte.

Dann hatte ich meinen eigenen Zusammenstoß mit den christlichen Missionen. Das war zu der Zeit, als die *Gute Erde* ihre erste Wirkung ausübte. Als ich nach Amerika kam – 1931 oder 1932 –, stellte ich fest, daß mich die Mission, für die mein Mann arbeitete, für eine ganze Reihe von Vorträgen ausersehen hatte. Ich ärgerte mich sehr darüber, denn ich arbeitete als Lehrerin und verdiente meinen Lebensunterhalt selbst; ich wollte nicht, daß irgend jemand dachte, daß ich Kirchengelder beziehe – ich war ja keine Missionarin. Ich weigerte mich, diese Vorträge zu halten, ließ mich aber schließlich dazu überreden, mich mit ein paar christlichen Führern zu treffen und ihnen vertraulich zu sagen, was ich von den Missionen hielt. Ich bereitete eine Rede vor, in der ich nach gründlichem Nachdenken meine genauen Eindrücke als Missionarskind und Frau eines Missionars sowie die Beobachtungen festhielt, die ich in der Missionsgemeinde gemacht hatte, in der ich in Nanking lebte, wenn ich auch weniger mit Amerikanern als mit Chinesen zusammengekommen war. Ich sollte im Hotel Astor bei einem Mittagessen sprechen, von dem ich annahm, daß es inoffiziell sei. Als ich pünktlich erschien, sah ich zu meinem Entsetzen, daß von einer Privatveranstaltung keine Rede war. Das Essen sollte im großen Ballsaal stattfinden, wo kleine Tische aufgestellt waren, und es wurden Eintrittskarten verkauft. Eine riesige Menge hatte sich schon in dem Saal versammelt, und überall im Hotel riefen Pagen: «Vortrag von Pearl Buck im Ballsaal!»

Ich war völlig ratlos, denn mein Vortrag war für einen kleinen Kreis führender Missionare und ganz gewiß nicht für die Öffentlichkeit bestimmt. Aber etwas anderes hatte ich nicht vorbereitet. Ich saß mit dem Vorsitzenden der Missionsgesellschaft und anderen bedeutenden Persönlichkeiten dieses Kreises am langen Haupttisch. Nun, mir blieb nichts anderes übrig, als den Vortrag zu halten, den ich vorbereitet hatte, und so stand ich auf und hielt ihn. Als ich geendet hatte, setzte ich mich. Tödliche Stille herrschte im Saal. Ich hatte das entsetzliche Gefühl, mutterseelenallein mitten in der Sahara zu sein. Aber ich lasse mich nicht so leicht einschüchtern; ich saß gelassen und kerzengerade da – so hoffe ich wenigstens! Dann begann die Menge zu klatschen, und ich erhielt starken Beifall. Offensichtlich teilten viele Leute meine Ansichten, nicht aber die Herren, die an dem Haupttisch saßen. Ich verließ ziemlich brüsk den Saal im Bewußtsein, etwas Schreckliches angerichtet zu haben. Kaum kehrte ich in mein Hotel zurück, klingelte auch schon das Telephon, Ich wurde gefragt, warum ich mich bemüßigt gefühlt hätte, in solch offizieller Art und Weise eine Attacke zu reiten. «Es war kein Angriff», erwiderte ich, «sondern ich habe konstruktive Vorschläge zu einer Lage gemacht, die meines Erachtens verbessert werden könnte.»

Dann rief die Zeitschrift *Harper's* an und ersuchte um das Abdruckrecht meines Vortrags. Später wurde er von meinem Verlag als Pamphlet veröffentlicht, weil die Nachfrage so groß war. Ich bereue kein Wort davon. Jetzt liegt ja klar zutage, daß es dem Christentum nicht gelang, in China jemals festen Fuß zu fassen.

Ich bin ganz und gar davon überzeugt, daß christliche Missionare im Grunde gute Menschen sind. Jedenfalls habe ich nie von einem Missionar gehört, der ein Dieb oder Lump gewesen wäre. Ich kannte ein paar, die außereheliche Kinder hatten – einsame Männer, die ohne ihre Frau lebten –, aber sie wurden auf der Stelle entlassen. In bezug auf die Moral waren die Missionare gewiß hochstehende Menschen, aber gewöhnlich verstanden sie die Chinesen nicht, deren Seele sie retten wollten – von wenigen Ausnahmen abgesehen, zu denen meine Eltern gehörten, die sich sehr bemühten, die Chinesen zu verstehen. Im allgemeinen fehlte es den Missionaren an der Bildung, die zum Verständnis eines Landes nötig gewesen wäre, dessen Kultur so alt ist wie die Chinas.

Nach der ganzen Aufregung, die ich hervorgerufen hatte, schrieb mir Ernest Hocking wieder einen wundervollen Brief. Ich wünschte jetzt, ich hätte ihn aufgehoben. Er bewahrte alle meine Briefe auf; ich tat es erst später. In diesem aufmunternden Brief sagte er, er gehe mit meinem Vortrag völlig einig; ich hätte damit ein Bild vom Missionar entworfen, wie er sein sollte. Der Brief tat mir wohl, und danach sahen wir uns öfters, aber es waren eher unpersönliche Begegnungen. Als ich die Ost-West-Liga schuf, gründete er deren Bostoner Sektion, und in diesem Zusammenhang trafen wir uns mehrmals. Er hatte einen sehr klaren Verstand, war stets ruhig und überlegen, und man hatte sofort Kontakt mit ihm. Er war mir damals in Boston eine große Hilfe, und sein Name trug viel zum Gelingen der Arbeit bei, die dort geleistet wurde.

Es vergingen einige Jahre, bis ich Ernest Hocking wiedersah, tatsächlich erst nach Richard Walshs Tod. Ernest Hockings Frau war bereits zehn Jahre zuvor gestorben. Er war während ihrer langen Krankheit liebevoll um sie besorgt. Davon erzählte er mir, als wir wieder in Verbindung standen. Er hatte sie ganz allein zum Sommerhaus der Hockings in New Hampshire gebracht, als sie schon sehr krank war, in ähnlichem Zustand wie Richard Walsh. Wir hatten also das gleiche erlebt. Von allen Kondolenzschreiben, die ich nach Richards Tod erhielt, war Ernest Hockings Brief am einfühlsamsten, verständnisvollsten, ermutigendsten. Er schickte mir auch ein Buch, *The Meaning of Immortality* («Bedeutung der Unsterblichkeit»), das er nach dem Tode seiner Frau geschrieben hatte. Es drückt die Einstellung eines Philosophen zur Unsterblichkeit aus, ein sehr hilfreiches Buch. Er war nicht mehr berufstätig und lebte mit einer Haushälterin allein in New Hampshire. Die Sommer verbrachten seine Kinder mit ihm; sie wohnten in Bauernhäusern in der Nähe. Er besaß sechshundert Morgen Land und ein großes Gut, aber er arbeitete wieder an einem Buch, wie er mir schrieb. Dann bat er mich, ihn zu besuchen, weil er nicht mehr imstande war, zu mir zu kommen. Wie gut erinnere ich mich an den Augusttag, an dem ich dort eintraf und ihn nach Jahren wiedersah. Er hielt gerade Mittagsschlaf, als ich ankam, aber seine Tochter und sein Sohn waren mit ihren Familien da. Wir saßen auf einer schönen Veranda vor dem Wohnzimmer, wo wir eine herrliche Aussicht auf fünf Gipfel der höchsten Berge von New Hampshire hatten.

Als er hörte, daß ich gekommen war, stand er auf und kam herunter. Er war damals über achtzig, sah aber zwanzig Jahre jünger und sehr rüstig aus. Sein Haar und auch sein Schnurrbart waren weiß, doch seine blauen Augen leuchteten wie eh und je, und sein Schritt war so fest wie immer. Zwischen uns herrschte das Gefühl des gegenseitigen Kennens . . . wir hatten so viel gemeinsam. Wir verbrachten den Nachmittag zusammen; danach schrieb er mir regelmäßig, und seinen Briefen fügte er gelegentlich ein Gedicht bei. Ich schrieb zurück, und unsere Freundschaft . . . nein, ich kann nicht sagen, daß sie erneuert wurde, es war wie eine neue Freundschaft. Wir lernten uns wirklich kennen, und jeden Sommer verbrachte ich ungefähr eine Woche bei ihm. Wir gingen spazieren, er ruderte mit mir auf dem See, solange das noch für ihn möglich war, und wir unterhielten uns über alles mögliche. Mit jedem Brief kamen wir uns näher, und in gewisser Weise erlebte ich mit ihm eine Zweisamkeit, die ich mit keinem anderen je erlebt hatte. Wir dachten gleich und tauschten philosophische Gedanken aus. Ob wir uns liebten? Ja, wir liebten uns. Und er nahm in meinem Leben einen Platz ein, den niemand sonst innehatte, obwohl er viele Jahre älter war als ich – zwanzig, um genau zu sein. Er schien körperlich und geistig immer wunderbar gesund und war von einer philosophischen Heiterkeit, die ich sehr genoß.

Dann entschloß er sich eines Sommers, mich in dem Haus in Vermont zu besuchen, das nicht allzuweit entfernt von seinem Wohnsitz war. Ich holte ihn mit dem Auto ab, und er blieb übers Wochenende in Mountain Haunt allein mit mir. Auch er genoß es. Wir durchstreiften die Berge, und ich entdeckte, daß er neben seinen vielen Talenten auch hochmusikalisch und ein sehr begabter Maler war. Außerdem war er Geologe und interessierte sich sehr fürs Gestein. Ich lernte viel über das Gestein in Vermont, von dem ich keine Ahnung gehabt hatte, und wir suchten nach einschlägigen Büchern über die Art von Gestein, wie es in Vermont zu finden ist – sehr schwer aufzutreiben!

Das war damals für mich eine fruchtbare, reiche, lohnende Freundschaft. Ich glaube, das schlimmste am Verlust des Ehemanns oder der Frau ist die Tatsache, daß man übergangslos von den Jahren, in denen man der Mittelpunkt im Leben eines anderen war und jener andere der Mittelpunkt des eigenen Lebens, in eine Zeit des plötzlichen Alleinseins versetzt wird. Bis dahin hatte alles Bezug. Wenn die Zentralfigur nicht mehr da ist, gibt es den Einen nicht mehr, und man ist nicht mehr der Eine. Für Ernest Hocking und mich gab es keine Zweifel, daß ich diese Eine für ihn geworden war und auch er in etwas anderem Sinne für mich. Und doch wußte ich die ganze Zeit, daß diese Zweisamkeit seines Alters wegen sehr bald enden mußte. 1965 besuchte ich ihn wie gewöhnlich. Ich wußte, daß es sein letzter Sommer und mein letzter Besuch war. Danach mußten Briefe bis zum Schluß genügen. Wir schrieben nie lange Briefe. Ich schreibe nicht gern Briefe; bei mir enthält eine Seite das Wesentliche, das ich mitteilen möchte. Er hielt es ebenso und fügte öfters ein Gedicht bei.

Ich hatte bei diesem Besuch nichts gesagt, woraus er hätte schließen müssen, daß es unser letztes Beisammensein sei; aber sein veränderter Gesichtsausdruck verriet mir, daß auch er es wußte. Darum war ich nicht überrascht, als mich zu Beginn des nächsten Jahres seine Schwiegertochter anrief und mir sagte, es gehe sehr schnell mit ihm bergab. Einen seiner Briefe hatte er mit dem lateinischen Spruch «Wir Sterbenden grüßen dich» beendet, und daraus ersah ich, daß er die unmittelbare Nähe des Todes ahnte. Ich lag mit mir im Widerstreit, ob ich hinfahren sollte, um ihn noch einmal zu sehen. In jenem Brief schrieb er: «Ich lebe in dem Glauben, daß wir uns wieder begegnen werden», und ich wußte nicht, ob er eine Begegnung auf Erden oder im Jenseits meinte.

Ich beschloß schließlich, daß ich ihn in seinen letzten Tagen nicht noch einmal sehen wollte, damit mich nicht dieselbe Erinnerung belastete, die ich von Richards letztem Jahr mit mir herumtrug – jener furchtbare Zerfall und die endgültige Veränderung haben sich mir so tief eingeprägt, daß ich mich noch jetzt, wenn ich an ihn denke, gewaltsam daran erinnern muß, wie er früher gewesen ist, als er noch er selbst war. Ich wollte mich an Ernest Hocking als den Mann erinnern können, den ich geliebt und bewundert hatte. Ich schrieb seinen Kindern einen Brief, in dem ich nach bestem Vermögen ausdrückte, wie sehr ich ihren Vater schätzte. Es geschieht nicht oft im Leben, daß man einem

Geist begegnet, der so überlegen ist und zu dem andere Menschen zugleich so leichten Kontakt finden. Zu ihm konnte ich aufblicken in der Überzeugung, daß er mehr wußte als ich und dessen Horizont größer war als der, den ich zu erreichen fähig war, so daß jedes Erlebnis mit ihm anregend, ermutigend und beglückend war.

Ihre Einsamkeit, die ohne die Freundschaft mit Ernest Hocking, dem einzigen ebenbürtigen Mann in ihrem Leben, vollständig gewesen wäre, fand in all ihren Werken Ausdruck. Der persönlichste und enthüllendste Ausdruck dieser Einsamkeit beginnt jedoch mit der Eintragung vom 15. November 1955 in ihrem *Schatzbuch:*

Ich bin jetzt sehr allein, denn mein geliebter Gefährte ist seit anderthalb Jahren nicht mehr er selbst – seit dem entsetzlichen 17. August 1953, als in Sekundenschnelle ein Teil von ihm starb. Das Gehirn ist geschädigt und kann nicht reagieren. Er ist lieb und klagt nicht, aber die Verständigung, der Gedankenaustausch, den wir stets pflegten, sind für immer dahin. Wir sitzen im selben Zimmer, und ich bin so einsam – noch viel einsamer, als wenn ich körperlich allein wäre. Ich lerne wieder Erleichterung, wenn auch nicht Trost finden in der Musik, in den Gedanken anderer, in Büchern und in der Natur. Das Hi-Fi-Gerät in der Bibliothek ist ein Mittel, meine Lebensgeister in der Dämmerung hochzuhalten . . . Vorigen Freitag war ich bei Carol und versuchte wie gewöhnlich, das Bedürfnis des kindlichen Herzens nach Liebe und Kontakt zu befriedigen, und als ich dann heimkam, wartete mein armer Liebster auf mich, tat nichts, wartete nur auf mich – so verändert, so sehr verändert. Aber das Herz bricht nur einmal . . . Ein milder grauer Novembertag, Nebelschwaden über den Bergen, die Bäume stehen reglos und geisterhaft da.

Weihnachten 1955. Als R. den Christbaum sah, der zum

zwanzigsten Mal bei uns brannte, weinte er leise, und ich wußte, er dachte, daß es für ihn das letztemal sein könnte. Später sagte er zu mir, er wolle mich nicht beunruhigen, aber er könne nicht gegen den Gedanken an, daß er am nächsten Geburtstag siebzig werden würde und daß es darum vielleicht sein letztes Weihnachtsfest wäre. Ich erwiderte, daß ich seine Gedanken erraten hätte, was ihn zu erstaunen schien, und ich sagte, er würde wahrscheinlich noch zehn Jahre leben. Denn man brauche wahrlich nicht an den Tod zu denken; er sei ja Gewißheit, nur den Zeitpunkt kenne man nicht. Darum vergeude man das Leben, wenn man ans Ende denke. Worauf R. einen großen Whisky mit Soda mit dem üblichen Genuß trank!

Weihnachten war, wie es sein sollte – alle Kinder hier, zwar keine Kinder mehr, sondern fast erwachsen. Es stimmt mich zufrieden, wenn ich sehe, daß sie mich nicht mehr brauchen. Das ist die Erfüllung der Elternschaft. Morgen ist der letzte Tag des Jahres, ein anderer Tag beginnt. Heute in einer Woche wird das Haus leer sein, sehr leer und ruhig. Ich habe beides gern – Betriebsamkeit und Stille, und keins von beidem die ganze Zeit über.

13. Mai 1958. R. ist körperlich immer noch bei uns, aber sein Geist ist gegangen. Seine gewohnheitsmäßige Zuneigung ist noch da und ein Nachhall von Liebe. Der Kern seines Wesens, von dem mehrere Hirnschläge alles andere abgeschält haben, ist sanft, geduldig und gut. Wir umsorgen ihn wie ein Kind. Ich frage nicht, warum dies geschehen ist. Ich bin allein, aber ich war schon vorher allein. Merkwürdige und schöne Arten des Ausgleichs sind mir beschieden, nichts Vollkommenes, nicht einmal Tiefreichendes, aber genügend, um das Leben in stundenlanger Einsamkeit erträglich zu machen.

Bestimmt schrieb sie *Zuflucht im Herzen* aus der gleichen Motivierung wie früher die beiden Romane *Stolzes Herz* und *Des Lebens ganze Fülle*. Die Motivierung? Unter ein ganzes Kapitel ihres Lebens «Ende» zu setzen und den Schauplatz fürs nächste

Kapitel freizugeben. Der offensichtliche Unterschied bestand diesmal nur darin, daß der Mann nicht mehr lebte – damit entfiel die Notwendigkeit, in der Romanform Schutz zu suchen. Statt dessen konnte sie ungehemmt in der Ichform schreiben, ohne Gefahr zu laufen, einen anderen zu verletzen.

Schon von den ersten Seiten des Buches an ist man überrascht von der Gelassenheit, mit der sie die Tatsache akzeptiert; von der Verzweiflung, die Frauen üblicherweise beim Tod des Gatten befällt, ist nichts zu spüren. Der oberflächliche Beobachter könnte daraus auf Gefühlskälte schließen. Das Gegenteil ist der Fall. Richard Walsh spielte in ihrem Leben eine höchst wichtige Rolle. Die Beziehung war nicht so vollkommen, wie sie es sich gewünscht hätte, und dennoch tief. Sie waren freundschaftlich verbunden, einer teilte des andern Leben und das der Kinder, und sie liebten einander. Sein Tod ließ die Leere, die sie von jeher empfunden hatte, nur noch fühlbarer werden. Diese Leere war nun absolut.

Dieses gelassene Hinnehmen findet in dem Motto Ausdruck, das sie dem Buch vorangestellt hat.

> Was also bleibt zu tun?
> Ich suche Zuflucht im Herzen,
> Wo ich ihn liebe, wie ich will.
>
> Paul Valéry

Sie befand sich in Japan, als der Tod endgültig zuschlug. Stratton Productions waren dabei, einen Film nach ihrem Buch *Die springende Flut* zu drehen, und ihre Anwesenheit war notwendig. Sie hätte ihren Mann niemals verlassen, wenn er es wahrgenommen hätte; aber er war längst nicht mehr bei vollem Bewußtsein, als sie ging. Außerdem brauchte sie Geld für seine Pflege. Die siebenjährige Krankheit, die drei Krankenschwestern in den drei letzten Jahren hatten ihre Mittel aufgezehrt, und sie allein mußte für den Lebensunterhalt der Familie sorgen.

«Soll ich gehen?» fragte sie den Arzt.

«Gehen Sie ruhig», erwiderte er. «Es kann noch jahrelang dauern. Die Beanspruchung war groß, und Sie sind erschöpft. Sie müssen um Ihrer selbst willen eine Abwechslung haben.»

In *Zuflucht im Herzen* schildert sie die Zwangslage:

Ich weiß nicht, ob es nicht leichter ist, wenn das Ende plötzlich kommt statt allmählich im Verlauf von Jahren. Ich glaube, wenn ich die Wahl gehabt hätte, ich hätte einen plötzlichen Tod vorgezogen, mitsamt dem Schock und allem, was ein solcher Tod mit sich bringt. Dann wäre das Andenken nicht getrübt durch die Erinnerung an das langsame und quälende Nachlassen der Sprech- und Wahrnehmungsfähigkeit, das dazu führt, daß schließlich nicht einmal die Lieben mehr erkannt werden. Einen Trost gibt es jedoch. Er wußte nichts vom eigenen Verfall. Und während er zu einem elementaren, rein körperlichen Dasein erniedrigt wurde, blieb der Kern seines Wesens bewahrt – eine selbstlose Sanftheit.

Langsam, ganz allmählich kam die Veränderung. Als seine Sehkraft so geschwächt war, daß er nicht mehr lesen konnte, ließen wir Plattenaufnahmen von Büchern kommen. Ich muß an dieser Stelle der Blindenbibliothek meine ewige Dankbarkeit aussprechen. Es wurden uns fortwährend kostenlos Platten ins Haus geschickt; diese hielten ihn geistig auf eine Weise wach, die unsere Befürchtungen abschwächte. Aber auch das fand ein Ende. Es kam der Tag, an dem Wörter für ihn ihren Sinn verloren, ja selbst Musik bedeutungslos wurde und er es zufrieden war, nur noch zu existieren. Er hätte gelitten, wenn er es gewußt hätte, und ich danke der gütigen Macht, wo immer sie sei, die dieses Wissen verhindert hat. Der Körper, befreit von aller geistigen und seelischen Anspannung, lebte auf eine seltsame ausdauernde Art fort.

«So wird es noch lange weitergehen», sagte unser Hausarzt. «Sie müssen leben, Sie müssen reisen, Sie dürfen sich von dem, was nicht zu ändern ist, nicht aufhalten lassen.»

Tatsächlich war dies für uns die einzige Möglichkeit, zu ertragen, was uns widerfuhr. Ich versuchte wie gewöhnlich zu leben, soweit ich es vermochte . . .

Zum erstenmal in meinem Leben war ich traurig, wenn der Abend kam. Die andern gingen zu Mann und Frau, aber ich kehrte allein in mein Hotelzimmer zurück. Vom Fenster aus überblickte man die Dächer des neuen Tokio – kein schöner Blick; denn es hatte an Zeit gefehlt, Schönheit zu schaffen. Die Stadt war nach dem Krieg hastig wiederaufgebaut worden, ein Jammer, denn nachdem sie dem Erdboden gleichgemacht worden war, hätte man gut eine Stadt mit breiten Straßen und Promenaden anlegen können, falls diese Möglichkeit bestanden hätte – eine moderne Stadt, aber schön nach japanischer Art. Das war nicht geschehen. Der Krieg war hart gewesen, die Menschen verlangten verzweifelt danach, ein neues Leben zu beginnen, und der Staat war bankrott. Aufs Geratewohl schossen Häuser auf. Noch heute ist es fast unmöglich, ein Haus nach seiner Nummer oder auch nur nach seiner Straße zu finden. Man kann sich bloß dem Unbekannten anvertrauen.

Und immer am Ende des Tages, jeden Tag, kam die Rückkehr zu niemandem! Nach den Problemen, gelösten und ungelösten, nach dem Kommen und Gehen vieler Leute, nach Zweifel und Sorge, aufregenden Entdeckungen, gemeinsamem Lachen, wachsender Zuversicht in das entstehende Werk, hatte jeder Tag dasselbe Ende. Ich kehrte zu meinem Hotel zurück, schloß die Zimmertür auf, ging hinein und schloß die Tür wieder ab. Die Blumen waren frisch, die Räume kühl, auf dem Tisch häuften sich Briefe – Briefe von niemanden. Der eine Brief, nach dem ich mich sehnte, konnte nicht mehr geschrieben werden. Die anderen öffnete ich nicht. Mochten sie warten, bis die japanische Sekretärin kam und ich zum Arbeiten gezwungen war, damit sie Arbeit hatte. Ich erhielt viele Einladungen, aber es machte mir keine Freude, sie anzunehmen. Einige konnte ich nicht ablehnen; solche, die von den bekümmerten, ratlosen Eltern geistig zurückgebliebener Kinder stammten oder von alten Freunden, die in der Vergangenheit gegen mich gütig gewesen waren. Ich gewöhnte es mir an, mir die Mahlzeiten aufs Zimmer bringen zu lassen und allein zu essen, damit ich nicht genötigt war, Fremde anzulächeln, die sich mir mit Fragen und Lobreden nähern wollten. Wenn es Abend wurde, war das Leben auf einmal sinnlos.

Doch ich war nicht ungeduldig mit mir selbst. Ich wußte aus Erfahrung, daß es Zeit braucht, bis man einen Kummer mit dem ganzen Wesen aufgenommen hat. Sobald diese Anpassung vollzogen ist, beginnt das Wachstum wieder, und neues Leben ersteht. Es war noch zu früh. Ich fand es unerträglich, allein in Hotelzimmern zu sitzen. Hätte er den Abend mit mir verbracht, so wäre dies der beste Teil des Tages gewesen. Es war immer der beste Teil des Tages. Tagsüber hatten wir viele Stunden getrennt verbracht, denn jeder hatte seinen Beruf, seine Arbeit. Aber wie sehr freuten wir uns auf den Abend, und was taten wir nicht alles, um ihn gemeinsam verbringen zu können! Überallhin fuhren wir zusammen; entweder richtete ich mich nach ihm oder er sich nach mir, je nach dem Gewicht, das wir dem jeweiligen Fall gaben. Und in den fünfundzwanzig Jahren unserer Ehe waren wir keine Nacht getrennt, bis er ausschließlich zu Hause leben und arbeiten mußte. Auch dann lehnte ich alle Einladungen ab, die mich gezwungen hätten, eine Nacht weg zu bleiben, bis er nicht mehr wahrnahm, ob ich bei ihm war. Als ihn dieses Bewußtsein verließ, wurde alles anders, nur die Erinnerung nicht ...

Es war, als triebe ich in seltsamer Ferne dahin, in einem fremden Land, das von meinem Leben abgetrennt war. Ich hätte gestorben sein können, so tief war die Stille in mir. Ich wußte, daß ich nie mehr weinen würde. Tränen hatten keinen Sinn, und es war auch kein Trost zu suchen oder zu finden. Es gab nur dies eine – mich selbst. Töricht, um sich selbst zu weinen ...

Immer wieder, solange ich lebte, würde es große Augenblicke geben, Schönheit, Spannung, Jubel; vor allem Augenblicke des Gelingens. Jedesmal hatten wir uns dabei angesehen, er und ich, so instinktiv, wie wir atmeten. Das sollte nie mehr sein . . . Es ist nicht wahr, daß man nie allein auf seinem Weg ist. Eine ganze Ewigkeit lang geht man allein, und wir wissen nicht, wann sie endet.

Während der fünfundzwanzigjährigen Ehe war die einzige weltanschauliche Frage, in der sie nicht übereinstimmten, die Unsterblichkeit der Seele – ob es nach dem Tod des Körpers eine Fortdauer der menschlichen Individualität gebe. Sie dachte fast täglich darüber nach, er nie. Er war überzeugt, daß es diese Fortdauer nicht gäbe. Sie beharrte auf dem Standpunkt, daß es unmöglich sei, etwas als Tatsache hinzunehmen, ohne diese Tatsache zu erkennen. Auf den beiden letzten Seiten von *Zuflucht im Herzen* bezieht sie dazu klar und deutlich Stellung.

Aber ich habe ein Absteigequartier in New York, dieser Stadt der Wunder und der Schmerzen. Er und ich hielten uns dort immer eine Wohnung. Für ihn war es sowohl eine berufliche als auch eine geistige Notwendigkeit, und ich habe unsere Tradition fortgeführt, allerdings nicht in derselben Wohnung, die wir so viele Jahre zusammen benützt hatten. In den vertrauten Räumen hielt mich die Qual der Erinnerung gefangen. Ob ich freiwillig ausgezogen wäre, weiß ich nicht; doch die Wolkenkratzer aus Stahl und Glas drangen immer weiter in unsere Straße, und das Gebäude, in dem wir uns ein Heim geschaffen hatten, sollte abgerissen werden. Ich fand eine Wohnung etwas näher der Stadtmitte in einem Neubau, wo es nur noch die Erinnerungen für mich gab, die ich im geheimen überall in mir trage.

Und jetzt erzähle ich eine Geschichte, die nichts mit dem Film zu tun hat, außer daß sie mir selbst als Schlußszene dient. Bei der Wohnungssuche half mir eine meiner Töchter, indem sie die nicht in Frage kommenden Angebote ausschied und mich dazu überredete, zwei oder drei vielleicht brauchbare Möglichkeiten zu besichtigen. Eines Abends sah ich mir diese

Wohnungen an. Ich war in Eile, und es hatte ohnedies keine große Bedeutung mehr für mich, wo ich hausen würde. Wir traten in kahle, ungestrichene Räume. Ich sah ein breites Fenster und dahinter flüchtig ein Dach; es sei ein Schulhaus, sagte meine Tochter, und der Vorteil wäre hier, daß mir keine höheren Gebäude die Aussicht nehmen würden. Auch daraus machte ich mir nicht viel, denn wann hätte ich in New York jemals Zeit, die Aussicht zu betrachten? Außerdem habe ich in Pennsylvanien Aussicht genug. Ich entschloß mich rein impulsiv.

«Ich nehme die Wohnung.»

Die Wahl war eigentlich überstürzt, eine Zufallssache. Allmählich beginne ich aber zu glauben, daß es auf dieser Welt keine bloßen Zufälle gibt. Denn nun kommt die Einleitung zu dieser abschließenden Geschichte:

In meiner Kindheit hatte ich oft keine Lust, meine Pflicht zu tun, worauf mein Vater sanft, aber fest zu sagen pflegte: «Wenn du es nicht tun willst, weil es recht ist, dann tue es zur größeren Ehre Gottes.»

Zur größeren Ehre Gottes also und auch meinem Vater zuliebe, allerdings immer noch widerstrebend, tat ich dann, was getan werden mußte, wenigstens so oft wie möglich.

Und nun zurück zu der Wohnung. Ich ging kein einziges Mal mehr hin, während sie hergerichtet wurde. Erst als alles fertig war, öffnete ich die Tür und trat sofort an das breite Fenster. Ich erinnere mich, daß es ein strahlender Tag war, einer der besten, die New York zu bieten hat; mit frischem Meerwind und blauem Himmel. Und direkt am andern Haus, unter dem Dach entlang, las ich in großen gemeißelten Buchstaben:

AD MAIOREM DEI GLORIAM

Auch während ich jetzt schreibe, stehen die Worte vor meinen Augen. Zur größeren Ehre Gottes! Was bedeutet diese Stimme aus dem Grab, aus dem Grab meines Vaters? Er ist auf einem

Berg mitten im Herzen Chinas beigesetzt, in einem Land, das für mich verloren ist. Ich bin hier und lebe tausend Meilen von ihm entfernt. Sind wir durch meinen Vater in Verbindung, er und ich? Das ist nicht möglich.

Wie kann ich zu behaupten wagen, daß es nicht möglich sei?

Eines Tages werden wir wissen. An welchem Tag? An jenem Tag vielleicht, wenn sich Heilige und Wissenschaftler zu der Erforschung der Wahrheit vereinen. Die Heiligen, die Glaubenden sollten die Wissenschaftler mutig zur Mitarbeit drängen, um mit ihrer Hilfe festzustellen, ob der Geist als Energie weiterlebt, wenn die Masse, die wir Körper nennen, nicht mehr ein Gefäß ist. Der Glaube liefert Hypothese, aber nur die Wissenschaft kann die Methoden zur Bestätigung liefern. Der Ungläubige wird die Forschungsarbeit niemals durchführen. Er ist statisch, eine Salzsäule, für immer mit zurückgewandtem Blick.

Es gibt keine Wunder, dessen bin ich gewiß. Wenn man auf dem Wasser wandelt und die Kranken heilt und Tote zum Leben erweckt, so ist das nicht Zauberkunst, sondern eine Frage des Wissens, wie man vorzugehen hat. Es gibt nichts Übernatürliches, sondern nur das überaus Natürliche, das rein Wissenschaftliche. Wissenschaft und Religion, Religion und Wissenschaft, wie auch immer ich es drehe, sind zwei Seiten desselben Fernglases, durch das wir verschwommen sehen, bis die beiden Linsen richtig eingestellt sind, so daß sie die Wahrheit enthüllen.

Eines Tages, wenn die Botschaft aus der Ferne, wo «die große Mehrheit» – die Toten – wohnt, zu uns durchdringt, wird uns der Beweis erreichen; nicht in Gestalt von Engelscharen im Himmel, sondern als Wellenlänge, die im Laboratorium aufgefangen wird: eine Wellenlänge, die so unbestreitbar persönlich ist, wie ein Fingerabdruck zu jemandem gehört, dessen Körper sich zu Staub verwandelt hat. Der Wissenschaftler, der die Wellenlänge erkennt, wird dann ausrufen: «Aber das ist ja jemand, den ich kenne! Ich habe diese Wellenlänge notiert, als er noch lebte.» Und er wird sein Material mit der soeben aufgefangenen Wellenlänge vergleichen und wird dann wissen, daß es endlich ein Verfahren, eine Maschine gibt, die eine seit Jahrhunderten erträumte Botschaft zu empfangen vermag, die Botschaft der fortdauernden individuellen Existenz, die wir die Unsterblichkeit der Seele nennen.

Vielleicht auch wird sie nicht von einem Wissenschaftler empfangen, sondern von einer Frau, die wartend an einem Fenster steht und in den Himmel blickt.

Sie brauchte die Bestätigung durch einen Mann. Dieses Bedürfnis bewirkte die Zwiespältigkeit in ihrem Leben. Seit 1932 war dieser Mann Richard Walsh gewesen. Was immer sie vergeblich in ihm suchte, sie paßte sich seinen Mängeln an; aber er war der Mann. Als seine Gesundheit von 1953 an stetig nachließ, wurde ihr von ihm immer weniger zuteil, und um so mehr mußte sie sich anpassen. Die siebenjährige Periode bis zu seinem Tod war eine der schwersten für sie; tatsächlich stand sie immer dann vollständig allein, wenn sie Hilfe am dringendsten benötigte. All die bitteren Erfahrungen in ihrem Leben mußte sie allein bewältigen: die Krankheit ihrer Mutter und deren Tod im Jahr 1921; das zehnjährige Ringen mit der grausamen Erkenntnis, daß ihr Kind nicht normal war; die Trennung von ihrem ersten Mann im Jahr 1935 und zwei Jahre später die Scheidung.

Man wird einwenden, daß ihr zweiter Mann ihr bereits viel bedeutete, als sie ihren ersten verließ – aber jene, die selbst eine Scheidung durchgemacht haben, werden wissen, daß man einen solchen Entschluß allein treffen und danach allein mit diesem schweren Entschluß leben muß. Nur man selbst weiß, welche Qual damit verbunden ist, denn kein anderer kann diese Qual tragen helfen.

Ja, auch wenn jemand anders gewußt hätte, daß sie in der zweiten Ehe nicht die erhoffte Erfüllung fand, so wäre davon nicht nur ihr eigenes, sondern auch das Leben ihres Mannes, den sie liebte und schätzte, und das der Kinder in Mitleidenschaft gezogen worden. Während seiner Krankheit wurde ihr von niemandem Hilfe oder Verständnis zuteil, und wiederum trug sie die Bürde allein, bis auf einen späteren Abschnitt in dieser Periode, in dem ihr ein Mann Trost brachte – den einzigen Trost in der schweren Zeit. Ich kenne seinen Namen nicht, denn ich habe sie nie danach gefragt: Ich erwähne ihn nur, weil er damals wichtig für sie war. Vermutlich war er nicht einmal ihr Liebhaber, aber eine Liebe war es. Ein Hinweis auf ihn findet sich 1958 im *Schatzbuch*, und zwar in Form eines Gedichts zwischen Notizen über die Kinder.

Mai 1958. Als Susan [ihr erstes Enkelkind] geboren wurde, konnte ich sie nicht als Mensch empfinden, aber jetzt mit ihren sieben Monaten kenne ich sie gut – ein starker, gefühlstiefer Mensch. Sie wird ein erfülltes Leben haben, aber oft unglücklich sein.

John ist verheiratet und hat sich durch seine Liebeserfahrung charakterlich weiterentwickelt.

Auch an Joe habe ich meine Freude – ein liebenswerter junger Mann, genau der Richtige für meine temperamentvolle Jean.

Richard ist in Deutschland. Er fehlt mir, aber ich weiß, daß es gut für ihn ist, Disziplin zu lernen.

Um Edgar mache ich mir jetzt weniger Sorgen. Er reift und ist sensibel.

Janice ist eine brave, hilfreiche Frau. Erst gestern freute ich mich an ihrem hübschen Gesicht.

Henriette ist mir so ähnlich, als ich in ihrem Alter war. Sie steht mir nahe. [Und dann das Gedicht.]

Das Herz, so scheint es, kennt kein Alter.
Ich hätte nie geglaubt,
daß ich noch einmal lieben könnte.
Und doch – der alte Schmerz ist wieder da,
das Glück, die Freude . . .

Ich wende meinen ganzen Willen auf,
um eine Wahrheit zu verbergen
die ich mir selbst
bis jetzt nicht eingestand.

Danach enthält das *Schatzbuch* vier Jahre lang keine persönlichen Eintragungen mehr, bis auf eine einzige handgeschriebene Notiz:

«Arthur Compton ist im März 1962 gestorben. Er schrieb mir diese Karte, nachdem er meinen letzten Roman [deutsch: *Gebiete dem Morgen*] gelesen hatte.

Liebe Pearl Buck,

das ist eine gute Arbeit. Es freut mich natürlich sehr, daß Sie in mir einen geeigneten ‹Helden› sehen, um den sich eine Geschichte spinnen läßt. Aber ich will lieber nichts zu dem bemerken, was Sie über den Helden sagen. Schließlich ist es Ihr Roman! Außer ein paar kleinen sachlichen Korrekturen habe ich nur auf der letzten Seite die Worte geändert, die Sie mich sprechen lassen, damit sie besser zum Charakter passen.

Mit allen guten Wünschen

Ihr Arthur H. Compton.»

Sie lernte Arthur Compton bei den Vorarbeiten für den genannten Roman kennen. Sie verbrachte einige Zeit in seinem Sommerhaus, und sie besuchte Vorlesungen an der Washington-Universität in St. Louis, wo er einen Lehrstuhl hatte. Sie diskutierte stundenlang das Drama der Atombombe mit ihm, das sie in *Gebiete dem Morgen* schildert. Sie hatte Compton und seine Frau sehr gern. Doch zu einer näheren Freundschaft kam es nie, weil beide von ihrer Arbeit viel zu sehr beansprucht waren. Aber sie genoß die kurze Begegnung.

Im Mai 1962 finden wir die Eintragung:

«Wie viele Jahre sind in dieser inneren Stille vergangen! Heute morgen schreibe ich wieder . . . Das Haus ist immer noch mein Heim. Zwei geliebte Töchter sind bei mir, Mary Chieko und Johanna. Henriette ist in der Westtown-Schule, sie wächst heran. Jean wohnt mit ihrer Familie gegenüber – drei entzückende Kinder und das vierte unterwegs. Richard und seine Frau leben im Bauernhaus – ihr Kind wird bald kommen. John und seine Familie wohnen in Haus Hilltop – drei prächtige kleine Buben. Ich kam heute in aller Frühe in mein Büro und muß dorthin zurück, denn ich bin mitten in einem Korea-Roman. Aber aus irgendeinem Grunde habe ich eine Pause eingeschaltet, um dieses *Schatzbuch* wieder anzufangen . . . Ich sah Edgar gestern abend in *Rashomon* – eine gute Leistung. Er ist jedoch mehr als ein Schauspieler – *was*, weiß ich ebensowenig wie er. Seine Frau Linda saß neben mir, und wir sprachen über ihn mit Liebe und Sorge. Hat er – wird er jemals die Energie, den Elan haben, seine Begabung zu entwickeln. Ich glaube es . . . Vielleicht weil ich es so sehr erhoffe. Janice ist zwischen zwei Anstellungen bei mir – eine Gelegenheit, sie neu kennenzulernen. Noch fühle ich mich nicht imstande, von mir selbst zu schreiben. Ich will das Buch nur wieder einmal öffnen. Ich möchte Gedichte schreiben. Mit Lyrik fing ich zu schreiben an. Die Zeit ist wiedergekommen.»

Bis zur nächsten Eintragung sind wieder Monate verstrichen:

«26. Januar 1963. Nach langer Unschlüssigkeit und Überlegung werde ich morgen für drei Monate nach Indien reisen. Aus dem seltsamen inneren Drang heraus, der mich stets antreibt und den ich nicht ergründen kann, möchte ich einen Roman über das moderne Indien schreiben. Dazu muß ich mit den Menschen dort leben und arbeiten. Eine Vergnügungsreise genügt nicht. So sind diese Zeilen in gewisser Weise ein Abschied von der Heimat, hoffentlich nur für ein paar Monate . . . Es liegt Schnee, und es soll noch mehr kommen. Es zerreißt mir das Herz, daß ich Kinder und Enkel verlassen muß. Aber ich muß gehen – aus mir unbekannten Gründen . . . Dienstag werde ich in Bombay sein, so Gott will . . . Laß mich lange leben, damit ich alle die Bücher beenden kann, die ich schreiben muß.»

Die Indienreise lohnte sich, soweit es ihr Werk betrifft. Der lange Roman über das moderne Indien, *Mandala,* ist bereits veröffentlicht, und Indien regte sie auch zu dem Kinderbuch *The Big Fight an,* das demnächst auch in Deutsch erscheint. Der schöne Film, den die Stratton Productions nach R. K. Narayans Roman *The Guide* in dieser Zeit drehten, wurde kein unmittelbarer kommerzieller Erfolg. Vielleicht war es noch zu früh für diesen künstlerischen Film, der die Seele Indiens in prächtigen Farben auf die Leinwand bannt; vielleicht war sie auch damit ihrer Zeit voraus. Möglicherweise wird der Film die Unkosten nie einspielen, aber Pearl Buck brachte er persönlichen Gewinn.

Sie kehrte schon im März zurück, weil sie zu Hause dringend benötigt wurde, flog aber im April wieder nach Indien und blieb diesmal bis Juni. An einem Junitag 1963 schrieb sie in ihr *Schatzbuch:*

«Ein Telephongespräch führte mich zum Entschluß, heute im Kamin meines Arbeitszimmers eine Handvoll kurze Briefe zu verbrennen – Briefe, die ich im Verlauf von Jahren einem Menschen geschrieben habe, den ich liebte. Ich verbrannte sie, weil sie Träume enthielten, die sich nie verwirklichten und darum nichts von Bedeutung festhielten. Jetzt ist im Kamin nur noch ein Häuflein Asche. So muß es sein, und vielleicht sollte es so sein. Aber viele Stunden meines Lebens liegen dort vergeudet, viele Stunden und einige meiner tiefsten Gefühle. Und der Mensch, an den die Briefe gerichtet waren, weiß nicht, was verlorenging.»

Vielleicht fand sie Trost darin, sich diese Briefe vom Herzen zu schreiben, fand sie darin Erleichterung von Kummer und Einsamkeit. Sie hatte sich die Rückgabe der Briefe erbeten, weil sie wohl wußte, daß die Beziehung nicht fortdauern konnte. So setzte sie ihr ein Ende. Ich bin sicher, daß sie diesen Entschluß faßte, um ihre persönliche Integrität zu wahren – sie beschloß, daß sich diese Beziehung, aus welchen Gründen auch immer, nicht zu einer offenen Verbindung entwickeln konnte. Aber etwas in ihrem Leben geheimzuhalten, das ihre tiefsten Gefühle miteinbezog, hätte sie so viel Anstrengung gekostet, daß ihr jegliche schöpferische Tätigkeit unmöglich gewesen wäre. Also brach sie diese Beziehung ab und wandte sich ihrer zukünftigen Arbeit zu: Sie plante noch einige wichtige Werke, darunter einen Dreiecksroman, der von einer Frau handeln sollte, die zwischen zwei Männern stand – einem älteren und einem jüngeren. Ob das wieder auf dem Wunsch beruhte, das Wort «Ende» unter ein Lebenskapitel zu setzen?

Im Jahr 1963 wurde das Weihnachtsfest von der ganzen Familie in ihrem Haus in Vermont gefeiert. Sie sollten alle um vier Uhr eintreffen, aber da es seit dem Morgen unablässig schneite, begannen Pearl Buck und ich daran zu zweifeln, ob sie es schaffen würden. Aber sie waren alle zur festgesetzten Stunde da, bis auf die beiden ältesten Kinder, die ohnehin nicht hätten kommen können: Edgar, der sich in seiner Eigenschaft als Leiter einer großen Filmgesellschaft gerade in Lissabon aufhielt, und Carol, die ja in ihrem Institut lebte. Henriette hatte Schulferien. Sie und die drei jüngeren Mädchen halfen bei den letzten Vorbereitungen. Nur diese vier lebten noch bei der Mutter, die andern waren längst ausgeflogen.

Nacheinander trafen die Kinder und Enkel ein, und das große Haus füllte sich. Als wir am Kamin saßen, betrachtete ich sie – Janice, Jean, Henriette, Theresa, Chieko, Johanna, Richard, John, Jeans Mann und Richards Frau und acht Enkelkinder. Ich beobachtete diese «Ausgewählten», wie Pearl Buck ihre Adoptivkinder nannte, und dachte daran, wie sie sie in den Jahren zwischen 1926 und 1963 zu sich genommen hatte – eins aus New York, vier aus Chicago, eins aus Deutschland, drei aus Japan. Zwei waren Halbneger, die andern eine Mischung aus allen möglichen Rassen, und doch bildeten sie eine fest verbundene Familie, zusammengehalten von einer einzigen Frau. Ihre Enkelkinder begrüßten sie strahlend mit «Hei, Nana!» und ich mußte an den Brief denken, den sie Jean vor der Geburt ihres ersten Kindes geschrieben hatte: «Du mußt wissen, mein Liebes, daß ich Deine Kinder verwöhnen werde. Disziplin ist jetzt nicht mehr meine Sache, sondern Dein Problem. Ich will mich nur an ihnen freuen.»

Ich sah die schöne Jean an, Jean, die Mutter; sie war jetzt diejenige, die Kinder um sich scharte. Neben ihren eigenen fünf holte sie sich Nachbarskinder und betreute sie. An jenem Weihnachtsabend waren ihre Kinder, zwei Mädchen und drei Buben, acht, sieben, sechs, vier und drei Jahre alt, und Jean erzählte mir von der kleinen Koreanerin, die sie adoptieren wollte. Die Tradition sollte sich also fortsetzen. Richard war in der älteren Gruppe der Familienvater, John der Abenteurer, Janice die erfolgreiche Berufsfrau. Sie waren alle ein Teil ihrer selbst, als ob sie sie selbst geboren hätte.

Es gab an diesem Abend natürlich viele Geschenke, wohl das sinnigste aber hatte Edgar geschickt. Es war ein Photoalbum mit Bildern, die er und seine Frau von ihrem Alltagsleben in Portugal gemacht hatten. Unter jeder Aufnahme stand eine Erklärung in der gestochenen Handschrift der Schwiegertochter. Es war, als wäre das junge Paar persönlich zu Besuch gekommen, und während Pearl Buck die Bilder betrachtete, sagte sie immer wieder: «Ist sie nicht reizend?»

Edgar fühlte sie sich geistig besonders stark verbunden, und durch ihn hätte sie leicht die Zweisamkeit finden können, die ihr in beiden Ehen versagt blieb. Aber sie bemühte sich ganz bewußt, den Fehler zu vermeiden, den so viele Mütter machen, indem sie ihre Söhne an sich ketten. Deshalb war Edgar auch das selbständigste ihrer Kinder geworden. Edgar war Geist von ihrem Geist. Daß sie von Anfang an gewillt war, aus ihm kein Muttersöhnchen zu machen, verrät eine Eintragung im *Schatzbuch* vom Jahr 1940:

«Draußen beginnt der Schnee zu schmelzen, und das Eis auf dem See knackt laut. Gestern rutschten die Kinder und ich mit viel Spaß einen Eishang bei der Brücke hinunter. Edgar schlug sich dabei den Kopf an und brach in Tränen aus. Ich sagte zu ihm: ‹Setz dich dort zu der großen Esche und wein dich aus.›

Das tat er, brüllte herzhaft und mit großem Vergnügen so lange, wie er nur konnte, während wir weiterrutschten. Als ich ihn dann fragte, ob er sich besser fühle, nickte er.»

Sie wußte ganz genau, wann sie festbleiben mußte. Eine ihrer siebzehnjährigen Töchter beklagte sich vor kurzem bitterlich: «Andere Mädchen in meinem Alter dürfen allein mit Jungen ausgehen und können bis ein Uhr nachts wegbleiben! Du hast kein Vertrauen zu mir!»

«Es ist mir ganz gleich, was andere Leute tun», erwiderte sie. «Wir sind nicht die andern, und natürlich habe ich kein Vertrauen zu dir. Ich konnte mir selbst nicht trauen, als ich in deinem Alter war. Warum sollte ich also dir trauen?» Damit war die Diskussion beendet.

Pearl Buck und ihre Tochter Jean hatten dieselbe Einstellung zur Mutterschaft, eine Einstellung, die teilweise genauso asiatisch war wie die von Peony oder Madame Wu: Sie wußten genau, wann es an der Zeit war zu strafen oder zu trösten, wußten, wie weit eine Mutter bei ihrem Kind gehen kann, ohne ihre Autorität einzubüßen. Zwischen Pearl Buck und ihren Kindern kam es zu keinen allzu kameradschaftlichen Vertraulichkeiten, sondern es herrschte die gegenseitige tiefe Achtung zwischen Eltern und Kindern, die man in Asien findet. Sie achtete ihre Kinder als Menschen, als Individuen und als Weltbürger, ganz gleich, welchen Ursprungs und welcher Abstammung sie waren. Diese Einstellung entsprang ihrer allumfassenden Wertschätzung des menschlichen Lebens in ihrer reinsten Form. Unerschütterlich vertrat sie die Meinung, daß jedes Kind das Bedürfnis nach und das Recht auf die Sicherheit und das Verständnis hat, die ihm erlauben, seine Möglichkeiten voll zu entwickeln und zu geistiger Reife zu gelangen. Mit diesem Ziel vor Augen errichtete sie die Pearl S. Buck-Stiftung.

Sie wußte, daß sie wegen ihrer Vielseitigkeit oft nicht verstanden oder falsch beurteilt wurde. Manche dachten, daß ihre unterschiedlichen Bemühungen keinen inneren Zusammenhang hätten. Über ihre Hauptinteressen im Leben sagte sie folgendes:

Mein ganzes Leben bildet eine Einheit. Alles, was ich tue, auch meine Schriftstellerei, erwächst aus einem tiefen Interesse an den Menschen, am Wunder ihres Geistes und ihrer Seele, an ihrer Empfindungsfähigkeit, an ihren Bedürfnissen und an der wesentlichen Einsamkeit ihrer Stellung im Universum. In schlaflosen Nächten sinne ich manchmal über diesen Planeten nach, an den wir uns klammern. Ich denke darüber nach, wie total verloren wir im Weltraum sind. Wir sind gezwungen, die vollständige Isolierung zu ertragen, denn wie sehr wir auch hoffen mögen, daß es einen Gott gibt, wir hören seine Stimme nicht, und wir sehen ihn nicht; unser Glaube ist zwar ein gültiges Gefühl, aber bestätigt wird er nur durch die Hoffnung. Diese Isolierung des Menschen bewirkt bei mir die Sorge um alle Menschenwesen, doch vornehmlich um Kinder, nicht aus einem Muttertrieb heraus, sondern weil Kinder die Zukunft sind. Das Kind ist noch formbar. Da ich weiß, daß ein Erzieher unmöglich in jedem Bereich und an allen Fronten Erfolg haben kann, habe ich absichtlich den Bereich der Kinder als denjenigen gewählt, wo sich die beste Gelegenheit für gute menschliche Resultate bietet.

Ich begann mit der Arbeit für geistig zurückgebliebene Kinder, die mir zu jenem Zeitpunkt am dringendsten geboten schien. Außerdem lagen mir diese Kinder durch meine eigene zurückgebliebene Tochter besonders am Herzen. Als sich später die beiden Welten von Ost und West, von Asien und dem Westen, durch Kinder gemischter Rassen hierzulande gegenübertraten, fand ich, daß die Kinder gemischter Rassen am bedürftigsten waren. Und als sich meine Hilfe auf die Kinder in Übersee ausweitete, auf die Kinder unserer Soldaten, so war dies nur ein weiterer Schritt in derselben Richtung. Die Adoptionsagentur Welcome House wurde zum Mittel der Hilfe für die erste Gruppe, das heißt für hier geborene Kinder asiatisch-amerikanischer Abstammung, und die Stiftung wurde das Werkzeug für die Kinder in Übersee, die von amerikanischen Soldaten und Asiatinnen abstammen. Die einzige Abweichung von diesem geraden Weg – wenn man es überhaupt als solche bezeichnen kann – ergab sich, als mich der Gouverneur des Staates Pennsylvanien ersuchte, den Vorsitz eines staatlichen pennsylvanischen Komitees für die körperlich Behinderten zu übernehmen. Ich bin kein Mensch, der sich nur für ein einziges Land interessiert, und wenn ich auch Pennsylvanien liebe, weil ich hier zu Hause bin, so denke ich dennoch nicht in Begriffen von einzelnen Staaten. Ich denke an die ganze Welt, die Länder umfaßt, und diese Länder wiederum umfassen Staaten oder Provinzen. Ich hatte niemals im Sinn, in einem so kleinen Gebiet wie einem einzelnen Staat zu arbeiten. Dennoch nahm ich die Aufforderung des Gouverneurs an, teils weil ich sah, wie unzulänglich und zusammenhanglos in meinem eigenen Staat für die körperlich Behinderten gearbeitet wurde. In einer einzigen Großstadt gab es zum Beispiel allein für die Blinden siebenundzwanzig Fürsorgestellen. Die Leute wußten nicht, wohin sie gehen, welche sie wählen sollten. Auch für die Tauben gab es viele Agenturen, und sie waren genauso unkoordiniert. Ich fand den Mangel an Zusammenarbeit eine Verschwendung öffentlicher Gelder, und ich dachte einen Plan aus, der die Arbeit dieser einzelnen Stellen koordinieren sollte, statt daß sie sich Konkurrenz machten. Mit Hilfe meiner tüchtigen Assistentin Gweneth Zarfoss organisierte ich eine Hilfeleistung für Behinderte, die auf lokalen Bedürfnissen beruhte und sich als sehr wirksam erwies.

Ich behielt den Vorsitz während der Amtszeit zweier Gouverneure. Dann änderte sich die politische Lage, und das Werk wurde nicht fortgesetzt, obwohl bemerkenswerte Erfolge erzielt worden waren. Trotzdem hat der Koordinationsplan, den ich für Pennsylvanien ausgearbeitet hatte, seine Gültigkeit beibehalten. Denn ich glaube nicht an den Wohlfahrtsstaat. Ich finde es unselig, daß es so viele Leute gibt, die nicht arbeiten oder sagen, sie könnten nicht arbeiten, so daß die übrigen sie durch die Wohlfahrt unterstützen und erhalten müssen. Ich finde, jede Gemeinschaft sollte selbst für ihre Bedürftigen sorgen und nur im dringenden Notfall Staatsgelder in Anspruch nehmen. Wahrscheinlich entspringt diese Überzeugung meinen

Beobachtungen in China, wo die Familie eine Einheit bildete. Dort sorgte die große Familie für alle ihre Mitglieder, und wenn ein Mitglied arbeitslos war, halfen ihm die andern auf die Beine und sorgten dafür, daß er auf eigenen Füßen stehen konnte. Hierzulande kann es keine Sicherheit in der Familie geben, aber es sollte die Sicherheit der Gemeinde geben. Die Gemeinde könnte ein ganzer Bezirk sein oder vielleicht auch nur eine Stadt. Ich habe sorgfältig einen Plan ausgearbeitet, eine ganz einfache Technik, nach der jede Gemeinde ihre eigene Organisation für die körperlich Behinderten schaffen kann.

Bevor wir diesen Plan verwirklichen konnten, mußten wir zuerst erfahren, welche Hilfe bereits geleistet wurde. Zu diesem Zwecke teilten wir Pennsylvanien in neun natürliche Bezirke ein, in deren Mitte eine Stadt oder Großstadt lag. In diesen Zentren ermittelten wir vorerst genau, was für die Behinderten schon getan wurde und woran es noch fehlte. Durch diese Ermittlungen wurde meine Vermutung erhärtet, daß ungeheuer viel Zeit und Mühe verschwendet wurde und den Behinderten doch nicht gedient war.

Dann mußten wir natürlich für jeden Bezirk einen Leiter finden. Also suchten wir in jeder Ortschaft den Bürgermeister auf und baten ihn, die lokale Führerschaft zu übernehmen, indem er die Leute der verschiedenen Fürsorgestellen bei sich einberief, damit sie die Koordination ihrer Arbeit besprechen könnten. So entstand in jeder Gemeinde ein Komitee, dessen Vorsitzender überall der Bürgermeister war. Jedem Lokalkomitee gehörten die führenden Bürger an, sowohl Laien als auch Fachleute. Für jede Gemeinde arbeiteten wir einen Plan aus, der den Wettbewerb und alle Tätigkeitsüberschneidungen ausschaltete. So konnte jeder Behinderte bei seiner Zentralstelle seiner Gemeinde um Hilfe nachsuchen. Wenn ihm die eigene Zentrale diese Hilfe nicht zu gewähren vermochte, so verwies sie ihn an eine Stelle, wo er den benötigten Beistand erhielt. Auf diese Weise konnte sich jeder körperlich Behinderte an jemand in seiner eigenen Gemeinde wenden.

In diesem Zusammenhang muß ich an eine Stadt denken,

wo sieben oder acht Jahre lang der Versuch gemacht worden war, die verschiedenen Hilfsorganisationen zu koordinieren, ohne daß es zu einer Zusammenarbeit kam, weil es an der Führung fehlte. Man hielt zwar Treffen ab, bei denen jedoch nur geredet oder gar gestritten wurde. Mit dem Bürgermeisterkomitee, das wir dort gründeten, schufen wir eine Institution, die Zusammenarbeit forderte und die Macht hatte, eine solche Zusammenarbeit durchzusetzen. Das Ergebnis dieser Kooperation ist eine Zentralstelle, bei der sämtliche Fürsorgezweige unter einem Dach vereint sind – in einem schönen, modernen Gebäude, das die Bürgerschaft mit Unterstützung der Staats- und Bundesregierung errichtet hat. Das war unser Plan. Hätte es keinen politischen Wechsel gegeben, so wäre der ganze Staat Pennsylvanien auf diese Weise durchorganisiert worden.

Wohlgemerkt, all das hatte nichts mit sentimentaler Wohltätigkeit zu tun. Ich verfolgte nur das Ziel, Mittel und Wege für die Lösung eines Problems zu finden. Auf diesem Grundsatz beruht alles, was ich in meinem Leben getan habe. Die Stiftung wurde im selben Sinne gegründet. Hier waren das Problem die halbamerikanischen Kinder, die es überall in Asien zu Tausenden gibt. Hier war es unmöglich, einfach Almosen zu verteilen, ganz abgesehen davon, daß ich die fortgesetzte Zahlung von Almosen für korrumpierend halte. Darum mußte ich bei der Errichtung der Stiftung wiederum ein geeignetes Werkzeug zur Lösung des Problems schaffen. Und natürlich mußten wir Leute finden, die sich dieses Werkzeugs bedienten. Diesmal planten wir für jedes Land eine Zentralstelle, wo junge und ältere Amerasier die Hilfe erhalten, deren sie zur Lösung ihres individuellen Problems bedürfen. Der Grundsatz der Zusammenarbeit steht hinter allem, was ich getan habe.

Ich halte nichts von Mildtätigkeit und Bettelei. Natürlich weiß ich, daß man Leute, deren Haus abgebrannt ist, beherbergen muß, bis sie eine neue Unterkunft haben, oder daß man Menschen, die am Verhungern sind, nicht sagen kann, man wolle dann nächstes Jahr sehen, wie ihr Hunger zu stillen sei. Aber Wohltätigkeit als Dauerzustand zu betrachten, ist meiner

Meinung nach unfruchtbar. In körperlicher Hinsicht muß man manchen Menschen vielleicht bis zu einem gewissen Grade helfen. Aber auch das kann meines Erachtens auf organisierter Grundlage geschehen. Ich möchte nicht, daß die Stiftung jemals Unterstützungsgelder bezahlt, sonst interessiert sie mich nicht mehr. Ich habe jedoch ein tiefes Interesse daran, den Menschen dabei zu helfen, ein Leben zu führen, das ihnen erlaubt, zu arbeiten und sich den Lebensunterhalt zu verdienen. Und das versucht die Stiftung für die amerasischen Kinder in Asien zu tun. Wenn ein Mensch sich selbst erhält und produktiv ist, hilft er auch der Gemeinschaft. Und wenn er wie viele dieser Amerasier besondere Begabungen hat, so kann er sehr viel zum Gemeinwohl beitragen.

Ich betrachte die Hilfeleistung für die körperlich Behinderten in Pennsylvanien mittels einer koordinierten Arbeit als eine der wertvollsten Erfahrungen meines Lebens. In gewisser Weise bedauere ich, daß ich diese Tätigkeit abbrechen mußte, aber wenn ich noch mehr Zeit hätte dafür opfern müssen, so hätte ich nicht für die Stiftung arbeiten können, und natürlich finde ich die Stiftung für die Zukunft der Menschheit wichtiger. Zudem eigne ich mich ganz und gar nicht für den Umgang mit Politikern, die nur um ihrer Parteipolitik willen zerstören wollen, was andere aufgebaut haben. Leider macht sich dieses Element in der amerikanischen Innenpolitik immer wieder bemerkbar. Wettbewerb kann destruktiv sein, und ich bin nicht für den Wettbewerb geschaffen. Ich glaube an Zusammenarbeit und Einigung unter der bestmöglichen Führung.

Pearl Buck ist für ihre vielen Leistungen noch und noch geehrt worden, aber sie sagte selbst, der schönste und befriedigendste Tag in ihrem Leben sei der 11. Juni 1967 gewesen. An diesem Tage eröffnete sie die Zentrale der Pearl-S.-Buck-Stiftung in Korea. Es war ein festlicher Anlaß, dem ich als ihr Mitarbeiter beiwohnte. Auf dem Rasen tummelten sich Hunderte von amerasischen Kindern. Viele Mütter waren gekommen, um der

Gründerin des Werkes ihre Anerkennung zu zollen. Koreanische und amerikanische Würdenträger unterhielten sich über das Projekt, jeder bestrebt, zu seinem Gelingen beizutragen, während sie auf den Beginn der Zeremonie warteten. Als das Schulorchester ankam, war es soweit. Alle hatten sich Sorgen wegen des Wetters gemacht, denn die Feier sollte im Freien stattfinden, und am Morgen hatte sich der Himmel bedrohlich verdunkelt. Unter schwarzen Wolken spielte das Orchester zuerst die koreanische, dann die amerikanische Nationalhymne. Hierauf schritten wir feierlich das Spalier ab, das sich gebildet hatte. Und plötzlich, als wir gerade die Stufen zur Rednertribüne hinaufstiegen, brach die Sonne durch die Wolkendecke und übergoß die Tribüne mit strahlendem Licht. Die Menge schwieg ehrfürchtig, als Pearl Buck die Eröffnungsrede hielt. Zum Schluß deutete sie auf einen Felsbrocken auf dem Rasen und sagte: «In diesen Stein sollen die Worte gemeißelt werden: ‹O Kinder des Ostens und Westens, ihr allein könnt dadurch, was ihr seid, den Osten und den Westen gleichermaßen gut verstehen. Möget ihr an diesem friedlichen Ort lernen, die sich bekämpfende Menschheit vor einem alles vernichtenden Krieg zu bewahren, und damit bewirken, daß sie den Tag segnet, an dem ihr geboren wurdet!›»

Wieder spielte das Orchester die beiden Nationalhymnen, als wir den Weg zurückschritten; aber der Jubel der Kinder und Mütter übertönte die Musik. Ja, so glücklich wie an diesem Tag habe ich sie niemals gesehen.

Im August 1967 schrieb sie in ihr *Schatzbuch*:

Der gefährliche Gegensatz in diesen Tagen meines Lebens ist fast unerträglich. Ich sitze hier an meinem Schreibtisch und schaue auf die Berge; die Ruhe, der Frieden, den sie ausstrahlen und der mich stets stärkte, widerspricht den Tagesnachrichten, die voll sind von Gewalttaten. Täglich wird die Ziffer der Getöteten gemeldet. Wie ist es möglich, daß ich hier im Westen bin, während der mir so vertraute Osten diesen entsetzlichen

Krieg durchmacht? Obwohl ich nach Geburt und Abstammung hierher gehöre, sehe ich so deutlich wie diese Berge die ländliche Szenerie von Vietnam vor mir, wo R. und ich vor vielen Jahren weilten, die Dörfchen mit den Strohdächern, die schlichten Leute, freundliche, kindliche Menschen, die gewiß unschuldig sind. Und am verwirrendsten, am unverständlichsten die jungen Amerasier hier in meinem eigenen Haus, die heute morgen fröhlich frühstücken! Was für Kinder sind diese Jungen? Sie sind zufällig hier, aber es gibt sie zu Tausenden in den vielen Ländern Asiens, wo amerikanische Soldaten gegen junge Asiaten kämpfen. Sie kämpfen gegen junge asiatische Männer und verlieben sich in asiatische Frauen, und aus solch seltsamem Widerspruch werden diese Kinder, Tausende von Knaben und Mädchen, geboren! Diese Amerasier sind das neue Volk – das Volk, von dem wir uns nichts träumen ließen, für das wir keine Pläne machten, das keine Heimat, keinen Platz in der Welt hat. Und doch sind diese Menschen da, heute vormittag, in diesem Haus; der eine spielt Klavier, der andere macht sich Rühreier, einer verzehrt Berge von Marmeladebroten, und wieder ein anderer tollt mit den Hunden und lacht, lacht so vergnügt, als hätte er einen Platz an der Sonne – den er nicht hat. Keiner von ihnen hat einen Platz an der Sonne. Und hier bin ich, die ich ihnen äußerst verpflichtet bin, ich und mit mir die vielen jungen Leute, die sich gefunden haben, um denen, die ich «das neue Volk» nenne, auf dieser Erde zu einem Platz an der Sonne zu verhelfen.

Ich muß mir natürlich selbst klarmachen, wie es dazu gekommen ist, daß dieses neue Volk jetzt auf der Weltbühne erscheint. Der Grund dafür ist mehr als eine bloße Begegnung zwischen Mann und Frau. Der Grund ist in einem historischen Prozeß zu suchen. Wären die beiden Weltkriege nicht gewesen, hätten die Menschen in Frieden ihr Dasein fortführen können, so hätte sich das natürliche Zusammenkommen der Völker Asiens und des Westens auf langsamere und freundlichere Weise vollzogen. Im Laufe der Zeit wäre den Kolonien in Asien ihre Unabhängigkeit zugesprochen worden; sie hätten diese Unabhängigkeit nicht erlangt, ohne zuvor die Fähigkeit zum Regieren zu erwerben. Danach hätten sich alle Völker in Würde und gegenseitiger Achtung kennengelernt, Vorurteile wären geschwunden und Kinder geboren worden, die Ost und West zusammenbringen würden ... Statt dessen sind die Völker durch den Krieg zu plötzlich, zu abrupt, zu brutal durcheinandergewürfelt worden. Zwei große Kriege haben den Westen so geschwächt, daß die europäischen Mächte außerstande waren, ihren Einfluß in den unruhigen, rebellischen Kolonien in Asien aufrechtzuerhalten. Ehe die Asiaten die Grundsätze der Demokratie begreifen oder sie bei ihren uralten Völkern verwirklichen konnten, waren sie plötzlich unabhängig. Trotzdem wäre es den Kolonialvölkern vielleicht möglich gewesen, zumindest mit der Zeit, ihre Unabhängigkeit zu konsolidieren, hätte sich keine so ungünstige Verkettung geschichtlicher Ereignisse ergeben. Von diesen Ereignissen übten zwei den stärksten Einfluß auf Asien aus: erstens das Ende der herrschenden Dynastie in China, kompliziert durch den japanischen Angriff, der zum Zweiten Weltkrieg führte; zweitens der Sieg des Kommunismus in Rußland.

Die Geschichte Chinas ist in vierundzwanzig Dynastien eingeteilt; jede Dynastie umfaßt die Dauer der Herrschaft, die eine regierende Familie innehatte. Mit dem Machtzerfall jeder kaiserlichen Familie wuchs unweigerlich die Unzufriedenheit des Volkes; das Land spaltete sich, und es erhoben sich junge Rebellenführer, die alle ein persönliches Heer von Anhängern hatten. Diese Führer, die sogenannten Kriegsherren, machten sich gegenseitig den Thron streitig, und sie bekämpften sich in einem sogenannten Bürgerkrieg, bis ein Sieger proklamiert wurde. Dieser Sieger wurde stets der erste Kaiser einer neuen Dynastie. Der Prozeß konnte wenige Jahre dauern, er konnte aber auch hundert Jahre beanspruchen. Im Falle der letzten Dynastie, der Tsing-Dynastie, dauerte er fast ein Jahrhundert, denn sein Abschluß wurde durch die starke Persönlichkeit der Kaiserinwitwe Tzu Hsi verzögert, unter deren Herrschaft ich zur Welt kam und bis zu ihrem Tod im Jahre 1909 lebte. Doch bereits in den sechziger Jahren des letzten Jahrhunderts kam es zu einem Aufstand gegen diese Dynastie, der vielleicht zu ihrem Sturz geführt hätte, wenn der britische Söldneroffizier Charles Gordon die Rebellion nicht geschickt unterdrückt hätte. Während dieses Aufstands kam die alte Feindschaft zwischen Chinesen und Russen in der Erwiderung zum Ausdruck, mit der die Kaiserinwitwe das Angebot des Zaren ausschlug, ihr seine Soldaten zu Hilfe zu schicken. Hochmütig entgegnete sie: «Wir ziehen auf unserem Boden unsere chinesischen Rebellen den russischen Soldaten vor.»

Weder die Kaiserin noch der Zar konnte die Ankunft der kommunistischen russischen Ratgeber in China voraussehen, die dazu führte, daß 1921 die chinesischen Kommunisten als politische Partei anerkannt wurden.

Ich wuchs in den letzten Jahren der Dynastie auf, und ich verbrachte meine Jugend unter der Herrschaft des einen oder anderen Kriegsherrn, die da und dort und überall Schlachten um den Thron in Peking ausfochten. Dann wurde 1911 die Institution des Thrones selbst vernichtet, was dazu führte, daß die Kommunisten zur herrschenden Macht im modernen China wurden.

Manchmal frage ich mich, was meine gutmeinenden Eltern wohl getan hätten, wenn ihnen bewußt geworden wäre, daß besonders die von den amerikanischen Missionaren errichteten christlichen Schulen viel zur Etablierung des Kommunismus in China beitrugen. Jahrhundertelang wurden den jungen Chinesen, die die kaiserlichen Examen bestanden, führende Posten in der Verwaltung übertragen. In ihrem Konzept war diese Administration moderner als die heutiger Staaten, obwohl die englische Staatsverwaltung auf der chinesischen gründet und die amerikanische wiederum auf der englischen. Kurz, jeder, der die allumfassenden kaiserlichen Examen bestand, mußte einen überlegenen Geist haben. Deshalb wurde das alte China von seinen besten Köpfen regiert. Überdies war der Ausleseprozeß prinzipiell demokratisch. Jedermann wurde ungeachtet der Geburt – leider nicht ungeachtet des Geschlechts –

zu den Examen zugelassen. Ein Dorfjunge bescheidenster Herkunft, der sich durch hervorragende Geistesgaben auszeichnete, konnte auf Kosten der übrigen Dorfbewohner ausgebildet und zu den Examina geschickt werden und, wenn er sie bestand, seinem Dorf zur Ehre gereichen.

An den christlichen Schulen aber wurden die Schüler nicht auf die kaiserlichen Examen vorbereitet. Die Missionsschulen wurden von solchen besucht, die Englisch lernen und sich mit westlichen Wissensgebieten vertraut machen wollten; aber die Lehrpläne waren auf den Westen ausgerichtet, und den Gymnasiasten war daher die Möglichkeit verwehrt, in den Staatsdienst zu treten. Da die modernen jungen Rebellen diesen Zustand nicht ändern konnten, machten sie sich unter der Führung von Sun Jat-sen die augenblickliche Schwäche der Dynastie zunutze und stürzten den Kaiserthron mit dem Ziel, eine Republik nach dem Muster der Vereinigten Staaten zu errichten. Das war jedoch ein Ding der Unmöglichkeit. Amerika war ein jungfräuliches Land gewesen, in dem sich leicht Neues aufbauen ließ; außerdem gab es hier relativ wenige Menschen, und diese wenigen träumten alle denselben leidenschaftlichen Traum von Freiheit und Gerechtigkeit. China hingegen war ein großes, uraltes, traditionsreiches Land mit einer ungeheuren Bevölkerung, die zu fünfundachtzig Prozent aus Bauern und Analphabeten bestand ... In zehnjähriger Bemühung gelang es nicht, eine Republik zu errichten. Derweil herrschte das Chaos, das nur von der weiterhin funktionierenden Verwaltung und vom traditionellen Familiensystem in Schranken gehalten wurde. Mitten in diesen Wirrwarr geriet ich nach der Rückkehr vom amerikanischen College, und da mir Turbulenz nicht neu war, nahm ich mein gewohntes Leben wieder auf. Sun Jat-sen und seine Anhänger versuchten ein Heer aufzustellen und scheiterten; sie wandten sich an die westlichen Nationen um Hilfe und scheiterten; sie versuchten, einen Präsidenten zu wählen und scheiterten.

Inzwischen war in Rußland die sowjetische Regierung errichtet worden. Sie bot nun der chinesischen revolutionären

Partei ihren Beistand an. Da alle andern Regierungen die Hilfe verweigert hatten, nahm Sun Jat-sen, obzwar zögernd, in seiner Verzweiflung das Angebot an. So kam der Kommunismus 1921 nach China. Sun Jat-sen verteidigte sich lediglich, indem er sagte, er glaube nicht, daß sein Volk den Kommunismus annehmen würde. In Kanton wurde die Militärakademie Whampoa gegründet; ein junger Offizier, Tschiang Kai-schek, erhielt nach fünfzehnmonatiger Schulung in Rußland das Kommando, und die Zweite Revolution trat ihren Marsch durchs Jangtse-Tal an.

All dies habe ich in dem Roman *Mein Leben, meine Welten* geschildert, so daß ich hier nicht weiter auszuholen brauche. Ich will nur noch erwähnen, daß das chinesische Volk weiterhin unter derselben Verkettung von Ereignissen leiden mußte. Tschiang Kai-schek wandte sich gegen die Kommunisten, weil ihm die zunehmende Macht der Russen in China nicht zusagte, und errichtete eine Nationalregierung in Nanking. Hierauf bekämpfte er einerseits die Kommunisten, die sich zurückzogen, und andererseits die rivalisierenden Kriegsherren. Bevor er die einen eliminieren und die andern vernichten konnte, nützte Japan Chinas augenblickliche Schwäche und griff an. Der Zweite Weltkrieg brach aus, und durch ihn gelangten die amerikanischen Soldaten schließlich nach Asien ... Nach Kriegsende bemühte sich Tschiang Kai-schek, die Kapitulation der Japaner auf chinesischem Boden entgegenzunehmen; aber an fast jedem Ort hatte eine kommunistische Zelle die Kämpfe überdauert, und da es an anderer Autorität mangelte, ergaben sich die japanischen Besatzungseinheiten den Kommunisten; auf diese Weise fiel das ganze Land der kommunistischen Herrschaft anheim ...

Während ich diese stark gekürzte Geschichte erzähle, frage ich mich, ob die amerikanischen Soldaten in den chinesischen Städten und Dörfern kleine Halbamerikaner zurückließen? Ich befürchte es – und ich spreche von einer Befürchtung, weil diese Kinder angesichts des Hasses, der in China gegen die Amerikaner herrscht, zweifellos getötet wurden, wie es meines

Wissens auch in anderen asiatischen Ländern geschehen ist. Aber Asiatinnen sind auch Mütter, und in den sieben oder vielleicht acht Ländern, wo Amerikaner heute kämpfen und leben – oder sterben –, gibt es viele lebende Kinder mit amerikanischem Blut in den Adern; sie sind am Leben geblieben, weil ihre asiatischen Mütter in erster Linie Mütter waren, ihre Kinder versteckten und sie retteten. Ich fühle mich diesen Kindern stark verwandt, denn auch ich gehöre dem Osten und dem Westen an. In mir fließt kein asiatisches Blut, aber ich habe sehr viele Erinnerungen an Asien bewahrt. Darum will ich nicht tatenlos zusehen, wie diese neue Völkerschaft nicht anerkannt wird. Diese Kinder sind zu wertvoll – es sind Kinder der Zukunft, Menschen, die wir brauchen, die uns vielleicht eines Tages vor dem endgültigen Krieg bewahren werden, weil sie sowohl dem Osten als auch dem Westen angehören.

Ich befinde mich in der koreanischen Zentralstelle für amerasische Kinder in Sosa. Aufgeregte Stimmen vor meinem Fenster lenken mich ab. Mehrere amerasische Jungen spielen Ball; sie lachen und schreien nach Art aller Jungen. Dort läuft Hae Tschuil, ein schöner junger Mann von zweiundzwanzig Jahren mit rötlich dunklem Haar, hellbraunen Augen und der hellen Hautfarbe der Rothaarigen. Er ist dabei zu gewinnen, und er wird angefeuert, während er einem andern den Ball entwindet. Ist es vorstellbar, daß er noch vor einer Woche in den Straßen von Seoul bettelte? Ich weiß, daß er es getan hat, denn ich selbst habe ihn dort aufgelesen. Er wurde in Pusan geboren; seine Mutter war Koreanerin, sein Vater ein amerikanischer Feldwebel «mit Haaren auf der Oberlippe», wie er uns sagte. Sein Vater war bei seiner Mutter geblieben, bis das Kind elf Jahre zählte, und dann fortgegangen. Zwei Briefe waren von seinem Vater eingetroffen; in beiden versprach er, zurückzukommen und sie in die Vereinigten Staaten zu holen – dann nichts mehr. Bald darauf starb seine Mutter, und er hörte, daß sein Vater vielleicht in Seoul sei. Er wollte sich von Pusan aus dorthin durcharbeiten, aber er konnte nirgends eine Anstellung bekommen, weil er keinen Geburtsausweis besaß. Mit Mühe und Not gelangte er nach Seoul, doch der Vater war dort nicht zu finden, und mindestens fünf bittere Winter hindurch bettelte er auf den Straßen und schlief in Gassenwinkeln. Als ich ihn fand, sagte er auf koreanisch: «Immer wenn ich einen Amerikaner sehe, denke ich, er könnte mein Vater sein.» Jetzt sagt er: «Endlich sind die Landsleute meines Vaters gekommen und haben mich gefunden. Sie werden mir beistehen.» Jetzt kann er Ball spielen und lachen und sich für die Jahre des Schreckens und der Einsamkeit schadlos halten. Er wird amtlich eingetragen werden und einen Beruf erlernen, so daß er sich den Lebensunterhalt verdienen kann. Ob er weiß, daß die Landsleute seines Vaters ohne Pearl Bucks Stiftung wahrscheinlich niemals gekommen wären? Ich glaube, es ist ihm nicht klar. Natürlich ist es ihm gesagt worden, aber er kann es noch nicht verstehen, und sicher weiß er nicht einmal, wer Pearl S. Buck ist. Aber eines Tages wird er es wissen, seine Kinder und Enkel werden es wissen, und diese zukünftigen Generationen werden sie lieben und ihr Andenken hochhalten.

Unter den vielen Kindern sind auch Mädchen, doch mit den Mädchen haben wir es schwerer als mit den Jungen, und unsere Arbeit ist komplexer. Für ein Mädchen ist es leicht, Geld zu verdienen, und wie läßt sich ein Mädchen umerziehen, dessen Mutter zur Prostituierten wurde, nachdem sein Vater fortging – ein Mädchen, dem schon als Kind beigebracht wurde, daß es ab vierzehn «arbeiten» würde, um die Mutter zu entlasten? Ein gutes Beispiel ist Peggy, jetzt sechzehn Jahre alt. Als sie dreizehn war, stellten wir fest, daß sie mit ihrer Mutter, die Prostituierte geworden war, zusammen in einem Zimmer lebte. Wir überredeten die Mutter, das Kind der Zentrale zu übergeben, damit es behütet aufwuchs und die Schule besuchen konnte. Aber Peggy fühlte sich unglücklich in der Schule, wo sie wegen ihrer hellblonden Haare geneckt wurde, und als die Mutter von einem Soldaten, der ihr die Ehe versprochen hatte, sitzengelassen wurde, brannte Peggy wiederholt durch, um die Mutter zu trösten. Schließlich verschwanden beide, und unsere Nachforschungen ergaben, daß sie in ein Dorf südlich von Seoul gezogen waren und dort bei Verwandten lebten. Wir konnten sie nicht aufstöbern. Zwei Jahre vergingen.

Vor einem Monat berichteten die koreanischen Zeitungen, im Flusse Han wäre eine Ertrunkene gefunden worden, die ein schwarzes Spitzenkleid trug. Die Frau mußte sich schon acht Tage im Wasser befunden haben und konnte nicht identifiziert werden. Tags darauf kam ein schönes hellblondes, großgewachsenes Mädchen in unser Büro. Das perfekt geschminkte Gesicht verriet keine asiatische Herkunft, aber das Mädchen sprach außer ein paar Wörtern Soldatenslang nur Koreanisch. Seine engen Jeans und hochhackigen Stiefel sagten uns sofort, daß es dem «Gewerbe» nachging. Ja, es war Peggy! Sie verbrachte den ganzen Tag weinend bei uns im Büro. Sie hatte sich an das schwarze Spitzenkleid erinnert, das sie zwei Wochen zuvor an ihrer Mutter gesehen hatte, und war hingegangen, um die Leiche zu sehen, die im Fluß gefunden worden war. Es war dasselbe Kleid. Nach und nach erfuhren wir alles. Die Mutter war krank geworden und hatte ihr Gewerbe aufgeben müssen. Eine Soldatenschenke in der Nähe der entmilitarisierten Zone wollte sie als Bardame unter der Bedingung anstellen, daß sie Peggy mitbrächte. Die Mutter weigerte sich, aber als die Lage immer schwieriger wurde, gab es für Peggy keinen Ausweg mehr. Zusammen mit der Mutter arbeitete sie als Animiermädchen, und sie erfreute sich großer Beliebtheit. Zwei Wochen zuvor war die Mutter mit einem Soldaten nach Seoul gegangen, wo er angeblich heiraten wollte, und danach hatte Peggy nichts mehr von ihr gehört, bis sie in der Zeitung von dem schwarzen Spitzenkleid las. Peggy hat nun mit der Prostitution Schluß gemacht, trägt einen schlichten Faltenrock und Schuhe mit niedrigen Absätzen und bereitet sich darauf vor, einen Beruf zu ergreifen. Sie will entweder Schneiderin werden oder als Beraterin in der Stiftung tätig sein, um auf Grund ihrer Erfahrungen anderen Mädchen zu helfen. Dank Pearl Buck wird sie etwas aus ihrem Leben machen.

Ich sehe einen andern Jungen über den Spielplatz laufen. Es ist Tschoel, der dreizehn Jahre alt sein mag – er weiß es selbst nicht. Er ist nie standesamtlich eingetragen worden und hat nie die Schule besucht. Vor ungefähr zwei Jahren heiratete seine Mutter einen Koreaner, der den Halbamerikaner nicht in seinem Hause haben wollte, weil er seine Frau als Prostituierte brandmarkte. Seine Mutter brachte ihn unter Tränen zum Bahnhof von Seoul und sagte ihm, er solle auf sie warten, sie werde bald zurückkommen. Aber sie kam nicht wieder.

Nachdem er drei Tage gewartet hatte, erbarmte sich ein älterer Mann des Jungen und brachte ihn in eine Kleinstadt im Norden von Südkorea, wo er angeblich für ihn sorgen wollte, bis die Mutter ihn holen würde. Schon wenige Stunden nach der Ankunft in dem Städtchen begann für den Jungen der Terror, der zwei Jahre dauern sollte. Der «Wohltäter» verkaufte ihn an eine Gangsterbande, die ihn gefangenhielt und ihn zwang, für sie zu betteln. Zusammen mit fünf anderen Jungen sammelte Tschoel den ganzen Tag lang Lumpen und Altpapier zum Verkauf. Täglich um fünf bekamen die Jungen Eimer in die Hand gedrückt und mußten von Tür zu Tür um Eßwaren betteln gehen. Die sechs Kinder mußten Tag für Tag genügend Nahrungsmittel für dreißig erwachsene Männer zusammenbetteln, ehe sie selbst etwas zu essen erhielten. Sooft Tschoel auch weglief, er wurde jedesmal von der Bande geschnappt und verprügelt. Als er einmal nicht genug zusammengebettelt hatte, hielt ihn ein Mann fest, während ihm ein anderer mit einem glühenden Holzstück Brandwunden am Bein beibrachte.

Jetzt ist der Schrecken vorbei. Wir fanden ihn vorige Woche, und obwohl er sich weinend wehrte, weil er die Rache der Bande fürchtete, luden wir ihn in unser Auto und brachten ihn nach Sosa. Aber ohne Pearl Bucks gütiges Herz und ohne die Hilfe großherziger Amerikaner, die von ihrem Werk erfahren haben, wären wir nicht in Korea gewesen und hätten ihm nicht helfen können. Wie lange hätte dieser Sohn eines Amerikaners noch gelebt? Bestimmt nicht lange. Und jetzt? Soll er als Vierzehnjähriger mit der Schule anfangen? Dafür dürfte es zu spät sein. Aber er wird einen nützlichen Beruf erlernen und ein braver koreanischer Bürger werden.

Hat Pearl Buck mit ihrem Werk Erfolg gehabt? Ja, in Korea – dem ersten Land, in dem wir tätig gewesen sind – in solchem Maße, daß wir nicht als Leute von einem «ausländischen Hilfswerk» betrachtet werden, sondern als Koreaner, die ihren Mitbürgern, den Amerasiern, helfen. Jedes Kind soll die Erlaubnis erhalten, sich einzutragen, so daß diese Kinder nicht länger in dem legalen «Niemandsland» leben müssen. Es wird zum Bürger mit allen Rechten eines Bürgers – die das Recht auf Ausbildung, Arbeit und Heirat miteinschließen. Nun, da Korea diese Bestimmungen getroffen hat, werden andere Länder folgen.

Pearl Buck wird zum Symbol des amerikanischen Geistes werden, der sich mit dem Asiens mischte und so ein brillantes neues Volk schuf – die Amerasier. Das ist auch richtig so, denn während sie in Amerika als Vertreterin Asiens betrachtet wird, hält man sie in Asien für die unerschütterlichste Amerikanerin. Sie hat die Amerikaner immer als ein gutes und aufrichtiges Volk vertreten, und die meisten Asiaten haben ihr geglaubt. Zukünftige Generationen werden sie kennen und lieben, nicht nur wegen der Bücher, die sie geschrieben hat, sondern wegen der Gesinnung, aus der diese Bücher entstanden sind – der Liebe für ihre Mitmenschen. Ist das nicht der wahre Sinn jeder Schöpfung?

Sie hat ihr eigenes Leben in vielen Büchern beschrieben, und ihr Leser weiß, daß ein Mensch vor ihm all seine Freuden erlebt, all seine Leiden erlitten hat. Wir können aus den Büchern Trost schöpfen, denn sie hat das Leben besiegt. In einem Vers drückt sie das Wesentliche aus:

Ich schenk euch die Bücher, die ich geschrieben
Mit Herzblut, mit Seele, von Kummer getrieben.
In einem Vers aber werdet ihr finden,
Was wichtig ist, sie zu verbinden:
In allen Ländern, in jedem Leben
Kann's ohne Liebe nur Angst noch geben.

*Zu diesem Buch*

Es ist unmöglich, eine Biographie über sich selbst richtig zu beurteilen – man kann lediglich beurteilen, ob die Fakten stimmen. Als T. F. Harris die Biographie zu schreiben begann, machte ich nur einen einzigen Vorbehalt: Daß ich alles, was er von mir zitierte, auch tatsächlich gesagt hatte, mit genau denselben Worten.
Was seine Qualifikationen als Autor dieser Biographie betrifft, so kann ich nur betonen, daß er mich besser kennt als irgend jemand sonst. Wir haben außergewöhnlich gute Beziehungen zueinander, die sich auf gegenseitiges Vertrauen und Verständnis gründen. Deshalb war es mir auch möglich, sehr offen mit ihm zu sprechen und alle seine Fragen freimütig und ausführlich zu beantworten. Was seine persönlichen Meinungen über mich angeht, so hat er sie sich natürlich selbst gebildet, und wir haben sie nie diskutiert. Aber er hat die Fakten meines Lebens mit Genauigkeit und, so glaube ich, Einfühlsamkeit und Verstehen wiedergegeben. Er kennt meine Bücher gründlich und urteilt darüber mit einer Intuition und einem Scharfblick, die für einen Schriftsteller äußerst befriedigend sind.

PEARL S. BUCK